IAIN PEARS
Der Tod des Sokrates

Zu diesem Buch

Jonathan Argyll, ein in Rom lebender englischer Kunsthändler, hat eine große Schwäche für Italien und eine noch größere für die hübsche Polizistin Flavia di Stefano vom italienischen Kunstraubdezernat. Jonathan transportiert für einen Kollegen aus Gefälligkeit ein Bild von Paris nach Rom. Etwas sonderbar ist es allerdings, daß ein Dieb versucht, bereits in Paris am Bahnhof das Bild zu stehlen, und daß der Käufer in Rom das Bild mit dem Titel »Der Tod des Sokrates« nach kurzem Betrachten doch nicht haben will. Jonathan muß mit dem höchst mittelmäßigen Bild wieder unverrichteter Dinge abziehen. Aber wer hätte ahnen können, daß dieser Käufer am nächsten Tag in seiner Wohnung grausam ermordet wird? Was ist an diesem unauffälligen Bild so besonders, daß ein zweiter potentieller Käufer umgebracht wird? Jonathans und Flavias Nachforschungen führen zu einem Helden der französischen Résistance, der heute ein sehr einflußreicher und mächtiger Mann ist ...

Iain Pears, geboren 1955 in England, ist Kunsthistoriker und arbeitete zunächst als Journalist. Seine ebenso spannenden wie witzig-eleganten Kriminalromane spielen in der schillernden italienischen und internationalen Kunstszene. Seine BBC-Dokumentation über Kunstraub und Fälschung »Tatort Museum« lief auch im deutschen Fernsehen. Nach jahrelangem Aufenthalt in Rom, Paris und in den USA lebt Iain Pears heute in Oxford.

IAIN PEARS
Der Tod des Sokrates
Kriminalroman

Aus dem Englischen von
Klaus Berr

Piper München Zürich

Von Iain Pears liegen in der Serie Piper
außerdem vor:
Der Raffael-Coup (5586)
Das Tizian-Komitee (5587)
Die Bernini-Büste (5627)

Deutsche Erstausgabe
Januar 1998
© 1993 Iain Pears
Titel der englischen Originalausgabe:
»The Last Judgement«, Victor Gollancz, London 1993
© der deutschsprachigen Ausgabe:
1995 Piper Verlag GmbH, München
Umschlag: Büro Hamburg
Simone Leitenberger, Susanne Schmitt, Annette Hartwig
Umschlagabbildung: Dave McKean
Satz: Clausen & Bosse, Leck
Druck und Bindung: Elsnerdruck, Berlin
Printed in Germany ISBN 3-492-25711-9

Einige der in diesem Buch erwähnten Gemälde und Gebäude existieren, andere sind erfunden, und alle Figuren sind fiktiv. Es gibt in einem Gebäude im Zentrum Roms ein italienisches Kunstraubdezernat, aber ich habe meine Version absichtlich von den Carabinieri zur Polizia verlegt, um herauszustreichen, daß das meine nichts mit dem Original zu tun hat.

Für meine Eltern

1

Jonathan Argyll starrte gebannt auf die Szene der Gewalt, die sich ihm unvermittelt bot, als er sich umdrehte. Der Sterbende, den Schmerz des Todeskampfes tapfer ertragend, lag zurückgesunken in einem Sessel. Neben ihm auf dem Boden lag ein Fläschchen, das ihm aus der Hand geglitten war, und man brauchte nicht viel Intelligenz, um zu erkennen, daß es Gift enthielt. Die Haut war blaß, und die zur Faust geballte Hand hing seitlich herab. Links von ihm stand eine Gruppe Zuschauer, Freunde und Bewunderer, die teils weinten, teils wütend oder nur entsetzt über den Anblick waren.

Es war jedoch das Gesicht, das die Aufmerksamkeit auf sich zog. Die Augen waren offen und glasig, aber es strahlte Würde und Gelassenheit aus. Es war das Gesicht eines Märtyrers, der mit dem Bewußtsein starb, daß andere um ihn trauerten. Der Tod würde seinen Ruhm nicht beenden, sondern ihn mehren und vervollständigen.

»Ganz nett, was?« bemerkte eine Stimme seitlich von ihm.

»O ja. Sehr.«

Er kniff die Augen zusammen wie ein Profi. Tod des Sokrates, so auf den ersten Blick, im Kreise seiner Schüler. Der alte Knabe ist wegen Verderbens der Jugend zum Tode verurteilt worden und hat den Schierlingsbecher getrunken. Nicht schlecht, alles in allem, aber vermutlich ziemlich teuer. Französische Schule um 1780, oder da herum, und in Paris noch viel hochpreisiger als irgendwo anders. Dieser Gedanke dämpfte wie so oft seine Begeisterung. Er sah noch einmal hin und tröstete sich mit dem Gedanken, daß das Ding vielleicht doch nicht so erstrebenswert war. Offensichtlich kein bekannter Künstler, sagte er sich. Es mußte auch dringend ein bißchen gesäubert und aufpoliert werden. Und außerdem, die Darstellung war ziemlich kalt und steif. Die Tatsache, daß er im Augenblick nicht viel Geld übrig hatte, vervollständigte seinen Gesinnungswandel. Nichts für mich, entschied er erleichtert.

Trotzdem, ein wenig Konversation mußte sein. »Wieviel verlangen Sie dafür?« fragte er.

»Schon verkauft«, erwiderte der Galeriebesitzer. »Das glaube ich wenigstens. Ich bin gerade dabei, es einem Kunden in Rom zu schicken.«

»Von wem ist es?« fragte Argyll, den es neidisch machte zu hören, daß ein anderer es geschafft hatte, ein Bild zu verkaufen. Ihm war das schon seit Monaten nicht mehr gelungen. Zumindest nicht mit Profit.

»Signiert ist es von Jean Floret. Keine Ahnung, wer das war, aber auf jeden Fall keiner, den man zu den Großen rechnen könnte. Glücklicherweise scheint das meinem Kunden nichts auszumachen, und dafür bin ich ihm sehr dankbar.«

Der Mann, ein entfernter Kollege von Argyll, der ihm in der Vergangenheit ein oder zwei Zeichnungen abgekauft hatte, betrachtete befriedigt das Gemälde. Er war nicht der allerangenehmste Mensch, ein bißchen zu gerissen für Argylls Geschmack. Die Sorte Mensch, bei der man nach der Begegnung alle Taschen kontrolliert, nur um sicherzugehen, daß Scheckbücher und Kreditkarten noch sind, wo sie sein sollen. Nicht daß er Argyll je etwas Schlechtes getan hätte, aber der Engländer war fest entschlossen, ihm auch nie Gelegenheit dazu zu geben. Er lernte schnell, wie das so lief im Kunstgeschäft. Die Leute waren freundlich und hilfsbereit, aber gelegentlich konnten sie einem auch komisch kommen, wenn Geld im Spiel war.

Er stand in Jacques Delormes Galerie etwa auf halber Höhe der Rue Bonaparte, wenige hundert Meter von der Seine entfernt. Eine laute, miefige Straße, gesäumt von Buchhandlungen, Druckereien und Kunsthändlern der minderen Sorte – Leute also, die billigere Bilder verkauften, aber im allgemeinen eine Menge über sie wußten, ganz im Gegensatz zu dem reichen Haufen in der Faubourg St.-Honoré, der übertreuerten Nippes an gutgläubige Ausländer verscherbelte, die mehr Geld als Verstand hatten. Die weniger Erfolgreichen waren deshalb eine angenehmere Gesellschaft, auch wenn die Umgebung nicht ganz so chic war. Delormes Galerie war ein bißchen schäbig, und draußen hupten die Autos besorgniserregend nah an der Ladentüre, denn es handelte sich um eine dieser Pariser Straßen, in denen die Bürgersteige mehr Vorstellung als Wirklichkeit sind. Auch das Wetter tat nichts gegen die etwas düstere Atmosphäre: Der Himmel war bleigrau, es regnete praktisch ununterbrochen, seit er vor zwei Tagen in Paris angekommen war, und auch jetzt platschte der Regen leise aber beständig in die Rinnsteine, bevor er gurgelnd in der Kanalisation verschwand. Argyll wollte wieder nach Hause, zurück nach Rom, wo die Sonne schien.

»Gerade noch rechtzeitig, ehrlich gesagt«, ergänzte Delorme, der nichts merkte von Argylls Mißbilligung des nordeuropäischen Klimas. »Die Leute von der Bank sind mir in letzter Zeit ziemlich auf den Pelz gerückt. Es gab da Gerede über die Größe meiner Kredite. Daß sie ihre Position neu überdenken müßten. Sie wissen ja, wie das ist. Aber mit dem Geld, das ich dafür kriege, sollte ich sie mir eine Weile vom Hals halten können.«

Argyll nickte so mitfühlend, wie er nur konnte. Er hatte keine eigene Galerie, aber auch bei seiner wenig kostenintensiven, von zu Hause aus betriebenen Geschäftsführung war es schwer, einen anständigen Lebensunterhalt zu verdienen. Der Markt war in einem schlimmen Zustand. Schlimmer waren nur noch Gespräche mit Kollegen, da sie über nichts anderes reden konnten als darüber, wie trostlos das Leben im Augenblick sei.

»Wer ist denn dieser Mann mit Geld überhaupt?« fragte er. »Er will nicht zufällig ein paar hübsche religiöse Stücke aus dem Barock?«

»Haben Sie ein paar zuviel?«

»Eins oder zwei.«

»Leider nein. Zumindest nicht, soweit ich weiß. Er wollte ausdrücklich nur dieses eine. Das Problem ist nur, wie bringe ich ihn und es schnell genug zusammen, um meine Gläubiger zufriedenzustellen.«

»Viel Glück dabei. Haben Sie es schon lange?«

»Nein. Ich würde doch nicht Geld für so was ausgeben, wenn ich nicht wüßte, daß ich es schnell wieder losschlagen kann. Nicht im Augenblick. Sie wissen doch, wie das ist...«

Das wußte Argyll wirklich. Er war ja in einer ganz ähnlichen Lage. Jeder einigermaßen disziplinierte Kunsthändler verhielt sich nicht anders als jeder normale Geschäftsmann. Kleines Lager, hoher Umsatz. Doch irgendwie schien der Bilderhandel so nicht zu funktionieren. Gemälde verlangten einfach danach, gekauft zu werden, auch wenn vielleicht kein Abnehmer in Sicht war. Argyll hatte deshalb jede Menge Bilder, viele hingen schon seit Monaten herum, und kaum einer kaufte etwas.

»Also, wegen dieser Zeichnungen«, fuhr Delorme fort.

Und damit machten sie sich ans Feilschen. Besonders problematisch war es nicht, da Delorme von seiner Bank unter Druck gesetzt wurde. Er mußte verkaufen, und Argyll hatte mehr oder weniger die Weisung, die Zeichnungen zu jedem Preis zu kaufen. Das war das einzige, was ihn im Augenblick über Wasser hielt, sein Nebenjob als Europa-Agent für ein amerikanisches Museum. Ohne den wäre er in ernsthaften Schwierigkeiten gewesen. Das Museum hatte schon vor Monaten beschlossen, eine Sammlung von Drucken und Zeichnungen aufzubauen, da es einen Saal dafür hatte, aber nichts, was es dort ausstellen konnte. Und als Argyll erwähnte, er habe von einem Boucher-Portfolio gehört, das auf dem Pariser Markt die Runde mache, erhielt er deshalb den Auftrag, es zu kaufen. Und falls er sonst noch etwas entdecke...

Das tat er. Er hatte Delorme, den er etwa seit einem Jahr kannte, einen Besuch abgestattet, und der Franzose hatte diese Pontormo-Skizze erwähnt. Ein schneller Anruf in Kalifornien, und das Feilschen konnte beginnen.

Der von beiden genossene Schacher endete zufriedenstellend bei einem Preis, der knapp über dem Niveau des freien Marktes lag, aber trotzdem noch sehr anständig war. Ein wenig skrupellos beutete Argyll die Tatsache aus, daß Delorme offensichtlich dringend Geld brauchte. Und eins mußte man dem Moresby Museum lassen, es zahlte schnell. Das Geschäft wurde abgeschlossen mit der Zusicherung der Zahlung bei Lieferung, einer Tasse Kaffee, einem Handschlag und zur beiderseitigen Zufriedenheit. Jetzt mußte nur noch so etwas wie ein Vertrag aufgesetzt werden.

Der einzige Haken an der Sache war das mühselige Geschäft des Transportes all seiner Zeichnungen nach Kalifornien. Im bürokratischen Labyrinth Italiens kannte Argyll sich ja noch einigermaßen aus, aber das französische war vollkommen anders. Er freute sich nicht gerade darauf, die nächsten Tage in Pariser Behörden zu vertrödeln, um all die nötigen Formulare abgezeichnet zu bekommen.

Doch dann – vielleicht war es eine Bemerkung Delormes, die seinen Verstand auf Touren brachte – hatte er eine dieser kleinen Ideen, deren Brillanz in ihrer Einfachheit liegt.

»Wissen Sie was«, sagte er.

»Mh?«

»Dieses Bild. Ihr *Tod des Sokrates*. Wie wär's, wenn ich es für Sie nach Rom mitnehme und es Ihrem Klienten liefere? Als Gegenleistung könnten Sie den Papierkrieg für diese Zeichnungen erledigen und sie für mich wegschicken.«

Delorme dachte darüber nach. »Wissen Sie, das ist gar keine schlechte Idee. Ganz und gar nicht. Wann wollen Sie abreisen?«

»Morgen vormittag. Ich bin hier fertig. Das einzige, was mich hier noch halten würde, wäre die Lauferei wegen der Exportlizenzen.«

Der Franzose nickte und überlegte. »Warum nicht?« sagte er schließlich. »Warum eigentlich nicht? Das paßt mir sogar noch mehr, als Sie sich vorstellen können.«

»Braucht das Bild auch eine Ausfuhrgenehmigung?«

Delorme schüttelte den Kopf. »Na ja, rein juristisch gesehen vielleicht schon. Aber das ist nur eine Formalität. Das erledige ich, keine Sorge. Sie führen es einfach aus, und ich kümmere mich um die Behörden.«

Na schön, dann war es also ein bißchen am Rande der Legalität. Aber nicht sehr. Es war ja nicht gerade die Mona Lisa, die er außer Landes schaffte. Lästig daran war nur, daß er das Bild als Handgepäck würde bei sich tragen müssen. Verpacker und Transporteure verlangten Unmengen von Formularen mit Stempeln darauf.

»Wer ist denn der glückliche Käufer?« fragte Argyll, bereit, sich Namen und Adresse auf die Rückseite einer Zigarettenpackung zu notieren. Irgendwie hatte er den Anschluß an die Filofax-Generation verpaßt.

»Ein Mann namens Arthur Muller«, erwiderte Delorme.

»Okay. Adresse?«

Delorme wühlte in seinen Unterlagen – er war fast so schlecht organisiert wie Argyll –, zog schließlich einen Fetzen Papier hervor und diktierte. Es war eine Straße, die Argyll nicht kannte, im Norden der Stadt, wo die Reichen wohnen. Keine große Sache – natürlich war es ein wenig unter seiner Würde als aufstrebender internationaler Händler, für andere den Boten zu spielen, aber das war nicht so wichtig. Für alle würde dadurch das Leben ein wenig einfacher, und nur das zählte. Mit dem Gefühl, auf dieser Reise am Ende doch noch etwas Sinnvolles erreicht zu haben, trat er auf die Straße hinaus und schlenderte zum Mittagessen.

Am nächsten Vormittag saß Argyll im großen Restaurant des Gare de Lyon, trank Kaffee und schlug die zwanzig Minuten bis zur Abfahrt seines Zugs Richtung Süden tot. Sein frühes Eintreffen – er war bereits seit etwa einer halben Stunde auf dem Bahnhof – war Folge einer Kombination von Faktoren. Zum einen lag es an seiner angeborenen Unfähigkeit, Zügen die Chance zu geben, sich ohne ihn aus dem Staub zu machen; er hatte sie gern schon weit im voraus im Blick, damit sie nur ja nicht auf dumme Gedanken kamen.

Darüber hinaus war ihm der Gare de Lyon der liebste Bahnhof auf der ganzen Welt. Er vermittelte dem trüben nordeuropäischen Klima etwas Mediterranes. Die Gleise verloren sich in der Entfernung, eilten auf jene magischen Orte zu, von denen er geträumt hatte, lange bevor er seine kleine, windumtoste Insel verlassen hatte, um sie mit eigenen Augen zu sehen. Lyon, Orange, Marseille, Nizza, weiter nach Genua, durch die Hügel der Toskana nach Florenz und Pisa, dann über die Ebene der Campagna nach Rom und schließlich immer weiter nach Süden bis Neapel. Wärme, Sonne, terracottafarbene Gebäude und eine unbeschwerte, entspannte Freundlichkeit, die den Ländern an der Nordsee völlig fremd ist.

Der Bahnhof spiegelte das wider in seiner üppigen Architektur und seiner pompösen, lächerlichen und absolut liebenswürdigen Bar voller Blattgold und Stuck, Girlanden und Gemälden, die alle das irdische Paradies am anderen Ende der Gleise beschworen. Es genügte beinahe, um auch den abgebrühtesten Reisenden vergessen zu lassen, daß er sich in Paris befand und der Regen noch immer in kalten, nassen, herbstlichen Güssen herabprasselte.

Die Bar war ziemlich leer, und Argyll war deshalb leicht überrascht, als er plötzlich Gesellschaft erhielt. Mit einem höflichen »Darf ich...?« setzte sich ein Mann Ende dreißig zu ihm. Sehr französisch sah er aus mit seinem grünen *Alpine*-Regenmantel und dem teuer lässigen, grauen Sakko. Und er hatte auch ein sehr gallisches Gesicht, dunkel gutaussehend und verunziert nur durch eine kleine Narbe über der linken Augenbraue, die zum Teil versteckt war unter einer Tolle langen dunklen Haares, wie sie der gebildete Mittelstand Frankreichs offenbar gerne trägt. Argyll nickte höflich, der Mann nickte zurück, und nachdem so den Anforderungen zivilisierten Umgangs genüge getan war, versteckten sich beide hinter ihren Zeitungen.

»Entschuldigung«, sagte der Mann, als Argyll eben einen deprimierenden Artikel über ein Cricket-Match in Australien las. »Haben Sie vielleicht Feuer?«

Argyll wühlte in seiner Tasche, zog eine zerdrückte Streichholzschachtel heraus und sah hinein. Dann holte er seine Zigarettenpackung heraus und sah ebenfalls hinein. Auch keine Zigaretten. Allmählich wurde es ernst.

Eine Weile bedauerten sie einträchtig ihr Mißgeschick, doch dann machte sich der Engländer die schrecklichen Folgen einer eineinhalbtausend Kilometer langen Fahrt ohne Nikotin bewußt.

»Wenn Sie auf meine Tasche aufpassen«, sagte sein Gegenüber, »dann besorge ich welche am Bahnsteig. Ich brauche selbst ein neues Päckchen.«

»Das ist sehr freundlich von Ihnen«, erwiderte Argyll.

»Können Sie mir übrigens sagen, wie spät es ist«, sagte der Mann im Aufstehen.

Argyll sah auf seine Uhr. »Viertel nach zehn.«

»Verdammt«, sagte der andere und setzte sich wieder. »Meine Frau muß jeden Augenblick hier sein. Sie regt sich immer so auf, wenn ich nicht dort bin, wo wir uns verabredet haben. Ich fürchte, wir werden ohne auskommen müssen.«

Argyll überlegte. Wenn dieser Mann bereit war, ihm sein Gepäck anzuvertrauen, dann müßte er dieses Vertrauen doch eigentlich gefahrlos erwidern können. »Dann gehe eben ich«, erbot er sich.

»Würden Sie das wirklich? Das ist sehr nett.«

Und mit einem aufmunternden Lächeln versprach er, auf das Gepäck aufzupassen, bis Argyll zurückkehrte. Das ist das Besondere an der internationalen Bruderschaft der Raucher. Die Mitglieder wissen, was Anstand ist. Das kommt davon, wenn man zu einer bekämpften und verfolgten Minderheit gehört. Man hält zusammen.

Argyll war schon zur Tür draußen, als er merkte, daß er kein Geld bei sich hatte. Sein ganzes Kleingeld steckte in der Tasche seines Mantels, der über dem Stuhl hing. Also fluchte er, drehte sich um und stieg die gußeisernen Stufen zur Bar wieder hinauf.

Wie Flavia später erklärte, auch wenn Argyll diese Erklärung zu der Zeit nicht mehr benötigte, war das der älteste Trick der Welt. Fang ein Gespräch an, gewinn ihr Vertrauen, lenk sie ab. Verglichen mit einem, der von Natur aus so vertrauensselig und gutgläubig war wie Argyll, würde jedes Baby bei der Verteidigung seines Lutschers mehr beherzten Widerstand aufbieten.

Aber das Schicksal hatte an diesem Morgen beschlossen, ihm noch eine Chance zu geben. Er trat gerade noch rechtzeitig durch den Eingang, um zu sehen, wie der Mann, der eigentlich auf sein Gepäck hätte aufpassen sollen, durch die Tür am anderen Ende des Saals verschwand. Unter dem Arm hatte er ein in braunes Packpapier gewickeltes Paket von etwa neunzig mal sechzig Zentimetern. Ungefähr die Größe, wie Bilder mit dem Titel *Tod des Sokrates* sie zu haben pflegen.

»Oh«, rief Argyll etwas bestürzt.

Dann rannte er wie der Teufel hinterdrein, denn die entsetzlichsten Konsequenzen schossen ihm durch den Kopf. Er war zwar überzeugt, daß das Bild nicht viel wert war, aber ebenso sicher wußte er, daß er, falls er es sich durch die Lappen gehen ließ, mehr bezahlen müßte, als sein Kontostand ertragen konnte. Es war nicht Mut, der ihn dazu brachte, durch die Bar zu schießen und, immer drei Stufen auf einmal, die Treppe hinunterzurennen. Es war das nackte Entsetzen bei dem Gedanken, daß er dieses Bild verlor. Manche Händler sind gegen so etwas versichert. Aber nicht einmal die freundlichsten Versicherungsgesellschaften betrachten mit Wohlwollen Erstattungsansprüche für den Diebstahl eines Bildes, das in einer Bar einem vollkommen Fremden anvertraut worden war.

Argyll war kein Sportler. Er war zwar nicht gerade der Unbeweglichste, doch war ihm eigentlich seine Zeit immer zu schade gewesen, um auf kalten, schlammigen Spielfeldern luftgefüllten Lederblasen hinterherzuhecheln. Eine hübsche Runde Croquet ließ er sich noch eingehen, aber alle weitere sportliche Betätigung war nicht nach seinem Geschmack.

Der Hechtsprung, den er vollführte, als er sich aus vollem Lauf heraus auf die Beine des davoneilenden Franzosen stürzte, war also um so erstaunlicher, als er keine Vorläufer hatte. Ein Zuschauer in der überfüllten Bahnhofshalle ließ sich sogar zu Applaus hinreißen – die Franzosen wissen mehr als die meisten Nationen Eleganz auf dem Rugbyfeld zu schätzen – für das perfekte Timing, mit dem Argyll im Tiefflug durch die Luft segelte, die Knie des Mannes umfaßte, ihn zu Boden brachte, abrollte, das Paket packte und, die Trophäe an die Brust drückend, wieder aufstand.

Der arme Teufel wußte gar nicht, was ihn getroffen hatte; die Gewalt von Argylls Angriff und der harte Betonboden hatten ihm den Atem genommen und, wie es aussah, seiner rechten Kniescheibe schweren Schaden zugefügt. Eine leichte Beute, hätte Argyll die Polizei gerufen. Aber daran dachte er überhaupt nicht, er war viel zu sehr damit beschäftigt, das Bild an die Brust zu drücken, und zu überwältigt von der Freude über seinen Erfolg und dem Kummer über seine Dummheit.

Als er dann wieder einigermaßen bei Sinnen war, rappelte sich der Dieb auf, humpelte davon und verschwand in der vormittäglichen Menge, die sich in der Bahnhofshalle drängte.

Und bald darauf in der Bar mußte Argyll natürlich erkennen, daß irgendein langfingriger Kerl seine Abwesenheit ausgenutzt und seinen Koffer gestohlen hatte. Aber das waren nur schmutzige Unterhosen, Bücher und andere Kleinigkeiten. Nichts von Bedeutung, im Vergleich. Er war beinahe dankbar.

2

»Da hast du aber verdammtes Glück gehabt, das kann ich dir sagen«, bemerkte Flavia di Stefano viel später am gleichen Tag, nachdem Argyll, der in einem Sessel lümmelte und sich nachschenkte, ihr die Geschichte erzählt hatte.

»Ich weiß«, erwiderte er müde, aber froh, endlich wieder zu Hause zu sein. »Aber trotzdem wärst du stolz auf mich gewesen. Ich war großartig. Hab' gar nicht gewußt, daß so was in mir steckt.«

»Eines Tages wird's was Ernsteres sein.«

»Das weiß ich auch. Aber heute war es noch nicht so ernst, und das ist das einzige, was im Augenblick zählt.«

Seine Freundin saß mit angezogenen Beinen ihm gegenüber auf dem Sofa und sah ihn mild tadelnd an. Es hing sehr stark von ihrer Laune ab, ob sie seine Weltfremdheit tröstend oder zutiefst verwirrend fand. An diesem Abend war sie eher in verzeihender Stimmung, schließlich war sie fünf Tage ohne ihn gewesen, und schlimme Folgen gab es auch keine. Es war schon sehr merkwürdig, wie ihr sein Herumstöbern in der Wohnung gefehlt hatte. Seit ungefähr neun Monaten wohnten sie zusammen, und das war seine erste Auslandsreise ohne sie gewesen. In diesen neun Monaten hatte sie sich offensichtlich an ihn gewöhnt. Das war schon sehr komisch. Jahrelang hatte es ihr nichts ausgemacht, allein zu sein, hatte sie nichts dagegen gehabt, sich nur um sich selbst zu kümmern, und auch die Freiheit, tun zu können, was sie wollte, hatte sie keineswegs aus der Bahn geworfen.

»Darf ich den Grund für deinen sportlichen Eifer sehen?« fragte sie, streckte sich und zeigte auf das Paket.

»Mh? Ja, warum nicht«, erwiderte er, stand auf und ging in die Ecke, wo das Bild stand. »Wobei ich allerdings befürchte, daß es nicht so recht deinem Geschmack entspricht.«

Eine Weile war er mit Messer und Schere beschäftigt, er riß das Paket auf, zog das Bild heraus und stellte es auf den Schreibtisch am Fenster, wobei er ein Bündel Briefe, ein paar Stücke Schmutzwäsche, eine benutzte Tasse und einen Stapel alter Zeitungen zu Boden stieß.

»Diese verdammte Wohnung«, sagte er. »Die reinste Müllhalde. Aber was soll's«, fuhr er fort und trat einen Schritt zurück, um Sokrates' letzte Sekunden zu bewundern. »Wie findest du es?«

Flavia betrachtete es eine Weile schweigend und schickte ein kurzes Dankgebet zum Himmel dafür, daß es nur ein paar Tage in ihrer kleinen Wohnung bleiben würde.

»Na ja, das wirft zumindest die Theorie über den Haufen, daß es ein professioneller Kunstdieb war«, sagte sie sarkastisch. »Ich meine, wer mit allen Tassen im Schrank würde für so etwas eine Gefängnisstrafe riskieren? Es wäre ihm ganz recht geschehen, wenn er es bekommen hätte.«

»Also komm. So schlecht ist es auch wieder nicht. Ich meine, es ist kein Raffael, aber auf seine Art ist es doch recht anständig.«

Das Problem mit Argyll war, daß er eine ausgeprägte Vorliebe für das Obskure hatte. Die meisten Leute, das hatte Flavia ihm zu erklären versucht, hatten einen einfachen, unkomplizierten Geschmack. Impressionisten. Landschaften. Porträts von Frauen auf Schaukeln, die ein wenig Knöchel zeigten. Kinder. Hunde. So machte man Geld, versuchte sie ihn gelegentlich zu überzeugen, indem man den Leuten das verkaufte, was ihnen gefiel.

Aber Argylls Kunstbegriff wich mehr als nur ein wenig vom populären Geschmack ab. Je obskurer das klassische, biblische oder allegorische Motiv, desto faszinierender fand er es. Er konnte in Verzückung geraten über eine ausgefallene Behandlung eines mythologischen Themas und war dann immer überrascht, wenn potentielle Kunden ihn ansahen, als wäre er verrückt.

Zugegeben, allmählich besserte er sich; er lernte, seine Vorlieben hintanzustellen und den Kunden das zu bieten, was sie wirklich wollten, anstelle von etwas, von dem er glaubte, daß es ihre Einstellung zum Leben bessern würde. Aber es war ein Bemühen, das gegen seine Natur ging, und schon bei der geringsten Gelegenheit brach seine Neigung zum Kryptischen wieder durch.

Sie seufzte. Ihre Wohnung war bereits so vollgestopft mit hingesunkenen Heldinnen und posierenden Helden, daß man sich in ihr kaum mehr umdrehen konnte. Argyll gefiel es so, aber sie fand es allmählich ein wenig bedrückend, von all dieser Moral und Tugendhaftigkeit umgeben zu sein. Es war durchaus in Ordnung, daß er zu ihr in diese winzige Wohnung gezogen war, das mochte sie, ein wenig zu ihrer eigenen Überraschung, sogar sehr. Sie hatte nur nicht damit gerechnet, daß er auch seinen Lagerbestand mitbringen würde.

»Ich weiß, was du denkst«, sagte er. »Aber das hat mir eine Menge Arbeit erspart. Und Zeit. Übrigens«, fuhr er fort, als er einen Schritt zurückging und dabei auf ein altes Sandwich trat, das heimtückisch unter dem Lehnsessel versteckt lag, »hast du daran gedacht nachzusehen, ob diese neue Wohnung noch zu haben ist?«

»Nein.«

»Ach komm. Früher oder später müssen wir umziehen, das weißt du ganz genau. Schau dir doch bloß dieses Loch hier an. Das ist ja das reinste Gesundheitsrisiko.«

Flavia brummelte etwas. Vielleicht war die Wohnung ein bißchen unordentlich und sehr vollgestopft, und vielleicht war sie ein Gesundheitsrisiko, aber das war ihre Angelegenheit, und Flavia hatte sie im Lauf der Jahre sehr liebgewonnen. Was aus Argylls unbeteiligtem Blickwinkel ein kleines, übertreuertes, dunkles und schlecht belüftetes Loch war, war für sie ihr Zuhause. Außerdem lautete der Mietvertrag auf ihren Namen. Ein neuer würde ihre beiden Namen tragen.

Und das war angesichts der angespannten Wohnungslage in Rom ein stärkeres Band als eine formelle Heirat. Nicht, daß sie diesem Gedanken nicht wohlwollend gegenüberstand, wenn sie gute Laune hatte; es war nur einfach so, daß sie für Entscheidungen entsetzlich lange brauchte. Und natürlich hatte man ihr noch keinen Antrag gemacht. Was nicht unwesentlich war.

»Schau du sie dir an. Und ich denk' darüber nach. Aber zuvor, wie lange wird es dauern, bis dieses Ding wieder von hier verschwindet?«

»Wenn du mit ›diesem Ding‹ eine höchst ungewöhnliche Behandlung des Motivs vom Tod des Sokrates im französisch neoklassischen Stil meinst, dann lautet die Antwort morgen. Ich liefere es bei diesem Muller ab, und du mußt es dir dann nicht mehr ansehen. Und jetzt laß uns von etwas anderem reden. Was ist denn hier in meiner Abwesenheit alles passiert?«

»Absolut nichts. Die kriminelle Klasse wird langsam ziemlich lasch. Die ganze letzte Woche war es, als würde man in einem wohlgeordneten, zivilisierten und gesetzestreuen Land leben.«

»Wie schrecklich für dich.«

»Ja, wirklich. Bottando kann wenigstens seine Zeit mit irgendwelchen lächerlichen Konferenzen und Arbeitssessen totschlagen. Aber wir anderen haben tagelang nur herumgesessen und Löcher in die Luft gestarrt. Ich hab' absolut keine Ahnung, was los ist. Ich meine, es kann doch wohl kaum daran liegen, daß die Kriminellen zu viel Angst davor haben, daß wir sie fangen.«

»Vor einigen Monaten habt ihr doch ein paar erwischt. Das weiß ich noch gut. Alle waren furchtbar beeindruckt.«

»Stimmt. Aber das lag nur daran, daß sie sich nicht gerade geschickt angestellt haben.«

»Also bei deinen beständigen Klagen über Arbeitsüberlastung solltest du es vielleicht genießen, solange es so ist. Warum räumst du nicht auf? Als ich das letzte Mal in deinem Büro war, sah es dort sogar noch chaotischer aus als hier.«

»Was machst du denn da?« fragte sie, seinen Vorschlag mit

der Mißachtung strafend, den er verdiente, als Argyll in einem Haufen von Papieren wühlte und schließlich das Telefon herauszog.

»Ich hab' mir gedacht, ich rufe diesen Muller mal an. Mache einen Termin mit ihm aus. Damit der merkt, was für ein tüchtiger Händler ich bin.«

»Ein bißchen spät dafür, was? Es ist schon nach zehn.«

»Willst du, daß ich das Ding loswerde, oder nicht?« fragte er, während er wählte.

Kurz nach zehn am nächsten Morgen präsentierte sich Argyll, wie vereinbart, an Mullers Wohnungstür. Muller war sehr erfreut gewesen über seinen Anruf, begeistert von seiner Tüchtigkeit und seiner Freundlichkeit, und er hatte seine Ungeduld kaum noch bändigen können. Hätte Argyll nicht protestiert und gesagt, er sei vollkommen erschöpft und könne sich kaum noch rühren, hätte Muller ihn sofort zu sich bestellt.

Er war sich nicht ganz sicher, was ihn erwartete. Die Wohnung deutete auf eine annehmbare Menge Geld hin. Delorme hatte gesagt, Muller sei Amerikaner oder Kanadier oder sonst irgendwas Transatlantisches. Vertriebsleiter irgendeines internationalen Konzerns in Italien. Das glaubte er zumindest.

Auf Argyll wirkte der Mann nicht wie der Inbegriff eines international operierenden Verkäufers, wie einer, der ganze Weltgegenden ins Auge faßt und kühl kalkulierend Strategien entwirft zur Eroberung einzelner Regionen, zur Übernahme von Marktanteilen und zum Abdrängen der Konkurrenz. Zunächst einmal war er um zehn Uhr vormittags zu Hause, und Argyll glaubte, daß solche Leute sich für Kleinigkeiten wie Waschen, Umziehen, Essen und Schlafen nur siebzehn Minuten pro Tag Zeit nehmen.

Außerdem war er ein kleiner Kerl, der keine offensichtlichen Anzeichen für hartgesottenen Handelsgeist aufwies. Seine umfangreiche Mitte deutete auf Jahrzehnte falscher Ernährung hin. Arthur Muller war ein Musterbeispiel dafür, wie man jung stirbt, mit einem Verhältnis von Gewicht zu Größe, das Ernährungsspezialisten nachts schreiend aufwachen läßt.

Einer, der eigentlich schon vor dreißig Jahren wegen verstopfter Arterien hätte umkippen müssen, falls ihn nicht seine Leber zuvor drangekriegt hätte.

Aber da war er, klein, fett und allem Anschein nach lebendig genug, um medizinische Statistiken noch etwas länger durcheinanderzubringen. Wobei allerdings sein Gesicht diesen Eindruck ein wenig trübte: Obwohl er durchaus erfreut schien, Argyll mit dem Paket in der Hand an seiner Tür zu sehen, leuchtete das Gesicht wiederum nicht geradezu auf vor Vergnügen. Seine gewöhnliche Miene schien eher traurig zu sein, ein Gesicht, das nicht viel erwartete und das nie überrascht war, wenn das Unglück zuschlug. Es wirkte schon etwas komisch, beinahe so, als wäre beim Zusammenbau ein Fehler passiert und Mullers Körper hätte den falschen Kopf abbekommen.

Bei der Begrüßung allerdings ließ er es an der angemessenen Freundlichkeit nicht fehlen.

»Mr. Argyll, wie ich vermute. Kommen Sie herein, kommen Sie nur herein. Ich freue mich sehr, daß Sie hier sind.«

Gar keine schlechte Wohnung, dachte Argyll beim Eintreten, obwohl man ihr deutlich ansah, daß die Firma die Ausstattung besorgt hatte. Doch auch wenn das Mobiliar dem entsprach, was man in der Firma unter gutem Geschmack verstand, war es Muller gelungen, dem Raum ein wenig von seiner Persönlichkeit aufzudrücken. Er war kein großer Sammler, leider, aber im Lauf der Zeit hatte er ein paar hübsche Bronzen und einige anständige, wenn auch nicht außergewöhnliche Bilder zusammengetragen. Nichts davon deutete allerdings auf ein besonderes Interesse an Neoklassizismus hin, und noch weniger an den Barockgemälden, die sich in Flavias Wohnung stapelten, aber vielleicht, dachte Argyll hoffnungsvoll, war sein Geschmack ja noch in der Entwicklung begriffen.

Er setzte sich auf das Sofa, das braune Paket auf dem Schoß, und lächelte aufmunternd.

»Ich kann Ihnen gar nicht sagen, wie froh ich bin, daß Sie hier sind«, sagte Muller. »Ich suche schon eine ganze Weile nach diesem Bild.«

»Ach, wirklich?« fragte Argyll neugierig.

Muller warf ihm einen durchdringenden, beinahe amüsierten Blick zu und lachte dann.

»Was haben Sie denn?«

»Sie wollen wohl sagen«, erwiderte sein Kunde, »warum um alles in der Welt vergeudet jemand seine Zeit mit der Suche nach diesem sehr gewöhnlichen Bild. Weiß der etwas, was ich nicht weiß?‹«

Argyll gab zu, daß ihm solche Gedanken durch den Kopf geschossen seien. Was aber nicht heiße, daß ihm das Bild nicht gefalle.

»Ich mag solche Sachen recht gern«, gestand er. »Aber sonst tun das nur wenige. Behauptet wenigstens eine Freundin von mir. Der Geschmack einer Minderheit, wie sie mir immer wieder sagt.«

»Da kann sie vielleicht recht haben. Was mich angeht, ich habe nicht aus ästhetischen Gründen danach gesucht.«

»Nein?«

»Nein. Dieses Bild hatte meinem Vater gehört. Ich will etwas über mich selbst herausfinden. Eine Sache, die mit Vater und Sohn zu tun hat, wenn Sie verstehen.«

»Ach so«, sagte Argyll, während er hingebungsvoll auf dem Boden kniete und versuchte, den Knoten zu lösen, der das Packpapier zusammenhielt. Beim Wiedereinpacken am Abend zuvor war er nicht allzu gewissenhaft gewesen. Noch einer dieser Männer, der seine Wurzeln sucht, dachte er beim Fummeln. Also dem Thema lieber aus dem Weg gehen. Sonst zeigt er mir noch seinen Familienstammbaum.

»Es waren vier, soweit ich weiß«, ergänzte Muller, der Argylls Mangel an Geschicklichkeit ohne näheres Interesse betrachtete. »Alles juristische Szenen, gemalt in den 80er Jahren des 18. Jahrhunderts. Dies hier wurde angeblich als letztes gemalt. Ich habe über die Bilder recherchiert.«

»Sie hatten großes Glück, daß Sie es aufgetrieben haben«, sagte Argyll. »Suchen Sie die anderen ebenfalls?«

Muller schüttelte den Kopf. »Ich glaube, das hier wird genügen. Wie gesagt, ich bin eigentlich nicht aus ästhetischen Gründen daran interessiert. Ach, wollen Sie übrigens Kaffee?« fügte er hinzu, als der Knoten sich schließlich löste und Argyll das Bild aus der Verpackung zog.

»O ja, vielen Dank«, sagte Argyll und hörte beim Aufstehen seine Knie knacken. »Nein, nein. Sie bleiben hier und sehen sich das Bild an. Ich kann ihn doch holen.«

Also ließ Argyll Muller allein, damit er seine Neuerwerbung bewundern konnte, und ging in die Küche, wo er sich aus der Kaffeekanne bediente. Ein bißchen forsch vielleicht, aber doch auch ziemlich taktvoll. Er kannte seine Kunden. Es war nicht nur ihre Gier, endlich zu sehen, wofür sie ihr Geld ausgegeben hatten, sie mußten auch einige Zeit allein mit dem Werk verbringen. Um es kennenzulernen, von Angesicht zu Angesicht sozusagen.

Bei der Rückkehr mußte er erkennen, daß Muller und Sokrates nicht so gut miteinander auskamen, wie er gehofft hatte. Da er nur der Bote war, hätte er sich eine gewisse Gleichgültigkeit durchaus leisten können, aber er war eine mitfühlende Seele und sah die Leute gern glücklich, auch wenn er selbst keinen finanziellen Nutzen davon hatte. Allerdings hatte er gar nicht erwartet, daß es beim ersten Anblick Freudentränen auslösen würde. Denn sogar für einen *aficionado* war das Bild kein Anlaß für spontane Begeisterung. Schließlich war es ziemlich schmutzig und ungepflegt, der Firnis war schon lange stumpf, und es hatte nichts von der hochglänzenden Aura wohlgepflegter Selbstzufriedenheit, wie ordentliche Bilder in Museen sie ausstrahlen.

»Dann wollen wir mal sehen«, sagte Muller unverbindlich und vervollständigte seine Untersuchung, indem er auf die Leinwand drückte, um ihre Spannung zu kontrollieren, den Rahmen nach Holzwürmern absuchte und das Bild dann umdrehte, um die Festigkeit der Verkeilung zu prüfen. Eigentlich recht professionell, eine solche Sorgfalt hatte Argyll nicht vermutet. Genausowenig, wie er die Enttäuschung erwartet hatte, die sich jetzt auf dem Gesicht des Mannes ausbreitete.

»Es gefällt Ihnen nicht«, sagte er.

Muller sah zu ihm hoch. »Ob es mir gefällt? Nein. Ehrlich gesagt, nein. Es ist absolut nicht das, was ich wollte. Ich hatte erwartet, daß es etwas...«

»Farbenfroher ist?« schlug Argyll vor. »Besser gemalt? Lebendiger? Souveräner? Würdevoller? Meisterhafter? Überzeugender?«

»Interessanter«, sagte Muller. »Das ist alles. Nicht mehr. Das war einmal Teil einer wichtigen Sammlung. Ich hatte etwas Interessanteres erwartet.«

»Das tut mir leid«, sagte Argyll mitfühlend. Und er hatte wirklich Mitleid mit ihm. Keine Enttäuschung ist schmerzhafter als die über ein Kunstwerk, wenn die Hoffnungen, die man in es gesetzt hat, plötzlich zerstört werden vom Anblick der düsteren, hinter den Erwartungen zurückbleibenden Wirklichkeit. Argyll war es selbst schon oft so gegangen. Als er, er war damals erst sechzehn, sich zum ersten Mal die Mona Lisa ansah, hatte er sich mit wachsender Aufregung durch die Massen im Louvre gekämpft, um zu diesem Allerheiligsten zu kommen. Und als er dann davorstand, hing an der Wand dieses kleine Mistding von einem Bild. Irgendwie hätte es... interessanter sein sollen, als es war. Muller hatte recht. Es gab kein anderes Wort dafür.

»Sie können es ja immer noch im Gang aufhängen«, schlug er vor.

Muller schüttelte den Kopf.

»Da tut es mir ja fast leid, daß ich es mir nicht habe stehlen lassen«, fuhr Argyll unbeschwert fort. »Dann hätten Sie Ihr Geld von der Versicherung zurückfordern können.«

»Wie meinen Sie das?«

Argyll erzählte die Geschichte. »Wie gesagt, wenn ich gewußt hätte, daß Sie es nicht wollen, dann hätte ich ihm gesagt, nimm's und werd' glücklich damit.«

Irgendwie funktionierten seine Versuche, Muller aufzuheitern, nicht so recht. Offensichtlich ließ der Gedanke, daß eine so einfache Lösung verpaßt worden war, den Mann noch grüblerischer werden.

»Mir war ja gar nicht bewußt, daß so etwas passieren könnte.« Und dann riß er sich aus seiner trüben Stimmung und fuhr fort: »Ich fürchte, ich habe Ihnen wegen nichts und wieder nichts große Umstände bereitet. Mir ist es deshalb fast unangenehm, Sie um noch etwas zu bitten. Aber wären Sie bereit, es mir abzunehmen? Es für mich zu verkaufen? Ich fürchte, ich halte es nicht aus, dieses Ding in der Wohnung zu haben.«

Mit einer ganzen Reihe von Grimassen gab Argyll dem Mann zu verstehen, wie schlecht die Marktsituation im Augenblick sei. Es hänge alles davon ab, für wieviel er es gekauft hatte. Und für wieviel er es verkaufen wolle? Insgeheim wälzte er düstere Gedanken über Leute mit zuviel Geld.

Muller sagte, es seien zehntausend Dollar gewesen, plus diverser Kommissionen. Aber er sei bereit, weniger dafür zu nehmen. Als Strafe für unbesehenes Kaufen. »Sehen Sie es als Dummheitssteuer«, sagte er mit einem dünnen Lächeln, ein Eingeständnis, das ihn Argyll aufs neue sympathisch machte.

Das freundliche Feilschen, das folgte, endete mit Argylls Versprechen, das Bild für ihn in einer Auktion zu plazieren und zuzusehen, ob er woanders einen besseren Preis erzielen konnte, bevor die Versteigerung stattfand. Mit dem braunen Paket wieder unter dem Arm und einem anständigen Scheck für geleistete Dienste in der Hand verließ Argyll anschließend die Wohnung.

Den Rest des Vormittags brachte er damit zu, den Scheck einzulösen, und ging dann zum Auktionshaus, um das Bild schätzen und in die Versteigerungsmasse des folgenden Monats aufnehmen zu lassen.

3

Es hilft nichts, dachte Flavia, als sie den Unrat um sich herum betrachtete. Da muß bald etwas geschehen. Sie war erst spät in ihr Büro im römischen Kunstraubdezernat gekommen und hatte nach einer Stunde noch überhaupt nichts erreicht.

Mein Gott, es ist September. Nicht August, wenn alle Römer Urlaub machten. Auch hatte keiner der örtlichen Fußballvereine ein Heimspiel. Sogar sie selbst machte sich rar, wenn Roma oder Lazio spielten. Was für einen Sinn hätte es denn auch. Die gesamte italienische Regierung kam zum Stillstand, wenn ein wichtiges Fußballspiel bevorstand. Für ein wirklich großes Match unterbrachen sogar die Diebe ihre Arbeit.

An diesem Tag gab es keine Entschuldigungen, und dennoch war es unmöglich, irgend jemanden zu erreichen. Sie hatte das Innenministerium mit einer wichtigen Nachricht angerufen, nur um gesagt zu bekommen, daß jeder Sekretär, Untersekretär, stellvertretende Untersekretär, genaugenommen jeder vom Minister bis zur Putzfrau beschäftigt sei. Und was war die Entschuldigung? Irgendeine ausländische Delegation war in der Stadt, um sich auf Kosten des Steuerzahlers den Bauch vollzuschlagen. Konferenzen auf höchster Ebene. Internationale Absprachen. Beamte und Anwälte, die in dunklen Ecken über juristische und finanzielle Verordnungen tuschelten und berieten, wie Brüsseler Vorschriften am besten zu umgehen seien. Wie man den Buchstaben gehorchen und die Bedeutung mißachten könne. Überall auf dem Kontinent fanden ähnliche Konferenzen statt. Das hat man von der Einheit. Lauter dummes Zeug. Kein Wunder, daß das Land vor die Hunde ging.

Und dabei war sie voller Tatendrang im Büro eingetroffen, obwohl es eigentlich nichts Interessantes zu tun gab. Argyll hatte sich von seinem Ausflug nach Paris wieder einigermaßen erholt und hatte nun endlich etwas, mit dem er sich beschäftigen konnte. Sein Kunde hatte am Tag zuvor gesagt, daß er das Bild nicht wolle, und da er, Argyll, zehn Prozent des Verkaufspreises als Kommission erhalten sollte, hatte er beschlossen, den Tag zu investieren, um etwas über das Bild herauszufinden. Irgend etwas, mit dem er es vielleicht ein wenig aufwerten konnte. Voller Begeisterung über seine neue Aufgabe hatte er sich sofort zur Bibliothek begeben.

Flavia konnte seine verzweifelte Suche nach einer Beschäftigung gut verstehen, schließlich war sie in einer ganz ähnlichen Lage. Nicht nur der Kunstmarkt war ziemlich am Boden, der Preisverfall zeigte auch Auswirkungen auf die Welt des Verbrechens. Oder vielleicht hatten alle anständigen Kunstdiebe Pauschalreisen in die Tschechische Republik gebucht, dem einzigen Land in Europa, wo es noch einfacher als in Italien war, Kunst zu stehlen. Wie es aussah, war nur noch die zweite Garnitur im Land. Natürlich gab es die üblichen Einbrüche und all das, aber das war größtenteils Kleinkram. Nichts, in das man sich verbeißen konnte.

Und was blieb zu tun übrig? Aufräumen, wie Argyll so boshaft vorgeschlagen hatte. In ihrem eigenen kleinen Zimmer sah sie einige Dutzend verschiedener Akten auf dem Boden herumliegen. Ihr Chef, Generale Bottando, hatte noch einige Dutzend mehr in den unterschiedlichsten Stadien der Unordnung. Und am anderen Ende des Korridors, in dem Labyrinth von kleinen Zimmern, in denen die anderen Mitglieder des Dezernats hausten, wurde vermutlich ungefähr die Hälfte von dem, was sie spöttisch ihre Archive nannten, als Untersetzer für Kaffeetassen, als Stützen für Tische und als provisorischer Bodenbelag benutzt.

Organisation und Ordnung gehörten im Normalfall nicht zu Flavias Stärken, und sie gab gerne zu, daß sie, was das Aufräumen anging, nicht besser war als alle anderen im Gebäude – bis auf Bottando, doch der war der Chef und konnte deshalb tun, was er wollte. Aber hin und wieder ließ sich tief in ihrem Unbewußten ein schwaches Echo hausfraulichen Eifers vernehmen, und dann entwickelte sie eine kurzfristige Leidenschaft für Methode und Ordnung. Vielleicht hat Jonathan ja recht, gestand sie sich widerwillig ein. Vielleicht sollte ich hier wirklich Ordnung schaffen.

Also hob sie alle Akten vom Boden auf und stapelte sie auf ihrem Schreibtisch, und unter einer fand sie einen Stoß Formulare, die schon vor drei Wochen Bottandos unverzügliche Unterschrift verlangt hatten. Lieber heut als morgen, dachte sie und marschierte, um diese kleine Sache zu erledigen und um ihren Chef davon in Kenntnis zu setzen, daß jede Verfolgung krimineller Elemente eingestellt würde, bis die Akten in Ordnung gebracht waren, forsch und mit einer Miene zweckorientierter Tüchtigkeit die Treppe hoch zu Bottandos Büro.

»Ah, Flavia«, sagte er, als sie in sein Büro stürmte, wie immer ohne anzuklopfen. Das war schon in Ordnung; sie schaffte es einfach nie, daran zu denken, und Bottando war daran gewöhnt. Manche Leute beharren auf ihrer Würde.

Manch ein ranghoher Offizier der Polizia würde einen eisigen Blick bekommen und sich selbst – und seine Untergebenen – daran erinnern, daß er schließlich General sei, an dessen Tür man gefälligst höflich zu klopfen habe. Aber nicht so Bottando. Das entsprach nicht seinem Wesen. Und, was noch wichtiger war, auch Flavias nicht.

»Morgen, Generale«, sagte sie fröhlich. »Hier unterschreiben bitte.«

Er tat, wie geheißen.

»Wollen Sie gar nicht wissen, was Sie da unterschrieben haben? Das könnte ja alles Mögliche sein. Sie sollten vorsichtiger sein.«

»Ich vertraue Ihnen, meine Liebe«, sagte er und sah sie ein wenig fragend an.

»Was ist los?« fragte sie. »Sie haben mal wieder diesen Ausdruck im Gesicht.«

»Ein kleiner Auftrag.«

»Oh, schön.«

»Ja. Ein Mord. Ziemlich merkwürdig, wie's aussieht. Aber wir werden uns wohl ein wenig dafür interessieren müssen. Die Carabinieri haben vor zwanzig Minuten angerufen und gefragt, ob wir jemanden vorbeischicken können.«

»Ich gehe«, sagte sie. Sie mochte Mord zwar überhaupt nicht, aber in der augenblicklichen Lage konnte sie nicht wählerisch sein. Sie hätte alles getan, nur um aus dem Büro herauszukommen.

»Sie werden gehen müssen. Sonst ist niemand da. Aber ich glaube nicht, daß es Ihnen gefallen wird.«

Sie musterte ihn eingehend. Jetzt kommt's, dachte sie. »Warum nicht?«

»Giulio Fabriano wurde ins Morddezernat befördert«, sagte Bottando kurz und mit entschuldigendem Gesichtsausdruck.

»O nein«, jammerte sie. »Nicht der schon wieder. Können Sie denn nicht einen anderen schicken?«

Bottando hatte Mitleid mit ihr. Sie und Fabriano hatten sich früher einmal sehr nahe gestanden. Ein bißchen zu nahe für Flavias Geschmack, und deshalb war ihre Beziehung vor einigen Jahren zu Kabbeleien, Streitereien und allgemeiner Abneigung verkommen. Kurz bevor Argyll auf der Bildfläche erschienen war, genaugenommen. Unter gewöhnlichen Umständen hätte Flavia kaum noch etwas mit Fabriano zu tun gehabt, aber er war bei den konkurrierenden Carabinieri – wo er, in Anbetracht seiner beschränkten Intelligenz, erstaunlich gut vorankam, aber dort gab es ja auch kaum Rivalen –, und er hatte es sich in den letzten Jahren angewöhnt, sie immer anzurufen, wenn er an einem Fall arbeitete, der auch nur im entferntesten mit Kunst zu tun hatte. Da wurde zum Beispiel einem Mann sein Auto gestohlen. Er hatte früher einmal ein Gemälde gekauft, und deshalb rief Fabriano sie an, um zu fragen, ob es eine Akte über ihn gebe. Jeder Vorwand war ihm recht. Er war hartnäckig, unser Fabriano. Das Problem war, daß er außerdem eine außergewöhnlich hohe Meinung von sich hatte, und da Flavia weiterhin Distanz wahrte und sich obendrein noch mit so einem lächerlichen Engländer eingelassen hatte, war sein Ton eindeutig feindselig geworden. Bissige Bemerkungen. Höhnische Kommentare über Kollegen. Nicht daß Flavia das viel ausmachte oder sie nicht damit umgehen konnte. Ihr war nur lieber, es möglichst nicht tun zu müssen.

»Tut mir leid, meine Liebe«, sagte Bottando mit ehrlichem Bedauern. »Aber es ist sonst wirklich niemand da. Ich habe zwar keine Ahnung, was sie alle treiben, aber trotzdem...«

Hin und her gerissen zwischen Fabriano und den Akten, wußte Flavia nicht so recht, was die schlimmere Alternative war. Im großen und ganzen, vermutete sie, war es Fabriano. Der Mann konnte es einfach nicht lassen, er versuchte ihr immer wieder zu demonstrieren, auf was für einen Superpreis sie verzichtet hatte, als sie mit ihm Schluß machte. Aber wie es aussah, ließ Bottando ihr keine andere Wahl.

»Sie wollen also wirklich, daß ich gehe?«

»Ja. Aber ich kann mir nicht vorstellen, daß es Sie allzu lange aufhalten wird. Versuchen Sie einfach, so schnell wie möglich wieder hier zu sein.«

»Keine Angst«, sagte sie düster.

Es dauerte etwa vierzig Minuten, bis es Flavia dämmerte, daß Fabrianos Mordopfer derselbe Mann war, über den Argyll am Abend zuvor gesprochen hatte. Wobei man ihr zugute halten muß, daß sie dreißig Minuten dieser Zeit auf der Fahrt in die Außenbezirke in einem Verkehrsstau zugebracht hatte. Und während des Großteils der restlichen zehn Minuten sah sie sich einfach nur entgeistert in der Wohnung um. Kein Buch stand mehr in den Regalen, alle waren herausgezogen und viele von ihnen in Stücke gerissen und auf einen Haufen in der Mitte des kleinen Wohnzimmers geworfen worden. Auch aus den Aktenschränken waren sämtliche Unterlagen entfernt und auf den Boden geworfen worden. Die Möbel waren zertrümmert, die Kissen aufgeschlitzt worden. Jedes Bild war von der Wand gerissen und zerschnitten worden.

»Sofort aufhören«, sagte Fabriano mit gespielter Belustigung, als sie eintrat. »Signora Sherlock ist hier. Schnell, sag's mir. Wer war's?«

Sie warf ihm einen eisigen Blick zu und überging die Bemerkung. »Mein Gott«, sagte sie, als sie das Chaos sah. »Da hat aber jemand ganze Arbeit geleistet.«

»Weißt du vielleicht nicht, wer?« fragte er.

»Halt den Mund, Giulio. Laß uns dies professionell angehen, mh?«

»Ich nehme alles zurück«, sagte Fabriano, der in einer Ecke des Zimmers an der Wand lehnte. »Als Profi muß ich sagen, *ich* weiß es nicht. Muß wohl einige Stunden gedauert haben, um ein solches Chaos zu veranstalten, meine ich. Simplen Vandalismus können wir wohl ausschließen, glaubst du nicht auch?«

»Merkwürdig«, sagte sie und sah sich um.

»Was? Dürfen wir vielleicht auf einen genialen Einfall hoffen?«

»Die Einrichtung wurde einfach zertrümmert. Sehr brutal, sehr achtlos. Aber die Gemälde wurden sehr präzise zerlegt. Wurden aus ihren Rahmen genommen, die Rahmen wurden zerbrochen und zu einem Haufen gestapelt, die Leinwände zerschnitten. Mit einer Schere, wie's aussieht.«

Fabriano ließ sich zu einer zweideutigen Geste herab, aus der halb Hohn, halb Selbstgefälligkeit sprachen.

»Glaubst du vielleicht, daß wir das nicht bemerkt haben? Was glaubst du wohl, warum ich angerufen habe?«

Gut zu wissen, daß einige Leute sich nie ändern. »Was ist mit dem Bewohner passiert?« Bleib ganz ruhig, sagte sie sich. Zahl es ihm nicht mit gleicher Münze heim.

»Schau's dir doch selber an. Er ist im Schlafzimmer«, erwiderte er mit einem dünnen, beunruhigenden Lächeln.

Er hatte noch kaum den Mund aufgemacht, da wußte sie schon, daß es nicht sehr angenehm werden würde.

»O mein Gott«, sagte sie.

Die diversen Spezialisten, die bei Gelegenheiten dieser Art zusammenkommen, hatten ihre Arbeit noch nicht beendet, und obwohl sie bereits ein wenig aufgeräumt hatten, sah die Szene immer noch grausig aus. Wie aus einem Alptraum von Hieronymus Bosch. Das Zimmer selbst war wohnlich eingerichtet, beinahe gemütlich. Bettbezüge aus Chintz, Seidenvorhänge und Tapeten mit Blumenmuster vermittelten Komfort und Ruhe. Das alles verstärkte nur den Kontrast.

Man hatte den Mann aufs Bett gebunden und vor seinem Tod grausam mißhandelt. Sein Körper war übersät von Schnitten, Schwellungen und Striemen. Seine linke Hand war nur noch ein blutiger Klumpen, sein Gesicht fast nicht mehr als etwas Menschliches zu identifizieren. Die Schmerzen, die er durchlitten hatte, mußten unerträglich gewesen sein. Wer immer das getan hatte, er hatte sich viel Zeit gelassen, sich große Mühe gegeben, und er mußte, davon war Flavia augenblicklich überzeugt, schnellstmöglich eingesperrt werden.

»Aha«, sagte einer der Forensikspezialisten in einer Ecke des Zimmers, bückte sich und steckte mit einer Pinzette etwas in eine Plastiktüte.

»Was?« fragte Fabriano, der so gelassen, wie er nur konnte, an der Tür lehnte. Flavia merkte, daß sogar er Schwierigkeiten hatte, die ungezwungene Fassade aufrechtzuerhalten.

»Sein Ohr«, erwiderte der Mann und hielt die Tüte mit dem blutigen, abgerissenen Objekt in die Höhe.

Es war Fabriano, der sich zuerst umdrehte und hinausstürzte, Flavia folgte ihm allerdings auf den Fersen. Sie ging direkt in die Küche und goß sich ein Glas Wasser ein.

»War das nötig?« fragte sie wütend, als Fabriano hinter ihr hereinkam. »Hat dir das Spaß gemacht, mich da reinzuschikken, oder was?«

Er zuckte die Achseln. »Was hast du denn erwartet? ›Das ist kein Anblick für eine Frau‹, oder was?«

Sie reagierte nicht auf ihn und wartete, bis ihr Magen sich wieder beruhigt hatte. »Also?« fragte sie dann, sah zu ihm hoch und ärgerte sich, daß sie sich in seiner Gegenwart so zartbesaitet gezeigt hatte. »Was ist passiert?«

»Sieht aus, als hätte er Besuch gehabt, nicht? Der ihn gefesselt, die Wohnung verwüstet und ihm dann das angetan hat. Nach Angaben des Arztes wurde er am Ende erschossen.«

»Grund?«

»Keine Ahnung. Deshalb haben wir ja euch dazugebeten. Wie du siehst, hat derjenige, der es getan hat, offensichtlich etwas gegen Bilder.«

»Verbindung zum organisierten Verbrechen?«

»Nicht, soweit wir das feststellen konnten. Er war Vertriebsleiter für eine Computerfirma. Kanadier. Blütenreine Weste.«

An diesem Punkt beschlich Flavia ein ungutes Gefühl. »Wie hieß er?«

»Arthur Muller«, antwortete er.

»Aha«, sagte sie. Verdammt, dachte sie. Eine Komplikation, die sie absolut nicht gebrauchen konnte. Sie sah es deutlich vor sich: Wenn sie sagte, daß Argyll tags zuvor in dieser Wohnung gewesen war, würde Fabriano ihn sofort verhaften. Ihn wahrscheinlich für eine Woche einsperren, aus reiner Boshaftigkeit.

»Schon mal was von ihm gehört?« fragte Fabriano.

»Möglich«, entgegnete sie vorsichtig. »Ich frag' mal herum, wenn du willst. Vielleicht kennt Jonathan ihn.«

»Wer ist Jonathan?«

»Ein Kunsthändler. Mein Verlobter.«

Fabriano machte ein erschrockenes Gesicht, was diese kleine Unwahrheit rechtfertigte. »Meinen Glückwunsch«, sagte er. »Rede doch mal mit dem Glücklichen. Vielleicht solltest du ihn herbringen.«

»Nicht nötig«, erwiderte sie knapp. »Ich rufe ihn an. Wurde übrigens irgendwas gestohlen?«

»Das ist das Problem. Wie du siehst, herrscht ein ziemliches Chaos hier. Wird eine Weile dauern, bis wir herausgefunden haben, was verschwunden ist. Auf jeden Fall nichts von den offensichtlichen Sachen.«

»Und Schlußfolgerungen?«

»Bis jetzt noch keine. Bei den Carabinieri arbeiten wir nach Vorschrift und Indizienlage. Kein Herumgerate.«

Nach diesem freundlichen Wortwechsel ging Flavia wieder ins Wohnzimmer, um Argyll anzurufen. Keine Antwort. Er war an der Reihe mit dem Einkaufen fürs Abendessen. Es machte nichts, in einer Stunde würde er zurück sein. Sie rief statt dessen einen Nachbarn an und hinterließ eine Nachricht.

»Ja?« sagte Fabriano barsch, als ein weiterer Polizist hereinkam, ein Mann Mitte zwanzig, auf dessen Gesicht sich bereits der Ausdruck verdrossener und sarkastischer Geringschätzung zeigte, der sich nach zwei Stunden Zusammenarbeit mit Fabriano unweigerlich einstellte. »Was ist los?«

»Die Nachbarin von nebenan, Giulio –«

»Inspektor Fabriano.«

»Die Nachbarin von nebenan, Inspektor Fabriano«, korrigierte er sich und verdrehte die Augen wegen der Aussicht, daß dies vielleicht ein langer Fall werden könnte. »Scheint eine vom Typ freundschaftlich-nachbarlicher Spionagesatellit zu sein.«

»War sie zur Tatzeit zu Hause?«

»Na, ich würd' Sie wohl kaum damit belästigen, wenn sie es nicht gewesen wäre, oder? Natürlich war sie. Deshalb –«

»Schon gut«, entgegnete Fabriano knapp. »Gut gemacht. Saubere Arbeit«, fuhr er fort und nahm damit dem Polizisten jede Freude an seiner kleinen Entdeckung. »Dann rein mit ihr.«

Frauen wie Signora Andreotti dürfte es in Italien Hunderttausende geben; reizende alte Damen, im Grunde genommen, die in kleinen Städten oder sogar Dörfern aufgewachsen sind. Frauen, die zu wahrhaft herkulischen Leistungen fähig sind: für Tausende zu kochen, Kinder im Dutzend aufzuziehen, sich mit Ehemännern und Vätern herumzuschlagen und nebenbei auch noch arbeiten zu gehen. Dann werden ihre Kinder erwachsen, ihre Männer sterben, und sie ziehen zu einem der Kinder, erledigen das Kochen. Kein schlechtes Geschäft, im großen und ganzen, und auf jeden Fall besser als in einem Altersheim eingesperrt zu sein.

Aber in vielen Fällen sind die Kinder weit von zu Hause weggezogen, viele haben es in der Stadt zu etwas gebracht, haben Geld in einer Größenordnung verdient, wie es sich die Eltern zu ihrer Zeit kaum vorstellen konnten – *la dolce vita* im Stil der Achtziger.

Der Haushalt der Andreottis war so einer: zwei Elternteile, ein Kind, zwei Berufe und von acht Uhr morgens bis acht Uhr abends niemand zu Hause. Die Oma, Signora Andreotti, die früher im Heimatdorf ihre Freizeit mit nachbarschaftlichen Plaudereien zugebracht hatte, langweilte sich zu Tode. So sehr, daß sie das Gefühl hatte, vor Langeweile den Verstand zu verlieren. Und deshalb achtete sie auf alles, nichts entging ihr. Kein Lieferwagen auf der Straße, kein Kind, das im Hinterhof spielte. Sie hörte jeden Schritt im Korridor, kannte die Lebensgeschichte von allen und jedem im Block. Eigentlich war sie gar nicht neugierig, sie hatte nur nichts anderes zu tun. An manchen Tagen war dies das Äußerste an menschlicher Nähe, was sie finden konnte.

Und so hatte sie tags zuvor, wie sie Fabriano erklärte, einen jüngeren Mann gesehen, der mit einem Paket in braunem Packpapier die Wohnung betrat und sie, immer noch mit dem Paket, etwa vierzig Minuten später wieder verließ. Ein Vertreter, vermutete sie.

»Wann war das?« fragte Fabriano.

»Etwa gegen zehn. Am Vormittag. Signor Muller ging etwa gegen elf aus und kam erst um sechs wieder zurück. Am Nachmittag kam dann ein anderer Mann und läutete. Ich wußte, daß Signor Muller ausgegangen war, und habe deshalb den Kopf zur Tür hinausgestreckt und dem Mann gesagt, daß er nicht da ist. Sah ziemlich mürrisch aus, der Mann.«

»Und wann war das?«

»Ungefähr gegen halb drei. Er ging dann wieder. Kann

sein, daß er zurückgekommen ist, wenn er sehr leise war. Ich habe nichts gehört, aber manchmal sehe ich mir im Fernsehen eben eine dieser netten Spielshows an.«

Sie gab an, daß sie am Abend – der entscheidenden Zeit, in Fabrianos Augen – zu sehr mit den Essensvorbereitungen für die Familie beschäftigt gewesen sei, um etwas zu bemerken. Und um zehn sei sie ins Bett gegangen.

»Können Sie diese Männer beschreiben?«

Sie nickte wissend. »Natürlich«, sagte sie und lieferte dann eine perfekte Beschreibung von Argyll.

»Das war der am Vormittag, richtig?«

»Ja.«

»Und der Besucher vom Nachmittag?«

»Ungefähr einen Meter achtzig. Um die fünfunddreißig. Dunkelbraune, kurzgeschnittene Haare. Goldener Siegelring am Mittelfinger der linken Hand. Runde Brille mit Metallgestell. Blauweiß gestreiftes Hemd mit Manschettenknöpfen. Schwarze Slipper –«

»Schritthöhe?« fragte Fabriano erstaunt. Die Frau war die seltene Art Zeugin, von der Polizisten träumen.

»Weiß ich nicht. Aber kann ich raten, wenn Sie wollen.«

»Das ist schon in Ordnung. Sonst noch etwas?«

»Warten Sie mal. Graue Baumwollhose mit Umschlag, graue Wolljacke mit roten Streifen. Und eine kleine Narbe über der linken Augenbraue.«

4

»In dem Fall würde ich vorschlagen, Sie bringen ihn dazu, daß er zu den Carabinieri geht und eine Aussage macht. Und zwar gleich«, sagte Bottando und trommelte mit den Fingern auf den Schreibtisch. Höchst ärgerlich. Sein Dezernat mußte enger als andere mit dem Milieu zusammenarbeiten, der Zeuge von heute konnte morgen schon der Angeklagte sein. Es war eine Gratwanderung, man durfte sich nicht zu sehr mit den Leuten einlassen, bei denen es zumindest wahrscheinlich war, daß sie unter Verdacht gerieten. Und in der Welt des italienischen Verbrechens und der italienischen Politik war man mit dem Vorwurf der Korruption schnell bei der Hand. Die Beziehung zwischen Argyll und Flavia hatte, wenn in Verbindung gebracht mit einem Mord und dem Zorn Fabrianos, ein beträchtliches Problempotential. Und mehr noch, Flavia wußte das sehr wohl. Es war durchaus verständlich, daß sie ihr Privatleben nicht Fabrianos bösartigen Blicken aussetzen wollte, aber sie hätte es besser wissen müssen.

»Ich weiß. Ich hätte ihm gleich reinen Wein einschenken sollen. Aber Sie wissen doch, wie er ist. Er würde Jonathan einsperren und ihn nicht ohne Blessuren wieder freilassen, nur um mir eine Lektion zu erteilen. Immerhin habe ich versucht, ihn zu erreichen. Er war nicht zu Hause. Aber ich werde mit ihm reden und selber seine Aussage aufnehmen, obwohl sich da wohl kaum eine wichtige Verbindung ergeben wird. Ich schicke sie dann morgen Fabriano.«

Bottando brummte, annähernd zufriedengestellt. »Abgesehen davon, gibt es in diesem Fall noch etwas für Sie zu tun? Irgend etwas, das uns angeht?«

»Auf den ersten Blick nicht. Zumindest jetzt noch nicht. Fabriano erledigt die Lauferei. Mit den Leuten in Mullers Büro reden, seine Bewegungen überprüfen und so weiter. Offensichtlich hat er eine Schwester in Montreal, die möglicherweise herüberkommt. Wenn irgendwas auftaucht, das uns angeht, wird er es uns wissen lassen, da bin ich mir ganz sicher.«

»Immer noch so unangenehm, der Kerl?«

»Noch schlimmer. Seine Versetzung ins Morddezernat scheint ihm zu Kopf gestiegen zu sein.«

»Verstehe. Wenn das so ist, können Sie sich, bis Sie mit Mr. Argyll reden, ruhig wieder mit der Alltagsarbeit vergnügen. Wie wär's, wenn Sie ein bißchen mit dem Computer rumspielen?«

Flavia machte ein langes Gesicht. »O nein«, sagte sie. »Nicht der Computer.«

Bottando hatte das erwartet. Diese verdammte Maschine war, das behaupteten zumindest ihre Schöpfer, der letzte Schrei der Fahndungstechnik. Das Konzept dahinter war ein-

fach: Der Computer sollte für sämtliche Kunstraubdezernate auf der ganzen Welt das Orakel von Delphi sein. Jede Einheit in jedem Land konnte Informationen über Bilder und anderes eingeben, sogar Fotos von verschwundenen Stücken. Andere Einheiten konnten diese Informationen abrufen, sie durchgehen, Objekte identifizieren, die bei Kunsthändlern zum Verkauf standen, die entsprechenden Leute aufsuchen, verhaften, unter Anklage stellen und die gestohlenen Stücke ihren Besitzern zurückgeben. Das Komitee hinter dem Projekt war der trügerischen Hoffnung verfallen, daß das Phänomen Kunstraub praktisch über Nacht verschwinden würde, wenn die Kräfte von Recht und Ordnung erst einmal mit einer so beeindruckend hochtechnisierten Waffe ausgestattet waren.
Aber.
Das Problem mit dem Ding war, daß es ein bißchen zu delphisch war. Rufe das Bild eines Sees von Monet ab, und du bekommst wahrscheinlich das Foto eines Silberkelchs aus der Renaissance. Bei anderen Gelegenheiten lieferte der Apparat nur Zeile um Zeile unsinniges Zeug oder, und das war das Schlimmste, den gefürchteten Satz in acht Sprachen: »Vorübergehend nicht betriebsbereit. Bitte versuchen Sie es wieder.«
Einem Techniker zufolge, den man gerufen hatte, damit er sich die Maschine ansah, war sie ein wunderbares Produkt europäischer Kooperation. Ein perfektes Symbol des Kontinents, hatte er in abstrakt philosophischem Tonfall angemerkt, als das Ding wieder einmal darauf bestanden hatte, daß es sich bei einer futuristischen Skulptur um ein lange verloren geglaubtes Meisterwerk von Masaccio handle. Spezifikationen von den Deutschen. Hardware von den Italienern, Software von den Briten, Telekommunikationsverbindungen von den Franzosen. Alles zusammengestöpselt, und natürlich funktionierte es nicht. Aber hatte das wirklich jemand erwartet? Nach einer Weile ging er wieder und empfahl den postalischen Weg. Der sei verläßlicher, meinte er düster.
»Bitte, Flavia. Wir müssen ihn benutzen.«
»Aber er ist doch nutzlos.«
»Ich weiß, daß er nutzlos ist. Um das geht es nicht. Das ist

ein internationales Projekt, das ein Vermögen gekostet hat. Wenn wir es nicht hin und wieder benutzen, wird man uns fragen, warum nicht. Gütiger Himmel, junge Frau, als ich das letzte Mal in dem Zimmer war, wurde der Monitor als Pflanzenständer benutzt. Wie würde das wohl aussehen, wenn plötzlich einer vom Budgetkomitee vorbeikommt?«

»Nein.«

Bottando seufzte. Irgendwie schien er Schwierigkeiten zu haben, seine Autorität geltend zu machen, obwohl er doch im Rang eines Generals stand. Nehmen wir Napoleon zum Beispiel. Wenn der einen Befehl ausgab, schnaubten da seine Untergebenen verächtlich und weigerten sich, ihm blind Gehorsam zu leisten? Wenn Cäsar einen Flankenschwenk anordnete, sahen da seine Leutnants von ihren Zeitungen hoch und sagten, sie seien ein bißchen müde und wie es denn mit dem nächsten Mittwoch wäre? Das taten sie nicht. Natürlich, daß Flavia vollkommen recht hatte, schwächte seinen Standpunkt ein wenig. Aber darum ging es nicht. Es war an der Zeit, daß er Macht ausübte. Und Disziplin verlangte.

»Bitte«, sagte er flehend.

»Na gut«, sagte sie schließlich. »Ich werde ihn einschalten. Wissen Sie was, ich lasse ihn die ganze Nacht an. Wie klingt das?«

»Großartig, meine Liebe. Ich bin Ihnen so dankbar.«

5

Während man sich im Kunstraubdezernat mit wichtigen Problemen der internationalen Zusammenarbeit herumschlug, verbrachte Jonathan Argyll seinen Vormittag mit grundlegenderen Fragen der Bestandsverwaltung. Das heißt, er kümmerte sich um sein Bild. Ihm war nämlich ein guter Gedanke gekommen. Muller hatte doch gesagt, das Bild sei Teil einer Serie. Wer würde dann eher als Kaufinteressent in Frage kommen als die Privatperson, das Museum oder die Institution, die die anderen besaß? Natürlich unter der Voraussetzung, daß die noch zusammen waren. Er mußte nur herausfinden, wo die anderen sich befanden, und dann sein Bild zur Vervollständigung der Sammlung anbieten. Natürlich konnte es sein, daß es nicht funktionierte, aber eine Stunde Arbeit war es allemal wert.

Außerdem war das der Teil seines Berufs, den er mochte. Sich mit widerspenstigen Kunden herumzuschlagen, zu feilschen, Geld abzuknöpfen und sich zu überlegen, ob etwas mit Gewinn verkauft werden konnte, damit verdiente er zwar seinen Lebensunterhalt, aber das gefiel ihm nicht sehr. Viel zu viel Realität als ihm angenehm war. Eine kontemplative Stunde in einer Bibliothek war da viel mehr nach seinem Geschmack.

Die Frage war nur, wo er anfangen sollte. Muller hatte gesagt, er habe über das Bild recherchiert, aber wo? Er dachte daran, den Mann anzurufen, aber der war bestimmt in der Arbeit, und er wußte nicht, wo das war. Und außerdem konnte ein erfahrener Rechercheur, wie er einer war, das ziemlich schnell selbst herausfinden.

Über das Bild wußte er nur, daß es von einem Mann namens Floret stammte; und das wußte er, weil es, undeutlich aber lesbar, in der linken unteren Ecke signiert war. Er vermutete, daß es in den 80er Jahren des 18. Jahrhundert entstanden war, und es war offensichtlich französisch.

Also ging er methodisch und vorschriftsmäßig vor, ein wenig wie Fabriano, nur eher im stillen. Er begann mit der Bibel aller Kunsthistoriker, dem *Thieme und Becker*. Alle fünfundzwanzig Bände auf Deutsch, leider, aber was er verstand, reichte, um ihm den nächsten Schritt zu zeigen.

Floret, Jean. Künstler, gest. 1792. Das war so ziemlich alles. Eine Liste mit Bildern, alle in Museen. Insgesamt sechs Zeilen, kaum mehr als das Allernötigste. Kein ernst zu nehmender Maler also. Aber der Eintrag verwies ihn auf einen Artikel in der *Gazette des Beaux-Arts* von 1937, und das war seine nächste Anlaufstelle. Der Artikel stammte von einem Mann namens Jules Hartung und war kaum mehr als eine biographische Skizze, die allerdings erhellende Details lieferte. Jean Floret. Geboren 1765, arbeitete in Frankreich, 1792 guillotiniert, weil er nicht revolutionär genug war. Was ihm, dem Text zufolge, auch ganz recht geschehen war. Floret hatte für einen Mäzen gearbeitet, den Comte de Mirepoix, und für ihn eine Serie von juristischen Szenen produziert. Als dann die Revolution losbrach, denunzierte er seinen Wohltäter und überwachte die Konfiszierung der Güter des Mannes und die Vernichtung seiner Familie. Vermutlich eine ziemlich alltägliche Geschichte zu damaliger Zeit.

Aber 1937 lag lange zurück, und der Artikel sagte sowieso nichts über den Verbleib seiner Bilder, abgesehen von dem Hinweis, daß sie sich, was ziemlich offensichtlich war, nicht mehr im Besitz der Familie Mirepoix befanden. Um herauszufinden, wo sie im Augenblick waren, mußte Argyll sich schon deutlich mehr anstrengen. Den restlichen Vormittag über und weit in seine gewohnte Mittagspause hinein wühlte er sich durch geschichtliche Abrisse der französischen Kunst und des Neoklassizismus, durch Museumsführer und Bestandsverzeichnisse auf der Suche nach einem noch so kleinen Hinweis, der ihn weiterbringen könnte.

Er ging den Bibliothekaren, die ihm die Bücher brachten, schon ein wenig auf die Nerven, als er schließlich fündig wurde. Die entscheidende Information fand er in einem Ausstellungskatalog vom Jahr zuvor. Der war eben erst in der Bibliothek eingetroffen, er konnte sich deshalb glücklich schätzen. Eine drollige kleine Ausstellung, veranstaltet in einem der Vororte von Paris, die sich selbst eine kulturelle Identität schaffen wollen. *Mythen und Mäträssen* hieß diese Ausstellung, ein Vorwand für das Zusammenwürfeln der unterschiedlichsten Bilder, die außer der Entstehungszeit kaum etwas gemeinsam hatten. Ein bißchen Antike, ein bißchen Religion, viele Porträts und halbnackte Flittchen aus dem 18. Jahrhundert, die Waldnymphen spielen. Das Ganze mit einer etwas überfrachteten Einführung über Phantasie und Spiel in der idealisierten Traumwelt der höfischen Gesellschaft in Frankreich. Argyll hätte es selber nicht besser schreiben können.

Doch wie schwammig die Konzeption auch sein mochte, der Organisator gewann Argylls höchsten Respekt, und wenn auch nur für den Katalogeintrag Nr. 127: »Floret, Jean«, begann er vielversprechend. »*Der Tod des Sokrates*, gemalt ca. 1787. Teil einer Serie von vier Gemälden mit Analogen religiösen und antiken Szenen zum Thema Urteil. Das Urteil über Sokrates und das über Jesu stellen zwei Fälle dar, in denen das Rechtssystem sich nicht von seiner besten Seite gezeigt hatte, die Urteile Alexanders und Salomos dagegen Fälle, in denen die Rechtsprechenden ihrer Pflicht etwas ehrenvoller nachkamen. Private Sammlung.« Dann eine Menge Gewäsch mit Erklärungen zur Geschichte des abgebildeten Gemäldes. Leider nichts, was Argylls Hoffnung bestärkt hätte, einen Käufer zu finden, der die Gemälde vereinigen wollte. Die beiden Versionen, in denen der Gerechtigkeit Genüge getan wurde, waren außer Reichweite, das *Urteil des Salomo* in New York und das *Urteil des Alexander* in einem Museum in Deutschland. Und was noch schlimmer war, das *Urteil Jesu* war schon vor Jahren verschwunden, man nahm an, daß es verloren war. So wie es aussah, würde der alte Sokrates allein bleiben, verdammt.

Und dieser Katalog sagte nicht einmal, wem das Bild gehört hatte. Kein Name, keine Adresse. Nur »private Sammlung«. Nicht, daß das wirklich wichtig gewesen wäre. Argyll war ein wenig entmutigt, und außerdem war es Zeit fürs Mittagessen. Darüber hinaus mußte er noch einkaufen, bevor die Läden für den Nachmittag schlossen. Er war nämlich dran. Flavia war in solchen Dingen sehr eigen.

Es ist wohl anzunehmen, dachte er, als er eine Stunde später Plastiktüten voller Mineralwasser, Wein, Pasta, Fleisch und Obst die Treppe hinaufschleppte, daß der frühere Besitzer in Frankreich lebt. Vielleicht sollte er das wenigstens nachprüfen. Er konnte dann einen Herkunftsnachweis für das Bild mitliefern, und das erhöhte immer den Wert ein bißchen. Nichts geht über einen berühmten Namen als Vorbesitzer, um den Snobismus zu kitzeln, der in so vielen Sammlern schlummert. »Also, es stammt aus der Sammlung des Duc d'Orléans, wissen Sie.« So was wirkt Wunder. Und wenn er diesen Vorbesitzer aufspüren wollte, was lag da näher als Delorme noch einmal anzurufen? Die Höflichkeit verlangte es, daß er den Mann über Mullers Entscheidung aufklärte, und die Lust drängte Argyll dazu, ihm zu sagen, daß er wegen seiner Fleißarbeit in der Bibliothek beim Wiederverkauf mehr Geld würde herausschlagen können, als Delorme bei seinem Erstverkauf erhalten hatte.

Leider blieb sein Anruf in Paris unbeantwortet. Vielleicht wird die Europäische Gemeinschaft eines Tages, wenn sie die Standardisierung der Lauchstangenlänge und der Eierformen sowie die Ausmerzung von allem, was halbwegs schmeckt, abgeschlossen hat, ihre Aufmerksamkeit dem Telefonieren zuwenden. Jedes Land, so scheint es, hat ein anderes System, und zusammen ergeben sie ein wahres Gesangbuch verschiedenster Klingeltöne. In Frankreich bedeutet ein langes Tuten, daß der Anschluß frei ist, in Griechenland heißt das, daß besetzt ist, und in England, daß es diese Nummer überhaupt nicht gibt. Zweimal Tuten bedeutet in England, das der Anschluß frei ist, in Deutschland, daß besetzt ist, und in Frankreich, wie Argyll nach einer langen und mühseligen Unterhaltung mit der Dame von der Vermittlung herausgefunden hatte, daß der Trottel Delorme wieder einmal vergessen hatte, seine Telefonrechnung zu bezahlen und die Gesellschaft deshalb Strafmaßnahmen ergriffen hatte.

»Was soll das heißen?« fragte er. »Wie kann es abgestellt worden sein?«

Woher kommt das bloß? Da ist etwas Besonderes an den Damen von der Telefonvermittlung: Sie sind eine der universellen Konstanten der menschlichen Existenz. Von Algerien bis Simbabwe, in jedem Land dieser Welt schaffen sie es, einen scheinbar höflichen Satz mit tiefster Verachtung zu durchtränken. Es ist unmöglich, mit ihnen zu reden, ohne sich am Ende gerügt, gedemütigt und frustriert zu fühlen.

»Man unterbricht einfach die Leitung«, sagte sie als Antwort auf seine Frage. Das weiß doch jeder, ließ sie ungesagt. Selber Schuld, wenn Sie zweifelhafte Freunde haben, die ihre Rechnungen nicht bezahlen – auch das schwang stillschweigend mit. Sie verkniff sich zu sagen, daß Argylls Telefon aller Wahrscheinlichkeit demnächst auch abgestellt würde, bei seinem unsteten Charakter.

Ob sie herausfinden könne, wann es abgestellt worden war? Leider nein. Ob es auf diesen Namen vielleicht noch einen zweiten Anschluß gebe? Nein? Neue Adresse? Sieht nicht so aus.

Halb wütend, halb verwirrt legte Argyll auf. O Gott, jetzt mußte er womöglich einen Brief schreiben. Das hatte er seit Jahren nicht mehr getan. Hatte es sich genaugenommen ziemlich abgewöhnt. Ganz abgesehen davon, daß sein geschriebenes Französisch etwas holprig war.

Und deshalb blätterte er sein Telefonbuch durch, um nachzusehen, ob er in Paris sonst noch jemanden kannte, den er überreden konnte, ihm einen Gefallen zu tun. Niemand. Verdammt, dachte er, als das Telefon klingelte.

»Hallo«, sagte er abwesend.

»Spreche ich mit Mr. Jonathan Argyll?« fragte eine Stimme in gräßlichem Italienisch.

»Ja.«

»Und haben Sie in Ihrem Besitz ein Gemälde mit dem Titel *Der Tod des Sokrates*?« fuhr die Stimme in ähnlich schlechtem Englisch fort.

»Ja«, antwortete Argyll ein wenig überrascht. »Na ja, in gewisser Weise.«

»Was soll das heißen?«

Es war eine ruhige Stimme, beherrscht, fast sanft im Tonfall, aber Argyll mochte sie nicht. Etwas Anmaßendes in der Art, wie die Fragen gestellt wurden, ohne jegliches »Wenn Sie gestatten«. Außerdem erinnerte ihn die Stimme an jemanden.

»Das soll heißen«, erwiderte er bestimmt, »daß das Bild im Augenblick in einem Auktionshaus taxiert wird. Wer sind Sie?«

Sein Versuch, das Gespräch unter seine Kontrolle zu bringen, blieb erfolglos. Der Mann am anderen Ende – was war denn das überhaupt für ein Akzent? – ignorierte seine Frage.

»Ist Ihnen bewußt, daß es gestohlen wurde?«

Hoppla, dachte Argyll.

»Ich bestehe darauf zu erfahren, wer Sie sind.«

»Ich bin Angehöriger der französischen Polizei. Des Kunstraubdezernats, um präzise zu sein. Ich wurde nach

Rom geschickt, um dieses Bild sicherzustellen. Und ich habe die Absicht, das auch zu tun.«

»Aber ich...«

»Sie haben nichts davon gewußt. Das wollten Sie doch sagen, oder?«

»Also...«

»Das mag ja durchaus zutreffen. Ich habe Anweisung, gegen Sie wegen Ihrer Beteiligung an dieser Sache nichts zu unternehmen.«

»Hm, gut.«

»Aber ich muß das Bild sofort haben.«

»Das können Sie nicht.«

Am anderen Ende entstand eine Pause. Der Anrufer hatte mit Widerstand offensichtlich nicht gerechnet. »Und warum nicht, wenn ich fragen darf?«

»Ich habe es Ihnen doch gesagt. Das Bild ist im Auktionshaus. Das ist bis morgen früh geschlossen. Und bis dahin kann ich es nicht abholen.«

»Geben Sie mir den Namen.«

»Ich wüßte nicht, warum«, sagte Argyll mit plötzlicher Sturheit. »Ich weiß nicht, wer Sie sind. Woher soll ich denn wissen, daß Sie wirklich Polizist sind?«

»Ich würde nichts lieber tun, als Ihnen das zu beweisen. Wenn Sie wollen, besuche ich Sie heute abend. Dann können Sie sich überzeugen.«

»Wann?«

»Fünf Uhr?«

»Okay. Gut. Bis dann also.«

Nachdem der andere aufgelegt hatte, stand Argyll in der Wohnung herum und dachte nach. Verdammt. Schon erstaunlich, wie sehr gewisse Sachen schiefgehen können. Um viel Geld ging es ja nicht, aber wenigstens ein bißchen wäre es gewesen. Nur gut, daß er Mullers Scheck eingelöst hatte.

Doch je mehr er darüber nachdachte, desto merkwürdiger kam ihm die ganze Geschichte vor. Warum hatte Flavia ihm nichts gesagt? Sie mußte doch gewußt haben, daß ein französischer Polizist aus dem Kunstraubdezernat in Rom herumspazierte. Eine so unangenehme Überraschung wäre doch wirklich nicht nötig gewesen. Außerdem, wenn das Bild gestohlen war, dann hatte er Diebesgut aus Frankreich heraus und nach Italien geschmuggelt. Nicht gerade angenehm. Wenn er das Bild jetzt zurückgab, war das dann in irgendeiner Form ein Schuldeingeständnis? Sollte er nicht besser mit Leuten reden, die wußten, wovon sie sprachen?

Er sah auf die Uhr. Flavia müßte inzwischen vom Mittagessen zurück und wieder im Büro sein. Er störte sie dort nur selten, aber diesmal, so glaubte er, hatte er Grund genug, die Regel zu verletzen.

»Oh, ich bin froh, daß du da bist«, sagte Flavia, als er zwanzig Minuten später hereinmarschiert kam. »Du hast meine Nachricht also erhalten.«

»Welche Nachricht?«

»Die ich beim Nachbarn hinterlassen habe.«

»Nein. Um was ging's?«

»Er sollte dir sagen, daß du hierher kommen sollst.«

»Ich hab keine Nachricht erhalten. Wenigstens nicht von dir. Etwas Schreckliches ist passiert.«

»Stimmt«, sagte sie. »Schrecklich ist das richtige Wort dafür. Der arme Mann.«

Er zögerte und sah sie an. »Wir reden nicht von derselben Sache, oder?«

»Klingt nicht so. Warum bist du hier?«

»Wegen des Bildes. Es war gestohlen. Ich hatte gerade einen französischen Polizisten am Telefon, der es zurückhaben will. Ich wollte dich fragen, was ich tun soll.«

Diese Neuigkeit war so überraschend, daß Flavia die Füße vom Tisch nahm und sich ein bißchen mehr konzentrierte.

»Wann war das?« fragte sie. Und nachdem er ihr die Geschichte erzählt hatte, fügte sie hinzu: »Wer war es?«

»Er hat mir seinen Namen nicht genannt. Er hat nur gesagt, er würde heute abend vorbeikommen, um mit mir darüber zu reden.«

»Woher hat er gewußt, daß du es hast?«

Argyll schüttelte den Kopf. »Weiß ich nicht. Vermutlich hat Muller es ihm gesagt. Sonst wußte es ja niemand.«

»Und genau das ist das Problem. Weil Muller nämlich tot ist. Er wurde ermordet.«

Argylls Welt war bereits wegen des Bildes ein wenig aus den Fugen geraten. Diese Information machte daraus ein totales Chaos. »Was?« sagte er bestürzt. »Wann?«

»Nach vorläufiger Schätzung letzte Nacht. Komm mit. Wir reden besser mit dem General. O Gott. Und ich habe ihm versichert, daß dein Besuch bei Muller ein reiner Zufall war.«

Sie störten Bottando bei seinem Nachmittagstee. Seine Kollegen überhäuften ihn mit Spott wegen dieser Angewohnheit, die so unitalienisch war, und tatsächlich hatte er sie vor vielen Jahren nach einer Woche mit Kollegen in London angenommen. Er hatte sich diesen Brauch angeeignet. Weniger wegen des Tees selbst, den Italiener einfach nicht vernünftig kochen können, sondern weil die Zeremonie mitten am Nachmittag eine Oase der Ruhe und des Nachdenkens schuf, in der man die Probleme der Welt für eine Weile vergessen konnte. Er akzentuierte seinen Tagesablauf auf diese Art. Kaffee, Mittagessen, Tee und nach der Arbeit ein schnelles Gläschen in der Bar gegenüber. Alles kurze Intervalle, in denen er seine Papiere weglegte, nachdenklich nippte und an nichts denkend in die Luft starrte.

Er wachte eifersüchtig über diese Augenblicke. Seine Sekretärin hatte für diese Zeiten den Spruch parat: »Der General ist in einer Besprechung, kann er Sie zurückrufen?«, und es mußte schon ein tapferer Untergebener sein, der es wagte, ihn mitten in der Teepause zu stören.

Flavia war so eine, und sogar sie brauchte einen guten Grund. Sie schleppte den guten Grund gleich mit und befahl ihm, sich auf den Stuhl vor dem Schreibtisch zu setzen, während sie Bottandos Unmut besänftigte.

»Tut mir leid«, sagte sie. »Ich weiß. Aber das sollten Sie wirklich hören.«

Heftig murrend und die Arme pikiert vor der Brust verschränkt, sagte Bottando Tee und Kontemplation Lebewohl und lehnte sich zurück. »Na gut«, sagte er gereizt. »Dann raus damit.«

Während Argyll seine Geschichte erzählte, merkte er, daß

Bottando, der anfangs nur widerstrebend zuhörte, mit der Zeit immer größeres Interesse zeigte. Als er schließlich geendet hatte, kratzte Bottando sich am Kinn und dachte nach.

»Zwei Dinge«, ergänzte Flavia, bevor er etwas sagen konnte. »Erstens, als Sie mir aufgetragen haben, mit dem Computer zu spielen, habe ich dieses Bild eingegeben. Nur damit ich etwas zu tun hatte. Es ist nicht als gestohlen gemeldet.«

»Das heißt überhaupt nichts«, entgegnete Bottando. »Sie wissen doch so gut wie ich, wie unzuverlässig der Computer ist.«

»Zweitens, haben wir irgendwelche französischen Polizisten in der Stadt?«

»Nein«, antwortete Bottando. »Zumindest nicht offiziell. Und ich würde mich sehr aufregen, wenn welche inoffiziell hier wären. So was tut man nicht. Eine Frage der Höflichkeit. Und es ist auch nicht Janets Stil, das muß ich ihm zugestehen.«

Jean Janet war Bottandos *alter ego* in Paris, der Leiter des französischen Kunstraubdezernats. Ein guter Mann, und einer, mit dem die Italiener seit Jahren herzliche Beziehungen unterhielten. Und wie Bottando gesagt hatte, so etwas entsprach nicht der Art dieses Mannes. Außerdem hätte er nichts damit gewonnen.

»Na, ich prüfe das wohl besser trotzdem nach. Aber wir sollten davon ausgehen, daß dieser Mann am Telefon ein Betrüger war. Doch jetzt sagen Sie mir, Mr. Argyll, wußte außer Muller sonst noch jemand, daß Sie dieses Bild haben?«

»Nein«, antwortete er entschieden. »Ich habe versucht, es Delorme zu sagen...«

»Wem?«

»Delorme. Der Mann, von dem ich es habe.«

»Aha.« Bottando machte sich eine Notiz. »Ist der in irgendeiner Weise zwielichtig?« fragte er hoffnungsvoll.

»Auf gar keinen Fall«, erwiderte Argyll beherzt. »Ich meine, ich mag ihn nicht sonderlich, aber ich hoffe, ich kenne mich gut genug aus, um unterscheiden zu können, ob einer unehrlich oder bloß gerissen ist.«

Bottando war sich da nicht so sicher. Er notierte sich, Delorme ebenfalls zu überprüfen, wenn er Janet anrief.

»Nun gut«, fuhr Bottando fort. »Flavia erzählte mir, daß jemand versucht hat, Ihnen das Bild zu stehlen, als Sie Paris verließen. Ist das auch nur einer Ihrer Zufälle, oder was glauben Sie?«

Er sagte das zwar in freundlichem Ton, doch man mußte nicht allzu intelligent sein, um eine gewisse Schärfe mitschwingen zu hören. Bottando war alles andere als erfreut. Und, dachte Flavia, mit gutem Grund. Fabriano konnte sie mit dieser Geschichte ganz schön in Verlegenheit bringen, wenn er wollte. Und das würde er wahrscheinlich auch.

»Woher soll ich das wissen?« sagte Argyll. »Ich habe angenommen, daß es einfach ein Dieb war, der seine Chance gesehen hat.«

»Haben Sie es der französischen Polizei gemeldet?«

»Nein. Das schien mir ziemlich sinnlos, und außerdem fuhr der Zug gleich ab.«

»Wenn Sie Ihre Aussage machen, sollten Sie diese kleinen Details besser nicht vergessen. Können Sie den Mann beschreiben?«

»Ich glaube schon, ja. Ich meine, es war ein ziemlicher Durchschnittstyp. Durchschnittliche Größe, durchschnittliches Gewicht, braune Haare. Zwei Arme und Beine. Das einzige besondere Merkmal war eine kleine Narbe hier.«

Argyll deutete auf eine Stelle über seiner linken Augenbraue, und Flavia zuckte erschrocken zusammen.

»Oh, verdammt«, sagte sie.

»Was ist?«

»Das klingt nach dem Mann, der gestern Muller besuchen wollte.«

Bottando seufzte. Das kommt davon, wenn man versucht, den Geliebten zu schützen. »Es sieht so aus, als müßten wir die Möglichkeit zumindest in Betracht ziehen, daß Sie Besuch von einem Mörder bekommen. Wann kommt er?«

»Um fünf«, sagte Argyll.

»In diesem Fall sollten wir dort sein, um ihn zu empfangen. Und wir dürfen dabei kein Risiko eingehen. Wenn er ein

Mörder ist, dann ein hinterhältiger. Das Bild ist noch im Auktionshaus, sagen Sie?«

Argyll nickte.

»Dort kann es nicht bleiben. Flavia, sagen Sie Paolo, er soll es holen. Und im Tresorraum im Keller einschließen, bis wir entschieden haben, was wir damit anstellen. Dann wenden Sie sich an Fabriano. Zwei Bewaffnete auf der Straße und einer in der Wohnung sollten genügen. Aber diskret, klar? Sorgen Sie dafür, daß er das begreift. Wenn wir den Kerl erst einmal haben, können wir überlegen, wie wir weitermachen. Natürlich unter der Voraussetzung, daß er überhaupt auftaucht. Wenn wir einen Mörder liefern, kommen wir bei den anderen Sachen vielleicht ungeschoren davon.«

6

Es zeigte sich jedoch, daß sie auf eine so einfache Lösung vergeblich hofften. Eine geschlagene Stunde warteten sie in der kleinen Wohnung, aber es kam kein Besucher. Nicht einmal Fabriano, obwohl das in Flavias Augen gar nicht so schlimm war. Sie mußten sich mit einem ihrer eigenen Uniformierten begnügen, der nur widerwillig zu verstehen gab, daß er wußte, welches Ende der Pistole er auf einen Verdächtigen richten mußte. Fabriano sei in einem Fall unterwegs, so hieß es bei den Carabinieri.

»Und wann kommt er zurück?« fragte Flavia den Mann, der ihren Anruf entgegennahm. »Es ist wichtig.«

Er wußte es nicht. »Können Sie mich zu seinem Funkgerät durchstellen?« fragte sie ungeduldig.

»Sie durchstellen?« kam die spöttische Entgegnung. »Was glauben Sie denn, wer wir sind? Die US Army? Wir können schon von Glück sagen, wenn die Dinger überhaupt funktionieren.«

»Na, dann übermitteln Sie ihm eine Nachricht. Es ist dringend. Er soll so schnell wie möglich zu meiner Wohnung kommen.«

»Tun Sie beide sich wieder zusammen?«

»Ich muß doch sehr bitten.«

»Tschuldigung. Okay, ich werd' mal sehen, was ich tun kann«, sagte die Stimme am anderen Ende. Sehr vielversprechend klang das nicht.

War diese Demonstration planerischen Geschicks nicht gerade eindrucksvoll, so schaffte es wenigstens Bottando, zu Janet durchzukommen, der ihm sagte, daß er keinen seiner Leute in Italien habe.

»Taddeo«, dröhnte die Stimme aus dem Telefon. »Wie kommen Sie nur darauf? Würde ich so etwas tun?«

»Ich wollte nur ganz sichergehen«, beruhigte ihn Bottando. »Man muß seine Arbeit doch ordentlich erledigen. Aber jetzt erzählen Sie mir von diesem Bild. Wurde es gestohlen?«

Janet erwiderte, er wisse es nicht. Er müsse erst nachsehen. Und er rufe so bald wie möglich zurück.

»Und jetzt warten wir«, sagte Bottando. »Charmante Wohnung, die Sie hier haben, Flavia.«

»Sie meinen, sie ist unordentlich, winzig und trostlos«, sagte Argyll. »Da bin ich ganz Ihrer Meinung. Ich persönlich finde ja, wir sollten umziehen.«

Falls Argyll allerdings auf Bottandos Unterstützung gehofft hatte, wurde er enttäuscht. Nicht, daß der General ihm nicht zustimmte, aber das Klingeln der Türglocke hielt ihn von einer Antwort ab. Erwartungsvolles Schweigen senkte sich über sie. Argyll wurde blaß, der Uniformierte machte ein unglückliches Gesicht und zog seine Waffe, und Bottando versteckte sich im Schlafzimmer. Unfair, nach Argylls Ansicht. Er hatte selbst vorgehabt, sich dort zu verstecken.

»Also dann«, flüsterte Flavia. »Mach die Tür auf.«

Zögernd und augenblicklich mit einem Angriff rechnend, schlich Argyll zur Tür, schloß sie auf und ging sofort aus der Schußlinie. Der Polizist brachte mit nervösem Gesichtsausdruck seine Waffe in Position. Flavia fiel ein, daß sie vergessen hatte, ihn zu fragen, ob er schon einmal geschossen hatte.

Nach einer kleinen Pause schwang die Tür langsam auf, und ein Mann trat ein.

»Ach, du bist es«, sagte Flavia erleichtert und enttäuscht.

Fabriano, der noch immer im Türrahmen stand, sah sie irritiert an. »Kling doch nicht so erfreut. Wen hast du erwartet?«

»Dann hast du meine Nachricht also auch nicht bekommen?«

»Was für eine Nachricht?«

»Was für ein Tag«, sagte sie und berichtete.

»Ach. Ich verstehe.« Er schwenkte sein kleines Funkgerät. »Batterien sind leer«, erklärte er. »Worum ging's denn?«

Flavia lieferte eine kurze Zusammenfassung. Natürlich nur eine zensierte Version. Einige Aspekte der Geschichte wurden ein bißchen schnell abgehandelt. Am Ende hatte sie den Eindruck vermittelt, ihre Beziehung mit Argyll basiere auf gegenseitigem Kommunikationsmangel.

»Der Mann verspätet sich ein wenig, hm?« sagte Fabriano.

»Ja.«

»Vielleicht war er mit anderen Dingen beschäftigt.« Fabriano hatte diesen »Ich weiß etwas, was du nicht weißt«-Ausdruck im Gesicht.

Sie seufzte.

»Na schön. Und mit was zum Beispiel?«

»Vielleicht damit, einen anderen Mord zu begehen«, fuhr Fabriano fort. »An einem harmlosen Schweizer Touristen. Der nur zufällig einen Zettel mit Mullers und deiner Adresse in seiner Tasche hatte.«

Er berichtete, daß man ihn um 16 Uhr zum Hotel Raphael gerufen habe, einem ruhigen, angenehmen Hotel in der Nähe der Piazza Navona. Ein verstörter und schockierter Manager hatte angerufen, um einen angeblichen Selbstmord in einem der Zimmer zu melden. Fabriano war unverzüglich hingefahren. Kein Selbstmord, sagte er. Das sei Wunschdenken des Managers gewesen. Der Tote könne sich unmöglich auf diese Weise erschossen haben. Nicht mit einer Waffe, von der die Fingerabdrücke abgewischt worden waren.

»Ich fürchte, meine Liebe, Sie werden sich dieses Hotelzimmer ansehen müssen«, sagte Bottando. »Ich weiß, Sie mögen keine Leichen, aber trotzdem...«

Sie stimmte widerstrebend zu, und beim Aufbrechen

merkte sie, daß Bottando sich drückte. Er wollte ins Büro zurückkehren. Leute anrufen, sagte er.

Argyll hatte weniger Glück. Er hatte nicht nur kein Verlangen, sich diese Szene anzusehen, sondern hegte auch eine gewisse Abneigung gegen Fabriano; zugegeben größtenteils, weil Fabriano ganz offensichtlich auch ihn nicht mochte, allerdings hatte er auch das Gefühl, daß es das beste wäre, ihm aus dem Weg zu gehen. Doch Fabriano sagte, nachdem er ihn einige Sekunden lang mit Verachtung auf der Oberlippe beäugt hatte, er brauche seine Aussage, und deshalb komme er besser mit. Man werde sich anschließend mit ihm beschäftigen.

Flavia hatte Argyll von ihrem Vormittag in Mullers Wohnung berichtet, und obwohl sie ihm das Schlimmste erspart hatte, war er doch phantasiebegabt genug, um besorgt zu sein, lange bevor sie dieses Zimmer im dritten Stock des Hotels erreichten. Fabriano hatte natürlich ziemlich dick aufgetragen, so dick, daß Argyll, als sie Zimmer 308 schließlich betraten, fast ein bißchen enttäuscht und auf jeden Fall erleichtert war. Wenn es bei Mord einen individuellen Stil gab, dann war dies einer, der nicht von Mullers Mörder begangen worden war.

Nicht chaotische Verwüstung, sondern beinahe häusliche Ordnung bestimmte die Szene dieses Verbrechens. Die Kleidung des Bewohners war noch säuberlich auf dem Tisch aufgestapelt, eine Zeitung lag zusammengefaltet auf dem Fernseher. Seine Schuhe lugten in einer Reihe unter dem Bett hervor, und die Bettdecke war sorgfältig und korrekt zurückgeschlagen.

Auch die Leiche entsprach diesem Muster. Überraschenderweise gab es nichts Grausiges, und nicht einmal Argyll verspürte die geringste Übelkeit. Das Opfer war ziemlich alt, aber offensichtlich gut erhalten, sogar tot – ein Zustand, der die Leute selten im besten Licht erscheinen läßt – wirkte er nicht älter als Mitte Sechzig. Sein Paß dagegen besagte, daß er einundsiebzig war und Ellman hieß. Die Kugel, die ihn getötet hatte, war durch ein ordentliches, rundes Loch genau in der Mitte seines kahlen, glänzenden Schädels eingedrungen. Es gab nicht einmal viel Blut, bei dessen Anblick es einem den Magen hätte umdrehen können.

Fabriano grunzte, als Flavia darauf hinwies, und zeigte auf eins dieser unvermeidlichen Plastiksäckchen, das in einer Ecke des Zimmers lag. Es war grün. Mit ziemlich viel Rot.

»Komische Sache«, sagte er. »Soweit wir das feststellen können, saß das Opfer in einem Sessel. Sein Mörder muß von hinten an ihn herangetreten sein« – zur Illustration ging er von hinten auf den Sessel zu –, »ihm das Handtuch um den Kopf gelegt und geschossen haben. Direkt durch die Schädeldecke. Die Kugel ging gerade nach unten, wir haben keine Austrittswunde finden können. Ist wahrscheinlich durch den Hals nach unten und irgendwo in der Nähe seines Magens steckengeblieben. Die werden wir schon noch finden. Deshalb also keine große Sauerei. Und da die Waffe einen Schalldämpfer hatte, auch nicht viel Lärm. Haben Sie diesen Mann ebenfalls gekannt, Argyll? Ihm vielleicht zufällig Bilder verkauft?«

»Nein, ich habe ihn noch nie gesehen«, erwiderte Argyll und musterte die Szene mit merkwürdigem Interesse. Er beschloß, die nicht gerade höfliche Art, mit der Fabriano ihn anzureden beliebte, zu ignorieren. »Keine Ahnung, wer das ist. Sind Sie sicher, daß es nicht der ist, der mich angerufen hat?«

»Woher soll ich das wissen?«

»Aber was wollte er dann mit meiner Adresse? Oder Mullers?«

»Auch das weiß ich nicht«, erwiderte Fabriano leicht gereizt.

»Wo kommt er her?«

»Basel. Schweizer. Kann ich Ihnen sonst noch mit etwas dienen? Um Ihnen bei Ihren Nachforschungen weiterzuhelfen?«

»Halt den Mund, Giulio«, sagte Flavia. »Du hast ihn hergebracht. Da kannst du wenigstens höflich sein.«

»Auf jeden Fall«, fuhr Fabriano fort, deutlich verärgert, daß er seine Zeit damit verschwenden mußte, diese lästigen Mitläufer zu informieren, »kam er gestern nachmittag an, ging abends aus, kam spät zurück und verbrachte nach dem Frühstück den Rest seines Lebens in diesem Zimmer. Kurz nach vier wurde er entdeckt.«

»Und Jonathan wurde gegen zwei angerufen«, sagte Flavia. »Gibt es Aufzeichnungen über irgendwelche Anrufe?«

»Nein«, sagte Fabriano. »Keine Anrufe nach draußen. Er kann natürlich den öffentlichen Apparat im Foyer benutzt haben. Aber niemand hat gesehen, daß er sein Zimmer verließ.«

»Besucher?«

»Keiner hat an der Rezeption nach ihm gefragt, keiner hat irgendwelche Besucher gesehen. Wir verhören gerade das Personal und die Leute in den angrenzenden Zimmern.«

»Es gibt also keinen Grund für die Annahme, daß er etwas mit Mullers Tod oder diesem Bild zu tun hat.«

»Die Adressen und die Waffe, die vom gleichen Typ ist wie die, mit der Muller beseitigt wurde. Abgesehen davon, nein. Aber als Anfang ist es gar nicht schlecht. Oder hat vielleicht eine Superspezialistin wie du eine bessere Idee?«

»Na ja...«, begann Flavia.

»Außerdem bin ich an deiner Meinung eigentlich gar nicht interessiert. Du bist hier, um mich zu unterstützen, wenn ich dich um Unterstützung bitte. Und dein Freund da ist ein Zeuge, nicht mehr. Verstanden?«

Argyll beobachtete interessiert Fabrianos Verhalten. Was um alles in der Welt hatte Flavia je an diesem Mann gefunden, dachte er verstimmt. Er hatte das Gefühl, daß Fabriano ziemlich genau das gleiche dachte.

»Du weißt aber nicht, wer ihn getötet hat, oder?« fuhr Flavia fort. »Oder warum? Oder was dieses Bild damit zu tun hat? Genaugenommen weißt du überhaupt nicht viel.«

»Aber wir werden es herausfinden. Das wird nicht schwierig werden. Nicht, wenn wir ein bißchen daran arbeiten«, entgegnete Fabriano zuversichtlich.

»Hmpf«, bemerkte Argyll aus einer Ecke des Zimmers. Vielleicht nicht gerade die bissige Rückantwort, die er am liebsten geäußert hätte, aber alles, was ihm im Augenblick einfiel. Daß man ihn so einschüchterte, ließ seinen Witz versiegen. Eine Schwäche, und eine, auf die er nicht besonders stolz war.

Da waren sie also, standen herum und gingen einander auf die Nerven. Und erreichten rein gar nichts dabei. Flavia beschloß, die Initiative zu übernehmen. Sie werde sich um Argylls Aussage wegen des Bildes kümmern. Wenn Fabriano noch mehr brauche, könne er ihn morgen fragen. Der Blick in Fabrianos Augen sagte deutlich, daß er noch eine ganze Menge mehr tun werde als fragen. Aber zumindest war das aufgeschoben. Deshalb bugsierte sie Argyll aus dem Zimmer und schlug Fabriano vor, zu tun, was er hier noch zu tun habe. Sie werde ihm eine Kopie der Aussage zuschicken, sobald sie sie aufgenommen habe.

Als sie gingen, rief Fabriano ihnen nach, er werde vorbeikommen und sie persönlich abholen. Und daß sie nur nicht auf den Gedanken kommen sollten, er habe keine zusätzlichen Fragen mehr. Jede Menge werde er haben.

Zu viele Verbrechen machten Flavia ein wenig gefühllos, und aus irgendeinem Grund hatten die Ereignisse dieses Abends sie in eine außergewöhnliche gute Stimmung versetzt. Kein Herumalbern mehr mit Lächerlichkeiten wie dem Diebstahl vergoldeter Kelche aus Kirchen, keine Laufereien mehr, um kleine Diebe wegen verschwundenen Schmucks zu verhören. Nein. Zum ersten Mal seit Monaten hatte sie etwas halbwegs Anständiges zu tun.

Genaugenommen hatte sie sich sehr zusammennehmen müssen, um nicht fröhlich zu summen, als sie mit Argyll in ihrem Büro saß und eine detaillierte Aussage über seine Rolle in dieser Geschichte aufnahm. Aber sie war professionell genug, um Argyll ein wenig nervös zu machen. Seit Jahren war sie ihm nicht mehr als vielbeschäftigte Polizistin gegenübergetreten, und er hatte ganz vergessen, wie furchterregend sie hinter einer Schreibmaschine sein konnte. Es waren die kleinen Details, die ihn störten: Daß er gerade ihr die Nummer seines Passes nennen und sein Geburtsdatum und seine Adresse aufsagen mußte. »Aber du kennst doch meine Adresse«, wandte er ein. »Es ist dieselbe wie deine.«

»Schon, aber du mußt sie mir trotzdem sagen. Das ist eine offizielle Aussage. Oder möchtest du sie lieber Fabriano diktieren?«

»Ist ja gut«, seufzte er und gab ihr die Information. Dann wurde in mühseliger Arbeit die Aussage durchgegangen, und seine Formulierungen wurden mit ihrer Hilfe in die bürokratisch akzeptable Form gebracht. So stattete er J. Delorme, Kunsthändler, einen Geschäftsbesuch ab, anstatt einfach nur bei ihm vorbeizuschauen; er begab sich zum Bahnhof, um die Rückreise nach Rom anzutreten, anstatt nur zum Bahnhof zu gehen, um seinen Zug zu erwischen. Ertappte eingangs erwähnte unbekannte Person bei dem Versuch, besagtes Bild zu entwenden, anstatt sich von einem Ganoven fast übers Ohr hauen zu lassen.

»Du hast also dann den Zug bestiegen und bist direkt nach Rom zurückgefahren. Richtig?«

»Ja.«

»Es wäre mir wirklich lieber, wenn du es der französischen Polizei gemeldet hättest. Das hätte uns das Leben viel einfacher gemacht.«

»Alles wäre noch viel einfacher, wenn ich das Ding überhaupt nie zu Gesicht bekommen hätte.«

»Stimmt.«

»Zumindest wäre ich dann diesem Fabriano nie über den Weg gelaufen. Was hast du bloß je an dem gefunden?«

»Giulio? Der ist eigentlich gar nicht so schlimm«, sagte sie abwesend. Warum sie ihn verteidigte, war ihr im Augenblick unklar. »Wenn er in Stimmung ist, kann er lustig, lebhaft und sehr umgänglich sein. Ein bißchen besitzergreifend ist er allerdings schon.«

Argyll gab einen seiner unverbindlichen Murmellaute von sich, einen von der Art, die grundsätzliche Meinungsverschiedenheit ausdrücken.

»Aber wir sind nicht hier, um über meine Jugend zu diskutieren. Ich muß das Ding noch einmal abtippen. Sei ein paar Minuten still, damit ich es tun kann.«

Also zappelte Argyll herum und machte ein gelangweiltes Gesicht, während sie, stirnrunzelnd, mit der Zunge zwischen den Zähnen und der festen Absicht, so wenig Fehler wie möglich zu machen, letzte Hand an ihr Werk legte.

»Dann in Rom...«, fuhr sie fort. Und so ging es fast eine Stunde lang weiter, bis alles zu ihrer Zufriedenheit war. Schließlich lehnte sie sich zurück, zog das Blatt aus der Maschine und gab es ihm.

»Lies es durch und überzeug dich, daß es präzise und vollständig ist«, sagte sie mit offiziellem Tonfall. »Und dann unterschreib es, egal, was du davon hältst. Ich werde es nämlich nicht noch einmal tippen.«

Er schnitt eine Grimasse in ihre Richtung und las den Text durch. Einige Kleinigkeiten fehlten natürlich, aber die waren seiner Ansicht nach unwichtig. Vollständig und präzise schien die korrekte Beschreibung zu sein. Er unterschrieb auf der gepunkteten Linie und gab ihr das Blatt zurück.

»Puh. Gott sei Dank ist das vorbei«, sagte sie erleichtert. »Großartig. Hat überhaupt nicht lange gedauert.«

»Wie lange dauert das denn normalerweise?« fragte er und sah auf die Uhr. Es war schon fast zehn, über zwei Stunden hatten sie jetzt gearbeitet, und er bekam allmählich Hunger.

»Ach, Stunden und Stunden. Du wärst überrascht. Komm, wir wollen zu Bottando gehen. Er wartet auf uns.«

Bottando wartete geduldig und gelassen, den Blick zur Decke gerichtet und mit Stapeln diverser Papiere auf seinem Schreibtisch. Als Fabriano sich gemeldet hatte, hatte er ursprünglich daran gedacht, den Teil der Ermittlungen, der sein Dezernat betraf, persönlich zu übernehmen. Doch dann besann er sich eines Besseren. Das war eine Angelegenheit der Carabinieri, und so gerne er sich auch eingemischt hätte, es ging einfach nicht an, daß ein so ranghoher Beamter der Polizia wie er praktisch den Assistenten eines kleinen Ermittlungsbeamten spielte. Also würde Flavia das übernehmen müssen. Es war ihm nicht ganz wohl in seiner Haut wegen Flavias so deutlicher persönlicher Verwicklung, daher sein Wunsch, sich in ihrer Abwesenheit so schnell wie möglich über Argylls Bild zu informieren. Wenn es gestohlen war und Argyll es de facto aus Frankreich herausgeschmuggelt hatte, dann war die Sache klar, dann konnte unmöglich sie die Ermittlungen übernehmen. Er konnte sich die Schlagzeilen in den Zeitungen nur allzu gut vorstellen. Und das mißbilligende Stirnrunzeln seiner Vorgesetzten. Und das Vergnügen seiner diversen Rivalen, wenn sie überall herumerzählten, er habe in einer Reihe miteinander verbundener Fälle die Ermittlungen einer Beamtin überlassen, die die Freundin von einem der Verbrecher ist.

Andererseits gab es natürlich das Problem, wie er Flavia von den Ermittlungen abhalten konnte. Was sollte er sagen? Wenn er den Fall einem anderen übergab, wäre ihre Reaktion voraussehbar und nicht sonderlich angenehm. Und wenn er sie ihr übergab...

Ein kniffliges Problem. Eine universelle Ambiguität, und Bottando mochte Unwägbarkeiten nicht. Er war deshalb noch verstimmter und verdutzter, als ihn der lange erwartete Anruf aus Paris erreichte und die Geschichte, entgegen seinen Hoffnungen, noch verworrener machte.

War das Bild gestohlen oder nicht? Eine einfache Frage, kein Zweifel, und eine, auf die es eigentlich eine einfache Antwort geben sollte. Wie: ja oder nein. Ihm wäre beides recht gewesen. Was er nicht erwartet hatte, und was ihm auch nicht gefiel, war Janets Erwiderung.

»Vielleicht«, sagte der Franzose.

»Was soll das heißen? Was ist denn das für eine Antwort?«

Am anderen Ende war zu hören, wie Janet sich verlegen räusperte. »Keine sehr gute. Ich habe alles versucht, aber ohne großen Erfolg. Was wir haben, ist eine Meldung der normalen Polizei, daß ein Bild, auf das diese Beschreibung paßt, gestohlen wurde.«

»Na also, da haben wir's doch«, sagte Bottando, der sich an diese Information klammerte wie an den rettenden Strohhalm.

»Ich fürchte, nicht«, erwiderte Janet. »Weil man uns nämlich später sagte, daß ein Einschreiten unseres Dezernats nicht nötig sei.«

»Warum nicht?«

»Das ist ja gerade das Problem. Das bedeutet entweder, daß es bereits wieder sichergestellt wurde oder daß es zu unwichtig ist, um sich darüber den Kopf zu zerbrechen, oder daß die ermittelnden Beamten wissen, was passiert ist und unsere speziellen Fähigkeiten nicht brauchen.«

»Ich verstehe«, sagte Bottando, obwohl ganz und gar nicht sicher, daß er das tat. »Also, was genau ist der Status dieses Bildes, das hier an meinem Schreibtisch lehnt? Darf es hier sein oder nicht?«

Kann man ein perfekt inszeniertes gallisches Achselzucken durch ein Telefon übermitteln? Möglich. Bottando konnte beinahe sehen, wie sein Kollege eine meisterhafte Demonstration dieser Kunst vorführte.

»Offiziell wurde uns dieses Bild nicht als gestohlen gemeldet, und deshalb wurde es, was uns angeht, auch nicht gestohlen. Wir haben kein Interesse daran. Mehr kann ich im Augenblick nicht sagen.«

»Etwas so Einfaches, wie den Besitzer fragen, können Sie wohl nicht.«

»Wenn ich wüßte, wer der Besitzer ist, könnte ich es schon. Aber das ist eins der kleinen Details, die man uns nicht mitgeteilt hat. Um ganz sicher zu gehen, wäre es das beste, wenn Mr. Argyll es zurückbringen würde, aber ich bin nicht in der Lage zu sagen, ob wir ein Anrecht darauf haben oder nicht.«

Und das war alles. Wie ungemein faszinierend. Ohne auch nur einen Schritt weitergekommen zu sein, legte Bottando den Hörer auf und dachte nach. Verdammtes Bild, das war alles, was ihm einfiel. Und: Merkwürdiger Janet. Normalerweise so überschwenglich freundlich wie sonst kaum einer, doch diesmal nicht gerade von ausgeprägter Hilfsbereitschaft. Für gewöhnlich überschüttete der Mann sie bei jeder Art von Anfrage geradezu mit Details. Normalerweise würde er eigens jemanden auf den Fall ansetzen, damit der alles ausgrub, was er finden konnte. Aber nicht diesmal. Warum nicht? Vielleicht war er einfach zu beschäftigt. Bottando kannte das Problem. Prioritäten. Wenn man wirklich im Streß ist, kann man sich nicht allzu lange mit Kleinigkeiten aufhalten. Trotzdem...

Dann ließ er sich in seinem Lehnsessel nieder, stützte das Kinn in die Hände und sah sich das Bild eingehend an. Wie Flavia gesagt hatte, recht anständig, eigentlich sogar ziemlich gut gemacht. Wenn man so etwas mag. Nichts Besonderes. Nichts, für das man töten würde, wobei sie ja keinen wirklichen Grund zu der Annahme hatten, das Bild sei etwas anderes als ein unschuldiger Zuschauer, wenn man so will. Außerdem hatte man, nachdem das Bild ein paar Stunden zuvor im Dezernat eingetroffen war, einen Experten vom Museo Nazionale herbeigerufen, der es eingehend untersucht und festgestellt hatte, daß es genau das war, wonach es aussah. Nichts unter der Farbschicht, nichts hinter der Leinwand und nichts im Rahmen versteckt. Bottando hatte in dieser Hinsicht manchmal eine recht lebhafte Phantasie. Vor vielen Jahren hatte er einige Drogenschmuggler geschnappt, die Heroin in einem ausgehöhlten Bilderrahmen transportierten, und er wünschte sich sehnlichst, so etwas wieder aufzudecken. Aber nicht bei diesem Fall; trotz aller Bemühung handelte es sich immer noch um ein mittelmäßiges Bild in einem gewöhnlichen Rahmen.

Er war noch immer beim Betrachten und Kopfschütteln, als Flavia und Argyll eintraten.

»Und? Was gibt's zu berichten?«

»Eigentlich eine ganze Menge«, sagte sie und setzte sich. »Dieser Ellman wurde vermutlich mit derselben Waffe erschossen wie Muller. Und wie Sie bereits wissen, hatte er sowohl Mullers wie Jonathans Telefonnummern und Adressen bei sich.«

»Was ist mit diesem mysteriösen Burschen mit der Narbe? Hat den vielleicht jemand in der Hotelhalle herumlungern sehen?«

»Ich fürchte, nein.«

»Wer war er? Ellman, meine ich.«

»Nach den Dokumenten, die er bei sich hatte, war er Deutscher von Geburt und eingebürgerter Schweizer. Wohnte in Basel, geboren 1921, ein Import-Export-Berater im Ruhestand. Keine Ahnung, was das ist. Fabriano hat sich mit der Schweizer Polizei in Verbindung gesetzt, um mehr herauszufinden.«

»Das heißt also, wir haben Informationen ohne die dazugehörenden Erklärungen.«

»Das kommt ungefähr hin. Aber wir können ja ein paar Vermutungen anstellen.«

»Wenn's sein muß«, erwiderte Bottando zweifelnd. Er stellte nicht gern Vermutungen an. Er ordnete lieber Fakten. Das war professioneller.

»Also gut. Drei Vorfälle: ein versuchter Raub und zwei Morde, zusammen mit der Möglichkeit, daß das Bild gestohlen wurde. Als allererstes müssen wir herausfinden, wer der letzte Besitzer war.«

»Was Janet nicht weiß, wie er behauptet.«

»Hm. Wie auch immer. All diese Vorfälle stehen miteinander in Verbindung. Das Bild und der Mann mit der Narbe verbinden die ersten beiden, die Waffe den zweiten mit dem dritten. Muller wird gefoltert, und wenn der Mörder kein Wahnsinniger ist, kann er das nur getan haben, um etwas herauszufinden. Seine Bilder wurden zerschnitten, und danach ruft jemand Jonathan an und erkundigt sich nach Sokrates.«

»Ja«, bemerkte Bottando geduldig. »Und das heißt?«

»Eigentlich nichts«, erwiderte Flavia ein wenig geknickt.

»Da ist noch eine weitere kleine Frage«, bemerkte Argyll. Wenn die ganze Geschichte sich als so kompliziert erwies, dann sah er nicht ein, warum nicht auch er seinen Beitrag leisten sollte.

»Und die wäre?«

»Woher wußte dieser Mann von Muller? Und woher wußte er, daß ich auf dem Bahnhof in Paris sein würde? Ich habe es keinem Menschen gesagt. Die Information muß also von Delorme gekommen sein.«

»Wir werden diesen Kollegen von Ihnen fragen müssen«, sagte Bottando. »Und auch sonst wartet eine ganze Menge Arbeit auf uns. Mullers Schwester kommt morgen an, soweit ich weiß. Und jemand wird nach Basel gehen müssen.«

»Das kann ich tun, nachdem ich mit der Schwester gesprochen habe«, sagte Flavia.

»Ich fürchte, nein.«

»Warum nicht?«

»Berufsethos«, erwiderte Bottando nachdenklich. »Deshalb nicht.«

»Jetzt. Moment mal –«

»Nein. *Sie* hören jetzt zu. Sie wissen so gut wie ich, daß Sie sich in dieser Sache bedeckt halten sollten. Wie unwissentlich auch immer Mr. Argyll Diebesgut transportiert haben mag, es ist dennoch möglich, daß er genau das getan hat. Er ist außerdem ein wichtiger Zeuge, und diese Tatsache haben Sie den Carabinieri vorenthalten.«

»Jetzt übertreiben Sie aber etwas.«

»Ich stelle nur klar, wie es für jemanden wie Fabriano aussehen würde. Es darf nicht bekannt werden, daß Sie an dieser Ermittlung beteiligt sind.«

»Aber...«

»Es darf nicht bekannt werden, habe ich gesagt. Und da ist noch ein zweites Problem, nämlich daß Bruder Janet zum ersten Mal, seit wir uns kennen, nicht ganz ehrlich zu mir ist – und bis ich herausgefunden habe warum, müssen wir eine gewisse Vorsicht an den Tag legen.«

»Was meinen Sie damit?«

»Er hat gesagt, das beste wäre es, wenn Mr. Argyll das Bild zurückbringen würde.«

»Und?«

»Ich habe ihm nie gesagt, daß Mr. Argyll das Bild hatte. Was für mich den Verdacht nahelegt, daß vielleicht doch ein Franzose inoffiziell hier bei uns gearbeitet hat. Was mir ganz und gar nicht gefällt. Nun tut aber Janet nie etwas ohne guten Grund, und wir müssen deshalb versuchen herauszufinden, was dieser Grund ist. Ich könnte ihn ja fragen, aber die Möglichkeit, es mir zu sagen, hat er bereits gehabt.«

»Deshalb«, fuhr er fort, »müssen wir methodisch vorgehen. Mr. Argyll, ich muß Sie bitten, das Bild zurückzugeben. Darf ich annehmen, daß Sie das nicht allzu sehr belastet?«

»Ich glaube, ich schaff's«, sagte Argyll.

»Gut. Und wenn Sie schon dort sind, können Sie vielleicht ein taktvolles Treffen mit ihrem Freund Delorme arrangieren und herausfinden, ob er Licht in diese Sache bringen kann. Aber unternehmen Sie auf gar keinen Fall mehr. Wir haben es hier mit einem Mörder zu tun, und zwar mit einem ziemlich heimtückischen. Riskieren sie nichts. Erledigen Sie Ihren

Auftrag, und kommen Sie sofort zurück. Haben Sie das verstanden?«

Argyll nickte. Er hatte nicht die leiseste Absicht, etwas anderes zu tun.

»Gut. In diesem Fall würde ich vorschlagen, daß Sie nach Hause gehen und packen. Nun zu Ihnen, Flavia«, fuhr er fort, während Argyll, der merkte, daß er nun nicht mehr gebraucht wurde, aufstand und ging, »Sie fahren nach Basel und schauen, was Sie herausfinden können. Ich werde die Schweizer benachrichtigen, daß Sie kommen. Und Sie kommen ebenfalls sofort wieder zurück. Wenn Sie etwas anderes tun, ist das inoffiziell. Ich will Ihren Namen auf keinem Bericht, keiner Niederschrift und auch sonst auf keinem offiziellen Dokument sehen. Verstanden?«

Sie nickte.

»Ausgezeichnet. Ich erzähle Ihnen dann, was Mullers Schwester gesagt hat, wenn Sie zurückkommen. Ich würde vorschlagen, daß Sie zuvor noch zu den Carabinieri gehen, Argylls Aussage abliefern und sie überreden, Ihnen zu zeigen, was sie bis jetzt zusammengetragen haben. Sie wollen doch nicht, daß Sie in Basel etwas übersehen, nur weil Sie nicht wissen, wonach Sie suchen.«

»Es ist schon fast elf«, gab sie zu bedenken.

»Dann schreiben Sie eben Überstunden auf«, erwiderte er wenig mitfühlend. »Morgen früh habe ich alle Unterlagen fertig, die Sie brauchen. Kommen Sie und holen Sie sie ab, bevor Sie aufbrechen.«

7

Sechs Uhr morgens. Das heißt, sieben Stunden und fünfundvierzig Minuten, seit er die Wohnung betreten hatte, und sieben Stunden und fünfzehn Minuten, seit er ins Bett gegangen war. Keinen Augenblick Schlaf und, das war der springende Punkt, auch keine Flavia. Was zum Teufel trieb sie nur? Sie war mit dem Carabinieri davongegangen. Und das war das letzte, was er von ihr gehört hatte. Normalerweise war Argyll ein gelassener Mensch, aber Fabriano hatte ihm maßlos irritiert. All diese muskulöse Männlichkeit auf engem Raum, das höhnische Grinsen und das Posieren. Was, das fragte er sich zum zehnten Mal, hatte sie nur je an ihm gefunden? Etwas mußte es gewesen sein. Er drehte sich wieder einmal um, die Augen weit geöffnet. Wäre Flavia bei ihm gewesen, hätte sie ihm gesagt, daß er an hochgradiger Erregung leide, und das sei gefährlich für einen, der ein ruhiges Leben vorzog. Morde, Diebstähle, Verhöre, zu viel für die kurze Zeitspanne. Was er brauche, sei ein Glas Whisky und eine Nacht Schlaf.

Dieser Diagnose hätte er zugestimmt, und das hatte er auch die ganze Nacht lang, während er sich in seinem Bett herumwarf. Schlaf endlich ein, hatte er sich gesagt. Hör auf, dich lächerlich zu machen. Aber er schaffte beides nicht, und als er es nicht länger ertrug, der kleinen Vogelpopulation Roms bei ihrem Morgengesang zuzuhören, gab er sich endgültig geschlagen, stand auf und überlegte, was er nun tun sollte.

Geh nach Paris, hatte man ihm gesagt, und das sollte er vielleicht auch tun. Wenn Flavia sich so rücksichtslos rar machen konnte, dann konnte er ihr zeigen, daß sie darauf kein Monopol hatte. Außerdem wäre damit eine unrentable Aufgabe schnell erledigt. Er sah auf die Uhr, während der Kaffee kochte. Früh genug, um das erste Flugzeug nach Paris zu erreichen. Um zehn dort, mit der Vier-Uhr-Maschine zurück und um sechs wieder zu Hause. Zumindest, wenn Flugzeuge, Züge und Fluglotsen mitspielten. Er hoffte nur, daß der Nachtportier im Kunstraubdezernat Instruktionen hatte, ihn das Bild mitnehmen zu lassen. Wenn er Glück hatte, konnte er wirklich abends wieder zurück sein. Und dann konnte er sich diese Wohnung ansehen. Und wenn Flavia das nicht gefiel, hatte sie eben Pech gehabt.

Nachdem er also seine Entscheidung getroffen hatte, kritzelte er eine kurze Nachricht auf einen Zettel und legte ihn beim Hinausgehen auf den Küchentisch.

Etwa zwanzig Minuten, nachdem er gegangen war, betrat Flavia die Wohnung. Auch sie war total erschöpft, wenn auch aus anderen Gründen. Eine gigantische Anstrengung. Es war erstaunlich, wieviel Papier diese Polizisten in so kurzer Zeit produzieren konnten, und Fabriano hatte sich heftig dagegen gewehrt, es ihr zu zeigen. Erst als sie gedroht hatte, sich bei ihrem Chef zu beschweren, hatte er widerwillig nachgegeben. Wäre sie in einer besseren Stimmung oder weniger müde gewesen, hätte sie ihn wohl verstanden. Er arbeitete sehr intensiv an diesem Fall. Es war seine große Chance, und die wollte er sich nicht entgehen lassen. Auf keinen Fall wollte er die Lorbeeren mit ihr teilen, wenn er das irgendwie vermeiden konnte. Das Problem war, seine Haltung verhärtete die ihre. Je mehr er sich wehrte, desto mehr verlangte sie. Je mehr er – und Bottando – sie aus diesem Fall draußen halten wollten, desto entschlossener wurde sie, weiterzuermitteln. Also hatte sie dagesessen und gelesen. Hunderte Blatt Papier, Aussageniederschriften, Dokumentationen, Fotos, Bestandslisten.

Aber in all den Riesenmengen an Information war kaum etwas von Bedeutung zu entdecken. Penible Listen der Gegenstände in Ellmans Hotelzimmer ergaben absolut nichts Interessantes. Vorläufige Anfragen in der Schweiz und in Deutschland wiesen auf keinerlei kriminelle Vergangenheit hin, nicht einmal eine Verkehrssünde befleckte seinen guten Namen. Dann gab es einen ganzen Stapel von Aussageniederschriften, die man aufgenommen hatte, nachdem sie in Bottandos Büro zurückgekehrt waren. Kellner, Türsteher, Passanten, Besucher des Hotel-Restaurants und der Hotel-Bar, Putzfrauen und Gäste. Angefangen bei Madame Armand vom Zimmer gegenüber, die glaubte, Ellman an diesem Morgen kurz gesehen zu haben, die aber mehr Zeit damit verbrachte, über ihr verpaßtes Flugzeug zu jammern, als wertvolle Hinweise zu liefern, durch das ganze Alphabet hindurch bis zu Signor Zenobi, der sehr schuldbewußt gestand, er habe eine, äh, äh, Bekannte bei sich gehabt und überhaupt nichts gehört, und es sei doch wohl unnötig, daß seine Frau davon erfahre, nicht?

Nach stundenlangem konzentrierten Lesen gab Flavia auf und ging nach Hause, um in der kurzen Zeit bis zu ihrer Abreise in die Schweiz mit Argyll darüber zu reden.

»Jonathan?« rief sie mit ihrer süßesten Stimme, als sie die Tür aufschloß. »Bist du wach?«

»Jonathan?« rief sie ein bißchen lauter.

»Jonathan!« schrie sie, als immer noch keine Antwort kam.

»O Scheiße«, ergänzte sie, als sie seine Nachricht auf dem Tisch entdeckte. Dann klingelte das Telefon. Es war Bottando, und der wollte sie so schnell wie möglich in seinem Büro sehen.

Der General hatte ein Problem, das aufgetaucht war, kaum daß er sich einen ausgeklügelten Plan zurechtgelegt hatte, wie er Flavia auf Distanz zu dieser Ermittlung halten konnte. Es ging im wesentlichen um ein linguistisches Problem und ergab sich, als Helen Mackenzie mit der Maschine aus Toronto eintraf. Mrs. Mackenzie sprach Englisch und ein wenig Französisch. Giulio Fabriano, der die Befragung eigentlich hätte durchführen sollen, sprach keins von beiden – ein Handikap, das, wie man ihm schon des öfteren gesagt hatte, im Zeitalter der europäischen Integration zu einem Karrierehindernis werden konnte. So sehr er sich allerdings mit Kassetten, Büchern und Vokabellisten abmühte, er konnte einfach nichts behalten. Wissenschaftlern zufolge sind etwa sechs Prozent der Bevölkerung eines Landes unfähig, eine Fremdsprache zu lernen, so gewandt sie in der eigenen auch sein mögen. Fabriano war, Pech für ihn, Teil dieser kleinen und immer stärker verfolgten Minderheit.

Bottando besaß zwar mehr Talent, aber kaum mehr Kenntnisse, doch bei seinem Alter und seinem Rang war das ohne große Bedeutung. Im Französischen kam er gerade so über die Runden, er verstand ein wenig Deutsch, und für alles Anspruchsvollere konnte er auf Flavia zurückgreifen, die in solchen Dingen ekelhaft gut war.

Deshalb sein Anruf, diese Verletzung der selbstauferlegten Regel, fünf Minuten nachdem er erkannt hatte, daß das Verhör Wochen dauern und höchst unpräzise verlaufen würde, wenn nicht bald Hilfe einträfe. Etwa eine halbe Stunde nach seinem Anruf wankte Flavia herein, mit verquollenen Augen, zerknautscht und alles andere als bereit, eine eingehende Befragung durchzuführen.

So kam es zu einer kleinen Verzögerung, da Bottando zuerst eigenhändig (eine ziemliche Seltenheit, aber seine Sekretärin hatte sich verspätet) den stärksten Kaffee aufbrühte, in die nächste Bar stapfte, um Essen und Zigaretten zu besorgen, und sie ermutigte, wenigstens zu versuchen, wach zu bleiben. Es tat ihrem Magen überhaupt nicht gut, aber wenigstens half die Schockbehandlung gegen das zwanghafte Gähnen.

Nach dem zwölfstündigen Flug von Kanada war Mrs. Mackenzie in kaum besserer Verfassung, und so wurde die Befragung, als sie schließlich begann, immer wieder unterbrochen von gegenseitig sich stimulierenden Gähnanfällen. Eigentlich recht nett, die Dame, dachte Flavia. Adrett und gutaussehend, offensichtlich tief bestürzt über den Tod ihres Bruders, aber eine von der praktischen Sorte, die beschlossen hat, lieber im stillen Kämmerlein zu trauern. Im Augenblick wollte sie so viel Information wie möglich liefern, ihre Hauptsorge galt der Ergreifung des Schuldigen.

Sie war etwas überrascht, als Flavia ins Zimmer wankte, Notizbuch und Kassettenrecorder in der einen, Kaffeekanne in der anderen Hand. Es war nicht gerade das, was sie sich unter einem ordentlichen polizeilichen Ermittlungsbeamten vorstellte. Viel zu jung, viel zu attraktiv, viel zu müde. Aber diese junge Italienerin hatte ein sehr charmantes Lächeln und verdiente zumindest die Gelegenheit, sich mit einem brauchbaren Bericht über die bisherigen Ermittlungen zu bewähren. Es habe, sagte sie, einen zweiten Mord gegeben, der mit ziemlicher Sicherheit mit Mullers Tod in Verbindung stehe. Es tue ihr leid, daß sie schon so bald nach der Landung des Flugzeugs anfange, Fragen zu stellen, fuhr sie fort, aber es sei wohl offensichtlich, daß die Sache eile.

»Ich verstehe das sehr gut«, sagte Helen Mackenzie. »Im Grunde genommen finde ich Ihr Tempo ziemlich ermutigend. Aber können Sie mir jetzt sagen, wie Arthur gestorben ist?«

Oh, dachte Flavia. Ins Detail gehen wollte sie nur höchst ungern. Vielleicht hatte die Frau das Recht, alles zu erfahren. Aber bei vertauschten Rollen wäre es ihr, Flavia, lieber gewesen, wenn man sie im dunkeln gelassen hätte.

»Er wurde erschossen«, sagte sie. »Ich fürchte, zuvor wurde er noch übel zusammengeschlagen.« Belaß es dabei, dachte sie.

»Ach, der arme Arthur. Und wissen Sie, warum?«

»Wir wissen es nicht«, gab sie freimütig zu. »Eine Möglichkeit betrifft ein Gemälde. Er hatte eben eins gekauft – oder zumindest beinahe. Am Tag zuvor versuchte jemand, es zu stehlen, als es Paris verließ, und der Dieb wurde an dem Tag, als Mr. Muller starb, vor seiner Wohnung gesehen. Wie Sie vielleicht bemerkt haben, gibt es im Augenblick noch eine ganze Menge, was wir nicht wissen. Ich fürchte, alles, was wir haben, sind verschwommene Hypothesen, denen man genauer nachgehen muß. Seine Papiere zeigen nichts Ungewöhnliches, seine Arbeit, seine Freunde und seine Kollegen sind alles Musterbeispiele der Normalität.«

Mrs. Mackenzie nickte zustimmend. »Das klingt nach ihm. Er führte ein merkwürdiges Leben. Mit nur sehr wenig Freude oder Vergnügen darin. Eigentlich eine ziemlich armselige Existenz. Hatte kaum Freunde, kaum persönliche Interessen. Deshalb haben ihm auch die vielen Reisen und diese ständigen Versetzungen von einem Land ins andere nichts ausgemacht. Er hatte nie sehr viel, was er zurückließ.«

»Nun«, sagte Flavia, »zu diesem Bild. Er sagte, es habe seinem Vater gehört. Wir können nirgends einen Nachweis dafür finden. Wer war sein – Ihr – Vater?«

Sie lächelte. »Das sind zwei verschiedene Fragen. Mein Vater war Doctor John Muller, der vor acht Jahren starb. Arthur war adoptiert. Sein Vater war ein Franzose namens Jules Hartung.«

Flavia notierte sich das. »Und wann starb der?«

»1945. Er erhängte sich. Kurz bevor man ihm als Kriegsverbrecher den Prozeß machen wollte.«

Flavia sah auf und dachte einen Augenblick nach. »Wirklich? Ich verstehe. Vielleicht sollten Sie mir das ausführlicher erzählen. Einen kurzen geschichtlichen Abriß, sozusagen. Ich weiß nicht, ob es von Bedeutung ist –«

»Es kann durchaus sein«, unterbrach sie die Kanadierin, »daß dieses Bild etwas mit Arthurs Tod zu tun hatte. Schon seit ein paar Jahren versuchte er, mehr über seinen Vater herauszufinden. Seit dem Tod meiner Mutter.«

»Warum gerade seit damals?«

»Weil er damals die Briefe seiner Eltern in die Hand bekam. Sie hatte sie ihm nie gegeben. Sie und Dad wollten die Vergangenheit nicht wieder aufwühlen. Ihrer Meinung nach hatte Arthur schon genug durchgemacht –«

Flavia hob die Hand. »Von Anfang an, bitte«, sagte sie.

»Also gut. Arthur kam 1944 nach Kanada, nach einer langen Reise über Argentinien. Er war aus Frankreich herausgebracht worden, weil seine Eltern das Gefühl hatten, es wäre zu gefährlich für ihn zu bleiben. Ich weiß nicht genau, wie sie ihn herausbrachten. Er war erst vier, als er ankam, und erinnerte sich an kaum etwas. Er wußte noch, daß seine Mutter ihm gesagt hatte, er müsse nur brav sein und alles würde wieder gut werden. Und daß er gefroren hatte, als er, versteckt auf den Ladeflächen von Lastwagen und Karren, die Pyrenäen nach Spanien überquert hatte, daß er eine lange Schiffsreise nach Buenos Aires gemacht hatte und dann von einer Person zur anderen weitergereicht worden war, bis man ihn schließlich nach Kanada und zu meinen Eltern brachte. Die ganze Zeit hatte er Angst. Meine Eltern waren bereit, ihn aufzunehmen. Familiäre und geschäftliche Bindungen. Ich glaube, sie hatten vor, sich um ihn zu kümmern, bis es Frieden gab, und ihn dann wieder nach Hause zu schicken. Aber dann war der Frieden da, und beide Elternteile waren tot.«

»Was ist mit seiner Mutter passiert?«

Mrs. Mackenzie hob abwehrend die Hand. »Dazu komme ich noch.« Sie hielt einen Augenblick inne, um ihre Gedanken zu sammeln, und begann dann erneut. »Er hatte keinerlei Familie mehr, die ihn wollte, und deshalb adoptierten meine Eltern ihn offiziell. Gaben ihm ihren Namen und versuchten, alles Vorherige auszulöschen. So zu tun, als wäre es nie passiert.

Inzwischen sagen die Psychologen, das ist das Schlimmste, was man tun kann. Meine Eltern waren gute Menschen, sie fragten alle möglichen Leute um Rat, was sie tun sollten, um das Beste für ihn zu erreichen. Aber Kinder sollten wissen, wer sie sind und woher sie kommen. Mit unangenehmen Wahrheiten, die sie kennen, können sie besser fertigwerden als mit Hirngespinsten. Arthur konstruierte sich eine komplette Phantasiewelt, um die Lücken in seinem Wissen zu füllen. Sein Vater war ein großer Mann. Ein Held, getötet bei der Verteidigung Frankreichs. Er hatte Karten, die zeigten, wo sein Vater gekämpft hatte, wo er, umgeben von trauernden Kameraden, gefallen war. Wo er in den Armen seiner hingebungsvoll liebenden Frau gestorben war. Die Wahrheit entdeckte er, als er zehn war. Ein Alter, in dem man sehr leicht zu beeindrucken ist. Vermutlich der schlimmstmögliche Zeitpunkt.«

»Und die Wahrheit lautete...«

»Die Wahrheit lautete, daß sein Vater ein Verräter war, ein Sympathisant der Nazis und ein Mörder, der 1943 Angehörige der Resistance ausspioniert und an die Besatzungsmacht verraten hatte. Seine Frau, Arthurs Mutter, gehörte zu denen, die er verriet. Sie wurde verhaftet und allem Anschein nach hingerichtet, ohne daß er auch nur einen Finger gerührt hätte, um sie zu retten. Als er entdeckt wurde, floh er aus dem Land und kam nach der Befreiung wieder zurück. Aber er wurde erkannt und verhaftet, und er erhängte sich, während das Verfahren gegen ihn vorbereitet wurde. Er hatte nicht einmal den Mut, sich dem Gericht zu stellen.

Wie Arthur dies herausfand, weiß ich nicht. Und ich habe nicht die leiseste Ahnung, wie einige seiner Mitschüler es herausfinden konnten. Aber sie fanden es heraus, und, wie Kinder eben sind, sie quälten ihn. Kinder sind oft grausam, und das passierte 1950, als die Erinnerung an den Krieg noch sehr lebendig war. Für Arthur war das Leben die reinste Hölle, und wir konnten kaum etwas dagegen tun. Es war nicht klar, wen er mehr haßte: seinen Vater für das, was er getan hatte, seine Mitschüler, weil sie ihn verfolgten, oder uns, weil wir es verheimlicht hatten. Aber von dieser Zeit an wollte er nichts anderes mehr als weggehen. Weg aus der Kleinstadt, in der wir lebten, weg aus Kanada, weit weg von allem.

Er schaffte es, als er achtzehn war. Er studierte und suchte sich dann Arbeit in Amerika. Er kam nie wieder nach Kanada zurück, und wir hatten danach auch kaum Kontakt mit ihm, bis auf gelegentliche Briefe oder Anrufe. Ich glaube, je älter er wurde, desto mehr akzeptierte er, daß meine Eltern ihr Möglichstes getan hatten. Er war nie verheiratet, hatte nie eine ernsthafte Beziehung mit einem Menschen, soweit ich das weiß. Er war dazu nicht stark und nicht selbstbewußt genug. Er lebte einfach sein Leben und versuchte, erfolgreich zu sein. Und zumindest in seiner Arbeit hatte er Erfolg.«

»Und dann starb Ihre Mutter?«

Sie nickte. »Ja. Vor zwei Jahren, und wir mußten ihren Haushalt auflösen. Eine traurige Aufgabe, diese vielen Jahrgänge von Papieren und Dokumenten und Fotos, wir mußten das alles irgendwie loswerden. Und dann gab es natürlich noch das Testament. Viel war es nicht, meine Eltern waren nie reich gewesen, aber trotzdem behandelten sie Arthur wie ihren eigenen Sohn, wie sie es immer getan hatten, obwohl er seinen eigenen Weg gegangen war. Ich glaube, er war dankbar dafür, er wußte es zu schätzen, auch wenn er sich nicht revanchieren konnte. Er kam zum Begräbnis und blieb dann, um mir beim Auflösen des Haushalts zu helfen. Wir sind immer gut miteinander ausgekommen. Ich glaube, daß ich ihm nähergestanden habe als irgendein anderer.«

»Und was ist dann passiert?« Flavia war sich nicht sicher, ob dieses Detail notwendig war, aber inzwischen war sie von dieser Geschichte gefesselt. Sie hatte keine Ahnung, wie das Leben für einen wie Arthur Muller gewesen war. Aber sie konnte den Schmerz und die abgrundtiefe Einsamkeit nachfühlen, die er sicher empfunden hatte. Er war eines der heimlichen Opfer des Krieges, das auf keiner Verlustliste auftauchte, aber noch ein halbes Jahrhundert, nachdem der letzte Schuß gefallen war, an den Folgen litt.

»Wie gesagt, fanden wir einige Briefe«, fuhr Mrs. Mackenzie fort. »Einen von seiner Mutter, einen von seinem Vater. Meine Eltern hatten ihm nie erlaubt, sie zu sehen. Und in seinen Augen war das der größte Verrat. Ich versuchte ihm verständlich zu machen, daß sie es für das Beste gehalten hatten, aber er wollte das nicht akzeptieren. Vielleicht hatte er recht, denn immerhin hatten sie sie aufgehoben, anstatt sie wegzuwerfen. Auf jeden Fall reiste er noch am selben Nachmittag ab. Von da an redete er, wenn ich ihn hin und wieder anrief, nur noch von seiner Suche nach der Wahrheit über seinen Vater.«

»Und die Briefe?«

»Den Brief seiner Mutter hatte er mitgebracht, anscheinend hatte er ihn in der Hand, als er bei uns eintraf, während der ganzen Reise durch Europa und über den Atlantik hatte er sich geweigert, ihn loszulassen.«

»Was stand darin?«

»Nicht sehr viel. Eigentlich war es ein Einführungsschreiben, adressiert an die Freunde in Argentinien, zu denen er zuerst geschickt wurde. Sie bedankte sich dafür, daß sie sich um ihren Sohn kümmern wollten, und versprach, ihn zurückzuholen, wenn die Welt wieder sicherer wäre. Sie schrieb, er sei ein gutes Kind, wenn auch ein bißchen eigensinnig, und er schlage seinem Vater nach, der ein starker, mutiger und heldenhafter Mann sei. Sie hoffe, er werde zu einem ebenso aufrechten und ehrlichen Mann werden wie er.«

Sie hielt inne und lächelte schwach. »Ich kann mir vorstellen, daß das der Grund war, warum er seinen Vater als Helden sah. Und warum meine Eltern den Brief schließlich versteckten. Es war einfach zu bitter, wie auch sie getäuscht worden war.«

Flavia nickte. »Und der zweite Brief?«

»Der war von seinem Vater. Ebenfalls in Französisch. Ich erinnere mich noch, wie ich auf dem Dachboden auf den Dielen saß und er neben mir kniete, sich auf das Blatt Papier konzentrierte und immer aufgeregter und wütender wurde, je mehr er las.«

»Und?«

»Der Brief war Ende 1945 geschrieben, kurz bevor er sich erhängte. Ich als Außenstehende fand ihn nicht sonderlich erhellend. Aber Arthur war anfällig dafür, alles in einem positiven Licht zu interpretieren. Er verdrehte die Sätze, bis sie das bedeuteten, was er in ihnen lesen wollte.

In meinen Augen war es ein kalter, entsetzlicher Brief. Hartung nannte Arthur immer nur ›den Jungen‹. Er schrieb, er fühle sich nicht verantwortlich für ihn, werde sich aber um ihn kümmern, sobald sein kleines Problem gelöst sei. Er sei zuversichtlich, das tun zu können, wenn er nur an gewisse Schätze herankomme, die er in Frankreich zurückgelassen habe. Ich vermute, er glaubte, sich aus seinen Schwierigkeiten freikaufen zu können. Es war ein weinerlicher Brief, in dem er so tat, als hätte die Person, die ihn nach seiner Rückkehr nach Frankreich wiedererkannt hatte, ihn verraten. Wenn man sich überlegt, was er getan hatte, war das ein bißchen viel, habe ich mir damals gedacht. Und dann schrieb er noch, daß, wenn alles nichts helfen sollte, das Jüngste Gericht ihn freisprechen würde. Ich muß sagen, dieser Optimismus klang nicht sehr überzeugend.«

»Sie erinnern sich sehr gut an den Brief.«

»Jedes Wort hat sich mir unauslöschlich eingeprägt. Es war ein schrecklicher Augenblick. Ich dachte schon, Arthur würde gleich vollkommen durchdrehen. Und je mehr er las und wieder las, desto schlimmer wurde es.«

»Warum?«

»Ich habe gesagt, daß er als Kind in einer Phantasiewelt lebte. In gewisser Weise tat er das immer noch, nur hatte er als Erwachsener gelernt, es zu unterdrücken und unter Kontrolle zu halten. Es ist nicht überraschend, wie gesagt. Hartung war Jude. Können Sie sich vorstellen, wie es ist, wenn man zurechtkommen muß mit der Tatsache – und ich fürchte, es ist eine Tatsache –, daß gerade er seine Freunde an die Nazis verraten hat? Arthur hätte alles getan, um es nicht glauben zu müssen, um sich eine alternative Wahrheit zusammenbasteln zu können. Jahrelang kam er damit zu Rande, indem er alles verdrängte. Doch dann boten ihm diese Briefe eine Gelegenheit, in seine Phantasiewelt zurückzukehren.

Das erste, worauf er sich stürzte, war dieser Hinweis auf das Jüngste Gericht. Juden glauben nicht daran, sagte er – ich kannte mich da nicht aus –, warum also dieser Hinweis? Hartung mochte sich kurz vor seinem Ende der Religion zugewandt haben, aber dieser Religion auf keinen Fall. Der Hinweis mußte also etwas anderes bedeuten. Dabei fiel ihm ein, daß das französische *le jugement dernier* nicht nur ›Jüngstes

Gericht‹ bedeuten konnte, sondern zum Beispiel auch ›letztes Urteil‹. Viel weiter brachte ihn das allerdings auch nicht. Er wandte sich dann dem Hinweis auf diesen verborgenen Schatz zu, von dem Hartung geglaubt hatte, er würde sich damit freikaufen können. Er hatte ihn nie in die Hand bekommen, er war versteckt, wo niemand ihn finden konnte. Für Arthur war damit bewiesen, daß es zwischen diesen beiden Hinweisen eine Verbindung gab. Das ist doch verrückt, nicht?«

»Vielleicht. Ich weiß es nicht.«

»Dann reiste Arthur ab, und alles, was ich noch von ihm hörte, waren gelegentliche Erfolgsberichte von überall auf der Welt. Seine ganze Freizeit widmete er der Suche nach Informationen über seinen Vater. Er schrieb an Archive und Ministerien in Frankreich und bat sie um Unterlagen. Er wandte sich an Historiker und Leute, die seinen Vater möglicherweise gekannt hatten, und fragte sie aus. Und er versuchte das Rätsel des Schatzes seines Vaters zu lösen. Er verstieg sich immer mehr darin. Er erzählte mir, daß er eine riesige Akte zusammenstelle über –«

»Wie bitte?« fragte Flavia plötzlich. Was nicht bedeutete, daß sie geistesabwesend war, obwohl das durchaus entschuldbar gewesen wäre. Sie war im Gegenteil plötzlich noch viel mehr bei der Sache. »Eine Akte?«

»Ja. Die und die beiden Briefe waren sein heiligster Besitz. Warum?«

Flavia dachte angestrengt nach. »Wir haben keine Akte gesehen. Und auch keine Briefe. Ich lasse das noch einmal nachprüfen, um ganz sicher zu gehen.« Irgendwie hatte sie das Gefühl, daß das nichts ergeben würde.

»Tut mir leid«, fuhr sie fort. »Ich habe Sie unterbrochen. Bitte fahren Sie fort.«

»Sonst gibt es nicht mehr viel zu erzählen«, sagte die Kanadierin. »Ich hatte nur wenig und höchst selten Kontakt mit Arthur. Ich glaube, ich habe Ihnen alles gesagt, was ich weiß. Hilft Ihnen irgendwas davon weiter?«

»Ich weiß nicht. Vielleicht. Eigentlich sogar ziemlich sicher. Obwohl ich glaube, daß sie uns ebenso viele neue Probleme bereitet haben, wie Sie gelöst haben.«

»Wie meinen Sie das?«

»Es kann sein – das ist nur eine Vermutung, die falsch sein kann –, daß an diesem Punkt das Bild ins Spiel kommt. Sie haben doch gesagt, er war überzeugt, daß dieser Hinweis auf das Jüngste Gericht oder das letzte Urteil ein Anhaltspunkt ist.«

»Das ist richtig.«

»Okay. Dieses Bild gehörte zu einer Serie von Gemälden. Es war eins von vier Gemälden mit juristischen Themen. Genauer gesagt, Bilder von Urteilen und Gerichtsszenen. Und dieses wurde als letztes gemalt.«

»Oh.«

»Es kann also gut sein, daß ihr Stiefbruder glaubte, dieses Bild enthalte das, wonach er suchte. Nur –«

»Ja?«

»Nur, daß es das nicht tat. Entweder er hatte sich geirrt, und Sie haben recht damit, daß er sich eine Phantasiewelt zusammenbastelte, oder – vielleicht – hatte bereits ein anderer gefunden, was es zu finden gab. Auf jeden Fall sagte Jona – der Händler, der ihm das Bild lieferte –, daß Mr. Muller anfangs, als er das Bild brachte, sehr aufgeregt war, sich dann enttäuscht zeigte und meinte, er wolle das Bild nun doch nicht. Das ergibt nur einen Sinn, wenn er nicht hinter dem Bild selbst her war, sondern hinter etwas in oder an dem Bild. Was aber nicht da war.

Dann wurde er ermordet, und wir konnten unter seinen Habseligkeiten diese Akte nicht entdecken. Offensichtlich ist an diesem Bild etwas, das uns entgangen ist.«

Flavia grübelte und begann jetzt auch selbst zu phantasieren, denn ihre Müdigkeit kehrte zurück und lenkte sie von beruflichen Dingen ab. Doch sie überwand sich und konzentrierte sich wieder auf das Gespräch. Sie wäre sehr dankbar, sagte sie, wenn Mrs. Mackenzie nachmittags wiederkommen könnte, um die Aussageniederschrift durchzulesen und zu unterschreiben. Mullers Firma kümmere sich um alle praktischen Probleme der Nachlaßverwaltung und der Organisation des Begräbnisses. Ob man sonst noch etwas für sie tun könne?

Mrs. Mackenzie sagte nein und dankte ihr. Flavia brachte sie zur Tür und ging dann zu Bottando, um die Sachlage mit ihm zu besprechen.

»Also, was haben wir da, eine Schatzsuche?« sagte Bottando. »Ist es das?«

»Nur eine Vermutung«, erwiderte Flavia. »Passen würde es.«

»Wenn Ihre Interpretation des Hinweises auf das Jüngste Gericht beziehungsweise das letzte Urteil zutrifft, und wenn Muller dasselbe glaubte. Was man anzweifeln kann. Andererseits wollte er dieses Bild ja wirklich.«

Bottando dachte einen Augenblick nach. »Kann ich Mr. Argylls Aussage sehen?« fuhr er dann fort. »Haben Sie sie bei sich?«

Flavia wühlte in ihrer Akte, gab Bottando die Niederschrift und saß dann da, während er las. »Hier steht, als er das Bild lieferte, packte er es aus und ging dann in die Küche, um sich einen Kaffee einzuschenken. Zuvor war Muller aufgeregt. Und als Argyll zurückkam, sagte Muller, er wolle es nicht.«

»Genau.«

»Wir haben also drei Möglichkeiten, nicht wahr? Zum einen, daß das, was er suchte, nicht da war. Er merkte das, erkannte, daß er sich getäuscht hatte, und stieß das Ding wieder ab. Zum zweiten, daß er recht gehabt hatte und das, was er suchte, an sich nahm, während Mr. Argyll in der Küche war.«

»Aber in diesem Fall«, gab Flavia zu bedenken, »hätte er nicht so niedergeschlagen gewirkt. Außer, er war ein guter Schauspieler.«

»Und die dritte Möglichkeit ist natürlich die, daß diese ganze Geschichte nur ein Hirngespinst ist und es eine bessere, einfachere und zutreffendere Erklärung gibt.«

»Vielleicht hat er etwas übersehen«, sagte sie. »Und vielleicht wir ebenfalls. Ich glaube, wir sollten uns das Bild noch einmal ansehen.«

»Dafür ist es ein bißchen zu spät. Ihr Freund Argyll hat es heute morgen abgeholt und nach Paris mitgenommen.«

»Verdammt. Das habe ich ganz vergessen. Ich war so

müde, daß ich nicht mehr richtig denken konnte. Er wird es Janet geben, oder?«

Bottando nickte. »Das nehme ich an. Zumindest hoffe ich doch stark, daß er seine Nase nicht unnötigerweise in etwas hineinsteckt, das ihn nichts angeht.«

»Glauben Sie, ich sollte mir das Ding noch einmal ansehen? Von Basel gleich nach Paris weiterreisen? Sie könnten Janet bitten, ein wenig Material zu sammeln, das ich dann abholen kann, wenn ich dort bin.«

»Was zum Beispiel?«

»Erst einmal alles über diesen Hartung. Es wäre außerdem gut zu wissen, wo dieses Bild herkam. Außerdem brauchen wir mehr Hintergrundinformation über Ellman. Vielleicht könnten Sie die Schweizer bitten...«

Bottando seufzte. »Oh. Na schön. Sonst noch etwas?«

Sie schüttelte den Kopf. »Nein, eigentlich nicht. Außer daß sie Fabriano eine Kopie der Aussage zukommen lassen könnten, wenn sie abgetippt ist. Ich will jetzt nach Hause, mich duschen und packen. Um vier geht eine Maschine nach Basel, und die will ich nicht verpassen.«

»Alles, was Sie wollen, meine Liebe. Ach, übrigens...«

»Mhm?«

»Seien Sie nicht zu sorglos. Muller hatte einen sehr unangenehmen Tod, Ellman einen schnellen. Ich will nicht, daß Ihnen – und auch Mr. Argyll – das eine oder das andere passiert. Passen Sie auf sich auf. Ich habe vor, ihm das gleiche zu sagen, wenn er zurückkommt.«

»Keine Sorge«, sagte sie beruhigend. »Es ist alles vollkommen ungefährlich.«

8

Trotz seiner Liebe zur Eisenbahn, seiner Abneigung gegen Flugzeuge und seiner akuten Geldknappheit hatte Argyll beschlossen, nach Paris zu fliegen. Wie ernst er seinen Auftrag nahm, zeigte sich daran, daß er bereit war, seine Visa-Card mit einer Schuld zu belasten, die er in nächster Zeit kaum würde zurückzahlen können. Aber dafür waren diese fürchterlichen Dinger ja da, und wenn die Kreditkartengesellschaft bereit war, ihm zu trauen, war es nicht an ihm, ihr Urteil in Zweifel zu ziehen.

Wie schrecklich Flugzeuge auch waren, ein wenig schneller als Züge waren sie doch, und er landete, wie erwartet, um zehn in Paris. Von da an machten sich die Nachteile bemerkbar, und bald hatte die so sehnlichst erhoffte Rückkehr am selben Abend sich in einem Gestrüpp von Schwierigkeiten verfangen. Bei Zügen geht man mit der Fahrkarte in der Hand einfach zum Bahnsteig und steigt ein. Es kann passieren, daß man stehen oder im Dienstwagen kampieren muß, aber im allgemeinen wird man mitgenommen. Nicht so bei Flugzeugen. Wenn man sich überlegt, daß sie immer mehr fliegenden Viehtransportern ähneln, ist das Theater, das um die Tickets gemacht wird, unglaublich. Kurz gesagt, jeder Flug an diesem Abend nach Rom war ausgebucht. Kein Platz mehr vorhanden. Tut uns leid. Erst morgen mittag wieder.

Flughäfen, Fluggesellschaften und das moderne Leben verfluchend, reservierte Argyll sich einen Platz und versuchte dann Flavia anzurufen, um ihr zu sagen, daß er sich verspäten würde. Sie war nicht zu Hause, und als er noch mehr Geld verschwendete, um im Dezernat anzurufen, teilte der unangenehme Kerl, der sich meldete, ihm ziemlich kaltschnäuzig mit, sie führe gerade eine wichtige Befragung durch und könne nicht gestört werden. Dann rief er die Zentrale des Pariser Kunstdezernats an, um seine bevorstehende Ankunft mit dem Bild anzukündigen. Aber dort wußte man nichts davon, und da es Wochenende war, gab es auch niemanden, den man hätte fragen können. Und man hatte auch keine Lust, jemanden zu suchen, den man fragen könnte. Und nein, sein Bild könne er hier nicht deponieren. Man sei schließlich ein Polizeirevier und keine Gepäckaufbewahrung. Er solle am Montag kommen, hieß es.

Also noch einmal zurück zum Schalter der Fluggesellschaft, um die Reservierung zu ändern, und dann hinein nach Paris, um ein Hotel zu suchen. Wenigstens dabei hatte er insofern Glück, als man in dem Hotel, in dem er normalerweise übernachtete, mürrisch zugab, ein Zimmer frei zu haben, und ihm noch widerwilliger gestattete, es zu mieten. Er stecke das Bild unters Bett – nicht gerade ein originelles Versteck, aber das Hotel gehörte nicht zu der Kategorie, die einen Tresorraum besaß –, setzte sich hin und überlegte, was er mit seiner Zeit anfangen sollte. Er versuchte noch einmal, Flavia anzurufen, aber sie war bereits gegangen. Wohin auch immer, auf jeden Fall nicht nach Hause. Was für ein Tag.

Kurz darauf hatte er schon wieder Pech, als er nämlich zu Jacques Delormes Galerie ging, um ihm ein paar direkte Fragen über das Bild und seine Herkunft zu stellen. Er war alles andere als erfreut über seinen Kollegen, denn schließlich hatte der ihn in nicht unerhebliche Schwierigkeiten gebracht. Diverse ausgesuchte Formulierungen, sorgfältig ins Französische übersetzt, hatte er sich im Flugzeug zurechtgelegt, und jetzt wollte er sie an den Mann bringen, bevor er sie wieder vergaß. Nichts ist schlimmer als moralische Entrüstung im falschen Genus. Er wollte nicht mit flammenden Worten seiner Empörung Ausdruck geben und dann Delorme kichern hören, weil er einen Konjunktiv vermasselt hatte. Die Franzosen sind bei so etwas ziemlich pingelig, ganz im Gegensatz zu den Italienern, die viel toleranter sind gegenüber Anfängern, die die sprachliche Schrotflinte benutzen.

»Ich habe ein Hühnchen mit Ihnen zu essen«, sagte Argyll beim Eintreten mit versteinerter Miene, doch Delorme begrüßte ihn fröhlich. Erster Fehler. Irgendwas stimmte mit seinem Lexikon für Redewendungen nicht. Er würde einen Beschwerdebrief schreiben müssen. Offensichtlich dachte Delorme, Argyll wollte ihn zum Essen einladen.

»Was?«

»Dieses Bild.«

»Was ist damit?«

»Woher haben Sie es?«

»Warum wollen Sie das wissen?«

»Weil es vielleicht gestohlen ist, weil es möglicherweise mit zwei Mordfällen in Verbindung steht, und weil Sie mich auf jeden Fall dazu gebracht haben, es aus dem Land zu schmuggeln.«

»Ich?« entgegnete Delorme indigniert. »Ich habe Sie nicht dazu gebracht, irgend etwas dergleichen zu tun. Sie haben sich angeboten. Es war Ihre Idee.«

Hm, stimmt. Argyll beschloß, es lieber dabei zu belassen. »Auf jeden Fall«, sagte er, »mußte ich es zurückbringen, um es der Polizei zu übergeben. Deshalb will ich wissen, woher es stammt. Nur für den Fall, daß sie mich fragen.«

»Tut mir leid. Kann ich nicht sagen. Ehrlich gesagt, ich kann mich nicht erinnern.«

Irgendwas ist komisch an diesem Ausdruck »ehrlich gesagt«, dachte Argyll beiläufig. Es ist eine Art verbales Grunzen, ein wirksames Kürzel für: »Ich werde jetzt gleich eine Lüge erzählen.« Eine Satzeinleitung, die darauf hinweist, daß das Folgende sein genaues Gegenteil bedeutet. Politiker verwenden die Floskel häufig. »Ehrlich gesagt, die Wirtschaft war noch nie in einem besseren Zustand«, heißt: Wenn es nächstes Jahr noch eine Wirtschaft gibt, die diesen Namen verdient, werde ich überglücklich sein. So war es auch bei Delorme. Ehrlich gesagt (um den Ausdruck in seiner eigentlichen Bedeutung zu verwenden), konnte er sich sehr wohl erinnern, und Argyll ließ subtil durchblicken, daß er das wußte.

»Sie Lügner«, sagte er. »Sie haben ein Bild in Ihrer Galerie, und Sie wissen nicht, woher es stammt? Natürlich wissen Sie das.«

»Regen Sie sich doch nicht so auf«, erwiderte Delorme auf irritierend herablassende Art. »Es ist die Wahrheit. Ich weiß es nicht. Weil ich es nämlich gar nicht wissen wollte.«

Argyll seufzte. Er hätte es besser wissen müssen. »Ich bin auf das Schlimmste gefaßt«, sagte er. »Was ist es?«

»Ich weiß, wer das Bild geliefert hat. Er sagte mir, er handle im Auftrag eines Kunden. Alles, was er von mir wollte – gegen eine großzügige Provision –, war die Organisation des Transports. Und das habe ich auch getan.«

»Keine Frage.«

»Er hat mir versichert, daß an dem, was ich tue, nichts Illegales ist.«

»Ohne darauf einzugehen, ob an dem, was *er* tut, etwas Illegales ist.«

Delorme nickte. »Das war sein Problem. Ich habe im neuesten polizeilichen Verzeichnis gestohlener Kunstgegenstände nachgesehen, und dort war es nicht aufgeführt. Mehr wird von mir nicht verlangt. Ich bin aus der Sache heraus.«

»Aber ich nicht. Ich habe das Bild am Hals.«

»Das tut mir leid«, sagte Delorme, und es klang, als würde er es beinahe ehrlich meinen. Er war eigentlich kein schlechter Kerl. Nur nicht sehr vertrauenswürdig.

»Ich glaube«, sagte Argyll nachdenklich, »Sie haben sehr wohl gewußt oder zumindest vermutet, daß an dem Bild irgendwas oberfaul war. Sie wollten es loswerden und haben es mir angehängt. Das war nicht sehr nett von Ihnen.«

»Hören Sie. Das tut mir leid. Wirklich. Aber meinen Teil unserer Abmachung habe ich eingehalten. Ich habe diese Zeichnungen für Sie nach Kalifornien geschickt.«

»Vielen Dank.«

»Und ich brauchte das Geld. Ich komme hier wirklich nur gerade so über die Runden. Das Geschäft mit diesem Bild hat mir die Wölfe wenigstens eine Zeitlang vom Hals gehalten. Es war nackte Verzweiflung.«

»Sie hätten ja auch den Ferrari verkaufen können.« Delormes Hang zu roten Autos, die so klein sind, daß man kaum hineinkommt, war eine Schwäche, die im Gewerbe allgemein bekannt war.

»Den verkaufen – ach so, ein Witz«, sagte der Franzose, der es kurzfristig mit der Angst bekommen hatte. »Nein, ich brauchte das Geld schnell.«

»Wieviel haben Sie bekommen?«

»Zwanzigtausend Francs.«

»Für den Transport eines Bilds? Und Sie wollen sich wirklich vor Gericht hinstellen und sagen: ›Euer Ehren, ich hatte nie auch nur den geringsten Verdacht, daß mit dem Bild etwas nicht stimmen könnte?‹«

Delorme machte ein verlegenes Gesicht. »Na ja...«

»Außerdem hatten Sie es verdammt eilig, das Bild außer Landes zu bekommen. Warum?«

Delorme rieb sich die Nase, ließ dann die Finger knacken und rieb sich zur Sicherheit noch einmal die Nase. »Also, wissen Sie...«

Argyll setzte eine geduldige Miene auf.

»Na los.«

»Der Besitzer – das heißt, der Mann, der das Bild im Auftrag eines Kunden besorgt hatte – ähm, wurde verhaftet.«

»O Gott. Es wird schlimmer.«

Delorme lächelte ein wenig nervös.

»Wer ist dieser Mann? Ist Ihnen sein Name jetzt wieder eingefallen?«

»Oh, wenn Sie darauf bestehen. Sein Name ist Besson, Jean-Luc Besson. Kunsthändler. Durch und durch ehrlich, soweit ich weiß.«

»Und als dieser durch und durch ehrliche Mann von den Jungs in Blau eingebuchtet wurde, war Ihr erster Gedanke, jeden greifbaren Beweis für eine Verbindung mit ihm loszuwerden. Nicht, daß Ihnen irgendwas verdächtig vorgekommen wäre. Nur für den Fall, daß die Polizei auftaucht.«

Die Verlegenheit wuchs.

»Die war wirklich da.«

»Wann?«

»Ungefähr eine Stunde, nachdem Sie mit dem Bild weggegangen waren. Der Mann wollte es zurück.«

»Und Sie haben natürlich geleugnet, daß Sie es je gesehen haben.«

»Das war kaum möglich«, erwiderte Delorme. »Denn Besson hatte der Polizei gesagt, daß er es mir gegeben hatte. Nein. Ich sagte ihnen, Sie hätten es.«

Argyll starrte ihn mit offenem Mund an. So viel zur Ehre unter Händlern.

»Was haben Sie gesagt? ›Ich weiß nichts über das Bild, aber ich weiß, daß ein zwielichtiger Kerl namens Argyll gerade dabei ist, es aus dem Land zu schmuggeln.‹«

Ein wäßriges Lächeln deutete an, daß das in etwa zutraf.

»Und haben Sie von Muller erzählt?«

»Das schien der Mann bereits zu wissen.«

»Wer war dieser Polizist?«

»Woher soll ich das wissen?«

»Beschreiben Sie ihn.«

»Relativ jung, keiner vom Stammpersonal des Kunstdezernats, soweit ich weiß. Mitte dreißig, dunkelbraune, ziemlich dichte Haare, eine kleine Narbe –«

»Über der linken Augenbraue?«

»Genau. Kennen Sie ihn?«

»Genug, um zu wissen, daß er wahrscheinlich kein Polizist ist. Hat er sich ausgewiesen?«

»Ähm, nein. Hat er nicht. Das heißt aber nicht, daß er keiner ist.«

»Nein. Aber gleich am nächsten Tag versuchte er, mir auf dem Bahnhof das Bild zu stehlen. Wenn er wirklich Polizist gewesen wäre, hätte er einfach einen Vollzugsbefehl oder sowas aus der Tasche gezogen und mich verhaftet. Da hatten Sie aber ziemliches Glück.«

»Wieso?«

»Weil er, nachdem er es nicht geschafft hatte, mir das Bild zu stehlen, nach Rom fuhr und Muller zu Tode folterte. Und dann noch einen anderen erschoß. Ich glaube nicht, daß Ihnen das gefallen hätte.«

Zufrieden über die Blässe, die sich auf Delormes Gesicht angesichts der Erkenntnis ausbreitete, daß er offensichtlich gerade noch einmal davongekommen war – diesen Schreck hat er verdient, dachte Argyll, so wie er sich verhalten hat –, verließ der Engländer die Galerie, um sich ein paar Gedanken über diesen Besson zu machen.

Ungefähr zur gleichen Zeit, als Argyll mit Entsetzen das Potential menschlicher Falschheit in einem Mann erkannte, stand Flavia auf dem Flughafen von Basel in einer Schlange, um etwas Geld zu wechseln und sich einen Stadtplan zu kaufen. Sie wollte endlich aufbrechen. Schlimmer noch, sie platzte beinahe vor Ungeduld, und sie hatte nur kurz überlegt, ob sie sich ein Hotel suchen, duschen, sich umziehen und nach einem Abendessen früh zu Bett gehen sollte. Kaum war ihr der Gedanke gekommen, hatte sie ihn schon wieder verworfen. Sie hatte einen Auftrag zu erledigen und wollte den schnell hinter sich bringen, dann sofort nach Paris weiterreisen und sich dieses Bild noch einmal ansehen. Ziemlich lästig, aber nicht zu umgehen.

Ihr Entschluß, in die Schweiz zu fliegen, war in der Nacht zuvor noch bestärkt worden durch die sorgfältige Prüfung des von den Carabinieri gesammelten Materials. Wie Fabriano gesagt hatte, war es sehr methodisch, ein Musterbeispiel für korrekte Arbeitsweise. Das Problem war nur, daß sie nicht viel Zeit gehabt hatten, und die Informationsbeschaffung über die Schweizer Polizei brachte unweigerlich jede Menge Schreibarbeit und Verzögerungen mit sich. Dafür konnten die Schweizer nichts, das war einfach so.

Sie hatte mit dem Gedanken gespielt, in Ellmans Wohnung anzurufen und ihr Kommen anzukündigen, ihn dann aber verworfen. Wenn die in Fabrianos Bericht erwähnte Haushälterin nicht in der Wohnung war, hatte sie eben Pech gehabt. Sie hätte dann eine Fahrt umsonst gemacht, aber es waren nur etwa fünfzehn Minuten mit dem Taxi. Am Ziel angekommen, blieb sie erst einmal stehen und sah sich die Straße an. Eine unscheinbare Reihe von Wohnblocks, alle etwa dreißig oder vierzig Jahre alt. Einigermaßen komfortabel, in vernünftigem baulichen Zustand, und die Straßen waren so sauber wie alle in der Schweiz. Ein ehrbares Viertel, aber jedenfalls kein reiches, soweit sie das beurteilen konnte.

Der Eingang zu Ellmans Block war so anonym und solide wie alles andere, sauber, ordentlich, an den Wänden kleine Zettel, die die Mieter daran erinnerten, die Türen fest zu verschließen und die Müllsäcke zuzubinden, damit die Katzen sich nicht darüber hermachen konnten. Ellmans Wohnung lag im fünften Stock, und Flavia fuhr mit dem reibungslos funktionierenden, mit Teppich ausgelegten Lift nach oben.

»Madame Rouvet«, sagte sie auf Französisch, als die Tür aufging, nachdem sie im letzten Augenblick noch hektisch in ihren Unterlagen geblättert hatte, um sich des Namens zu vergewissern.

»Ja?« Die Frau war vermutlich zehn Jahre jünger als ihr Arbeitgeber es gewesen war, und wirkte ganz und gar nicht wie ein Dienstmädchen. Sehr gut angezogen und mit einem attraktiven Gesicht, in dem nur der dünne, puritanische Mund störte.

Flavia stellte sich vor, erklärte, woher sie kam, und zeigte ihre italienische Polizeimarke vor. Sie sei hierhergeschickt worden, um einige Fragen bezüglich Mr. Ellmans Tod zu klären.

Die Frau ließ sie eintreten, ohne irgendwelche peinlichen Fragen zu stellen. Wie zum Beispiel: Ist es nicht schon ein bißchen spät? Und bestehen die Schweizer Behörden nicht darauf, ausländische Polizisten zu begleiten, wenn die in ihrem Terrain Ermittlungen anstellen? Und wo ist die schriftliche Genehmigung für Ihr Hiersein?

»Sie sind heute aus Rom gekommen?« fragte sie.

»Ja«, erwiderte Flavia, während sie sich eingehend umsah, um ein Gespür für die Wohnung zu bekommen. Der erste Eindruck war der eines Zuhauses, das so ordentlich war wie der ganze Block. Maßvoll möbliert, nichts Außergewöhnliches. Preiswerte moderne Möbel, ein Hang zu kräftigen Farben. Keine Bilder an der Wand bis auf ein paar Poster von populären Gemälden. Ein riesiger Fernseher dominierte das Wohnzimmer, und die Atmosphäre penibler Reinlichkeit wurde nur von einem schwachen Katzengeruch getrübt.

»Ich bin vor einer guten halben Stunde angekommen«, sagte sie, während sie diese Eindrücke in sich aufnahm. »Ich hoffe, es stört Sie nicht, daß ich hier einfach so hereinplatze.«

»Überhaupt nicht«, erwiderte Madame Rouvet. Sie wirkte angemessen, aber keineswegs übermäßig betrübt über den Tod ihres Arbeitgebers. Einer von den Menschen, die ihre Zeit des Trauerns in ihren normalen Tagesablauf einfügten, irgendwo zwischen Einkaufen und Bügeln. »Wie kann ich Ihnen helfen? Ich fürchte, das ganze war ein ziemlicher Schock für mich.«

»Das glaube ich Ihnen«, sagte Flavia mitfühlend. »Eine schreckliche Geschichte. Wie Sie sicher verstehen werden, wollen wir so schnell wie möglich herausfinden, was passiert ist.«

»Haben Sie eine Ahnung, wer ihn getötet hat?«

»Eigentlich nicht. Nur Bruchstücke, Hinweise und Spuren, gewisse Ermittlungsrichtungen. Aber ich muß Ihnen sagen, daß wir im Augenblick jede Information brauchen, die wir bekommen können.«

»Ich bin natürlich sehr gern bereit, Ihnen zu helfen. Ich kann mir nicht vorstellen, wer den armen Mr. Ellman hätte töten wollen. So ein netter, freundlicher, großzügiger Mensch. So gut zu seiner Familie und auch zu mir.«

»Er hatte Familie?«

»Einen Sohn. Einen Tunichtgut, ehrlich gesagt. Faul und habgierig. Hält immer die Hand auf, wenn er kommt. Hatte in seinem ganzen Leben noch keine anständige Arbeit.« Mißbilligung huschte über ihr Gesicht.

»Und wo ist er?«

»Auf Urlaub. Im Augenblick in Afrika. Kommt morgen zurück. Typisch für ihn. Nie da, wenn er gebraucht wird. Gibt immer nur Geld aus. Immer das Geld anderer Leute. Und sein armer Vater konnte nie nein sagen. Ich hätte es schon gekonnt, das kann ich Ihnen sagen.«

Es gab eine kleine Pause in der Unterhaltung, während Flavia sich die Angaben über den Sohn und seinen Aufenthaltsort notierte. Man konnte ja nie wissen. Gieriger Sohn, toter Vater. Testament. Erbschaft. So ziemlich das älteste Motiv, das der Mensch kennt. Aber irgendwie glaubte sie, daß es so einfach nicht sein würde. Schon jetzt sah dieser Fall nicht so aus, als würde es um Geld gehen. Schade, denn das war immer am einfachsten. Sogar Madame Rouvet war skeptisch; auch wenn sie den Sohn nicht mochte, den Mord an seinem Vater traute sie ihm nicht zu. Vorwiegend, weil er nicht genug Rückgrat hatte, ihrer Meinung nach.

»Und seine Frau?«

»Sie starb vor acht Jahren. Ein Herzanfall, kurz bevor der arme Mr. Ellman in den Ruhestand ging.«

»Und er war im Import-Export-Geschäft?«

»Das stimmt, ja. Nicht reich, aber fleißig, und so ehrlich, wie der Tag lang ist.«

»Und der Name der Firma?«

»Jorgssen. Sie handelt mit Maschinenteilen. Auf der ganzen

Welt. Mr. Ellman war dauernd unterwegs, bevor er in Ruhestand ging.«

»Hatte er Interesse an Malerei?«

»Ach du meine Güte, nein. Warum fragen Sie?«

»Weil wir glauben, daß er möglicherweise in Rom war, um ein Bild zu kaufen.«

Sie schüttelte den Kopf. »Nein, das paßt überhaupt nicht zu ihm. Allerdings war er immer noch geschäftlich unterwegs, hin und wieder, wenn sie ihn brauchten.«

»Und wo?«

»Südamerika. Er war letztes Jahr dort. Und mindestens drei- oder viermal pro Jahr flog er nach Frankreich. Er hatte dort immer noch Kontakte. Und am Tag, bevor er abreiste, erhielt er von dort einen langen Anruf.«

Hier also ein kleiner Berührungspunkt, aber bis jetzt noch nichts Aufregendes. Flavia notierte sich den Namen Jorgssen. Sie würde die Firma überprüfen lassen.

»Dieser Anruf. Hatte er die Italienreise schon zuvor geplant?«

»Ich weiß es nicht. Mir auf jeden Fall hat er es erst kurz vor der Abreise gesagt.«

»Haben Sie zufällig gehört, worum es bei diesem Anruf ging?«

»Nun ja«, sagte sie widerwillig und darum bemüht, nicht als gewohnheitsmäßige Lauscherin bei den Telefonaten ihres Chefs zu erscheinen. »Ein wenig.«

»Und?«

»Nichts Außergewöhnliches. Er sagte kaum etwas. An einer Stelle fragte er: ›Wie wichtig ist Ihnen diese Muller-Sache?‹ und –«

»Moment mal«, sagte Flavia. »Muller. Er sagte Muller?«

»Ich glaube schon. Ja, ich bin sicher.«

»Sagt Ihnen der Name etwas?«

»Überhaupt nichts. Aber Mr. Ellman hatte natürlich so viele Geschäftsfreunde –«

»Aber das ist keiner, den er zuvor schon einmal erwähnt hatte?«

»Nein. Auf jeden Fall sagte er dann, er sei sicher, daß es

problemlos erledigt werden könnte, und erwähnte ein Hotel.«

»Das Hotel Raphael?«

»Möglich, ja. So etwas ähnliches. Ich meine, er redete nicht viel. Hörte vorwiegend zu.«

»Verstehe. Und Sie wissen nicht, wer der Anrufer war?«

»Nein. Ich fürchte, ich bin keine große Hilfe für Sie.«

»Sie machen das ausgezeichnet. Sie helfen mir sehr weiter.« Ihr Gesicht hellte sich auf, als sie das hörte, und sie lächelte. »Woher wissen Sie, daß der Anruf aus Frankreich kam?«

»Weil er sagte, es wäre einfacher gewesen, wenn man von vornherein in Paris alles besser organisiert hätte.«

»Aha.«

»Und am nächsten Morgen fuhr er nach Rom. Ich sagte ihm, er solle sich nicht zu sehr anstrengen, und er erwiderte, es könnte gut sein, daß er zum letzten Mal eine solche Reise macht.«

Da hatte er recht, dachte Flavia. »Was meinte er damit?«

»Das weiß ich nicht.«

»War er ein reicher Mann, Mr. Ellman?«

»O nein. Er lebte von seiner Pension. Es reichte, aber viel war es nicht. Natürlich gab er seinem Sohn eine Menge Geld. Viel mehr, als er hätte tun sollen. Undankbarer Hund. Können Sie sich vorstellen, als letztes Jahr die Schecks nicht prompt genug eintrafen, hatte er doch tatsächlich den Nerv, hierher zu kommen und seinen Vater anzubrüllen. Ich persönlich hätte ihn zum Teufel geschickt. Aber Mr. Ellman nickte nur und tat, was man von ihm verlangte.«

Madame Rouvet mochte dieses Sohn absolut nicht.

»Ich verstehe. Wann erhielt er die Schweizer Staatsbürgerschaft?«

»Das weiß ich nicht. Er ließ sich um 1948 in der Schweiz nieder, aber ich bin mir nicht sicher, wann er Staatsbürger wurde.«

»Sagt Ihnen der Name Jules Hartung irgend etwas? Er starb vor vielen Jahren.«

Sie dachte angestrengt nach und schüttelte dann den Kopf. »Nein«, sagte sie.

»Hatte Mr. Ellman eine Waffe?«

»Ja, ich glaube schon. Ich habe sie einmal gesehen, in einer Schublade. Er nahm sie nie heraus, und die Schublade war normalerweise verschlossen. Ich weiß nicht einmal, ob sie überhaupt funktionierte.«

»Kann ich sie sehen?«

Madame Rouvet zeigte auf eine Schublade in einem Schränkchen in der Ecke. Flavia ging hin, zog die Schublade heraus und sah hinein. »Sie ist leer«, bemerkte sie.

Madame Rouvet zuckte die Achseln. »Ist das wichtig?«

»Wahrscheinlich. Aber das hat Zeit. Jetzt würde ich mir gerne Mr. Ellmans Akten und Geschäftsbücher ansehen.«

»Darf ich fragen, warum?«

»Weil wir eine Liste aller Geschäftskontakte, Kollegen, Freunde und Verwandten aufstellen müssen. Leute, die wir befragen müssen, um uns ein Bild zu machen. Wen kannte er zum Beispiel in Rom? Fuhr er oft dorthin?«

»Nie«, sagte Madame Rouvet bestimmt. »Nicht in den acht Jahren, die ich für ihn arbeite. Ich glaube nicht, daß er dort irgend jemanden kannte.«

»Trotzdem. Jemand kannte ihn.«

Mit offensichtlichem Widerwillen stimmte sie zu und führte Flavia dann aus dem Wohnzimmer in einen kleinen Raum, fast nur ein Kabinett, gerade groß genug für einen Schreibtisch, einen Stuhl und einen Aktenschrank. »Hier bitte«, sagte sie, »es ist nicht abgeschlossen.«

Damit ging Madame Rouvet, um Kaffee zu machen. Flavia hatte anfangs abgelehnt, doch dann überlegte sie, wie lange sie schon nicht mehr geschlafen hatte. Im Augenblick war sie noch in Ordnung, aber man wußte ja nie. Außerdem bekam sie so die Frau aus dem Zimmer.

Sie fing vorne im Aktenschrank an und arbeitete sich nach hinten durch. Steuererklärungen, Gasrechnungen, Telefonrechnungen – keine Anrufe nach Rom im vergangenen Jahr –, Stromrechnungen. Briefe an Vermieter – er hatte die Wohnung nur gemietet, sie gehörte ihm nicht. Alles Belege für ein ehrbares, mittelständisches Berufsleben, und nicht der kleinste Hinweis auf etwas Unanständiges.

Auch das Bündel Bankauszüge war nicht übermäßig interessant. An jedem Monatsende ein ausgeglichener Kontostand: Ellman hatte im Rahmen seiner Verhältnisse gelebt, und den Eingängen nach zu urteilen, war sein Einkommen so bescheiden, wie seine Steuererklärungen behaupteten.

Doch das machte das letzte Blatt des Bündels um so merkwürdiger. Es war die Jahresübersicht eines Kontos auf Ellmans Namen. Vom Jahr zuvor. Jeden Monat war eine Gutschrift von fünftausend Schweizer Franken verzeichnet. Überwiesen von einer Institution namens *Services Financiers*, doch mit diesem Namen konnte sie absolut nichts anfangen. Flavia, in Mathematik nicht gerade eine Leuchte, verdrehte die Augen, während sie die Summe überschlug. Sechzigtausend Schweizer Franken pro Jahr, dachte sie, eine hübsche Stange Geld. Und nichts davon versteuert. Sie stöberte weiter und fand ein Scheckbuch, das ebenfalls auf Ellmans Namen lautete. Auf einigen der Kontrollabschnitte waren Beträge verzeichnet, die für einen gewissen Bruno Ellman bestimmt waren. Alles in allem ziemlich viel Geld. Vermutlich der Sohn.

Madame Rouvet kam zurück.

»Bruno Ellman? Ist das der Sohn?«

Sie nickte mit mißbilligend zusammengekniffenen Lippen. »Ja.«

»Kommt er morgen in Basel an? Oder in Zürich?«

»O nein. In Paris. Er ist vor drei Wochen von Paris abgeflogen und kommt auch wieder in Paris an.«

Noch ein guter Grund, dorthin zu fahren, dachte Flavia. Auf der Treppe fing sie an zu gähnen, die Erschöpfung übermannte sie. Sie gähnte immer noch, als sie eine halbe Stunde später eine Fahrkarte für den Schlafwagen im Zug nach Paris um 0 Uhr 05 löste, und sie hörte erst auf, als sie um 0 Uhr 06 einschlief.

9

Als Flavias schlafender Körper in der Horizontale Mulhouse passierte, schloß Argyll einen turbulenten Abend ab. Es war zwar nichts sonderlich Dramatisches passiert, aber nun befand er sich doch in einem etwas unstabilen und verwirrten Zustand.

Nach seiner Aussprache mit Delorme hatte er vor dem Problem gestanden, nicht so recht zu wissen, was er tun sollte. Was kann man in Paris denn schon tun? Zumindest wenn man nicht gerade in der Stimmung für Zerstreuung ist. Ein Abend allein in einem Restaurant, wie gut das Essen auch sein mochte, oder in einem Kino, wie faszinierend der Film auch sein mochte, hatte wenig Reiz für ihn. Und da es noch immer regnete, kam auch ein langer Spaziergang nicht in Frage.

Was blieb, war die Möglichkeit, etwas wegen des Bildes unter seinem Bett zu unternehmen. Aber was genau? Es gab zwei naheliegende Wege, die er einschlagen konnte, wobei der eine darin bestand, daß er sich diesen Besson vorknöpfte, den eigentlichen Urheber dieser ganzen Probleme. Er glaubte zwar nicht, daß Besson das Ding gestohlen hatte, aber er neigte zu der Vermutung, daß er zumindest einiges zu erklären haben würde.

Andererseits stellte Besson eine gewisse Gefahr dar. Schließlich hatte jemand diesen allgegenwärtigen Mann mit der Narbe darüber informiert, daß das Bild bei Delorme zu finden sei. Und wer mochte das gewesen sein? Er hatte wenig Lust, mit Besson zu plauschen und dann eine Stunde später unangenehme Typen mit asozialen Neigungen vor seiner Tür zu finden. Für Besson brauchte er wohl ein wenig Unterstützung. Wie zum Beispiel sechs stämmige französische Polizisten auf jeder Seite. Noch besser, er überließ diese Sache ganz ihnen.

Das war natürlich ein weiteres Problem. Die Polizei hatte den Mann doch bereits verhaftet, oder? Vielleicht aber auch nicht. Janet hatte es nicht erwähnt, und das hätte er doch eigentlich tun sollen, als Bottando ihn anrief. Und er hatte vergessen, Delorme zu fragen, wie sicher er das alles wußte.

Auf jeden Fall, dachte Argyll, ist es besser, wenn ich Besson erst einmal auf die Warteliste setze. Und damit blieb der Besitzer des Bildes übrig. Vor achtzehn Monaten noch in einer Privatsammlung. Jetzt unter seinem Bett, und dazwischen war es ziemlich viel herumgekommen.

Im Ausstellungskatalog hatte es nur geheißen, das Gemälde komme aus einer Privatsammlung. Das war das übliche Mittel, um anzudeuten, daß es nicht aus einem Museum stammte, ohne den Namen des Besitzers zu nennen und damit Dieben zu sagen, wo sie suchen mußten. Auch das ein bemerkenswerter Punkt, dachte er. Der Dieb, wer es auch gewesen sein mochte, hatte keine Hilfe nötig gehabt.

Was für ein Glück, dachte er, als er das Hotel verließ und sich ein Taxi winkte, daß ich ein so geübter und gewissenhafter Rechercheur bin. In der Bibliothek in Rom hatte er sich den Namen des Mannes aufgeschrieben, der die Ausstellung organisiert hatte, und jetzt fiel ihm wieder ein, daß er im Petit Palais arbeitete. Es war ein ziemlicher Schuß ins Blaue: Daß Pierre Guynemer sich gegenwärtig im Museum aufhielt, war ziemlich unwahrscheinlich, und er hätte vorher anrufen sollen. Aber er hatte gerade noch genug Zeit und sonst nichts zu tun, aber Lust, den Eifrigen zu spielen.

Dieses eine Mal war das Glück auf seiner Seite. Die Dame an der Kasse des Museums war zwar alles andere als glücklich, ihn zu sehen, schließlich war die Besuchszeit gleich zu Ende, und sie reagierte höchst unwirsch auf seine höfliche Anfrage, ob Monsieur Guynemer vielleicht noch im Hause sei, aber sie war wenigstens bereit, sich zu erkundigen. Dann wurde er durch die riesigen, hallenden Ausstellungsräume zu den Gängen im hinteren Teil des Museums geschickt, wo die Büros des Personals lagen und wo ein Mann ihm entgegentrat und ihn fragte, was er wolle. Nachdem dieses Hindernis überwunden war, schlenderte er durch weitere Gänge und las unterwegs die Namensschilder an den Türen, bis er die richtige gefunden hatte. Er klopfte, eine Stimme bat ihn einzutreten, und das war's dann. Unglaublich einfach.

Genaugenommen so einfach, daß er auf die Möglichkeit, den Mann tatsächlich zu treffen, gar nicht vorbereitet war, und deshalb nicht wußte, was er sagen sollte. Aber im Zweifelsfall lügt man am besten immer das Blaue vom Himmel herunter.

Also erfand und erzählte er gleichzeitig eine bizarre und nicht sehr überzeugende Geschichte, um zu erklären, was er an einem Samstagnachmittag kurz vor fünf im Büro dieses Mannes wollte. In sich logisch war die Geschichte, aber nicht sehr gut dargeboten, und Argyll glaubte deshalb, daß eher der Stil als der Gehalt der Grund für Guynemers leicht hochgezogene Augenbrauen und den skeptischen Blick war.

Erschwerend kam hinzu, daß der Kurator zu den Leuten gehörte, die man vom ersten Augenblick an mag, und Argyll hatte deshalb ein schlechtes Gewissen beim Lügen. Guynemer war breit gebaut, gerade noch nicht übergewichtig, thronte behaglich hinter seinem Schreibtisch und sah Argyll mit offenem Gesicht und freundlichem Lächeln an. Etwa Argylls Alter, plus oder minus ein Jahr. Was bedeutete, daß er entweder sehr intelligent war oder sehr gute Beziehungen hatte. Oder natürlich beides. Im Gegensatz zu den meisten Museumskuratoren, ja eigentlich zu den meisten Menschen, schien er absolut nicht überrascht über diesen unerwarteten Besucher und durchaus bereit, sich stören zu lassen. Wenn man sich plötzlich einem vollkommen Fremden auf der eigenen Türschwelle gegenübersieht, wirft man ihn normalerweise hinaus oder murmelt zumindest, daß man zu beschäftigt sei. Doch Guynemer nicht; er bot Argyll einen Stuhl an und hörte ihm zu.

Argylls Geschichte lief in etwa darauf hinaus, daß er über prärevolutionären Neoklassizismus arbeite, überraschend auf einem Kurzbesuch bis Montag in Paris sei und die Gelegenheit wahrnehmen wolle, etwas über die Bilder von Jean Floret herauszufinden, damit er sie in seine bald erscheinende Monographie aufnehmen könne.

Guynemer nickte verständnisvoll und ließ sich, was höchst irritierend war, ausführlichst über die Bilder aus, wobei er unter anderem auch den Artikel in der *Gazette des Beaux-Arts* und eine Unmenge anderer Quellen erwähnte, die sich Argyll, um den Schein zu wahren, brav notierte.

»Nun, Mr. Argyll«, sagte der Franzose, nachdem er geendet hatte, »können Sie mir erklären, wie es kommt, daß Sie sagen, noch nie etwas von dem Artikel in der *Gazette* gehört zu haben, wenn Sie meinen Ausstellungskatalog gelesen haben, in dem er mehrmals erwähnt wird? Und wie kommt es, daß Sie behaupten, Sie schreiben seit vier Jahren an einem Buch über Neoklassizismus, und praktisch nichts über dieses Thema wissen?«

Verdammt, dachte Argyll. Hab' anscheinend wieder was Falsches gesagt.

»Reine Dummheit, vermutlich«, erwiderte er niedergeschlagen und versuchte auszusehen wie ein besonders begriffsstutziger Student.

»Das glaube ich nicht«, sagte Guynemer mit einem kurzen Lächeln, fast so, als sei es ihm peinlich, ein so geschmackloses Thema zur Sprache zu bringen. »Warum sagen Sie mir nicht einfach, warum Sie wirklich hier sind? Wissen Sie, niemand läßt sich gern zum Narren halten«, fügte er dann ein wenig tadelnd hinzu.

O Gott. Argyll haßte die Vernünftigen. Nicht daß der Mann keinen Grund gehabt hätte, ein wenig verärgert zu sein. Lügen erzählen ist eine Sache, aber schlechte Lügen erzählen eine ganz andere.

»Okay«, sagte er. »Die ganze Geschichte?«

»Wenn ich bitten darf.«

»Na gut. Ich bin kein Wissenschaftler, sondern Kunsthändler, und im Augenblick leiste ich der italienischen Kunstpolizei praktische Hilfe. In meinem Besitz befindet sich ein Bild von Floret mit dem Titel *Der Tod des Sokrates*. Es kann sein, daß es gestohlen wurde, aber das weiß niemand so genau. Sicher ist, daß der Käufer zu Tode gefoltert wurde, kurz nachdem ich es nach Rom gebracht hatte, und ein zweiter Mann, der sich auch dafür interessierte, wurde ebenfalls ermordet. Ich möchte jetzt herausfinden, woher das Bild stammt und ob es gestohlen wurde.«

»Warum fragen Sie nicht die Polizei hier in Frankreich?«

»Das habe ich bereits. Das heißt, die Italiener haben es. Sie wissen es nicht.«

Guynemer machte eine ungläubige Miene.

»Das ist wahr. Sie wissen es wirklich nicht. Es ist eine lange Geschichte, aber soweit ich weiß, tappen sie ebenso im dunkeln wie alle anderen.«

»Und deshalb kommen Sie zu mir?«

»Ja. Sie haben diese Ausstellung mit dem Bild organisiert. Wenn Sie mir nicht weiterhelfen, weiß ich nicht, was ich sonst noch machen soll.«

Appelliere an die Menschlichkeit. Schau mitleiderregend und flehend, dachte er. Guynemer überlegte eine Weile und fragte sich ganz offensichtlich, welche Geschichte die unwahrscheinlichere war, Argylls erste oder zweite. Keine von beiden klang sehr einleuchtend.

»Wissen Sie was«, sagte er schließlich. »Den Namen kann ich Ihnen nicht nennen. Das ist schließlich eine vertrauliche Angelegenheit, und Sie wirken nicht gerade vertrauenerweckend. Aber«, fuhr er dann fort, als Argyll ein langes Gesicht machte, »ich kann den Besitzer anrufen. Wenn er einverstanden ist, kann ich Sie zusammenbringen. Ich muß mir aber erst die Details heraussuchen. Diesen Teil der Ausstellung habe ich nämlich nicht selbst organisiert. Das war Bessons Aufgabe.«

»Was?« fragte Argyll. »Haben Sie Besson gesagt?«

»Ja. Kennen Sie ihn?«

»Sein Name stand aber nicht im Katalog, oder?«

»Doch. Kleingedruckt auf der Rückseite. Es ist eine lange Geschichte, aber er hat das Projekt mittendrin verlassen. Warum fragen Sie?«

Es schien an der Zeit, offen und ehrlich zu sein, denn seine Lügengespinste hatten ihn nirgendwohin gebracht. Aber es konnte gut sein, daß Besson und Guynemer Busenfreunde waren und er hochkant hinausfliegen würde, wenn er jetzt die Wahrheit sagte. In diesem Fall würde es heißen: Zum Greifen nah und doch...

»Bevor ich antworte, darf ich Sie fragen, warum er ging?«

»Wir kamen zu dem Entschluß, daß er nicht der Richtige war«, parierte Guynemer. »Ein Konflikt verschiedener Temperamente. Sie sind dran.«

»Dieses Bild, wenn es denn gestohlen wurde, tauchte anschließend in seinen Händen auf. Ich weiß nicht, wie es dorthin kam.«

»Vermutlich, weil er es gestohlen hat«, sagte Guynemer knapp. »Er ist so ein Mensch. Deshalb war er ja nicht der Richtige für uns. Wir merkten das, als wir ihm schließlich auf die Schliche kamen. Wir hatten ihn angestellt als Experten im Aufspüren von Bildern und im Überreden der Besitzer, sie auszuleihen. Dann erkannten wir, daß wir praktisch dem Wolf halfen, in eine Schafherde einzudringen, wenn Sie so wollen. Die Polizei bekam Wind von der Sache und warnte uns. Und als ich dann das Dossier über ihn sah –«

»Aha.«

»Nun, ich möchte soweit gehen zu behaupten, daß er sicher wußte, wo dieses Bild war, und daß es durchaus sein kann, daß er dem Haus, in dem es hing, einen Besuch abstattete. Ziehen Sie Ihre eigenen Schlüsse daraus.«

»Gut. Sie mochten ihn nicht?«

Das Thema Besson war Guynemers Umgänglichkeit nicht gerade förderlich. Er hatte offensichtlich eine Menge zu sagen, behielt es aber lieber für sich. Immerhin ließ er durchblicken, daß sie sich nicht sonderlich nahegestanden hatten.

»Aber ich glaube, ich sollte jetzt wirklich zusehen, daß ich etwas über Ihr Bild herausfinde, meinen Sie nicht auch?«

Damit verschwand er für etwa fünf Minuten und ließ Argyll vor sich hin schmoren.

»Sie haben Glück«, sagte er, als er zurückkehrte.

»Es wurde gestohlen?«

»Das kann ich Ihnen nicht sagen. Aber ich habe mit der Assistentin des Besitzers gesprochen, und sie ist bereit, sich mit Ihnen zu treffen, um über die Angelegenheit zu reden.«

»Warum konnte diese Frau nicht einfach sagen, ob es gestohlen wurde oder nicht?«

»Möglicherweise weil sie es selbst nicht weiß.«

»Das ist doch eher unwahrscheinlich, oder?«

Guynemer zuckte die Achseln. »Nicht unwahrscheinlicher als das, was Sie mir erzählt haben. Fragen Sie sie selbst. Sie wird sich um 20 Uhr 30 im Ma Bourgogne am Place des Vosges mit Ihnen treffen.«

»Und können Sie mir jetzt sagen, wer der mögliche Besitzer ist?«

»Ein Mann namens Jean Rouxel.«

»Kennen Sie ihn?«

»Nur vom Hörensagen. Ein hochangesehener Mann. Inzwischen alt, aber zu seiner Zeit enorm einflußreich. Man hat ihm vor kurzem erst einen Preis zuerkannt. Vor gut einem Monat stand das in allen Zeitungen.«

Recherche ist das Geheimnis eines guten Händlers; dies hatte Argyll sich zum Wahlspruch gemacht, als er vor einigen Jahren ins Geschäft eingestiegen war. Das mußte allerdings nicht unbedingt stimmen, zumindest war es so, daß Argyll eine Menge über Bilder wußte, die er nicht hatte verkaufen können, während Kollegen andere so schnell losschlugen, daß sie gar nicht die Zeit hatten, sich über sie zu informieren, selbst wenn sie wollten.

Kunden waren eine ganz andere Geschichte. Welche Banausen manche Händler auch sein mögen – und viele stehen den Dingen, die sie verkaufen, und den Leuten, an die sie verkaufen, sehr ablehnend gegenüber –, alle sind sie davon überzeugt, daß es um so besser für sie ist, je mehr sie über einen Kunden wissen. Nicht über die, die zufällig hereinschlendern, etwas sehen, das ihnen gefällt, und es kaufen: die sind unwichtig. Es sind die Privatkunden, die diese Behandlung verdienen, diejenigen, die, wenn man nur sorgfältig genug auf ihren Geschmack und ihre Vorlieben eingeht, vielleicht immer und immer wieder kommen. Solche Leute reichen von dem Idioten, der bei Dinnerparties jedem mitteilt: »Mein Händler sagt mir...« bis zu dem ernsthaften, umsichtigen Sammler, der weiß, was er will – neunundneunzig von hundert Sammlern sind Männer –, und es kauft, sofern man es ihm anbieten kann. Ersterer ist lukrativ, aber unangenehm im Umgang. Eine gute Beziehung zu letzterem hingegen kann so erfreulich wie gewinnträchtig sein.

Also nahm Argyll sich Jean Rouxel vor, doch diesmal nicht in der Hoffnung, ihm etwas zu verkaufen, sondern einfach um herauszufinden, worauf er sich da einließ. Zu diesem

Zweck mußte er ins Beaubourg gehen, denn dort gibt es die einzige Bibliothek in Paris, die regelmäßig auch nach 18 Uhr geöffnet hat. Zum Glück regnete es nicht, das Centre wird nämlich plötzlich sehr beliebt, wenn es naß ist, und vor dem Eingang bilden sich Schlangen.

Allein schon das Dortsein verdarb ihm die Stimmung. Argyll betrachtete sich gerne als Liberalen, als einen, der offen ist für moderne Ideen und als einen überzeugten Anhänger des Gedankens, daß Bildung eine gute Sache ist. Je mehr Leute sie haben, um so besser wird die Welt. Sollte man meinen, wobei allerdings die im zwanzigsten Jahrhundert verfügbaren Belege eher das Gegenteil anzudeuten schienen. Auch viele Akademiker, die er kannte, waren alles andere als Beweise für diese These.

Und nun, im fünften Stock des Centre Pompidou, kam Argylls Überzeugung ernsthaft ins Wanken. Schon das Gebäude verabscheute er: nur schmutziges Glas und Röhren mit abblätterndem Lack. Klassischen Gebäuden kann Dreck nichts anhaben, ein wenig Verwitterung macht sie manchmal nur noch schöner. High-Tech-Fassaden aber sehen nur noch heruntergekommen, traurig und schäbig aus, wenn sie nicht mehr blitzblank sind.

Dann war da die Bibliothek selbst, ein Paradies der Volksbildung. Sie wirkte wie das intellektuelle Äquivalent einer Fast-Food-Filiale. Die Ehrfurcht war es, die Argyll vermißte. Sie war nichts als ein Konsumtempel, der anstelle von Kleidung oder Essen Information feilbot. Sie haben die Wahl: Sokrates oder Chanel, Aristoteles oder Asterix, im Beaubourg haben sie alle den gleichen Wert.

Hör' sich das einer an, dachte er, als er sich schließlich mit einem Stapel Nachschlagewerke zu einem freien Plastiktisch durcharbeitete. Schlimmer als mein Großvater. Weiß auch nicht, was los ist mit mir.

Wenigstens gab es in der Bibliothek einige der Bücher, die er brauchte, und deshalb versuchte er, nicht mehr an die Umgebung zu denken und sich statt dessen auf den Grund seines Hierseins zu konzentrieren. Rouxel, sagte er sich. Informiere dich, und dann verzieh dich. Also arbeitete er sich durch die

Bücher, um sich über Jean-Xavier-Maria Rouxel zu informieren. Aus guter katholischer Familie, schloß er höchst scharfsinnig.

Geboren 1919, bestätigte ihm das französische *Who's Who*, was hieß, daß er jetzt ungefähr vierundsiebzig war. Auch nicht mehr der Jüngste. Hobbys: Tennis, Sammeln mittelalterlicher Manuskripte, Beschäftigung mit seiner Familie, Poesie und Entenzucht. Ein guterhaltener Universalist also. Wohnhaft: 19 Boulevard de la Saussaye, Neuilly-sur-Seine, und Château de la Jonquille in der Normandie. Ein *reicher* guterhaltener Universalist. Heirat mit Jeanne Marie de la Richemont-Maupense, 1945. Aha, dachte Argyll, man ist also aufgestiegen. Eine Tochter der Aristokratie. Das hat der Karriere bestimmt geholfen. Eine Tochter, geboren 1945: schnelle Arbeit. Frau stirbt 1950, Tochter stirbt 1963. École Polytechnique, Abschluß 1944, mitten im Krieg. Mitglied des Aufsichtsrats bei Elf-Aquitaine, dem französischen Ölkonzern. Dann Präsident der Banque du Nord. Dann bei den Börsenmaklern Axmund Frères, Services Financiers du Nord, Assurances Générales de Toulouse, und so weiter und so fort. Noch immer in irgendwelchen Aufsichtsräten. Parlamentsabgeordneter von 1958 bis 1977. 1967 Innenminister. Ein Erfolgsmensch, dachte Argyll. Scheint ihm allerdings nicht bekommen zu sein. Danach keine Politik mehr. Legion d'Honneur 1947. Croix de Guerre 1945. Hmm. Klingt nach ranghohem Kriegshelden. Frag' mich nur, wann er dazu Zeit gehabt hatte. Er muß während der Befreiung Soldat geworden sein. Angehöriger des Kriegsverbrechertribunals 1945. Danach einige Jahre Freiberufler vor seinem Sprung in Industrie und Politik. Dann noch eine Liste von Clubs, Veröffentlichungen, ausgeübten Tätigkeiten, erhaltenen Ehrungen. Das Übliche. Ein Musterbürger. Verleiht sogar Bilder für Ausstellungen, obwohl ich so meine Zweifel habe, ob er es nach diesem Erlebnis noch einmal tun wird.

Andere Bücher rundeten das Bild ab, fügten aber kaum noch Neues hinzu. Wie es aussah, war Rouxel kein sonderlich erfolgreicher Politiker. Bei seinen Kollegen war er beliebt gewesen, aber irgendwie hatte er es sich mit de Gaulle verdorben. Seine Bewährungsfrist in der Regierung hatte nur achtzehn Monate gedauert, dann wurde er gefeuert, und der Sprung zurück ins Rampenlicht blieb ihm verwehrt. Vielleicht war es aber auch genau andersherum, und es gefiel ihm in der hohen Politik nicht, vielleicht war die Bezahlung nicht gut genug, oder er eignete sich eher zur grauen Eminenz als zum schnellsprechenden Minister. Wie auch immer, untätig blieb er deswegen nicht – er saß in Komitees, Beratergremien und allen möglichen Vorständen. Einer der Großen und Guten, einer der Pfundskerle, die es in jedem Land immer wieder einmal gibt, die dem Volk dienen und dabei die Zügel der Macht fest, wenn auch diskret in den manikürten Händen halten. Rouxel hatte gut für sich gesorgt, indem er Gutes tat, denn zwischen den Zeilen stand zu lesen, daß er nicht aus einer wohlhabenden Familie stammte. Er hatte es unbestreitbar geschafft.

Das ist ungerecht, dachte Argyll, als er den Lesesaal verließ. Bist doch nur neidisch, weil man dich nie bitten wird, solche Aufgaben zu übernehmen. Oder einfach, weil du schlechte Laune hast wegen der Bibliothek. Dies und ähnliches dachte er, während er forsch die Rue de Francs-Bourgeois entlangging zu seinem Rendezvous mit einer, wie er düster befürchtete, altjüngferlichen persönlichen Assistentin, die zwar gut Briefe schreiben konnte, aber nicht gerade sprühte vor Energie. Wußte nicht einmal, ob man ihren Arbeitgeber bestohlen hatte. Es konnte gut sein, daß er den ganzen Abend lang dieser Frau gegenüber sein Äußerstes an Charme und Zuvorkommenheit aufbieten mußte und dann nichts Brauchbares dafür bekam. Wenn man ihn zuvor gefragt hätte, hätte er eine anderweitige Verabredung vorgeschoben und darauf bestanden, Rouxel selbst zu sehen. Aber jetzt habe ich die Sache am Hals, dachte er verdrossen, als er schließlich auf die Place des Vosges einbog. Muß ich's eben durchziehen.

Ohne vorher groß die Umgebung zu bewundern – was zeigte, wie miserabel seine Laune war, denn das war sein Lieblingsstadtteil –, musterte er die Leute im Restaurant. Kleine ältere Dame, allein an einem Tisch – wo sind Sie?

Kein Glück. Keine solche Person. Typisch. So unfähig, daß

sie nicht einmal rechtzeitig zur Stelle sein konnte. Er sah auf die Uhr.

»M'sieur?« sagte ein Kellner, der neben ihm aufgetaucht war. Schon komisch, was Pariser Kellner mit einem einzigen Wort so alles ausdrücken können. Der einfachste Gruß kann so viel Verachtung und Abscheu verströmen, daß man die Lust aufs Essen verliert, und Fremden die entsetzlichsten kulturellen Minderwertigkeitskomplexe einflößen. Was der Kellner in diesem Fall sagen wollte, war: »Hören Sie, wenn Sie bloß ein gaffender Tourist sind, dann verschwinden Sie und versperren Sie nicht den Weg. Wenn Sie sich setzen und essen wollen, dann sagen Sie es, aber schnell, wir sind nämlich beschäftigt und haben keine Zeit zu verschwenden.«

Argyll erklärte, daß er hier mit jemandem verabredet sei.

»Heißen Sie Argyll?« fragte der Kellner, wobei ihm der Nachname erstaunlich leicht von den Lippen floß.

Argyll bestätigte es.

»Hier entlang. Man hat mich gebeten, Sie an Madames Tisch zu führen.«

Oho! Anscheinend eine Stammkundin, dachte Argyll und folgte dem Kellner. Doch dann blieben seine Gedanken wie angewurzelt stehen, als der Kellner an einem Tisch, an dem eine junge Dame saß und entspannt eine Zigarette rauchte, einen Stuhl herauszog.

Jeanne Armand war nicht klein, sie war nicht alt, sie war nicht altjüngferlich, und obwohl sie rein technisch gesehen durchaus Nichten und Neffen hätte haben können, war sie ganz und gar nicht tantenhaft. Und wenn Argyll den ganzen Abend lang sein Äußerstes an Charme und Zuvorkommenheit aufbot, dann nicht, weil er dazu gezwungen war, sondern weil er nicht anders konnte.

Einige Menschen sind gesegnet – oder gestraft, je nach Betrachtungsweise – mit außergewöhnlicher Schönheit. Flavia vertrat in diesem Punkt eine sehr eindeutige Meinung. Sie war selbst sehr attraktiv, allerdings ohne viel dafür zu tun. Aber nicht umwerfend auf eine Art, die Unterhaltungen verstummen ließ und erwachsene Männer in sabbernde Wracks verwandelte. Flavia betrachtete das als ihr Glück; die Leute mochten sie zwar instinktiv wegen ihres Aussehens, aber sie machten ihr nicht das Leben zur Hölle, weil sie sie mit den Augen verschlangen. Sogar in Italien konnte sie Leute dazu bringen, ihr zuzuhören. Alle bis auf Fabriano natürlich, aber das lag an einem grundlegenden Fehler seines Wesens.

Jeanne Armand allerdings gehörte zu den Frauen, die auch den reifsten und ausgeglichensten Mann dazu bringen, sich ein wenig merkwürdig zu benehmen. Frauen haben für männliches Verhalten in diesem Bereich oft nur Hohn und Spott übrig, doch das ist höchst unfair. Männer sind in den meisten Fällen durchaus in der Lage, sich in schwierigen Situationen zu beherrschen und sich anständig aufzuführen. Aber manchmal, in sehr außergewöhnlichen Fällen, ist nichts zu machen – so einfach ist das. Eine Art hormonaler Autopilot übernimmt dann die Führung, was zu heißem Erröten, zitternden Händen und dazu führt, die Gesprächspartnerin mit der Intelligenz und Kultiviertheit eines vom Scheinwerferlicht geblendeten Hasen anzustarren.

Diese Frau, oder genauer ihr raffaelitisches Gesicht, ihre wunderbaren braunen Haare, ihre zarten Hände, die perfekte Figur, das weiße Lächeln, die grünen Augen, die erlesene Kleidung – und so weiter und so fort –, diese Frau also rief solche Reaktionen hervor. Auf geheimnisvolle Weise schaffte sie es, sanfte Gelassenheit mit einem Hauch von Wildheit zu verbinden. Madonna und Magdalena in einem, in Geschenkpapier von Yves Saint-Lorent. Starker Tobak.

Was Argyll jedoch den Rest gab, war die Tatsache, daß die Frau Englisch mit ihm sprach, nachdem sie sofort erkannt hatte, daß sein Französisch zwar ganz brauchbar, aber kaum von racinescher Gewandtheit war. Es war ihr Akzent, die Frau *klang* sogar schön.

»Was?« sagte er benommen nach einer Weile.

»Möchten Sie etwas trinken?«

»Oh. Ja. O Mann. Super.«

»Und was hätten Sie gerne?« fuhr sie geduldig fort. Es konnte durchaus sein, daß sie an dergleichen gewöhnt war.

Als Argylls Pastis dann endlich bestellt war, hatte er vollkommen die Kontrolle über das Geschehen verloren. Hatte er selbstgefällig einen Abend behutsamen Abtastens, vorsichtigen Aushorchens und geschickten Verhörens von seiner Seite erwartet, so war nun er es, der abgetastet, ausgehorcht und verhört wurde. Und er genoß jede Minute davon.

Während es ihm ansonsten viel lieber war, anderen zuzuhören, erzählte er ihr nun vom Leben in Rom, von den Schwierigkeiten des Bilderverkaufens und seinem augenblicklichen Problem mit diesem Gemälde.

»Lassen Sie mich das Bild sehen«, sagte sie. »Wo ist es?«

»Ähm. Ich hatte keine Zeit, es zu holen«, erwiderte er. »Tut mir leid.«

Das schien sie nicht gerade zu erfreuen, und ihr zuliebe wäre Argyll auf Händen und Knien den ganzen Weg zum Hotel und wieder zurück gekrochen, wenn sie ihm dafür nur verziehen hätte. Ein kleiner, sehr kleiner Teil seines Ichs war noch klar genug, um äußerst dankbar dafür zu sein, daß Flavia einige hundert Meilen entfernt war. Den Ausdruck hochmütiger Geringschätzung auf ihrem Gesicht konnte er sich lebhaft vorstellen.

»Können Sie es wenigstens beschreiben?«

Er tat ihr den Gefallen.

»Das ist es. Es ist vor ungefähr drei Wochen verschwunden.«

»Warum hat Monsieur Rouxel es nicht der Polizei gemeldet?«

»Ursprünglich hat er es ja. Aber dann beschloß er, die Sache auf sich beruhen zu lassen. Das Bild war nicht versichert, es bestand keine Hoffnung, es wieder zurückzubekommen, und deshalb erschien es ihm sinnlos, allen möglichen Leuten die Zeit zu stehlen. Er betrachtete es als Strafe dafür, daß er sein Haus nicht richtig abgeschlossen hatte, und dachte nicht mehr daran.«

»Trotzdem –«

»Und jetzt haben Sie es nicht nur entdeckt, Sie haben auch herausgefunden, wem es gehört, und Sie haben es zurückgebracht. Monsieur Rouxel wird Ihnen sehr dankbar sein...«

Sie lächelte ihn auf eine Art an, die Roheisen zum Schmelzen bringt. Er schlug bescheiden die Augen nieder und kam sich ein bißchen vor wie der Heilige Georg, nachdem er erfolgreich ein paar Drachen aufgeschlitzt hat.

»Das heißt, wenn Sie bereit sind, es ihm zurückzugeben.«

»Natürlich. Warum denn nicht?«

»Sie könnten natürlich eine Entschädigung für Ihre Zeit und Ihre Mühe verlangen.«

Das könnte er tatsächlich. Aber im Interesse der Ritterlichkeit war er bereit, darauf zu verzichten.

»Und nun«, fuhr sie fort, während er dasaß und aussah wie jemand, der soviel Geld hat, daß jede Belohnung belanglos ist, »erzählen Sie mir doch, wie Sie zu diesem Bild gekommen sind.«

Das tat er auch, in allen Einzelheiten. Erzählte von Besson und Delorme und Männern mit Narben und Bahnhöfen und Muller und Ellman und der Polizei und Bibliotheken und Museumskuratoren. Nichts wurde ausgelassen. Sie war fasziniert und starrte ihn während des ganzen Berichts mit weit aufgerissenen Augen an.

»Und wer war's? Wer ist verantwortlich?« fragte sie, als er geendet hatte. »Wer ist im Augenblick der Hauptverdächtige der Polizei?«

»Keine Ahnung«, antwortete er. »Zu ihren geheimsten Gedanken haben ich nur wenig Zugang. Aber soweit ich das beurteilen kann, eigentlich niemand. Da ist natürlich der Mann mit der Narbe. Da aber niemand eine Ahnung hat, wer er ist, ist es unwahrscheinlich, daß sie ihn fangen. Sie wissen ja nicht einmal, warum Muller dieses Bild so unbedingt wollte, außer sie haben in meiner Abwesenheit Fortschritte gemacht. Ich meine, es hatte zwar seinem Vater gehört, aber vieles andere auch. Und das ist außerdem kein Grund, es zu stehlen. Fällt Ihnen irgendwas ein?«

»Nein«, sagte sie und schüttelte den Kopf. »Ich meine, ich habe das Bild jetzt wieder deutlich vor Augen. Es ist ja nicht gerade Weltklasse, oder?«

»Nein. Wie lange hatte denn Monsieur Rouxel das Bild?«

»Er bekam es, als er noch ziemlich jung war. Das hat er mir einmal erzählt. Aber ich weiß nicht, woher es stammte.«

Sie schenkten sich neu ein und ließen das Thema fallen,

denn es schien alles gesagt zu sein. Statt dessen wandte sie nun ihre Aufmerksamkeit Argyll zu. Er erzählte ihr noch einmal all seine kleinen Geschichten über das Kunstgeschäft, sein ganzes Repertoire an Schrullen, Witzen und Skandalen, und sie sah an den passenden Stellen angemessen schockiert, beeindruckt und belustigt aus. Was für Augen sie hatte. Gelegentlich lachte sie sogar laut auf und legte ihm, wenn er eine Anekdote besonders gut erzählt hatte, anerkennend die Hand auf den Arm. Er erzählte ihr von Kunden, vom Kaufen und Verkaufen von Bildern, von Kopien und Fälschungen und vom Schmuggeln.

Das einzige in seinem Leben, was er den ganzen Abend nicht erwähnte, war Flavia.

»Und was ist mit Ihnen?« sagte er, um sich der eigentlich wichtigen Frage zuzuwenden. »Wie lange arbeiten Sie schon für Monsieur Rouxel?«

»Schon einige Jahre. Er ist mein Großvater, müssen Sie wissen.«

»Ah, ich verstehe«, erwiderte er.

»Ich organisiere sein Leben für ihn und helfe ihm bei der Leitung von einigen der kleinen Firmen, die er noch besitzt.«

»Ich dachte, er ist eher ein Großunternehmer. Oder Anwalt. Oder Politiker. Oder sowas.«

»Das war er alles einmal. Aber seit er im Ruhestand ist, kümmert er sich nur noch um kleinere Geschäfte. Vorwiegend als Börsenmakler. Und mehr, damit er was zu tun hat, als aus anderen Gründen. Das sollte eigentlich auch mein Spezialgebiet werden.«

»Sollte?«

»Ich fing damit an. Dann bat mich Großvater, ihm beim Ordnen seiner Papiere zu helfen. Sie können sich vorstellen, wieviel sich bei einem wie ihm im Lauf der Jahre angesammelt hat. Juristische Dokumente und geschäftliche und politische. Und er wollte nicht, daß ein Fremder sie durchgeht. Geplant war es ja nur für eine Weile, solange er krank und überlastet war, aber jetzt bin ich immer noch bei ihm. Die Organisation seines Archivs habe ich schon vor Jahren abgeschlossen, aber er kommt ohne mich nicht mehr aus. Ich habe ihm oft vorgeschlagen, sich jemanden zur Festanstellung zu suchen, aber er sagt immer, daß niemand so effektiv wäre wie ich. Und so an seine Art gewöhnt.«

»Gefällt Ihnen das?«

»O ja«, entgegnete sie schnell. »Natürlich. Er ist ja ein so wunderbarer Mann. Und er braucht mich. Ich bin alles, was von seiner Familie noch übrig ist. Seine Frau starb jung. Was für eine Tragödie; sie paßten so gut zusammen, und er hatte sie schon Jahre vor der Heirat geliebt. Und meine Mutter starb bei meiner Geburt. Es gibt also sonst niemanden mehr. Und jemand muß darauf achten, daß er sich nicht überanstrengt. Er kann nie nein sagen. Er wird dauernd gebeten, bei irgendwelchen Komitees mitzuarbeiten, und er sagt immer zu. Außer wenn ich seine Post abfangen und vorher nein sagen kann.«

»Das tun Sie?«

»Das Privileg einer Sekretärin«, antwortete sie mit einem schwachen Lächeln. »Ja. Schließlich bin ich es, die seine Post öffnet. Aber manchmal dringen die Anfragen zu ihm durch. Da ist zum Beispiel dieses internationale Finanzkomitee, dem er im Augenblick angehört. Ständig Reisen und Konferenzen. Das erschöpft ihn, und es kommt nichts dabei heraus. Aber hört er deswegen auf, seine Zeit zu verschwenden, und läßt es sein? O nein. Er ist so freundlich und hilfsbereit, daß er nie auch nur eine Minute Zeit für sich hätte, wenn ich nicht die Leute davon abhalten würde, seine Zeit zu verschwenden.«

Zum erstenmal an diesem Abend hatte Argyll einen Rivalen. Es war nicht nur so, daß Jeanne ihren Großvater mochte oder respektierte, sie schien ihn beinahe wie einen Helden zu verehren. Vielleicht hatte Rouxel es verdient. Für sie war er nicht nur der perfekte Arbeitgeber, sondern auch einer der größten Männer der Welt. Aber ein bißchen übertrieb sie es schon, oder? Daß sie gar so sehr um sein Wohl bemüht war. Was sie wohl dafür als Gegenleistung bekam, fragte sich Argyll.

»Man hat ihm das Croix de Guerre verliehen«, bemerkte Argyll.

Sie lächelte und warf ihm einen Seitenblick zu. »Wie ich

sehe, haben Sie Ihre Hausaufgaben gemacht. Das stimmt. Für seine Arbeit in der Resistance. Er spricht nie darüber, aber soweit ich weiß, wäre er mehrere Male beinahe getötet worden, und er kümmerte sich um die ganzen internen Streitereien. Irgendwie schaffte er es, sich trotzdem seinen Glauben an die Menschheit zu bewahren. Ich weiß wirklich nicht, wie er es geschafft hat.«

»Sie bewundern ihn sehr«, sagte Argyll. »Was ist mit seiner politischen Karriere passiert?«

»Manchmal sind die Mißerfolge eines Menschen bedeutender als seine Erfolge. Er war ehrlich. Zu ehrlich. Er wollte ein paar der Opportunisten und Inkompetenten aus seinem Ministerium hinauswerfen. Und die wehrten sich natürlich. Er spielte fair, die anderen mit allen Tricks, und er verlor. So einfach war das. Er hat seine Lektion gelernt.«

»Mögen Sie ihn so sehr, wie Sie ihn bewundern?«

»O ja. Er ist freundlich, großzügig und mutig, und er ist immer sehr gut zu mir. Er ist ein Mann, der Zuneigung und Vertrauen weckt. Wie könnte ich ihn nicht mögen. Jeder mag ihn.«

»Aber es muß doch jemanden geben, der ihn nicht mag«, bemerkte Argyll.

»Was meinen Sie damit?«

»Na ja«, sagte er, ein wenig überrascht über die Schärfe, die sich in ihre Stimme geschlichen hatte. »Er ist mächtig und erfolgreich. Und wenn man genauer hinsieht, immer noch sehr einflußreich. So etwas erzeugt Neid. Niemand in einer solchen Position wird von allen geliebt.«

»Ich verstehe. Vielleicht haben Sie recht. Natürlich hatte er immer für das gekämpft, was er für richtig hielt. Aber ich kann aufrichtig sagen, daß ich noch keinem begegnet bin, der eine persönliche Abneigung gegen ihn hatte. Von allen geliebt wird er vielleicht nicht. Aber von allen respektiert. Ich glaube, das kann man sagen. Das ist auch der Grund, warum ihm in ein paar Wochen der Europa-Preis verliehen wird.«

»Der was?«

»Sie wissen nicht, was das ist?«

Argyll schüttelte den Kopf.

»Es ist ein bißchen schwierig zu beschreiben. Es ist eine Art Nobelpreis für Politik, verliehen von der Europäischen Gemeinschaft. Jede Regierung schlägt einen Bürger ihres Staates vor, und aus dieser Kandidatenliste wird dann einer ausgewählt. Er wird für sein Lebenswerk ausgezeichnet. Nur wenige haben den Preis bisher erhalten, es ist wirklich eine außerordentliche Ehre.«

»Und was hat es damit auf sich? Ich meine, geht's nur darum, sich dort zu zeigen und den Scheck zu kassieren?«

Sie sah ihn mißbilligend an, als würde er diese Ehrung nicht ernst nehmen. »Bei der nächsten Versammlung des Ministerrats gibt es einen Festakt. Dabei wird Monsieur Rouxel der Preis verliehen, und dann hält er vor den versammelten Regierungschefs und dem Parlament eine Ansprache. Seit Monaten arbeitet er schon an dieser Rede. Es wird ein Abriß seiner Vision der Zukunft sein, und glauben Sie mir, sie ist wirklich sehr gut. Eine Darstellung der Prinzipien seines Lebens. Eine Zusammenfassung von allem, woran er glaubt.«

»Großartig. Ich freue mich schon, sie zu lesen«, sagte Argyll höflich, aber nicht ganz aufrichtig. Eine Pause entstand, in der jeder den anderen ansah und sich fragte, wie es nun weitergehen würde. Argyll löste die Spannung, indem er die Rechnung verlangte und zahlte. Dann half er ihr in den Mantel, und gemeinsam traten sie hinaus in die Nachtluft.

»Es war sehr freundlich von Ihnen, daß Sie Zeit für mich hatten...«, begann er.

Sie rückte näher, legte ihm die Hand auf den Arm und sah ihm tief in die Augen.

»Warum gehen wir nicht noch auf einen Drink zu mir? Es ist gleich da unten«, sagte sie leise und zeigte auf eine Straße zu seiner Linken. Dieser leicht wilde Blick war wieder da.

Eine der beliebtesten Gemäldegattungen des ausgehenden siebzehnten Jahrhunderts war die klassische Allegorie, in der mythologische Motive benutzt wurden, um moralische Themen zu illustrieren. Ein sehr beliebtes Motiv war das Urteil des Herkules. In der Barockzeit wurde es dutzendfach gemalt.

Das Thema ist sehr einfach: Herkules, der starke Mann der

Antike, bekleidet nur mit einem knappen Löwenfell, damit der Betrachter sowohl ihn identifizieren sowie das Können des Malers bei der Darstellung des männlichen Körpers bewundern kann, steht in der Mitte und lauscht zwei Frauen. Beide sind wunderschön, aber die eine trägt meistens sehr strenge Kleider, die fast ihren ganzen Körper verhüllen, und hält häufig ein Schwert in der Hand. Manchmal ist sie auch mit erhobenem Zeigefinger dargestellt, als würde sie eine nicht sehr angenehme Mahnung aussprechen. Sie ist die Tugend, manchmal in der Person der Athene, der Tochter des Zeus und der Streiterin für die gerechte Sache.

Auf der anderen Seite befindet sich die zweite Frauengestalt, oft träge am Boden liegend und immer halbnackt. Sie redet vielleicht nicht viel, aber sie führt Herkules mit ihrer hingestreckten Gestalt in Versuchung. Sie ist das süße Leben, manchmal Laster genannt und manchmal Versuchung, in der Person der Aphrodite, der Göttin der Liebe. Links, wo Athene steht, ist eine ziemlich steinige und hügelige Straße, die zum Ruhm und zur Erfüllung führt, auf Aphrodites Seite dagegen schlängelt sich ein bequemer Pfad, der an allen möglichen Lustbarkeiten vorbei ins Nichts führt.

Herkules hört sich die Argumente der Frauen an und versucht sich zu entscheiden, welchen Weg er einschlagen soll. Im allgemeinen ist sein Gesicht das des Mäzens, der das Bild bezahlt hat, und er ist genau in dem Moment dargestellt, da er sich dem Leben in Tugend zuwendet. Eine hübsche, schickliche Schmeichelei.

Rechts von Argyll, dem eben diese kunsthistorische Bagatelle durch den Kopf schoß, lag die Straße zu seinem Hotel und links der Pfad zu Jeannes Wohnung.

Herkules hatte wenigstens Zeit zum Nachdenken, er konnte Pro und Kontra abwägen, ergänzende Frage stellen und herausfinden, worauf er sich da einließ. Argyll aber mußte gleichzeitig und unverzüglich Jeannes Einladung, den Reiz, den sie auf ihn ausübte, und seine Liebe zu Flavia abwägen.

»Und?«

»Tut mir leid. Ich habe überlegt.«

»Was gibt es da groß zu überlegen?«

Er seufzte und berührte sie an der Schulter. »Eigentlich nichts.«

Und wie Herkules schlug er widerwillig den Pfad der Tugend ein.

10

Flavias Zug kam am nächsten Morgen um 7 Uhr 15 in Paris an, und sie wurde noch im Halbschlaf von den Schaffnern recht unsanft in die kalte, zugige Halle des Gare de L'Est hinausgejagt. Es war eine fürchterliche Fahrt gewesen: ununterbrochen Störungen durch schreiende Babys, Fahrkartenkontrolleure, Neuankömmlinge im Abteil und plötzliche, ruckartige Halts, die sie, so war es ihr vorgekommen, alle fünf Minuten aus dem Schlaf gerissen hatten. Sie fühlte sich schmutzig, ungekämmt und abgerissen. O Gott, wie siehst du denn aus, dachte sie, als sie sich in einem Spiegel musterte. Gräßlich. Nur gut, daß Jonathan so etwas nie bemerkt. Sie freute sich schon darauf, ihn wiederzusehen. In seiner Gegenwart fühlte sie sich sicher, und obwohl sie sich häufig fürchterlich über ihn ärgern mußte, war sie jetzt doch froh, bald ausführlich mit ihm plaudern zu können.

Eigentlich wollte sie erst einmal Kaffee trinken und anständig frühstücken, bevor sie sich auf den Weg zu seinem Hotel machte. Oder zu dem, was sie für sein Hotel hielt. Sie hatte nie daran gedacht, daß er auch in einem anderen abgestiegen sein könnte. Jetzt, da sie es tat, erkannte sie, daß ein Problem auf sie wartete. Wie sollte sie ihn finden? Und ähnlich beunruhigend: Was, wenn er schon nach Rom zurückgeflogen war?

Darüber kannst du dir später Gedanken machen. Das naheliegendere Problem war, daß die Bars noch nicht geöffnet hatten, sie kein französisches Geld besaß und deshalb kein Taxi nehmen konnte.

Sie stieg die Treppe hinunter zur Metro, fand heraus, in welche Richtung sie mußte, und wartete dann und betrachtete die Passanten. Ungefähr jeder zehnte ging bis zum Drehkreuz, sah sich vorsichtig um und sprang darüber. Obwohl einige offiziell wirkende Gestalten herumstanden, achteten die nicht darauf. Wenn in Paris, mach's wie die Pariser, dachte sie. Dann packte sie ihre Tasche, sprang über die Absperrung und rannte mit abscheulich schlechtem Gewissen zu ihrem Bahnsteig.

Einmal hatte sie mit Argyll in seinem gewohnten Hotel übernachtet, und sie erinnerte sich, daß es sich irgendwo in der Nähe des Panthéons befand. Wo genau, war allerdings schwieriger: Das ist eine Gegend mit sehr vielen Hotels, und Flavia wußte nur noch, daß es eine reich verzierte Tür hatte. Auch beim vierten Versuch fand sie es nicht, aber wengistens konnte ihr der Frühportier den Weg zu diesem Hotel beschreiben. Um 8 Uhr 15 war sie schließlich dort.

Ob hier ein gewisser Jonathan Argyll übernachte?

Blätterraschen, und dann bestätigte es ihr der Mann an der Rezeption.

Und wo?

Zimmer neun. Ob er ihn anrufen solle?

Nein, das sei nicht nötig. Sie werde einfach hinaufgehen.

Und das tat sie auch, stieg die Treppe hoch, fand die richtige Tür und klopfte kräftig.

»Jonathan?« rief sie. »Mach auf. Ich bin's.«

Ein langes Schweigen folgte. Niemand da. Untypisch für ihn, dachte sie. Er war nicht gerade ein Frühaufsteher.

Ein paar Minuten stand sie vor der Tür und überlegte, was sie tun sollte. An so vieles hatte sie gedacht, aber daß er ausgegangen sein könnte, war ihr nie in den Sinn gekommen.

Zum Glück mußte sie das Problem, was sie tun sollte, nicht allein lösen. Ein Trampeln von Schritten auf der Treppe – Argyll war kein Balletttänzer – deuteten an, daß ihr die Entscheidung abgenommen wurde.

»Flavia«, rief Argyll, als er auftauchte, etwa so, wie ein Bergsteiger in Not seinen Lieblingsbernhardiner begrüßt, wenn der mit einem Fäßchen Cognac vor ihm steht.

»Da bist du ja. Wo warst du denn zu dieser unchristlichen Zeit?«

»Ich? Ach, eigentlich nirgendwo. Hab mir nur ein paar Zigaretten geholt. Das ist alles.«

»Kurz nach acht am Sonntagmorgen?«

»So früh ist es? Hm. Ich konnte nicht schlafen. Bin ja so froh, daß du da bist. Komm.«

Damit nahm er sie in die Arme und drückte sie mit einem Ungestüm, das sie bis dahin an ihm nicht gekannt hatte.

»Du siehst wirklich großartig aus«, sagte er, trat einen Schritt zurück und sah sie bewundernd an. »Wunderschön.«

»Ist irgendwas los?« fragte sie.

»Nein. Warum fragst du? Ich hatte eine furchtbare Nacht. Hab mich die ganze Zeit nur herumgewälzt.«

»Warum das?«

»Ach, wegen nichts eigentlich. Ich habe nachgedacht.«

»Vermutlich über dein Bild.«

»Äh? Nein, darüber nicht. Ich habe über das Leben nachgedacht. Über uns. Und solche Sachen.«

»Was?«

»Es ist eine lange Geschichte. Aber ich habe mir überlegt, wie es wäre, wenn wir uns trennen würden.«

»Ach wirklich?« fragte sie ein wenig verwirrt. »Wie kommst du gerade da drauf?«

»Es wäre schrecklich. Ich könnte es nicht aushalten.«

»Soso. Und warum geht dir das gerade jetzt durch den Kopf?«

»Ohne Grund«, sagte er fröhlich und dachte an die vergangene Nacht und seine Entscheidung. Es würde nicht leicht werden, sie zu überzeugen. Da mußte sein alter Charme wieder einmal herhalten. Von diesen Überlegungen sagte er jedoch keinen Ton, was für Flavia den Schluß nahelegte, daß sein Verhältnis zu ihr ein wenig in Unordnung geraten war. Solche Gefühlsduseleien behielt er normalerweise für sich. Er war schließlich Engländer.

»Hast du Geld?« fragte sie nach einer Weile. Es hatte schließlich wenig Sinn, diese bizarre Stimmung, in der er war, weiterzuverfolgen. Außerdem war es sehr früh am Morgen.

»Ja. Aber nicht viel.«

»Genug, um mir ein Frühstück zu bezahlen?«

»Für das reicht es, ja.«

»Gut. Dann bring mich in eine Bar. Und in den wenigen Minuten, die ich noch habe, bevor ich für immer einschlafe, kannst du mir erzählen, was du alles getrieben hast.«

»Gar nicht schlecht«, sagte sie zwei Tassen Kaffee und ein dürftiges Croissant später. Eigentlich ein wenig herablassend, aber für Feinsinnigkeiten war sie zu müde. »Wenn ich das richtig verstehe, glaubst du, daß Muller sich nach dieser Ausstellung mit Besson in Verbindung gesetzt hat, Besson das Ding geklaut und es Delorme gegeben hat. Dann wird Besson verhaftet, Delorme bekommt es mit der Angst und hängt dir das Bild an. Der Mann mit der Narbe geht zu Delorme, gibt sich als Polizist aus, findet heraus, daß du das Ding hast, und versucht, es dir im Gare de Lyon zu klauen. Dann verfolgt er dich nach Rom, geht zu Muller und peng. Abgang Muller.«

»Eine beispielhafte Zusammenfassung«, sagte Argyll. »Du hättest Ministerialreferentin werden sollen.«

»Unterdessen habe ich herausgefunden, daß Muller seit zwei Jahren wie ein Besessener hinter diesem Bild her war, weil er glaubte, es enthalte etwas Wertvolles. Er dachte, es hätte seinem Vater gehört, der sich aufgehängt hat. Das Problem ist jetzt dieser Ellman. Warum fährt der ebenfalls nach Rom? Der Anruf aus Paris hätte von dem Mann mit der Narbe kommen können, aber was wollten dann beide in Rom?«

»Keine Ahnung.«

»Ist es möglich, daß dieser Anruf von Rouxel kam?« fragte sie.

»Laut seiner Enkelin, nein. Das heißt, sie hat nie von Ellman gehört, obwohl sie sich um Rouxels Post und alles kümmert. Außerdem hat sie gesagt, er habe die Hoffnung, das Bild wiederzubekommen, schon aufgegeben. Hat nicht einmal danach gesucht.«

Flavia gähnte heftig und sah dann auf ihre Uhr. »O verdammt, es ist zehn Uhr.«

»Und?«

»Ich wollte eigentlich baden und mich noch ein wenig hinlegen, aber dazu ist keine Zeit mehr. Ich muß mittags am Flughafen sein. Ellmans Sohn kommt zurück. Ich möchte mich ein wenig mit ihm unterhalten. Nicht, daß ich mich darauf freue.«

»Oh«, sagte Argyll. »Und ich hatte gehofft, wir könnten ein Weilchen zusammensein. Du weißt schon. Paris, Romantik und so.«

Sie sah ihn ungläubig an. Sein Timing war manchmal so schlecht, daß es schier unglaublich war.

»Mein lieber debiler Kunsthändler. Ich habe in den letzten zwei Tagen ungefähr vier Stunden geschlafen. Ich habe so lange nicht mehr gebadet, daß ich wahrscheinlich gar nicht mehr weiß, wie man den Wasserhahn aufdreht. Leute, die neben mir in der Metro sitzen, stehen auf und gehen weg. Ich habe nichts Sauberes zum Wechseln, aber eine Menge Arbeit. Ich bin weder in der Stimmung für Romantik noch für einen Stadtbummel.«

»Ah«, erwiderte er, in Fortsetzung des einsilbigen Stils, den er sich angewöhnt hatte. »Soll ich mit dir zum Flughafen fahren?«

»Nein. Warum bringst du das Bild nicht zurück?«

»Ich dachte, du wolltest es erst noch untersuchen.«

»Wollte ich auch. Aber du hast doch gesagt, daß es nichts zu untersuchen gibt...«

»Gibt es auch nicht. Ich teile seit ungefähr einem Tag mein Bett mit Sokrates. Ich kenne es in- und auswendig. Da ist überhaupt nichts.«

»Ich glaube dir«, sagte sie. »Du bist der Experte. Und ich habe mir gedacht, wenn du es zurückbringst, kannst du vielleicht mit Rouxel reden. Und herausfinden, ob er was weiß, das uns weiterhilft. Frag ihn nach Hartung. Ellman. Irgendjemand muß zwischen den beiden doch eine Verbindung herstellen können. Sondieren, du weißt schon.«

Dann lief sie, nach einem weiteren Blick auf die Uhr und über ihre Verspätung jammernd, davon und überließ es Argyll, die Rechnung zu bezahlen. Einige Augenblicke später kam sie noch einmal zurück, doch nur, um sich Geld von ihm zu borgen.

Zum Flughafen Charles de Gaulle fährt man nicht mit dem Taxi, wenn einem der Freund widerwillig gerade mal zweihundert Francs für den ganzen Tag gegeben hat. Zugegeben, es war beinahe alles, was er bei sich hatte, aber fürstlich war es trotzdem nicht. Also fuhr sie mit dem Taxi nur bis zum Châtelet des Halles, irrte dann durch die schlecht beleuchteten unterirdischen Korridore und fragte sich mit zunehmender Beunruhigung, wo in diesem gigantischen Untergrundmausoleum sich eigentlich die Züge befanden. Als sie endlich den richtigen Bahnsteig – schlau versteckt zwischen Verkaufsbuden und Lederwarenständen – gefunden hatte und eingestiegen war, war sie nicht in der Stimmung, sich von der Musik, die vom Bahnsteig an ihr Trommelfell wehte, besänftigen zu lassen. Sie schwitzte vor Unruhe, was in ihrem Zustand nicht empfehlenswert war. Wenn sie nicht bald badete, würde sie diese Kleider verbrennen müssen.

Etwa zwanzig Minuten nach der planmäßigen Ankunftszeit von Ellman juniors Maschine kam sie am Flughafen an und mußte dann auf den Bus warten, der sie zum richtigen Terminal brachte. Sie rannte den ganzen Weg zur Ankunftshalle und überflog hastig die Anzeigetafeln. »Gepäck in der Halle«, erfuhr sie. Verdammt. Es hatte wenig Sinn, nur dazustehen und den Zug der müden und erschöpften Passagiere anzustarren, sie lief deshalb zum Informationsschalter, um Ellman ausrufen zu lassen.

Dann stand sie herum, unterdrückte das Gähnen und wartete. Katastrophe wäre es keine, wenn ich ihn verpasse, dachte sie. Aber ein Jammer wäre es doch, und es würde nicht nur bedeuten, daß sie noch einmal in die Schweiz mußte, sondern auch, daß Bottandos ironischer Blick sie strafte, wenn der ihre Spesenabrechnung kontrollierte, nicht zu vergessen gewisse gemurmelte Ermahnungen, demnächst den Details größere Aufmerksamkeit zu schenken.

Sie dachte immer noch in dieser Richtung, als sie merkte, daß der Mann am Schalter sie einem Neuankömmling zeigte. Anhand der Beschreibung der Haushälterin hatte Flavia sich ein Bild von Bruno Ellman gemacht. Nicht gerade ein sehr schmeichelhaftes, trotz ihrer Bemühung um Unbefangenheit.

Einen Playboy, das war es, was sie erwartete. Teure Khakihose, Safariausrüstung, eine große Nikon. Sonnenverbrannt, extravagant und ein kleiner Parasit.

Was sie zu sehen bekam, war allerdings etwas ganz anderes. Zum einen war er bereits in den Vierzigern, wenn auch erst Anfang Vierzig. Ein bißchen füllig, wohl zuviel Kohlehydrate in der Ernährung. Zerknitterte Kleidung, deren Zustand nicht allein vom Nachtflug herrühren konnte. Eine beginnende Glatze und die verbliebenen Haare ein wenig angegraut.

Da muß eine Verwechslung vorliegen, dachte sie, als der Mann auf sie zukam, sich vorstellte und ihr damit das Gegenteil bewies. Es war Bruno Ellman.

»Ich bin sehr froh, daß Sie die Nachricht gehört haben«, sagte sie auf Französisch. »Ich hatte schon Angst, Sie zu verpassen. Ist Ihnen Französisch recht?«

Er senkte den Kopf. »Französisch ist okay«, erwiderte er mit einem besseren Akzent als dem ihrigen. »Und hier bin ich. In voller Lebensgröße und ein wenig im Hintertreffen.«

»Entschuldigung«, sagte sie, stellte sich vor und zeigte ihm obendrein noch ihren Ausweis. »Ich fürchte, ich habe schlechte Nachrichten für Sie. Können wir irgendwo hingehen, wo wir uns in Ruhe unterhalten können?«

»Was für schlechte Nachrichten«, sagte er, ohne Anstalten zum Gehen zu machen.

»Es geht um Ihren Vater.«

»O nein«, sagte er, als hätte er so etwas beinahe erwartet. »Was ist mit ihm?«

»Ich fürchte, er ist tot. Ermordet.«

Was nun folgte, war etwas merkwürdig. Der erste Eindruck – den Flavia ganz besonders schätzte – war überraschend positiv. Die Sorte Mensch, die man bedenkenlos nach dem Weg fragt, wenn man sich verlaufen hat. Einer, der einen guten Sohn abgibt, was immer das ist. Einer, der sehr bestürzt auf die Nachricht vom Tod seines Vaters reagiert und der am Boden zerstört ist, wenn er hört, daß es sich um Mord handelt.

Aber genau diese letzte Reaktion kam nicht. Ellman spitzte

die Lippen, während er diese Information verdaute, zeigte aber ansonsten keine Regung. »Sie haben recht«, sagte er, »wir sollten wirklich irgendwo hingehen, wo wir uns in Ruhe unterhalten können.«

Damit führte er sie zu der Bar im Erdgeschoß des riesigen Betonbaus und ging Kaffee holen.

Falls ihn die unvermittelte Nachricht in irgendeiner Weise aus der Fassung brachte, so hatte er sich, als er zurückkehrte, bereits wieder voll in der Gewalt. »Okay«, sagte er geschäftsmäßig. »Vielleicht sollten Sie mir erzählen, was passiert ist.«

Flavia hatte keinen Grund, das nicht zu tun, und deshalb gab sie einen ziemlich vollständigen Bericht, gefolgt von ihren inzwischen mehr und mehr standardisierten Fragen. Ob sein Vater Interesse an Bildern gehabt habe? Nein. Ob er jemanden namens Muller kenne? Nein. Oder Hartung? Nein. Und was mit Rouxel sei?

»Nicht gerade ein seltener Name«, antwortete er unverbindlich.

»Er kommt Ihnen bekannt vor?«

»Erzählen Sie mir mehr von ihm.«

»Jean. Geschäftsmann und Politiker, Mitte Siebzig«, sagte sie kurz und bündig.

»Franzose?«

»Ja.«

»War der in der letzten Zeit in den Nachrichten?«

»Man hat ihm irgendeinen Europa-Preis verliehen. Ziemlich große Sache, wie man mir gesagt hat, deshalb wurde wahrscheinlich darüber berichtet.«

»Ja«, sagte Ellman. »Das ist er.« Er überlegte einen Augenblick, bis er sich seiner Erinnerung ganz sicher war. »Das stimmt«, sagte er schließlich.

»Fahren Sie fort.«

»Ich kann Ihnen nicht mehr sagen«, entgegnete er entschuldigend. »Ich habe in den Nachrichten davon gehört.«

»Ist das alles? Keine Verbindung mit Ihrem Vater?«

»Nicht, soweit ich das weiß. Ich glaube, mein Vater war kein Mensch, mit dem einer wie Rouxel sich je abgeben würde. Ich selber hab's auch kaum getan, außer wenn es Geldprobleme gab.«

»Wenn sich zum Beispiel Ihr Zuschuß verspätete.«

Er sah sie überrascht an, denn der schwach mißbilligende Unterton war ihm nicht entgangen. »Sie haben Ihre Hausaufgaben gemacht. Mit Madame Rouvet haben Sie also auch schon gesprochen.«

Sie nickte.

»Ja, mein Zuschuß, wenn Sie es so nennen wollen. Hat Madame Rouvet Ihnen übrigens auch erzählt, was ich tue?«

»Nein.«

»Ich vermute, sie hat Ihnen die übliche Geschichte aufgetischt. Tunichtgut und Faulenzer. Also, wenn Sie wollen...«

»Na gut. Was tun Sie?«

»Ich arbeite für eine Wohltätigkeitsorganisation. Sie schickt Hilfe nach Afrika, vorwiegend ins frankophone Afrika und in Problemgebiete. In den letzten Wochen war ich im Tschad. Dort wütet eine Epidemie.«

»Oh.«

»Nicht auf Safari, wie Sie vielleicht denken. Mein Zuschuß unterstützt ein Waisenhaus für Kinder, bei denen der Hunger das Hirn geschädigt hat. Wenn sonst nichts mehr hilft, bringen wir sie in die Schweiz und versuchen dort für sie zu tun, was wir tun können. Nur ein Tropfen auf den heißen Stein, und das Geld, das ich von meinem Vater bekomme – oder genauer, bekommen habe, denn jetzt geht bestimmt alles an seine Haushälterin –, war nur ein Molekül in diesem Tropfen.«

»Tut mir leid«, sagte Flavia. »Ich habe da wohl einen falschen Eindruck bekommen.«

»Wenigstens geben Sie es zu. Danke. Ich nehme Ihre Entschuldigung an. Ich hätte das Thema ja überhaupt nicht zur Sprache gebracht...«

»Wenn Ihnen nicht der Gedanke durch den Kopf geschossen wäre, daß ich mich vielleicht frage, ob Sie wegen des Gelds den Tod Ihres Vaters arrangiert haben.«

Er nickte. »Falls das etwas hilft, können Sie meinen Paß sehen. Das Dorf, in dem ich war, ist so abgelegen, daß ich mindestens fünf Tage gebraucht hätte, um mich davonzumachen, meinen Vater umzubringen und dann wieder zurückzukehren. Mein Hauptargument zur Verteidigung ist, daß mein Vater gar nicht so viel Geld gehabt hat, daß es sich rentiert hätte, ihn deswegen umzubringen.«

»Ich glaube Ihnen«, sagte eine ernüchterte und etwas überraschte Flavia. »Wissen Sie etwas über die Finanzen Ihres Vaters?«

»Überhaupt nichts. Und ich will auch gar nichts wissen.«

»In seiner Wohnung war ein Bankauszug samt Scheckbuch mit monatlichen Zahlungsvermerken. Ziemlich viel Geld. Woher kam das?«

Ellman seufzte. »Das weiß ich wirklich nicht, und es ist mir auch gleichgültig. Ich weiß nur, daß ich, als es sich letztes Jahr verspätete, ihm das sagte und er darauf meinte, ich solle mir keine Sorgen machen, er werde sich gleich am nächsten Tag darum kümmern. Tags darauf rief ich an, und Madame Rouvet sagte mir, daß er verreist sei. Jedenfalls kam das Geld danach wieder mit schöner Regelmäßigkeit. Mehr kann ich Ihnen nicht sagen. Wir redeten kaum miteinander, nur wenn wir mußten.

Mein Vater und ich kamen nicht besonders gut miteinander aus«, fuhr er fort. »Eigentlich haßten wir einander. Er war ein böser, gemeiner Mann. Auf seine engstirnige Art ein Monster. Er hatte ja nicht einmal die Größe, ein richtiges Monster zu sein. Meine Mutter hat er mit seiner Mißachtung und seiner Grausamkeit sozusagen getötet, und meine Kindheit war ein einziger, langer Alptraum. Er hat die Menschen ausgesaugt. Ich hatte nur Abscheu für ihn übrig.«

»Aber Sie haben Geld von ihm verlangt, und er hat es Ihnen gegeben.«

»Und wie er das gehaßt hat.«

»Aber wenn er so schlimm war, wie Sie sagen, warum hat er es Ihnen dann gegeben?«

Ellman zeigte ein Lächeln, das Flavia anfangs als entschuldigend interpretierte, bis ihr klar wurde, daß er aus reiner Freude über die Erinnerung lächelte. »Weil ich ihn erpreßt habe«, sagte er.

»Wie bitte?«

»Ich habe ihn erpreßt. Die Schweizer sind sehr penible Leute, und mein Vater hatte gewisse Dinge verschwiegen, als er die Staatsbürgerschaft erhielt. Seinen richtigen Namen zum Beispiel. Hätte man das herausgefunden, wäre er wahrscheinlich gerichtlich belangt worden, und er hätte auf jeden Fall seine Staatsbürgerschaft und seine Arbeit verloren. Ich fand das vor ungefähr zehn Jahren heraus und schlug ihm damals vor, doch einen Beitrag zu meiner wohltätigen Arbeit zu leisten. Als eine Art Entschädigung.«

»Das haben Sie Ihrem eigenen Vater angetan?«

»Ja«, sagte er knapp. »Warum nicht?«

»Aber warum änderte er seinen Namen?«

»Nichts Schlimmes, wissen Sie. Er war kein Bankräuber auf der Flucht oder so was. Zumindest glaube ich das nicht.«

Er sagte das wie jemand, der mit ziemlicher Sicherheit Nachforschungen angestellt hat. Offensichtlich ist das der Lauf der Welt, die Leute wollen alles über ihre Väter herausfinden, das Gute und das Schlechte. Was eine Menge Probleme verursachte.

»Er tat es, weil er unbedingt Arbeit brauchte. Der tatsächliche Ellman war ein Kamerad, der im Krieg umgekommen war. Ein Freund aus der Kindheit, obwohl man sich nur schwer vorstellen kann, daß mein Vater je Freunde hatte. Mein Vater war der Faulenzer und Gauner der Stadt, Ellman dagegen von der strebsamen, hart arbeitenden Sorte. Bevor sie beide zum Militär gingen, soff mein Vater und war hinter den Mädchen her, und Ellman studierte und machte seinen Abschluß. Er wurde getötet, und als mein Vater 1948 in die Schweiz kam, nahm er seinen Namen an und bekam mit Hilfe dieses Abschlusses eine gut bezahlte Stellung. Nach dem Krieg war die Arbeit knapp. Er war der Ansicht, daß er ein Recht auf jede Hilfe hatte, die er bekommen konnte. So war er eben.«

»Und wie war sein richtiger Name?«

»Franz Schmidt. So ziemlich der verbreitetste Name, den man sich vorstellen kann.«

»Ich verstehe«, sagte Flavia. Eine neue Variante des Familienlebens, dachte sie. Aber was war schlimmer, so ein Vater oder so ein Sohn? Vielleicht hatten sie einander verdient. Ellman schien das, was er sagte, ziemlich ungerührt zu lassen. Er lebte in einer verdrehten Welt, in der böse Mittel den guten Zweck verdarben, und er war unfähig, das zu erkennen. Was treibt einen solchen Mann an, dachte sie, nachdem sie die Befragung beendet hatte und wieder zum Zug gegangen war. Tat er in Afrika Gutes nur, um das Böse seines Vaters zu kompensieren? War ihm noch nie der Gedanke gekommen, daß er hinter einem Nebelschleier der Tugend seinen Vater möglicherweise neu erschuf? Es wäre viel einfacher gewesen, wenn er ein simpler, unverblümter, egoistischer Playboy gewesen wäre, gegen den sie einfach Abneigung hätte empfinden können.

Als Argyll von seinem Botengang zurückkehrte, holte Flavia bereits Versäumtes nach. Sie hatte gebadet, war dann ins Bett gefallen und schlief jetzt so tief, daß man es beinahe für fortgeschrittene Leichenstarre hätte halten können. Argyll fand sie, mit offenem Mund leise atmend, den Kopf auf den Arm gelegt, zusammengerollt wie ein Hamster im Winterschlaf, und so gerne er sie angestoßen und ihr seine Geschichte erzählt hätte, ließ er sie doch lieber in Ruhe. Statt dessen beobachtete er sie eine Zeitlang. Ihr beim Schlafen zuzuschauen war eine seiner Lieblingsbeschäftigungen. Die Art, wie man schläft, läßt Rückschlüsse darauf zu, wie man ist: Einige Leute schlagen um sich und murmeln leise, sind beständig in Aufruhr, andere entwickeln sich zu Kleinkindern zurück und stecken den Daumen in den Mund, und wieder andere zeigen, wie Flavia, eine grundlegende Ausgeglichenheit, die im Wachzustand oft verschüttet ist. Für Argyll war die Beobachtung der schlafenden Flavia fast so erholsam, als würde er selbst schlafen.

Doch, wie bei solchem Zuschauersport üblich, konnte diese Betrachtung seine Aufmerksamkeit nur für kurze Zeit fesseln, und nach einer Weile stand Argyll auf und ging spazieren. Er war recht zufrieden mit sich. Schau, ob du mit Rouxel reden kannst, hatte Flavia ihm aufgetragen, und gehorsam wie er war, hatte er genau das getan. Beim Abschied von Jeanne Armand hatte er versprochen, das Bild am Tag darauf vorbeizubringen. Gemeint war damit natürlich, daß er es in ihre Wohnung bringen würde, aber er hatte keinen Grund gesehen, warum er sich nicht ein kleines Mißverständnis gönnen sollte, und deshalb hatte er das Bild und sein restliches Geld genommen und war mit dem Taxi nach Neuilly-sur-Seine gefahren.

Neuilly, eine Vorstadt vor den Toren von Paris, ist ein typischer Ort der wohlhabenden Mittelklasse, die das Geld hat, ihren Geschmack auszuleben. In den 60er Jahren entstanden dort die ersten Wohnblocks, aber viele der alten Villen überlebten und stehen jetzt da als kleine Denkmäler für Frankreichs ersten Flirt mit dem angelsächsischen Ideal von Gärten und Abgeschiedenheit und Frieden und Ruhe.

Jean Rouxel lebte in einer solchen Villa, einem ländlich angehauchten Art-nouveau-Bau aus dem ausgehenden 19. Jahrhundert, umgeben von hohen Mauern und eisernen Portalen. Dort angekommen, klingelte Argyll, wartete, bis ein Summton ihm sagte, daß das Portal geöffnet worden war, und marschierte dann den Gartenpfad entlang.

Rouxel nahm den Besitz eines Gartens sehr ernst. Obwohl das englische Auge den exzessiven Gebrauch von Kies bemängeln und den Zustand des Rasens mit einem spöttischen Blick bedenken mochte, so gab es doch überhaupt einen Rasen, der Spott auf sich ziehen konnte. Auch die Pflanzen waren mit Bedacht angeordnet, man spürte deutlich den Versuch, einen landhausgärtlichen Eindruck von gezähmter Wildheit zu vermitteln. Auf jeden Fall merkte man nichts vom kartesianischen Rigorismus, mit dem Franzosen so gerne die Natur ins Joch zwingen. Das war auch gut so, denn so geometrisch befriedigend die französischen Gärten auch sind, für das englische Auge sind sie immer ein wenig schmerzhaft, und sie verleiten dazu, die Lippen zu schürzen und Mitleid mit den Pflanzen zu empfinden. Rouxels Garten war anders, man sah schon auf den ersten Blick, daß der Besitzer eher dazu neigte, der Natur ihren Lauf zu lassen. Es war ein liberaler Garten, sofern sich auf den Gartenbau politische Kategorien anwenden lassen. Im Besitz eines Menschen, der zufrieden war mit dem Zustand der Welt und ihr nicht vorschreiben wollte, wie sie zu sein hatte. Guter Mann, dachte Argyll, als er über den Kies knirschte. Es ist gefährlich, sich eine Meinung über einen Menschen nur anhand seiner Auswahl von Glyzinien zu bilden, aber Argyll war nicht abgeneigt, Rouxel zu mögen, noch bevor er ihn kennengelernt hatte.

Er war es noch viel weniger, als er ihm schließlich gegenüberstand. Er fand Rouxel draußen, neben dem Haus, wo er nachdenklich ein kleines Blumenbeet betrachtete. Er war angezogen, wie man es an einem Sonntagvormittag sein sollte. Wie bei den Gärten selbst, gibt es auch hier zwei Denkrichtungen: zum einen die angelsächsische, deren Vertreter es vorziehen, herumzulaufen wie Vagabunden, in alter Hose, zerknittertem Hemd und Pullover mit symmetrisch auf beide Ellbogen verteilten Löchern. Dann die kontinentale, deren Repräsentanten das Allerfeinste anlegen und sich erst nach Stunden der Vorbereitung in einem Hauch von Eau de Cologne der Außenwelt präsentieren.

Sosehr Rouxel auch der Inbegriff französischer Tugenden war, gehörte er, was die Kleidung anging, auf englisches Territorium. Oder zumindest auf eine Insel vor der Küste: Die Jacke war ein bißchen zu hochwertig, die Hosenbeine hatten noch immer Bügelfalten, und der Pullover hatte nur ein einziges, sehr kleines Loch. Aber er gab sich Mühe, daran war nicht zu zweifeln.

Als Argyll mit einem freundlichen Lächeln im Gesicht und Sokrates unter dem Arm auf ihn zuging, ächzte Rouxel, bückte sich – etwas steif, wie bei einem Mann Mitte Siebzig zu erwarten, aber dennoch nicht ohne Geschmeidigkeit – und machte sich über ein Unkraut her, das er ausriß und triumphierend betrachtete. Anschließend legte er es gewissenhaft in einen Weidenkorb, der an seinem rechten Arm hing.

»Eine furchtbare Plage, nicht?« sagte Argyll und trat zu ihm. »Das Unkraut meine ich.«

Rouxel drehte sich um und sah ihn einen Augenblick lang verwirrt an. Dann bemerkte er das Paket und lächelte.

»Sie müssen Monsieur Argyll sein«, sagte er.

»Ja. Bitte verzeihen Sie, daß ich Sie störe«, sagte Argyll, während Rouxel ihn gelassen musterte. »Ich hoffe, Ihre Enkelin hat Ihnen meinen Besuch angekündigt...«

»Jeanne? Sie erwähnte, daß sie Sie getroffen hat. Ich hatte allerdings keine Ahnung, daß Sie hierherkommen wollten. Aber das macht nichts, seien Sie willkommen. Lassen Sie mich gerade noch dieses eine...«

Er bückte sich noch einmal und nahm sein beginnendes Rankenproblem erneut in Angriff. »So«, sagte er befriedigt, als auch dieses Kraut im Korb lag. »Ich liebe meinen Garten wirklich sehr, aber ich muß gestehen, allmählich wird er mir ein wenig zur Last. Eine grausame Beschäftigung, finden Sie nicht auch? Beständig muß man töten und sprühen und jäten.«

Er hatte eine eindrucksvolle, weiche und wohlmodulierte Stimme, in der eine beträchtliche Vitalität mitschwang. Natürlich, er war Anwalt gewesen, und das Reden hatte zu seiner Arbeit gehört, aber allein schon an der Stimme konnte Argyll erkennen, warum Rouxel ein Ausflug in die Politik gereizt hatte. Es war eine Stimme, der die Leute vertrauten, und gleichzeitig ein fein abgestimmtes Instrument, das blitzschnell von Freundlichkeit zu Drohung, Wut und Empörung springen konnte. Keine Stimme wie die de Gaulles, nicht der wogende Redestil, dem man sofort rückhaltlos zustimmen möchte, auch wenn man, wie Argyll, als er zum erstenmal eine Rede des Generals hörte, kein Wort versteht. Aber auf jeden Fall eine Stimme, die es mit den zeitgenössischen französischen Politikern, die Argyll gehört hatte, aufnehmen konnte.

Während sie nun also gemeinsam nach weiterem Unkraut suchten, entschuldigte Argyll sich noch einmal und erklärte, daß er das Bild so schnell wie möglich zurückgeben wollte, um wieder nach Rom zurückkehren zu können. Wie er gehofft hatte, war Rouxel hoch erfreut, ziemlich überrascht und reagierte darauf, wie es ein kultivierter Gentleman tun sollte, mit der nachdrücklichen Einladung, der liebe Mr. Argyll müsse unbedingt ins Haus kommen, eine Tasse Kaffee trinken und ihm die ganze Geschichte erzählen.

Auftrag erfüllt, dachte Argyll, als er sich in einen außerordentlich bequemen gepolsterten Armsessel niederließ. Von all den Häusern, die Argyll in Frankreich betreten hatte, war dies das erste, das auch nur entfernt bequemes Mobiliar hatte. Eleganz, ja. Stil zur Genüge. Teuer in vielen Fällen. Aber bequem? Es schien immer dazu bestimmt, dem menschlichen Körper das anzutun, was französische Gärtner Ligusterhekken antun, nämlich sie bis zur Unkenntlichkeit verbiegen und verrenken. Die Franzosen haben einfach eine andere Vorstellung von Entspannung.

Darüber hinaus gefielen Argyll auch Rouxels Bilder. Er war im Arbeitszimmer des Mannes, dessen Wände ein gemütliches Durcheinander von Gemälden, Fotos, Bronzestatuen und Büchern schmückte. Neben der breiten Glastür, die zum Garten führte, zeigte sich ein weiterer Hinweis auf Rouxels gärtnerische Leidenschaft: eine eindrucksvolle Anordnung von gesunden und zweifellos regelmäßig besprühten Zimmerpflanzen. Verblichene Persianer auf dem Boden, darauf Unmengen von Haaren, die auf die Anwesenheit eines großen Hundes schließen ließen. Eine Wand war bedeckt mit Erinnerungsstücken an eine Karriere innerhalb und außerhalb des öffentlichen Dienstes. Rouxel und der General. Rouxel und Giscard. Rouxel und Johnson. Sogar Rouxel und Churchill. Bilder von Preisverleihungen, Ehrenurkunden und ähnliches. Argyll fand es charmant. Keine falsche Bescheidenheit, aber auch keine Prahlerei. Einfach nur stiller Stolz, der genau den richtigen Ton traf.

Die Gemälde bildeten eine eklektische Sammlung, die von der Renaissance bis zur Moderne reichte, keine Meisterwerke, aber alles solide Stücke. Dem Anschein nach beliebig nebeneinandergehängt, tatsächlich jedoch nach einem wohldurchdachten System. Eine winzige Madonna, vermutlich Florentiner Schule, neben etwas, das verdächtig aussah wie die Picasso-Zeichnung einer Frau in ziemlich genau der gleichen Haltung. Ein holländisches Interieur aus dem 17. Jahrhundert neben einem impressionistischen Interieur. Ein *Christus auf dem Thron mit den Aposteln* aus dem 18 Jahrhundert, das Argyll einige Augenblicke lang eingehend musterte, und daneben – fast schon ein wenig blasphemisch – die sozialistisch-realistische Darstellung einer Konferenz der Dritten Internationale. Offensichtlich besaß der Besitzer auch einen gewissen augenzwinkernden Humor.

Während Argyll sich umsah, betätigte Rouxel eine kleine Klingel neben dem offenen Marmorkamin. Bald darauf erschien Jeanne Armand.

»Ja, Großvater?« fragte sie und bemerkte dann erst Argyll. »Ach hallo«, sagte sie, ein wenig tonlos. Argyll überraschte das, denn nach den so offensichtlichen gegenseitigen Sympathiebekundungen am Abend zuvor hatte er erwartet, daß sie so erfreut wäre, ihn zu sehen, wie er es war, sie zu sehen. Offensichtlich nicht. Vielleicht hatte auch sie nicht gut geschlafen.

»Kaffee bitte, Jeanne«, sagte Rouxel. »Zwei Tassen.«

Danach wandte er sich wieder Argyll zu, und seine Enkelin ging, ohne noch ein Wort zu sagen. Argyll fand auch das ein wenig verwunderlich. Es herrschte eine Barschheit, beinahe Unhöflichkeit, die in merkwürdigem Kontrast stand zu dem Charme, der plötzlich wieder zurückkehrte, als der alte Mann seinem Besucher einen Sessel vor dem Kamin anbot und sich selbst in den danebenstehenden setzte.

»Also, mein Lieber, bitte erzählen Sie. Ich brenne darauf, zu erfahren, wie dieses Bild so unerwartet den Weg zu mir zurückgefunden hat. Ist es übrigens beschädigt?«

Argyll schüttelte den Kopf. »Nein. Wenn man sich überlegt, daß es in den letzten paar Tagen durch Bahnhöfe geschleppt und unter Betten versteckt wurde, ist es in einem tadellosen Zustand. Bitte untersuchen Sie es, wenn Sie wollen.«

Das tat Rouxel auch und zeigte sich dabei erneut zufrieden. Und dann entlockte er Argyll mit sanftem Drängen die ganze Geschichte.

»Besson«, sagte Rouxel an einer Stelle. »Ja, ich erinnere mich an ihn. Er kam ins Château, um das Bild auszumessen und für die Ausstellung mitzunehmen. Aber ich muß sagen, er war mir alles andere als sympathisch. Obwohl ich ihn nie verdächtigt hätte...«

»Das ist nur eine Vermutung, vergessen Sie das nicht. Ich möchte nicht, daß die Polizei –«

Rouxel hob die Hand. »Ach, du meine Güte, nein. Ich habe nicht die Absicht, die Polizei damit zu belästigen. Als es gestohlen wurde, wandte ich mich an einen, den ich kenne, und der sagte mir ganz offen, daß jeder Versuch, es zurückzubekommen, Zeitverschwendung wäre. Und jetzt, da ich es wiederhabe, ist das doch absolut sinnlos.«

Jeanne kam wieder ins Zimmer, in den Händen ein Tablett mit einer Kanne dampfenden Kaffees, Milch und Zucker. Und drei Tassen. Rouxel sah das Tablett stirnrunzelnd an.

»Was soll denn das?« fragte er. »Ich sagte doch zwei Tassen.«

»Ich will auch eine«, erwiderte sie.

»O nein. Tut mir leid. Du weißt doch, wie sehr die Zeit drängt. Spiel nicht das Klatschweib, sondern geh zurück an deine Arbeit. Diese Briefe müssen heute noch fertig werden. Bitte kümmere dich darum.«

Mit hochrotem Kopf angesichts seines herablassenden Befehlstons vor dem Gast zog Jeanne sich zurück. Argyll konnte sie gut verstehen. Rouxels Verhalten paßte kaum zu dem ehrfürchtigen Porträt, das sie am Abend zuvor gezeichnet hatte. Nicht die hochgeschätzte Organisatorin seines Lebens, die ergebene und abgöttisch verehrte Enkelin, sondern kaum mehr als eine Sekretärin schien Jeanne in Wirklichkeit zu sein. Ein wenig peinlich, ihre Wunschvorstellungen so demontiert zu sehen.

Rouxel fuhr fort, als wäre diese kleine häusliche Szene nie passiert. Er nahm die Unterhaltung wieder auf, als hätte es keine Unterbrechung gegeben. Sein Charme kehrte unvermindert zurück.

Es folgte die Litanei der Fragen, verpackt in den Bericht über die bisherige Entwicklung des Falls. Und bei jeder Frage schüttelte Rouxel den Kopf. Muller sagte ihm nichts. Auch Ellman nicht. Aber bei der Erwähnung von Hartung nickte er.

»Natürlich erinnere ich mich an den Namen«, sagte er. »Es war ja eine ziemliche *cause célèbre*. Und da ich damals im

Büro der Anklagevertretung in Paris beschäftigt war, wußte ich natürlich von dem Fall.«

»Was ist passiert?«

Er breitete die Hände aus. »Was soll man da sagen. Er war ein Verräter, der für den Tod sehr vieler Menschen verantwortlich war. Er wurde verhaftet und wäre vor Gericht gestellt worden. Und, da bin ich mir ganz sicher, man hätte ihn auch verurteilt und guillotiniert, wenn er sich nicht zuvor selbst getötet hätte. Eine ziemlich üble Geschichte. Damals lag Hysterie in der Luft. Unmengen alter Rechnungen, die zu begleichen, und viele Kollaborateure und Verräter, die auszumerzen waren. Zum Glück legte sich das bald wieder, aber wir Franzosen sind immer noch ein wenig empfindlich, wenn es darum geht, was im Krieg passiert ist. Es war keine sehr glückliche Zeit.«

Wenn das kein Understatement ist, dachte Argyll.

»Und welche Schlüsse ziehen Sie aus der ganzen Geschichte?« fragte Rouxel mit einem Lächeln. »Sie scheinen sich ja wegen meines Bildes beträchtliche Arbeit gemacht zu haben.«

»Die einzige einleuchtende Erklärung ist, daß Muller total verrückt war«, antwortete Argyll. Das war ein bißchen unaufrichtig, aber er vertraute dem alten Mann nicht ganz und mochte ihn auch nicht mehr vorbehaltlos. Natürlich war es nur ein Vorurteil, und er kannte ja auch die Hintergründe nicht, aber er war beinahe entsetzt über die Art, wie er mit seiner Enkelin gesprochen hatte. Natürlich hat jede Familie ihre kleinen Eigenarten, und es ist töricht von einem Außenseiter, darüber ein Urteil zu fällen. Was aber Argyll nicht gefiel, war der merkwürdige Kontrast zwischen dem kalten Familienoberhaupt und dem herzlichen, charmanten Rouxel, der sich ihm präsentierte. Da schien ein bißchen zu sehr der Politiker durch.

»Und Sie haben keine Ahnung, was Muller suchte?«

»Ich weiß nur, daß ein anderer es ernst genug nahm, um ihn zu töten. Und jetzt haben Sie das Bild. Ich weiß, es geht mich nichts an, aber ich möchte Sie dringend bitten, ein wenig vorsichtiger zu sein. Ich würde es mir nie verzeihen –«

Rouxel tat das mit einer Handbewegung ab. »Ach was. Ich bin ein alter Mann, Mr. Argyll. Was für einen Sinn hätte es denn, mich zu töten? Ich bin doch sowieso bald tot. Ich bin nicht in Gefahr, da bin ich mir ziemlich sicher.«

»Ich hoffe, Sie haben recht«, erwiderte Argyll. Dann stand er auf, und auf dem Weg hinaus kam es zu einem erfreulichen Geplänkel zwischen Rouxel, der ihm für seine Freundlichkeit und Hilfsbereitschaft einen Scheck aufdrängen wollte, und Argyll, der, so gut er das Geld hätte gebrauchen können, das Gefühl hatte, seine ritterliche Geste wäre verdorben, wenn er den Scheck annähme. Er verabschiedete sich statt dessen mit dem deutlichen Hinweis, daß Rouxel, falls er je einige Bilder verkaufen wolle und einen Agenten brauche...

Nachdem er Rouxel verlassen hatte, stieß er draußen im Garten noch einmal auf Jeanne Armand. Da sie ganz offensichtlich auf ihn wartete, blieb er stehen und winkte sie zu sich.

»Wie geht es Ihnen heute morgen«, fragte er mit heiterem Lächeln, als er bemerkte, daß sie nicht sonderlich glücklich aussah.

»Ganz gut, vielen Dank. Ich wollte erklären.«

»Sie sind mir keine Erklärung schuldig, das wissen Sie.«

»Ja, ich weiß. Aber es ist mir wichtig. Wegen Großvater.«

»Na, dann erklären Sie.«

»Er steht im Augenblick unter enormem Druck. Wegen der Vorbereitungen für die Preisverleihung, wegen diesem internationalen Finanzkomitee und allem anderen. Er übertreibt es, und das erinnert ihn daran, daß er alt wird. Und deshalb hat er manchmal schlechte Laune.«

»Die er dann an Ihnen ausläßt.«

»Ja. Aber eigentlich stehen wir uns sehr nahe. Er ist wirklich ein großer Mann, wissen Sie. Ich... ich will nur nicht, daß Sie einen falschen Eindruck bekommen. Ich bin alles, was er hat. Seine einzige nahe Verwandte. So nah, daß er gelegentlich barsch mit mir umspringen darf.«

»Gut«, sagte Argyll, obwohl er nicht verstand, warum sie sich verpflichtet glaubte, ihm das zu erzählen.

»Und natürlich hat er mir nie wirklich verziehen.«

»Was verziehen?«
»Daß ich kein Enkel bin.«
»Das meinen Sie doch nicht ernst?«
»O doch. Das war ihm sehr wichtig. Ich glaube, er wollte eine große Dynastie gründen. Aber seine Frau schenkte ihm eine Tochter und starb dann. Und seine Tochter bekam mich. Und ich bin geschieden. Er haßte es, als ich meinen Mann verließ. Ich glaube, manchmal fragt er sich, wozu das alles gut war. Natürlich sagt er das nie«, fügte sie schnell hinzu. »Aber ich weiß, daß er es manchmal denkt.«
»Das ist doch lächerlich.«
»Nur altmodisch. Das ist alles. Er ist ein alter Mann.«
»Trotzdem.«
»Er erwähnt es auch nie, und eigentlich hält er mir nie etwas vor. Er ist überhaupt der freundlichste und liebevollste Großvater, den man sich vorstellen kann.«
»Schön«, entgegnete Argyll. »Wenn Sie es sagen.«
»Ich wollte nur nicht, daß Sie einen falschen Eindruck bekommen.«
»Nein.«
Und damit lächelten sie sich schüchtern an, und sie ließ ihn zum Tor hinaus.

11

»Du siehst wunderbar aus«, sagte er von der gegenüberliegenden Seite des Tisches, ein bewußtes Kompliment, mit dem er seine Charmeoffensive fortsetzte.

Was soll man denn nur davon halten, dachte Flavia. Stunden konnte sie damit zubringen, sich herauszuputzen, und er merkte nichts – oder zumindest sagte er nichts. Aber jetzt, da sie nur eine zerknitterte Bluse und eine abgewetzte Jeans trug, legte er sich ins Zeug, als wäre sie die Venus von Milo. Es war eine erfreuliche Abwechslung, trotzdem hätte sie gern gewußt, was die Ursache dafür war. Irgend etwas war da faul.

»Danke«, sagte sie, noch mehr überrascht von seiner plötzlichen hingebungsvollen Aufmerksamkeit. »Solche Komplimente hört man gerne. Aber wenn du mir weiter so in die Augen siehst, bekommst du Suppe aufs Jackett.«

Sie saßen in einem Restaurant in der Rue du Faubourg St.-Denis, dem Chez Julien, einem von Argylls Lieblingsrestaurants. Reich geschmückt mit Art-nouveau-Stuck und Spiegeln und Kleiderständern. Man könne dort essen und gleichzeitig kultiviert sein, hatte Argyll bemerkt. Außerdem sei es sehr zeitsparend, wenn man es eilig habe. Und auch das Essen war nicht schlecht, obwohl es für Flavia eigentlich Frühstück war. Ohne sich groß anstrengen zu müssen, hatte sie durchgeschlafen bis sieben Uhr abends und beim Aufwachen laut gejammert, daß sie Hunger habe. Argylls Kreditkarte hatte großzügigerweise angeboten, sie beide zum Essen auszuführen.

Argyll berichtete als erster und erzählte von Rouxel und Rouxels Enkelin. Auf ihren Charme ging er nicht groß ein, sondern konzentrierte sich statt dessen auf die Fakten, die er zusammengetragen hatte.

»Es war komisch«, sagte er nachdenklich. »Sie wollte unbedingt, daß ich verstehe, was für ein liebevoller Großvater Rouxel eigentlich ist. Ich hätte mir die Mühe nicht gemacht. Ich meine, das geht mich doch nichts an.«

»Familienstolz«, sagte Flavia und starrte gebannt auf den Teller mit *Escalope de foie gras*, den der ungewöhnlich freundliche Kellner eben servierte. »Niemand hat es gern, wenn die kleinen Risse im Gebäude vor aller Augen sichtbar werden. Man versucht, sie zu übertünchen. Das ist doch ziemlich üblich, oder? Denk nur daran, wie peinlich es dir ist, wenn wir uns in einem Restaurant streiten.«

»Das ist was anderes.«

»Eigentlich nicht. Bist du sicher, daß wir uns das leisten können?«

»Das Essen?« fragte er und verdrängte Jeanne Armand aus seinen Gedanken. »Natürlich können wir das nicht. Ich verlasse mich darauf, daß dein Spesenkonto uns im letzten Augenblick zu Hilfe eilt. Willst du mir jetzt auch erzählen, was du getan hast?«

»Natürlich«, sagte sie nach einer langen Pause, in der sie eine Scheibe *foie gras* wie Butter auf der Zunge zergehen ließ.

»Wer weiß? Wenn wir unsere beiden Geschichten zusammenwerfen, kommen wir vielleicht auf eine naheliegende Lösung. Wäre das nicht nett? Dann könnten wir heimfahren.«

Diese Aussage rührte von seinem unerschütterlichen optimistischen Glauben her, daß das Glück gleich um die Ecke lag. Doch sogar er mußte, nachdem Flavia geendet hatte, zugeben, daß sie, wenn sie die zwei Geschichten zusammenfügten, nichts anderes hatten als mehr Informationen, die aber immer noch keinen schlüssigen Zusammenhang ergaben.

»Und, was glaubst du?«

»Ich glaube, daß ich erstens morgen was tun muß, was der Anstand gebietet. Das heißt, Janet besuchen. Eigentlich hätte ich gar nicht nach Roissy fahren und mit Ellman reden dürfen, ohne es vorher Janet zu sagen. Schlechte Manieren. Er wird zwar nichts dagegen haben, aber ich bin mir sicher, daß er sich ganz schön aufregen wird, wenn ich ihm keinen Höflichkeitsbesuch abstatte. Zweitens sollten wir uns ein wenig um diesen Besson kümmern; er weiß vielleicht, warum Muller das Bild wollte, oder wenigstens, wie er zu dem Schluß kam, daß es dasjenige war, was er wollte.«

»Großartig. Und was ist mit mir?«

»Du kannst ja noch ein paar Nachforschungen über das Bild anstellen. Finde heraus, wie es in Rouxels Besitz kam. Und warum Muller es plötzlich nicht mehr wollte.«

»Das ist einfach. Falsches Bild.«

»Dann finde das richtige.«

»Das ist nicht so einfach.«

»Nein, aber es ist ein gutes Training für deine Gehirnzellen. Glaubst du, daß du es schaffen kannst?«

»Vielleicht. Hinten am Rahmen klebte ein altes Händleretikett. Rosier, in der Rue de Rivoli. Es ist nicht sehr wahrscheinlich, daß es ihn dort noch gibt, aber ich seh mal nach.«

»Gut. Und ich frage Bottando, ob er von den Schweizern oder von Fabriano schon irgendwas Neues gehört hat. Außerdem will ich, daß er sich diesen Schmidt/Ellman ein wenig genauer ansieht. Und schließlich –«

»Halt! Ich glaube, das reicht«, sagte Argyll. »Dein Essen wird kalt. Iß auf. Und dann sollten wir früh zu Bett gehen.«

»Ich habe den ganzen Nachmittag geschlafen. Ich bin kein bißchen müde.«

»Um so besser.«

Kein Zweifel. Er benahm sich wirklich sehr merkwürdig.

Wie vornehm ein Kunsthändler in der Rue de Rivoli vor siebzig Jahren auch gewesen sein mochte, jetzt war er es nicht mehr. Sieht man von den stark überteuerten *galeries* einmal ab, die sich dort eingenistet haben, wo früher eins der besten Hotels Europas gestanden hatte, findet der Antiquitätensucher heutzutage im Höchstfall noch ein beleuchtetes Modell des Eiffelturms. Die breite kaiserliche Prachtstraße ist im letzten Jahrhundert schlicht heruntergekommen. Rosier Frères waren ebenfalls verschwunden. Und selbst an einem sonnigen Morgen haben die grellbunten Reihen der Wechselstuben, Postkartenstände und Souvenirläden nur wenig Anziehendes. Argyll trank seinen Kaffee – eklig dünnes Zeug, verglichen mit dem italienischen Original – und überlegte, was er nun tun sollte. Flavia war verschwunden, um zu tun, was sie tun mußte, und er hatte beschlossen, sich auf die große Bilderjagd zu machen. Und wie fängt man das an? Schließe das Unmögliche aus, hatte der große Mann gesagt. Oder, um es ein wenig praxisnäher zu formulieren, fang mit dem Einfachsten an. Was in diesem Fall hieß, soviel wie möglich über dieses Bild herauszufinden.

Anhaltspunkte, von denen er hätte ausgehen können, gab es hier nur wenige. Wirklich berühmte Bilder haben einen Stammbaum, der sich über Generationen zurückverfolgen läßt, bei vielen weiß man, wo sie in jedem Augenblick der letzten fünfhundert Jahre gewesen sind. Häufig kann man sogar angeben, an welchem Tag in welchem Jahr ein Bild an welcher Wand in welchem Zimmer in welchem Haus gehangen hat. Aber das ist die kleine, feine Minderheit. Die meisten Bilder stolpern in der Welt herum, wandern von einem Besitzer zum anderen, und es ist unmöglich festzustellen, wo sie überall waren, außer man hat unwahrscheinliches Glück.

Was Sokrates anging, hatte Argyll nichts anderes in der Hand als ein verblichenes Etikett hinten am Rahmen. Je mehr er darüber nachdachte, desto überzeugter wurde er, daß er kaum eine Chance hatte. Es war unmöglich, einigermaßen präzise anzugeben, wie alt das Etikett war, allerdings deutete der Schrifttyp darauf hin, daß es vermutlich aus der Zeit zwischen den Weltkriegen stammte.

Telefonbuch? dachte er. Ein Schuß ins Blaue, das mit Sicherheit, aber wie schön wäre es, wenn es funtkionierte. Also borgte er sich eine alte, eselsohrige Ausgabe des Telefonbuchs und fing an zu suchen. Und wurde sofort fündig. Familienunternehmen sind doch etwas Wunderbares, Rosier Frères existierten immer noch. Zwar nicht mehr unter derselben Adresse, aber eine Galerie dieses Namens gab es jetzt in der Faubourg St.-Honoré, und ein kleines Firmenemblem bei dem Eintrag vermeldete: »Gegründet 1882«. Volltreffer. Argyll sah sich den Stadtplan an, meinte, es leicht zu Fuß zu schaffen, und marschierte los.

Es ist eine sehr lange Straße, die Rue du Faubourg St.-Honoré, ungefähr fünf Kilometer lang und gesäumt von einer Unzahl von Galerien. Argyll hätte ein Taxi nehmen sollen, und er war verschwitzt und müde, als er endlich vor Rosier Frères stand, nachdem er kurz zuvor noch um eine Ecke gebogen war, um sich die Krawatte geradezurücken und mit den Fingern durch die Haare zu fahren, damit er wenigstens ein bißchen so aussah wie ein erfolgreicher Kunsthändler, der einem Kollegen einen Besuch abstattet.

Er drückte auf die Klingel, hörte das Summen des elektrischen Türöffners und trat ein. Laufkundschaft gab es keine. Wirklich gute Galerien legen wenig Wert darauf.

»Guten Morgen«, sagte er zu der Frau, die auf ihn zutrat, um ihn mit einem kühlen, förmlichen Lächeln zu begrüßen. Er gab ihr seine Karte – er hatte nur selten Gelegenheit, das zu tun, und wenn jemand eine wollte, hatte er sie meistens vergessen – und fragte, ob der Besitzer im Hause sei. Er wolle über ein Bild mit ihm sprechen, das er, Argyll, erworben habe und das früher einmal durch die Hände von Rosier Frères gegangen sei.

So weit, so gut. Eine solche Bitte, wenn auch meistens nicht persönlich vorgetragen, ist nicht so selten. Kunsthändler bringen ziemlich viel Zeit damit zu, herauszufinden, wo ihre Bilder in der Vergangenheit gewesen sind. Da die Frau nun merkte, daß sie es mit einem Kollegen, nicht mit einem Kunden zu tun hatte, wurde sie beinahe zuvorkommend. Sie bat ihn, einen Augenblick zu warten, verschwand hinter einem Vorhang, kam dann zurück und ließ ihn durch.

Trotz des alten Namens wurde Rosier Frères nun geführt von einem eleganten kleinen Kerl namens Gentilly, der Argylls Entschuldigungen wegen der Störung mit einer Handbewegung abtat. Unsinn. Er langweile sich zu Tode an diesem Vormittag. Sei froh um die Ablenkung. Mit wem er die Ehre habe?

Vor dem Geschäftlichen kam das kunsthändlerische Paarungsspiel, in dem Argyll seine Referenzen präsentierte und Gentilly sie inspizierte, um festzustellen, wie ernst er diesen jungen Fremden zu nehmen hatte. Das ist das übliche Zeremoniell, nicht unähnlich dem Verhalten von Hunden, die sich gegenseitig den Hintern beschnuppern, um zu entscheiden, ob sie nun miteinander Bällen nachjagen oder sich gegenseitig in die Gurgel beißen sollen. Was bei Hunden den Ausschlag gibt, ob sie Freunde oder Feinde werden, ist unklar, aber nicht geheimnisvoller als das, was die Entscheidung eines Kunsthändlers beeinflußt, mit einem Kollegen zusammenzuarbeiten oder nicht. In diesem Fall war es die frühere Verbindung mit Edward Byrnes, die den Ausschlag gab. Offensichtlich hatte Gentilly einmal Geschäfte mit Argylls ehemaligem Arbeitgeber getätigt und war gut mit ihm ausgekommen.

Also sprachen sie eine Weile über Argylls alten Chef, tauschten Klatschgeschichten aus und bedauerten sich gegenseitig wegen der prekären Marktlage, alles nur, um gegenseitiges Vertrauen und Verständnis herzustellen. Erst nachdem diese Präliminarien abgeschlossen waren, kam man zum Geschäftlichen. Was Argyll denn genau wolle?

Argyll erklärte es, wobei er allerdings ein paar der interessanteren Details ausließ. Er habe ein Bild erworben, das, dem Etikett auf der Rückseite nach zu urteilen, vermutlich durch die Hände von Rosier Frères gegangen sei. Leider sei das schon viele Jahre her. Aber er wolle soviel wie möglich darüber herausfinden.

»Wie lange ist das her?«

Argyll meinte, daß es vermutlich sechzig oder siebzig Jahre her sei. Auf jeden Fall vor dem Krieg.

»Ach du meine Güte. Da weiß ich nicht, ob ich Ihnen noch weiterhelfen kann. Die Familie Rosier hat die meisten Unterlagen weggeworfen, als sie verkaufte, und das war vor dreißig Jahren.«

Argyll hatte sich das beinahe gedacht. Ein paar Händler, sehr alte und sehr renommierte, führen Buch über jedes Bild, das durch ihre Hände geht. Den meisten geht irgendwann der Platz aus für diese Berge von Papier, und sie werfen sie fort. Bestenfalls schenken sie ihre Unterlagen einem Archiv oder ähnlichem, nur sehr wenige lassen sie in ihren eigenen Räumen verstauben.

Gentilly zeigte zumindest höfliches Interesse, aber Argyll konnte ihm nicht viel mehr sagen. Er beschrieb den Sokrates so genau, wie er nur konnte, aber ohne große Hoffnung, von dem anderen noch etwas Nützliches zu erfahren. Das einzige, was er noch darüber wisse, sagte er, sei, daß das Bild möglicherweise im Besitz eines gewissen Hartung gewesen sei. Aber sogar das sei zweifelhaft.

»Hartung?« fragte Gentilly und reckte den Kopf. »Warum haben Sie das nicht gleich gesagt?«

»Sie haben von ihm gehört?«

»Mein Gott, natürlich. Bevor er in Ungnade fiel, war er einer der großen Sammler von Paris. Ein Industrieller, glaube ich.«

»Dann kann es also sein, daß diese Galerie ihm etwas verkauft hat?«

»Das ist mehr als wahrscheinlich. Soweit ich weiß – aber vergessen Sie nicht, das war lange vor meiner Zeit –, kaufte er umfassend und wohlüberlegt. Aber viel wichtiger: Es kann durchaus sein, daß ich Ihnen das genau sagen kann. Wie die meisten Händler, sind auch wir in dieser Firma außergewöhnlich snobistisch. Bei gewöhnlichen Kunden, nun da werden die Unterlagen weggeworfen. Aber die wichtigen Kunden, die reichen – das ist eine ganz andere Geschichte. An die erinnern wir uns gern. Man weiß ja nie, wann man ihre Namen in ein Gespräch einflechten kann. Hartung ist, wie Sie vielleicht wissen, kein Kunde, an den man sich gern erinnert, wegen dem, was er danach angestellt hat... Trotzdem wird er in unserem Goldenen Buch der Berühmtheiten verzeichnet sein. Einen Augenblick.«

Er verschwand und kam Augenblicke später mit einem Hauptbuch zurück. Er knallte es, Staubwolken aufwirbelnd, auf den Schreibtisch, öffnete es mit beiden Händen und nieste laut.

»Das wurde schon eine ganze Weile nicht geöffnet. Dann wollen wir mal. H wie Hartung. Lassen Sie mich sehen. Hm.«

Stöhnend, die Stirn in Falten gelegt und mit kleiner Lesebrille auf der Nasenspitze, blätterte er mühsam die Seiten um.

»Da haben wir's ja«, sagte er. »Jules Hartung, 18 Avenue Montaigne. Wurde Kunde im Jahr 1921, letzte Erwerbung 1939. Kaufte insgesamt elf Bilder von uns. Nicht gerade einer unserer spendabelsten Kunden, aber eine recht ordentliche Auswahl. Eine sehr ordentliche, wenn ich das sagen darf. Bis auf ein paar mittelmäßige Dekorativ-Gemälde.«

»Darf ich mal sehen?« fragte Argyll, der ungeduldig um den Tisch herumging und neugierig in das Buch spähte.

Gentilly deutete auf einen gekritzelten Eintrag etwa in der Mitte der Seite. »Ich glaube, das ist das, was Sie suchen. Juni 1939. Eine Darstellung einer klassischen Szene von Jean Floret, geliefert an seine Privatadresse. Und ein zweites, eine religiöse Szene vom selben Maler, geliefert an eine andere Adresse. Boulevard St.-Germain. Das unelegante Ende.«

»Gut. Das muß eins aus dieser Serie gewesen sein.«

»Was für eine Serie?«

»Es gab insgesamt vier«, sagte Argyll forsch und mit seiner Kenntnis protzend. »Dieses andere muß zu der Serie gehört haben.«

»Ich verstehe.«

»Damit ist ein kleines Problem geklärt. Aber wie finde ich jetzt heraus, wer unter dieser anderen Adresse wohnte?«

»Sie sind aber neugierig. Warum ist das wichtig?«

»Ist es wahrscheinlich gar nicht. Nur der Vollständigkeit halber.«

Gentilly schüttelte zweifelnd den Kopf. »Ich glaube nicht, daß da etwas zu machen ist. Mit viel Arbeit finden Sie vielleicht heraus, wem die Wohnung gehörte. Aber das dürfte Ihnen kaum weiterhelfen, weil sie vermutlich vermietet war. Ich kann mir nicht vorstellen, daß Sie auch nur die geringste Chance haben herauszufinden, wer dort wohnte.«

»Oh«, sagte Argyll enttäuscht. »Das ist aber ärgerlich. Was ist mit Hartung selbst? Wie finde ich Leute, die ihn kannten?«

»Das ist lange her, und er ist nicht gerade jemand, an den man sich gerne erinnert. Viele Leute haben im Krieg Schlimmes getan, aber er... Kennen Sie die Geschichte?«

»Ein wenig. Ich weiß, daß er sich erhängt hat.«

»Ja. Und das war auch gut so. Ich glaube, daß er im gesellschaftlichen Trubel der Vorkriegszeit eine ziemlich prominente Figur war. Sehr schöne Ehefrau. Aber Sie werden kaum noch Leute finden, die zugeben, daß sie mit ihm befreundet gewesen waren. Es dürften auch nur noch wenige am Leben sein. Es ist alles schon sehr lange her. Alles vergessen.«

»Vielleicht nicht.«

»Wie Sie sagen, vielleicht nicht. Sollte es aber. Der Krieg ist vorbei. Nur noch Geschichte. Was die Leute in der Vergangenheit getan haben.«

Trotz Argylls gestärktem Vertrauen in seine Fähigkeit, Kunsthändlerkollegen Informationen zu entlocken, war seine anschließende Attacke auf Jean-Luc Besson kein großer Erfolg.

Nachdem er Rosier Frères verlassen hatte, rechnete er sorgfältig, stellte fest, daß das Geld gerade noch für ein Taxi reichte, und dirigierte es zu Bessons Adresse. Einfach und erfolgreich – bis dahin. Er klopfte, und Besson öffnete, ein Mann um die Vierzig, mit schütteren, über Stirn- und Schädelglatze pomadisierten Haaren und einem unerwartet offenen und freundlichen Gesicht.

Argyll stellte sich mit falschem Namen vor und wurde

trotz einer nicht sehr überzeugenden Ausrede für seinen Besuch ins Haus gebeten. Kaffee? Oder Tee? Engländer trinken doch Tee, oder?

Während er Kaffee machte, begann Besson zu plaudern, ohne daß Argyll nachhelfen mußte. Er mache gerade ein paar Tage Urlaub, sagte er, während sein Besucher diskret in der Wohnung herumschlenderte und sich die Bilder ansah. Nicht schlecht. Es war eine Angewohnheit, die er und Flavia gemeinsam hatten. Flavia tat es, weil sie bei der Polizei und von Natur aus argwöhnisch war; Argyll tat es, weil er Kunsthändler war und nicht anders konnte, als die Besitztümer anderer Leute zu taxieren. Das war nicht gerade höflich, aber manchmal nützlich. Er hatte die Bilder überflogen, die Möbel gemustert, die Großvateruhr geschätzt und war bereits bei den Photographien in Art-Nouveau-Silberrahmen, noch bevor das Wasser richtig kochte. Nichts von Interesse in dieser Abteilung, nur Besson in Gesellschaft verschiedener anonymer Gestalten. Verwandte, so wie sie aussahen.

»Sie wissen doch bestimmt, wie das ist«, sagte Besson eben, als Argyll sich wieder aufrichtete und zu seinem Platz zurückschlenderte. »Man wacht auf und merkt, heute schaff ich's einfach nicht. All diese Laufkunden, die sich deine Bilder ansehen, den Preis entdecken und mißbilligend die Luft einziehen, als wäre man ein Taschendieb auf 'nem Jahrmarkt. Oder schlimmer noch, die so tun, als könnten sie es sich problemlos leisten, wo man doch ganz genau sieht, daß sie es nicht können. Die einzigen, die ich mag, sind die Leute, die einem rundheraus sagen, daß sie es liebend gerne kaufen würden, wenn sie das Geld dafür hätten. Aber an denen verdient man natürlich nichts. Haben Sie auch eine Galerie, Mr. Byrnes?«

»Ich arbeite in einer«, log Argyll vorsichtshalber.

»Wirklich? Wo? In London?«

»Ja. In Byrnes Galleries.«

»Sind Sie dieser Byrnes? Sir Edward Byrnes?«

»O nein«, erwiderte er und dachte dabei, daß er sich vielleicht einen weniger prominenten Namen hätte aussuchen sollen. »Er ist mein, äh, Onkel. Das ist ein Gervex, nicht?«

fuhr er fort und deutete mit plötzlich erwachtem Interesse auf ein kleines, aber sehr schönes Porträt einer Frau.

Besson nickte. »Hübsch, finden Sie nicht auch? Eins meiner Lieblingsstücke.«

»Dann handeln Sie also vorwiegend mit Franzosen aus dem neunzehnten Jahrhundert?«

»Nicht vorwiegend. Ausschließlich. Man muß sich spezialisieren heutzutage. Nichts ist schlimmer als der Ruf, einen breitgefächerten Geschmack zu haben. Die Leute glauben nur, daß man weiß, was man tut, wenn man sich beschränkt.«

»Ach.«

»Sie klingen überrascht.«

»Das bin ich. Na ja, eigentlich mehr enttäuscht.«

»Warum das?«

»Weil das mehr oder weniger bedeutet, daß ich meine Zeit verschwendet habe. Und die Ihre. Ich habe da ein Bild, müssen Sie wissen, und soweit ich erfahren habe, ist es möglicherweise zu irgendeinem Zeitpunkt durch Ihre Hände gegangen. Aber da es nicht aus dem neunzehnten Jahrhundert stammt, wurde ich vermutlich falsch informiert. Wirklich schade, ich will unbedingt mehr über dieses Bild herausfinden.«

»Hin und wieder befasse ich mich auch mit anderen Sachen. Was ist es?«

»Ich weiß nicht. Ein *Tod des Sokrates*. Ausgehendes achtzehntes Jahrhundert.«

So unauffällig wie möglich beobachtete Argyll die Reaktion des Mannes. Abgesehen von einem kurzen Schluck aus seiner Tasse, schien Besson mit der Überraschung sehr gut zu Rande zu kommen. Allerdings schwang, als er nun den Mund aufmachte, eine gewisse Zurückhaltung in seiner Stimme mit, die darauf hindeutete, daß er hellhörig geworden war.

»Ach, wirklich?« sagte er. »Woher stammt es?«

»Ich weiß auch nicht so recht. Ich war vor ein paar Tagen in Italien, um zu sehen, ob's für mich was zu kaufen gibt. Und dort verkaufte mir ein Händler dieses Bild. Ein gewisser Argyll. Jonathan Argyll. Er schien ziemlich scharf drauf, es loszuwerden. Übrigens ein sehr charmanter Mann.«

Gegen ein bißchen Publicity ist doch nichts einzuwenden,

dachte Argyll. Und außerdem, wenn man schon lügt, kann man ruhig auch zum eigenen Vorteil flunkern. Was erwartete man denn von ihm? Daß er sich zum Monster machte?

»Auf jeden Fall sagte er, er sei im Augenblick knapp bei Kasse und wolle es weiterverkaufen. Ich hab's ihm abgenommen. Und da ich glaube, daß es einigen Wert haben könnte, frage ich mich, woher es stammt. Ich habe gehört, daß Sie...«

Doch Besson hatte nicht vor, kooperativ zu sein. »Nein«, sagte er langsam, »nie davon gehört.«

Dann tat er so, als würde er noch einmal darüber nachdenken. »Tut mir leid. Mir fällt nicht einmal ein Kollege ein, der es gehabt haben könnte. Aber wissen Sie was, ich höre mich mal um. Wie wär' das?«

»Sehr freundlich von Ihnen«, erwiderte Argyll. Allmählich kamen sie beide richtig in Schwung. Jeder versuchte, den anderen im Lügen zu übertreffen. Argyll amüsierte sich prächtig, und er hatte den leisen Verdacht, daß es Besson ebenso ging.

»Aber nicht doch«, sagte Besson und griff nach Papier und Bleistift. »Sagen Sie mir, wo Sie in Paris wohnen, und ich lasse es Sie wissen, sobald ich etwas herausgefunden habe.«

Argyll hatte das erwartet. Und die Adresse seines Hotels wollte er auf keinen Fall preisgeben.

»Lassen Sie nur«, sagte er. »Ich bin morgen den ganzen Tag unterwegs und fahre anschließend gleich nach London zurück. Sie können mich in der Galerie anrufen, falls Sie etwas herausfinden.«

Byrnes würde sich zwar ein wenig über die plötzliche Erweiterung seiner Familie wundern, aber Argyll war einigermaßen sicher, daß er die Situation mit seiner gewohnten Souveränität meistern würde.

»Was machen Sie heute abend?«

»Warum fragen Sie?«

»Wie wär's, wenn wir ausgingen? Ich gehe in einen großartigen Club in der Rue Mouffetard. Sehr neu, sehr gut. Wenn Sie wollen, hole ich Sie in Ihrem Hotel ab...«

Einige Leute sind wirklich hartnäckig. Argyll faßte sich ans Bein und schnitt eine Grimasse. »Oh, ich kann nicht.« Und klopfte sich auf das Bein.

Besson sah ihn fragend an.

»Hab es mir vor einem Jahr gebrochen. Tut immer noch weh. Ich muß vorsichtig sein.«

»Wie schrecklich.«

Argyll stand auf und drückte Besson herzlich die Hand. »Trotzdem vielen Dank. Aber ich muß jetzt laufen.«

»Mit diesem Bein?«

Sie lächelten einander wissend an, und dann ging Argyll, wobei er nicht vergaß, ein wenig zu humpeln, bis er außer Sichtweite war.

Als Flavia in dem großen, tristen Gebäude auf der Ile de la Cité in Inspektor Janets Büro geführt wurde, fühlte sie sich zum ersten Mal, seit sie Rom verlassen hatte, so richtig wohl. In ihren Augen war das ein schlechtes Zeichen. Sie gewöhnte sich zu sehr ein. Das Revier war beruhigend vertraut: hinter dem Tisch am Eingang ein gelangweilter Polizist, die Anschlagtafeln in den Gängen voller Termin- und Dienstpläne und handgemalter Proteste der Gewerkschaft gegen das letzte Lohnangebot, abblätternde Hochglanzfarbe an den Wänden. Sie fühlte sich auf beunruhigende Weise zu Hause. Allmählich gewöhnte sie sich zu sehr an ihre Arbeit. Sie mußte aufpassen.

Flavia war vorwiegend aus Höflichkeit hier. Im Grunde genommen eine Frage der Etikette. Wenn einer von Janets Untergebenen ohne offizielle Genehmigung in Italien herumstiefelte, würde Bottando, wenn er davon erführe, sich sehr aufregen. So etwas tut man einfach nicht. Zuerst fragt man. Und dann stiefelt man herum.

Vor allem, wenn es sich um Janet handelt. Die frankoitalienischen Beziehungen in Sachen Kunstkriminalität waren erfreulich harmonisch, und das schon seit Jahren. Es gab keinen Grund für Heimlichtuereien und viele Gründe, dieses perfekte Einvernehmen nicht zu stören.

Außerdem wollten weder Bottando nach Flavia heimlichtun. Zumindest wollte sie Janet nicht hintergehen. Ein Problem war allerdings dieser leise Verdacht in ihrem Hinterkopf, daß Janet möglicherweise sie hinterging. Aber sie wurde ins Zimmer geführt, mit einer herzlichen Umarmung und einer Tasse Kaffee begrüßt, und sie setzte sich knapp außerhalb der Reichweite von Janets Mundgeruch auf einen bequemen Stuhl und plauderte über Ferien und Sehenswürdigkeiten und Museen.

Es war Janet, der ein gewisses Bild zur Sprache brachte.

»Sind Sie deswegen hier? Taddeo hat mich wegen diesem Bild schon ein paarmal angerufen.«

»Um das geht's, ja. Obwohl das Bild selbst nicht mehr so wichtig ist. Es wurde gestern seinem Besitzer zurückgegeben. Es tut mir leid, daß ich Sie nicht schon im voraus informiert habe, aber –«

Er winkte ab. »Macht nichts. Wie gesagt, offiziell waren wir daran sowieso nicht interessiert. Woher stammte es?«

»Von einem Mann namens Rouxel.«

Janet war beeindruckt. »Oh. Sehr interessant.«

»Sie kennen ihn?«

»O ja. Wobei das nicht sehr überraschend ist. Ein hochangesehener Mann. Einer der Leute, die über Jahrzehnte hinweg Einfluß ausüben. Sie wissen, daß er –«

»– den Europa-Preis bekommt. Ja, das weiß ich. Das interessiert uns nicht. Ich versuche nur, in diesen beiden Mordfällen in Rom ein paar lose Enden zu verknüpfen. Wenn ich das schaffe, kann ich wieder nach Hause fahren.«

»Kann ich Ihnen irgendwie helfen?«

Sie lächelte freundlich. »Ich hatte gehofft, daß Sie das fragen.«

»Ich weiß. Deshalb habe ich ja gefragt. Ich meine, eigentlich ist das ja unser Terrain. Am einfachsten wäre es, wenn Sie mir genau sagen, was Sie brauchen. Es bringt Ihnen wenig, wenn Sie hierbleiben und Sachen tun, die wir mit ziemlicher Sicherheit in der halben Zeit erledigen können. Ich könnte Ihnen die Ergebnisse dann nach Rom schicken.«

»Das ist eine Idee. Eine verlockende«, sagte sie. »Nun denn. Da ist dieser Anruf. Bei Ellman und vermutlich aus Paris. Wie es aussieht, war es dieser Anruf, der ihn nach

Rom geschickt hat. Können Sie irgendwie herausfinden, woher der kam?«

Janet machte ein besorgtes Gesicht. »Ich bin nicht sehr gut in solchen Dingen. Kann man so etwas? Ich habe keine Ahnung. Ich muß fragen.«

»Ich kann Ihnen die gewählte Nummer geben und die ungefähre Zeit des Anrufs.«

»Das würde helfen.«

Sie diktierte, und er schrieb mit und versprach anschließend, zu sehen, was er tun könne.

»Sonst noch etwas?«

»Ja. Der Hauptverdächtige für den Einbruch in Rouxels Château ist ein Mann namens Besson.«

Bei Erwähnung des Namens verzog Janet das Gesicht. »Das ist mehr als wahrscheinlich«, sagte er düster.

»Sie kennen ihn?«

»O ja. Monsieur Besson und ich haben schon sehr lange miteinander zu tun. Seit Jahren versuche ich, ihn einzusperren. Ist mir allerdings nie gelungen. Ein- oder zweimal war ich nahe dran, aber ich konnte ihn nie festnageln. Was genau hat er denn angestellt?«

Flavia erzählte es ihm.

»Da haben wir's mal wieder«, sagte Janet befriedigt. »Jede Menge Verdacht und Wahrscheinlichkeit, aber werden wir je einen Beweis finden? Nein. Sie können Ihr Leben drauf verwetten, daß an dem Abend, als bei Rouxel eingebrochen wurde, Besson hundert Kilometer weit weg auf einer Party war, umgeben von Bewunderern, und mindestens ein Dutzend Leute sind bereit, blind zu schwören, daß er das Zimmer nie verlassen hat, nicht einmal um auf die Toilette zu gehen. Alle lügen natürlich das Blaue vom Himmel herunter, aber das können wir ihnen nie nachweisen. Und auch wenn wir Delorme dazu bringen, vor Gericht auszusagen, daß Besson ihm das Bild gegeben hat, wird Besson behaupten, er habe es bei einer Provinzauktion im polnischen Hinterland gekauft. Woher sollte er denn wissen, wo das Bild sich befand?«

Flavia erzählte von der Ausstellung und von Bessons plötzlichem Ausscheiden aus dem Organisatorenteam.

»Ach ja, daran kann ich mich noch gut erinnern. Das war ich. Ich hatte gehört, daß er an dieser Sache beteiligt war, und ich gab ihnen deshalb den Tip, daß man einen wie ihn am besten nicht unbewacht in einem Raum läßt. Und als ich dann dem Veranstalter Bessons Akte zeigte, verstand er, was ich meinte. Das ist nur Kleinkram, ich weiß, aber mehr als ihm das Leben schwermachen können wir nicht.«

»Da ist noch etwas. Soweit ich weiß, wurde er bereits einmal verhaftet. Und seine Verhaftung scheint unseren Verdächtigen mit der Narbe auf den Plan gerufen zu haben.«

Hier schüttelte Janet den Kopf. »Leider nicht von uns.«

»Sind Sie sicher?«

Er machte ein leicht irritiertes Gesicht. »Natürlich. Wir können so selten Leute festnehmen, daß ich immer davon erfahre. Und auf jeden Fall, wenn es sich um Besson handelt. Sonst noch etwas?«

»Dieser Mann mit der Narbe.«

Janet schüttelte noch einmal den Kopf. »Keine Ahnung. Wenn Sie den Nachmittag Zeit haben, um unsere Verbrecheralben durchzugehen...?«

»Nein. Wer es auch ist, ein gewöhnlicher Kunstdieb scheint er nicht zu sein.«

»Vermutlich nicht. Glauben Sie, daß er der Mörder ist?«

»Der aussichtsreichste Kandidat. Das Problem ist nur, er scheint ein ganz Schlauer zu sein.«

»Warum?«

»Er weiß so viel. Er wußte, daß Argyll am Bahnhof sein würde. In Rom wußte er, wo Muller wohnte, wo er Ellman finden konnte und wo Argyll war. Er verabredete sich mit Argyll, wir erwarteten ihn, aber er kam nicht. Es ist mir ein Rätsel, woher er das alles weiß.«

»Da kann ich leider nicht weiterhelfen. Sonst noch etwas?«

»Hartung. Jules Hartung.«

»Das reicht aber sehr lange zurück.«

»Ich weiß. Aber er war Mullers Vater.«

»Viel kann ich Ihnen da nicht sagen. Ich meine, ich habe schon mal von ihm gehört. Kriegsverbrecher, nicht?«

»So ähnlich.«

»Ich war damals viel zu jung. Außerdem stamme ich aus dem Osten, ich kam erst Ende der Fünfziger nach Paris. Wir haben damals solchen Sachen keine sonderliche Beachtung geschenkt. Deshalb kann ich Ihnen nicht viel sagen.«

»Er war Jude. Gibt es hier so etwas wie ein Deportations-Dokumentationszentrum? Eine Einrichtung, die vielleicht Unterlagen besitzt? Das ist nur so eine Idee.«

»Es gibt eins im Marais. Es hat Unmengen von Manuskripten und ähnlichem aus der Kriegszeit. Ich könnte anrufen, wenn Sie hingehen wollen. Sie dort anmelden. Spart Ihnen vielleicht etwas Zeit. Ich könnte aber auch einen von meinen Leuten hinschicken. Wie gesagt, es würde alles schneller gehen, wenn Sie heimfahren.«

Aber sie bat ihn, trotzdem für sie anzurufen. Vielleicht habe sie vor der Abfahrt noch Zeit, dort vorbeizuschauen. Wahrscheinlich vergeblich, aber man wisse ja nie. Sie bat ihn, alles Nötige zu tun, und verabschiedete sich dann mit dem Versprechen, am Abend noch einmal anzurufen, um zu hören, was er herausgefunden hatte. Komisch, wie versessen er darauf ist, daß ich nach Rom zurückfahre, dachte sie, als sie auf die Straße trat.

12

»Und was hast du heute nachmittag getan?« fragte Argyll, als er Flavia wiedergefunden hatte. Was für ein Nachmittag! Als er zurückkam, war sie nicht da. Er hinterließ ihr die Nachricht, daß er bei Besson nichts erreicht hatte, und ging wieder aus. Dann kam sie. Und ging wieder. Es war schon weit nach sieben, als sie sich schließlich trafen, und Argyll erzählte ihr in aller Ausführlichkeit von seinem Unvermögen, dem Mann nützliche Informationen zu entlocken. Und was hatte sie erreicht?

»Ich war bei Janet«, sagte sie. »Und dann beim Einkaufen.« Sie war den Umständen entsprechend in außergewöhnlich guter Stimmung.

»Was?«

»Ich war beim Einkaufen. Seit Monaten trage ich jetzt schon dieselben Klamotten. Und dann war ich beim Friseur. Und warum auch nicht, wenn man sich überlegt, wie wenig du erreicht hast. Wart mal 'ne Sekunde.«

»Wart mal 'ne Viertelstunde«, klingt weniger freundlich, aber genau so lange blieb sie im Bad. Sogar Argyll, in diesen Dingen kein großer Kenner, war beeindruckt von der Veränderung.

»Ach du meine Güte.«

»Mehr fällt dir dazu nicht ein?« fragte sie, drehte sich und bewunderte das Ergebnis im Spiegel.

»Du siehst sehr gut aus.«

»Ich sehe nicht sehr gut aus, junger Mann. Ich sehe großartig aus. Absolut umwerfend. Es war ein Sonderangebot. Ich konnte nicht widerstehen.«

Sie bewunderte sich noch ein Weilchen. »Es ist Jahre her, daß ich was Kurzes, Schwarzes, Enges hatte. Ich hätte der Welt dieses Vergnügen nicht vorenthalten sollen. Was ist mit den Schuhen?«

»Sehr nett.«

»Ich glaube, du brauchst in diesen Dingen ein bißchen mehr Übung«, sagte sie streng, ohne die Selbstbewunderung zu unterbrechen. »Ich weiß, ich putze mich nicht sehr oft heraus, aber wenn ich es tue, wäre es schön, wenn du ein wenig mehr Begeisterung zeigen würdest. Versuch's doch beim nächsten Mal mit ›wunderbar‹. Oder ›phantastisch‹. So was in der Richtung.«

»Schon gut. Was hat dein Einkaufen mit meinem mangelnden Erfolg bei Besson zu tun?«

»Weil ich es jetzt selber tun muß. Ich will mit ihm reden. Wurde er verhaftet oder nicht? Ich gehe heute abend aus.«

»Ohne mich?«

»Natürlich ohne dich. Ich will doch nicht, daß du dein Bein überlastest.«

Argyll war ein wenig eingeschnappt. »Ist das wirklich so wichtig?« fragte er.

»Vielleicht nicht, aber eine andere Spur ist im Sand verlaufen. Soll heißen, der Anruf bei Ellman kam nicht aus Paris. Ich habe eben mit Janet gesprochen. Er wird bei den Schweizern höflich anfragen, ob die vielleicht in der Sache was unternehmen können. Aber Besson wird so langsam das einzige Feld, das wir noch beackern können.«

»Ich hoffe nur, daß du vorsichtig bist. Soll ich mich nicht doch diskret im Hintergrund halten?«

»Nein. Du kannst nicht diskret sein, und wenn Besson dich auch nur schnuppert, ist die Sache im Eimer. Keine Angst. Mir passiert schon nichts. Muß mir mehr solche Sachen anschaffen«, ergänzte sie nachdenklich, während sie ihren Mantel anzog und prüfte, ob sie immer noch so gut aussah.

Dann ging sie hinaus und hinterließ einen Argyll, der sich ein wenig allein gelassen fühlte und mehr als ein wenig besorgt war.

Als sie zurückkam, war ihre ausgelassene Stimmung verflogen. Sie betrat das Hotelzimmer, schaltete das Licht an und ließ sich in den Sessel neben dem Fenster fallen.

Argyll war, wenn er richtig schätzte, erst vor zehn Minuten nach einem langen, extrem langweiligen Abend eingeschlafen und jetzt alles andere als erfreut. Er sah auf die Uhr.

»Allmächtiger. Es ist ein Uhr morgens.«

»Ich weiß.« Ihre Frisur war zerzaust, ihr Kleid verrutscht und ihre Füße schmutzig. Sie sah müde, aber sehr aufgewühlt aus.

»Was ist denn mit dir passiert? Du siehst aus, als hätte man dich durch eine Hecke gezerrt.«

»Fast. Und ich bin auch noch selber schuld. Verdammt.«

Er setzte sich auf, schüttelte den Schlaf ab und sah sie genauer an. »Du siehst ja furchtbar aus. Ich laß dir ein Bad einlaufen.«

Sie nickte, und er schlurfte nach nebenan, um ihr den Gefallen zu tun, während sie in dem kleinen Kühlschrank in der Ecke nach etwas Kräftigendem suchte.

»Ich hab den ganzen Abend nur Mineralwasser getrunken«, jammerte sie. »Weil ich es für besser hielt, einen klaren Kopf zu behalten.«

Als die Wanne voll war, ließ sie sich laut seufzend hineingleiten, während Argyll sich auf die Toilette setzte und sie bestürmte, ihm ausführlich von ihren abendlichen Vergnügungen zu erzählen.

Am Anfang, so fing sie an, sei es gelaufen wie im Traum. Sie sei zu Bessons Straße gegangen, habe gesehen, daß er zu Hause war, und gewartet. Um neun sei er herausgekommen und allein in ein Restaurant in der Nähe gegangen. Sie hätte nicht erwartet, daß sich so schnell eine so gute Gelegenheit ergeben würde. Sie sei also in das Restaurant gegangen, habe sich versichert, daß Besson allein aß, und dann den Kellner bestochen, damit er ihr den Nachbartisch gab.

Über ihr Aperitifglas hinweg habe sie ihm einen langen, verführerischen Blick zugeworfen, und innerhalb von zehn Minuten – Bingo. Sie sei an seinem Tisch gesessen, und einem rauschenden Abend habe nichts mehr im Wege gestanden.

»Er hat nicht nur das Essen bezahlt«, bemerkte sie nebenbei, »sondern er war auch ein sehr angenehmer Gesprächspartner. In meinem ganzen Leben hat man mir in so kurzer Zeit noch nicht so viele Komplimente gemacht.«

Argyll grunzte unverbindlich.

»Du solltest es auch mal probieren«, sagte sie. »Es wirkt Wunder.«

Noch ein Grunzen. »Ich hab's ja probiert«, gab er zu bedenken. »Aber die einzige Reaktion, die ich bekomme, ist die Ermahnung, nicht mit der Suppe zu kleckern.«

»Und«, fuhr sie fort, »wenn ich das so sagen darf, ich hab ihm auch was geboten für sein Geld. Ich habe gelacht. Gekichert. Er hat mir seine kleinen Geschichten aus der Kunstwelt erzählt, und ich habe an den richtigen Stellen gelächelt, ein ernstes oder ein entsetztes Gesicht gemacht, und manchmal, bei einer besonders gut erzählten Anekdote, habe ich ihm sogar anerkennend die Hand auf den Arm gelegt. Ich habe ihm gesagt, wie wunderbar es doch sein muß, die ganze Zeit wunderschöne Gegenstände in den Händen zu haben, und ihn dabei lüstern angesehen. Ich hatte einen Riesenspaß.«

Argyll fühlte sich allmählich unwohl in seiner Haut, er verschränkte deshalb die Arme und hörte weiter zu.

»Ich hab' wirklich dick aufgetragen. Ich war fasziniert von seinen Geschichten und habe mich, kurz gesagt, aufgeführt wie eine Idiotin. Und er ist darauf hereingefallen. Es ist wirklich erstaunlich, wie naiv Männer sein können. Wenigstens läßt du dich nicht so leicht übertölpeln.«

»Das will ich doch hoffen«, erwiderte Argyll und schlug aus Gründen der Symmetrie die Beine übereinander.

»Das Wichtigste war, daß er dieses Bild wirklich gehabt hat – er hat allerdings nicht gesagt, woher.«

»Nicht gerade umwerfend. Das wußten wir doch schon.«

»Geduld. Die einzig heikle Situation entstand nach dem Essen, als er vorschlug, wir sollten in seine Wohnung gehen. Ich hatte schon dieses Schreckensbild vor Augen, wie ich, meine Tugend beteuernd, ums Sofa herumrenne. Aber, wie du schon gesagt hast, ich hatte noch nicht viel herausgefunden. Zum Glück fiel mir dieser Club ein. Ich schlug deshalb vor, zum Tanzen zu gehen. Ich war mir sicher, daß einer wie der alle guten Adressen kennt. Kann nicht behaupten, daß ich in Stimmung dazu war, aber wenn die Pflicht ruft und so.«

»Und deshalb hast du es getan.«

»Deshalb habe ich es getan.«

»Und darum bist du so müde.«

»Überhaupt nicht. Ich bin in Hochform. Bei Männern geht's ab dreißig abwärts, aber für Frauen sind das die besten Jahre. Ich kann die ganze Nacht lang durchtanzen, wenn's sein muß. Wobei ich mit dir wenig Gelegenheit dazu bekomme. Besson dagegen ist ein wunderbarer Tänzer, wenn auch ein ziemlicher Grapscher.«

Argyll mußte sich zurückhalten. Er hatte das Gefühl, daß Flavia diese Show sehr genoß. »Warum dann dieses zerzauste, erschöpfte Aussehen?«

»Dazu komme ich noch«, sagte sie. »Meinem Gefühl nach ging alles ein bißchen zu langsam, und ich spielte deshalb die Unnahbare. Er verdoppelte seine Anstrengungen, mich zu beeindrucken. Und als ich ihn fragte, wie lukrativ der Kunsthandel denn sei, meinte er, ganz annehmbar, wenn man es richtig anstellt, aber er diene auch noch anderen Zwecken.

Ich fragte ihn natürlich sofort, wie er das meine. Er tat dann sehr geheimnisvoll und sagte nur, es sei eine nützliche Fassade.«

»Eine Fassade?«

»Ja, absurd nicht? Auf jeden Fall erwiderte ich, er solle mir bloß nicht erzählen, daß ich mit einem Drogendealer tanze, und er machte ein bestürztes Gesicht und meinte, nein, er stehe auf der Seite des Gesetzes.«

»Ach wirklich?«

»Ja. Ich habe gekreischt vor Aufregung – du wärst entsetzt gewesen, wenn du dabeigewesen wärst –«

»Ich bin jetzt schon entsetzt genug.«

»– und gesagt: Dann bist du also ein *Spion*. Ich hab' doch gewußt, daß an dir was Besonderes ist. Und hab' ihn dabei mit erstaunten Augen angesehen. Er sagte nur, nicht genau. Aber gelegentlich stelle er tatsächlich seine Dienste den BEHÖRDEN – genau so hat er das gesagt, in Großbuchstaben – zur Verfügung. Man wisse dort, daß man sich auf ihn verlassen könne.

Und ich darauf: Ach bitte, erzähl doch, bitte, bitte. Aber dann zierte er sich plötzlich, der verdammte Kerl. Es sei ihm nicht gestattet, darüber zu reden...«

»Ach du meine Güte«, sagte Argyll.

»Ja, ich weiß. Zu seiner Verteidigung muß ich sagen, daß er zu diesem Zeitpunkt schon ein wenig angetrunken war, und meine Schmeicheleien hatten ihm das Hirn vernebelt. Aber ein paar Andeutungen habe ich ihm doch entlocken können. Er habe vor kurzem erst eine wichtige Rolle in einer Operation gespielt. Staatsangelegenheiten, sagte er. Er könne mir nicht mehr sagen, auch wenn er wollte. Er sei nur ein kleines Rädchen und wisse nicht alles.

Auf jeden Fall habe ich dann meine Entdeckung gemacht. Und meinen Fehler. Er redete also über seine Beziehung zu den Behörden, und ich dachte mir, probier doch mal dein Glück. Und was ist mit deiner Verhaftung durch die Kunstpolizei, fragte ich ihn. Woher weißt du das? sagte er. Ich lächelte und sagte, ich dächte, er hätte es gesagt. Er sah mich sehr mißtrauisch an und meinte, er müsse mal auf die Toilette. Dann sah ich ihn am Telefon und dachte, so einfach läßt du dich nicht erwischen. Also schnappte ich mir meinen Mantel und rannte davon.

Leider – und jetzt kommen wir zu dem zerzausten Aussehen – waren seine Freunde ziemlich schnell. Sie holten mich ein, als ich schon fast an der Métro war. Sprangen einfach aus dem Auto und packten mich.«

»Aber du bist doch hier.«

»Natürlich. Ich lebe doch nicht seit Jahren in Rom, ohne zu wissen, wie man mit so etwas fertig wird. Ich schrie Zeter und Mordio. Hilfe, ich werde vergewaltigt, rettet mich. Gleich ums Eck ließen sich ein paar Pennbrüder vollaufen, und die schnappten sich ihre Flaschen und kamen mir zu Hilfe.«

Argyll hatte es inzwischen aufgegeben, ihren Bericht zu kommentieren. Er sah sie nur erstaunt an.

»Sie waren die reinste Kavallerie: Sir Lancelot vom Weinsee. Flaschenschwingend kamen sie gerannt und prügelten den anderen die Seele aus dem Leib. Es dauerte nur ein paar Minuten, und dann lagen sie alle flach. Alle fanden das sehr lustig, zumindest die ersten paar Minuten. Und«, fuhr sie fort, »einer von ihnen hatte eine kleine Narbe über der linken Augenbraue.«

»Bist du sicher?«

»Ja. Absolut. Natürlich war sein Gesicht zu der Zeit schon ein bißchen verschwollen. Aber diese Narbe, weißt du. Das schien mir doch ein bißchen viel Zufall.«

»Und wer ist er?«

»Ich hatte nicht die Zeit, das herauszufinden. Ein Polizeiauto kam um die Ecke, meine galanten Retter nahmen ihre Flaschen, schüttelten mir die Hand und verdrückten sich. Und ich hielt es für das Beste, das ebenfalls zu tun.«

»Warum?«

»Weil die Sache zum Himmel stinkt. Janet hat mich angelogen, wenigstens das habe ich herausgefunden. Also, dachte ich mir, wenn ich gerade einen Bullen verprügelt habe, stecke ich in echten Schwierigkeiten.«

»Halt«, sagte Argyll, dem das nun alles zu weit ging. »Diese Geschichte wird allmählich absurd. Vor drei Tagen war ich noch ein bescheidener Kunsthändler, der redlich versucht, seinen Lebensunterhalt zu verdienen. Und jetzt stecke ich deinetwegen mit Leuten unter einer Decke, die Polizisten Flaschen übers Gesicht ziehen.«

»Was soll das heißen, meinetwegen?«

»Ich habe ihn nicht geschlagen, oder?«

Flavia sah ihn entsetzt an. »Wie undankbar kannst du denn noch werden?« fragte sie. »Ich tu das alles nämlich nicht zu meinem Vorteil.«

»Zu wessen dann?«

»Du warst doch derjenige, der mit diesem Bild den Stein ins Rollen gebracht hat.«

»Danach habe ich aber nichts mehr getan. Außerdem ist jetzt alles vorbei.«

»Was soll das heißen?«

»Ich habe nachgedacht. Die Sache wird viel zu kompliziert und zu gefährlich. Wenn Janet alles tut, um uns zu behindern, verschwenden wir hier nur Zeit. Fahr nach Hause und übergib die ganze Geschichte Bottando. Soll er sich darum kümmern. Hier sind übergeordnete Stellen gefordert.«

»Feigling«, sagte sie, denn sie fühlte sich mehr als ein bißchen verraten von seiner zwar richtigen, aber ärgerlichen Meinung.

»Und warum fahren wir nicht nach Hause? Wir haben doch gute Arbeit geleistet.«

»Wegen Ellman.«

»Die Carabinieri. Dein Freund Fabriano. Sollen die sich darum kümmern.«

»Außerdem wissen wir nicht, warum das Bild gestohlen wurde.«

»Na und. Das ist mir egal. Die Leute stehlen alles mögliche. Mußt du jedesmal, wenn etwas verschwindet, ein psychologisches Profil zeichnen? Die Welt ist voller Spinner.«

Sie setzte sich aufs Bett und verzog das Gesicht. »Ich bin noch nicht zufrieden«, sagte sie. »Ich habe nicht das Gefühl, der Sache schon wirklich auf den Grund gekommen zu sein. Willst du tatsächlich nach Hause?«

»Ja. Ich habe genug von dieser Geschichte.«

»Na, dann geh.«

»Was?«

»Dann geh. Fahr nach Hause und verkauf Bilder.«

»Was ist mit dir?«

»Ich mache weiter meine Arbeit. Mit oder ohne deine Hilfe. Oder Janets.«

»Das habe ich aber nicht gemeint.«

»Pech. Aber so ist es eben. Wenn du gehen willst, dann geh. Und ich tue weiter meine Arbeit, und in der knapp bemessenen Freizeit werde ich an dich wieder mal als einen treulosen, feigen Kröterich denken, der seine Verlobte in gefährlichen Umständen allein gelassen hat.«

Argyll überlegte. »Hast du Verlobte gesagt?«

»Nein«, sagte sie.

»Doch, hast du schon.«

»Nein, hab ich nicht.«

»Doch. Ich hab's doch gehört.«

»Das ist mir nur zufällig so rausgerutscht.«

»Ach. Also, was ich gemeint habe, war, daß wir beide nach Rom zurückkehren sollten. Aber wenn du bleibst, dann bleibe ich auch. Ich denk doch nicht dran, meine Verlobte im Stich zu lassen, wenn sie in der Patsche sitzt.«

»Ich bin nicht deine Verlobte. Du hast mich ja nie gefragt. Und ich sitze nicht in der Patsche.«

»Wie du willst. Ich bleibe. Aber unter einer Bedingung.«

»Und die wäre?«

»Falls du irgendwann bereit bist, nach Rom zurückzukehren, dann sehen wir uns eine neue Wohnung an.«

»Du bist ein zäher Verhandlungspartner.«

Er nickte.

»Ach, na gut.«

»Wunderbar. Was für eine nette Verlobte du doch bist.«

»Ich bin nicht deine Verlobte.«

»Wie du willst.«

Und damit gingen sie, beide mit dem Gefühl, einen akzeptablen, wenn auch teuren Handel geschlossen zu haben, ins Bett.

13

»Ich glaube«, sagte sie am Morgen, »wir sollten besser das Hotel wechseln.«

»Warum?«

»Weil jemand nach uns sucht und ich nicht glaube, daß ich ihn sehr mag. Es dauert, bis man Leute in Hotels aufgespürt hat, aber wenn ich nach Rom zurückkehre, will ich das mit Eingeweiden tun, die noch dort sind, wo sie hingehören, und nicht in der Gegend herumliegen wie eine Portion Spaghetti.«

»Ich frühstücke gerade. Wenn ich bitten darf.«

»Tschuldigung. Aber du weißt, was ich meine. Wir wechseln das Hotel, suchen uns was Heruntergekommeneres, wo wir keine Formulare ausfüllen müssen, und verwenden einen falschen Namen. Okay?«

»Wie aufregend.«

»Gut. Dann laß uns gehen.«

Flavias Vorstellung von einem schäbigeren Hotel war ein absolut anrüchiges Etablissement in einer heruntergekommenen Nebenstraße des Boulevard Rochechouart. Frische Farbe hatte das Gebäude vermutlich schon seit der Erbauung nicht mehr gesehen, und beim Anmelden grinste der Mann an der Rezeption Argyll anzüglich an und verlangte Vorauskasse. Wenigstens hatte Flavia recht mit ihrer Vermutung, daß er nicht wertvolle Zeit mit polizeilichen Anmeldeformularen verschwenden würde. Es war kein solches Hotel. Sie checkten unter dem Namen Smith ein. Argyll wollte schon immer einmal unter dem Namen Smith in einem Hotel absteigen.

Das Zimmer war noch schlimmer als das Foyer. Auf der abscheulich rosafarbenen Tapete prangten kleine Blumen und feuchte Flecken, und sie stand an diversen Stellen ab. Das Mobiliar bestand aus einem Bett, einem harten Stuhl und einem Metalltisch mit Kunststoffplatte. Das Ganze verströmte eine Atmosphäre von Feuchtigkeit und Elend, bei der es beiden kalt den Rücken hinunterlief.

»Ich kann mir nicht vorstellen, daß jemand gerne länger hierbleibt«, bemerkte Argyll, während er sich in ihrem neuen und, wie er hoffte, sehr kurzfristigen Domizil umsah.

»Ich glaube, die meisten Gäste sind so schnell wieder draußen, daß sie die Tapete gar nicht bemerken. Außerdem haben sie wahrscheinlich anderes im Sinn. Ich muß schon sagen, ich hätte dich nie für einen Menschen gehalten, der Hotels für leichte Mädchen frequentiert.«

»Und ich habe nie gemerkt, daß du eins bist. Komm schon, je schneller wir hier wieder draußen sind, desto besser. Hast du nicht gesagt, du wolltest Bottando anrufen?«

Das hatte sie wirklich. Allerdings hatte sie auch gehofft, er würde es vergessen. Höchst widerwillig ging sie deshalb in eine Telefonzelle im nächstgelegenen Postamt und wählte.

»Ich hab' mich schon gefragt, wann Sie mal wieder auftauchen«, sagte der General, nachdem er abgenommen hatte. »Wo sind Sie?«

Sie berichtete. »Jonathan glaubt, daß alles erledigt ist und wir heimfahren sollten. Ich möchte weitermachen.«

»Also, wenn Sie Ihren Urlaub beschneiden wollen, habe ich nichts dagegen. Es kann aber gut sein, daß Sie dort nur Ihre Zeit verschwenden.«

»Wie geht's Fabriano?«

»Der? Tritt auf der Stelle, soweit ich weiß. Unmengen von Informationen, die aber kein Bild ergeben. Allerdings hat er inzwischen eindeutig festgestellt, daß Muller und Ellman mit derselben Waffe getötet wurden. Und daß sie Ellman gehört hatte. Was mich, das muß ich zugeben, nicht überrascht. Viele potentiell Verdächtige konnte er inzwischen aus den Ermittlungen ausschließen, was, wie ich vermute, ein negativer Fortschritt ist. Und wie kommen Sie voran?«

Flavia faßte kurz zusammen, und Bottando zog den Atem ein.

»Hören Sie, meine Liebe, ich weiß, wie Sie sind, aber Sie müssen unbedingt vorsichtiger sein. Was haben Sie sich nur dabei gedacht, allein zu diesen Leuten zu gehen? Sie hätten bös verletzt werden können. Warum lassen Sie Besson nicht einfach von Janet festnehmen? Gehen Sie doch einmal den einfachen und direkten Weg.«

»Weil.«

»Weil was?«

»Weil Janet uns auf den Arm nimmt, deshalb.«

»Wollen Sie, daß ich mit ihm rede?«

»Nein. Ich will nicht, daß er weiß, was ich denke. Sie können später mit ihm streiten, wenn Sie wollen. Er will, daß ich zurückfahre. Und Jonathan will es auch. Genaugenommen bin ich die einzige, die der Sache noch genauer nachgehen will.«

Bottando überlegte. »Ich glaube, ich kann Ihnen da keinen Rat geben. Die Carabinieri brauchen Hilfe, obwohl Fabriano sich weigert, das zuzugeben, und es geht um einen Doppelmord. Ich kann Ihnen nicht sagen, ob Sie Ihre Zeit verschwenden. Alles, was ich Ihnen sagen kann, ist, daß Sie heimkommen können, wann immer Sie wollen; und wir können dann Fabriano sagen, daß wir unseren Teil erledigt haben und er jetzt auf sich allein gestellt ist. Oder wollen Sie ihm zeigen, daß Sie besser sind als er?«

»Das ist eine sehr unfaire Frage.«

»Ist mir nur gerade eingefallen.«

»Ich will dieser Sache auf den Grund kommen.«

»In dem Fall bleiben Sie besser dran. Kann ich irgendwas tun?«

»Nur eins«, erwiderte sie mit Blick auf den tickenden Gebührenzähler. »Ein Anruf bei Ellman. Aus Paris kam der offensichtlich nicht. Ich habe Janet gebeten, sich mit den Schweizern in Verbindung zu setzen, aber könnten Sie vielleicht auch ein wenig Druck auf sie ausüben?«

»Gut«, sagte er. »Ich werde mich darum kümmern.«

»Und?« fragte Argyll, als sie aus der Kabine trat.

Flavia überlegte. »Er besteht absolut darauf, daß ich weitermache. Ich soll die Ermittlungen unbedingt fortführen«, sagte sie. »Ist in seinen Augen absolut notwendig.«

»Oh«, erwiderte er ein wenig enttäuscht. Tags darauf sollte außerhalb Neapels eine Versteigerung stattfinden, an der er teilzunehmen gehofft hatte. »Dann werden wir's wohl tun müssen.«

»Ja. Wir haben keine andere Wahl. Tut mir leid.«

»Du weißt schon, daß uns bald das Geld ausgeht.«

»Ich weiß. Dann müssen wir eben improvisieren.«

»Wie improvisiert man bei Geld?«

»Das überlege ich mir noch. Aber in der Zwischenzeit will ich in dieses Dokumentationszentrum. Kommst du mit?«

Also marschierten sie los Richtung Süden, zurück in den ordentlichen, touristischen Teil der Stadt, den man aus dem *Guide Michelin* kennt, weg von den schäbigen Straßen voller verlorener, traurig aussehender Bewohner, durch das Viertel der Ausbeutungsbetriebe mit ihren überarbeiteten Frauen aus Asien, auf deren Schultern der Ruf der Stadt als Zentrum der *haute couture* ruht, und dann nach Osten ins elegantere Marais, aus dem längst alle abgerissenen Gestalten, die früher den Charme des Viertels ausmachten, vertrieben sind.

In diesem Teil der Welt lag das Jüdische Dokumentationszentrum, denn dort war einst das Judenviertel, bis es zuerst von den Nazis und in letzter Zeit von Immobilienhaien auf einige wenige Straßen reduziert wurde.

Die Rue Geoffroy-l'Asnier war keine Hauptstraße des touristischen Parcours. Ein Gebäude von beträchtlicher Schönheit, ein Betonmahnmal für die Deportierten des Krieges, und das war so ziemlich alles. Alles andere war plattgewalzt worden, um für etwas anderes Platz zu machen. Keiner schien so recht zu wissen, was es sein sollte. Sogar im hellen Sonnenschein sah es verlassen und wie aufgegeben aus.

Eine kleine Debatte entwickelte sich, als die beiden vor dem Gebäude standen und zu entscheiden versuchten, wer von ihnen hineingehen und sich auf die Suche nach brauchbaren Informationen machen sollte. Vor allem Flavia wollte unbedingt hinein, sie hatte das Gefühl, noch einmal den Versuch wagen zu müssen, diesem Durcheinander unterschiedlichster Informationen Sinn und Form zu geben.

»Also, du oder ich?« fragte sie, als ihr Gedankengang versickerte. »Ich persönlich denke, ich sollte gehen.«

»Okay. Ich habe mir sowieso schon eine andere Beschäftigung ausgesucht. Ich will etwas über ein paar Bilder herausfinden. Bis später dann.«

Flavia ging in das Gebäude neben dem Mahnmal für die Deportierten, stellte fest, daß Janet tatsächlich angerufen und ihr

Kommen angekündigt hatte, trug sich in die Anwesenheitsliste ein und begann dann ernsthaft mit ihren Nachforschungen. Die Frau am Informationsschalter war sehr hilfsbereit – schließlich war sonst kaum jemand in dem Gebäude – und führte sie zu einem riesigen Schrank voller Karteikärtchen. Der Name Jules Hartung war vorhanden, und eine Aktennummer, die sie auf einen Bestellzettel schrieb. Die Archivarin empfahl ihr zusätzlich weitere Dossiers über konfisziertes und geraubtes Privateigentum. Falls Hartung reich war und enteignet wurde, könne es gut sein, daß es auch darin einen, wenn vielleicht auch nur kurzen Vermerk über ihn gebe.

Sie dankte der Frau, setzte sich und überbrückte die Wartezeit mit einer Broschüre über die Konfiszierung von Privateigentum während der Besatzungszeit, die die freundliche Dame ihr gegeben hatte. Sie las es mit beträchtlicher Aufmerksamkeit, denn in ihrem Kopf kristallisierte sich allmählich die Theorie heraus, daß hinter dieser ganzen Geschichte womöglich Hartungs Kunstsammlung steckte.

Es war eine durchaus einleuchtende Hypothese. Seit dem Fall der Berliner Mauer waren in den Kellern obskurer osteuropäischer Museen plötzlich unzählige lange verloren geglaubte Schätze aufgetaucht. Hunderte von Gemälden, die im Krieg geraubt und seitdem nicht mehr gesehen worden waren, bereiteten nun Kuratoren Kopfschmerzen und stellten Diplomaten vor knifflige Aufgaben. War es möglich, dachte sie beim Lesen, daß der Besitz einer bedeutenden Kunstsammlung diese ganze Verbrechensserie ausgelöst hatte?

Allerdings hatte sie von diesen geschichtlichen Dingen keine Ahnung, wie sie beim Durcharbeiten der Broschüre merkte. Sie hätte sich nie vorgestellt, daß die Plünderungen so gut und so bürokratisch organisiert waren. Auszüge aus Briefen eines Sekretärs der Deutschen Botschaft in Paris beschrieben ausführlich, wie eine spezielle Kunsteinheit, der Einsatzstab Rosenberg, methodisch Leute verhaftete, Häuser durchsuchte, Güter konfiszierte und die Früchte ihrer Arbeit nach Deutschland transportierte. Ein Zwischenbericht von 1943 meldete, daß mehr als 5000 Gemälde konfisziert worden waren. Als dann die Befreiung durch die Alliierten dieser Einheit ein verfrühtes Ende bereitete, waren mehr als 22 000 Stücke nach Deutschland geschafft worden. Mit der Sorgfalt engagierter Diebe hatten die Plünderer penibel über ihre Arbeit Buch geführt. Trotzdem endete der Artikel mit dem Hinweis, daß ein Großteil davon nie wiedergefunden wurde.

»Bitte sehr, Mademoiselle«, sagte die Archivarin, was Flavia aus ihrer Lektüre riß und sie kurzzeitig verwirrte, bis sie merkte, daß sie angesprochen war. Die Frau gab ihr einen dicken Ordner.

»Konfiszierte Güter. Ich hoffe, Sie verstehen Deutsch. Das andere Dokument, das Sie angefordert haben, bringen wir Ihnen in Kürze.«

Flavia machte ein langes Gesicht, als sie die Akte aufschlug. Schwer leserliches, handschriftliches Deutsch war ein Alptraum für sie. Aber sie war ja nicht zum Vergnügen hier, und deshalb kniete sie sich, mit vor Konzentration zusammengekniffenen Augen und dem besten Deutsch-Lexikon der Bibliothek an ihrer Seite, in die Arbeit.

Es war nicht so schlimm, wie sie befürchtet hatte. Die Namen der Vorbesitzer standen oben auf jeder Seite, in den meisten Fällen mußte sie deshalb nur einen kurzen Blick darauf werfen und konnte gleich weiterblättern. Trotzdem waren es zwei Stunden harte Arbeit, und es war eine deprimierende Erfahrung, unzählige Auflistungen von Ringen, Juwelen, Drucken, Zeichnungen, Skulpturen und Gemälden überfliegen zu müssen.

Um halb zwei wurde sie fündig. Hartung Jules, 18 Avenue Montaigne. Eine Aufstellung konfiszierter Güter vom 27. Juni 1943, gemäß den Befehlen ausgegeben im Rahmen der Operation Rasiermesser am dreiundzwanzigsten desselben Monats.

Ein guter Fang, dem Umfang der Liste nach zu urteilen. Fünfundsiebzig Gemälde, zweihundert Zeichnungen, siebenunddreißig Bronzen, zwölf Marmorskulpturen und fünf Schatullen mit Schmuck. Nicht schlecht für die Arbeit eines Vormittags. Eine hübsche Kollektion, dachte sie, wenn man den Angaben der Liste glauben konnte. Rubens, Teniers, Claude, Watteau, alle waren sie versammelt.

Aber nichts von diesem Floret, obwohl sie die Liste zweimal durchging. Nichts, das dem Titel entsprochen hätte. Verdammt, dachte sie. Wieder eine Theorie beim Teufel. Und falls die Sache wirklich etwas mit der Sammlung dieses Mannes zu tun hatte, warum sich dann auf ein unbedeutendes Bild konzentrieren, wenn es doch all diese Schätze gab?

»Mademoiselle di Stefano?«

Sie hob den Kopf. »Ja?«

»Würden Sie mich bitte zum Direktor begleiten?«

Nicht schon wieder, dachte sie und faßte beim Aufstehen den schnellsten Weg zur Tür ins Auge. Wenn ich schon wieder die Beine in die Hand nehmen muß, schreie ich.

Aber die Bibliothekarin wirkte immer noch sehr freundlich, beinahe sogar entschuldigend, und als sie Flavia zu einer Bürotür am anderen Ende des Raumes führte, gab es auch nicht das mindeste Anzeichen dafür, daß sie eine Falle vorbereitete. Allmählich bekomme ich Paranoia, dachte Flavia.

»Sehr erfreut, Sie kennenzulernen«, sagte der Direktor, der ihr die Hand zum Gruß hinstreckte und sich als François Thuillier vorstellte. »Ich hoffe, Sie haben bekommen, was Sie brauchen.«

»Bis jetzt schon«, erwiderte Flavia, die immer noch ein wenig mißtrauisch war. Ihrer Erfahrung nach begrüßten Direktoren von Archiven nicht jeden Besucher persönlich, gleichgültig wie flau der Publikumsverkehr war. »Ich warte allerdings noch auf eine zweite Akte.«

»Ach, das wird wohl die über Hartung sein, nicht?«

»Das stimmt.«

»Ich fürchte, wir haben da ein Problem.«

Aha, schon kapiert, dachte sie. Hab' ich's mir doch gedacht, daß heute nachmittag alles ein bißchen zu einfach läuft. Jetzt kommt das dicke Ende.

»Es ist natürlich peinlich, das zugeben zu müssen, aber ich muß Ihnen leider sagen, daß wir allem Anschein nach die Akte im Augenblick leider nicht auffinden können.«

»Sie haben sie verloren?«

»Ähm, ja. Das ist richtig.«

»Wie schade.«

»Sie ist einfach nicht an ihrem Platz. Ich vermute, daß sie nach dem letzten Benutzer nicht mehr zurückgestellt wurde.«

»Welchem letzten Benutzer?«

»Das weiß ich wirklich nicht«, sagte er.

»Und sie ist verschwunden?«

»Ja.«

»Ist es so eine gefragte Akte?«

»Nein, ganz und gar nicht. Es tut mir schrecklich leid, aber ich bin mir sicher, daß sie bald wieder auftauchen wird.«

Flavia war sich da nicht so sicher, trotzdem setzte sie ihr flehendstes Lächeln auf und erläuterte ihr Problem. Das Geld gehe ihr aus, sie habe kaum noch Zeit...

Thuillier lächelte mitfühlend. »Glauben Sie mir, in der letzten Stunde haben wir wirklich alles versucht. Ich vermute, daß sie an der falschen Stelle eingeordnet wurde. Ich fürchte, wir haben keine andere Wahl, als zu warten, bis sie wieder auftaucht. Wenn Sie wollen, kann ich Ihnen allerdings erzählen, was ich über diesen Fall weiß. Wenigstens das kann ich für Sie tun.«

Flavia starrte ihn an. Was geht hier bloß vor, fragte sie sich. Thuillier schien wegen irgend etwas sehr aufgeregt zu sein, und sie glaubte, ungefähr zu wissen, weswegen.

»Wann bekamen Sie die Anordnung, mich die Akte nicht sehen zu lassen?« fragte sie.

Er breitete hilflos die Hände aus. »Das kann ich nicht beantworten«, sagte er. »Aber es stimmt, daß wir die Akte nicht haben.«

»Ich verstehe.«

»Und ich hätte das eigentlich gar nicht sagen dürfen«, fuhr er fort. »Aber ich mag keine Einmischung. Und deshalb werde ich Ihnen erzählen, was ich weiß, wenn Sie es hören wollen.«

»Sie wissen, was drinsteht?«

»Natürlich nicht jedes Wort. Aber wenn jemand um eine Auskunft bittet, sehe ich schon mal schnell nach. Vor ungefähr sechs Monaten hatten wir eine Anfrage wegen der Familie Hartung, und da habe ich mir die Akte herausgesucht. Leider hat sich der Betreffende nie wieder gemeldet.«

»Wie hieß er?«

Der Direktor runzelte die Stirn. »Ich weiß nicht, ob ich Ihnen das sagen soll.«

»Ach bitte. Es ist doch möglich, daß dieser Mann mir ebenfalls weiterhelfen kann. Sie mögen keine Einmischung, haben Sie gesagt. Ich auch nicht.«

»Stimmt. Einen Augenblick.«

Er suchte in seinem Schreibtisch nach einem Terminkalender und blätterte ihn durch. »Ach ja«, sagte er. »Hier haben wir's ja. Er hieß Muller. Mit einer Adresse in Rom. Schon einmal von ihm gehört?«

»O ja. Ich kenne ihn gut«, sagte Flavia, deren Herz bei der Erwähnung des Namens ein wenig schneller schlug. Also doch keine Zeitverschwendung.

»Und, wie gesagt, ich habe mir die Akte angesehen.«

Sie wartete, und er lächelte sie an.

»Und? Fahren Sie doch fort. Bitte erzählen Sie.«

Thuillier legte in professoraler Manier die Fingerspitzen aneinander. »Sie dürfen nicht vergessen«, begann er vorsichtig, »daß das alles andere als ein vollständiger Bericht ist. Dafür bräuchten Sie die Gerichtsakten, die zur Vorbereitung seines Prozesses angelegt wurden.«

»Wo bekomme ich die?«

Er lächelte. »Ich bezweifle sehr stark, daß Sie die bekommen werden. Sie unterliegen der Geheimhaltung. Dürfen ein Jahrhundert lang nicht zugänglich gemacht werden.«

»Ich kann ja fragen.«

»Das können Sie. Ich kann Ihnen nur sagen, daß ich das für Zeitverschwendung halte.«

»Vermutlich haben Sie recht.«

»Sagen Sie, wieviel wissen Sie eigentlich über diese Zeit?«

Flavia gab zu, daß sie nicht viel wußte. Hauptsächlich das, was sie in der Schule gelernt hatte, und das, was sie im Verlauf ihrer Ermittlung herausgefunden hatte.

»Hartungs Sohn hat versucht, mehr über ihn herauszufinden. Ich vermute, das ist ganz natürlich, aber in diesem Fall führte es zu seinem Tod. Er war eine Art Industrieller, nicht?«

Thuillier nickte. »Das stimmt. Vorwiegend Chemie, aber auch viele andere Sparten. Sehr großes Familienunternehmen, gegründet um die Jahrhundertwende. Er war die zweite Generation und die Hauptfigur beim Aufbau der Firma. Übrigens steht nichts von dem in den Akten. Das sind alles Sachen, die ich so weiß.«

»Je mehr, desto besser. Ich glaube, ich erfahre mehr, wenn ich Ihnen zuhöre, als ich beim Lesen herausgefunden hätte. Ich bin jetzt sogar ziemlich froh, daß die Akte verlorengegangen ist.«

Thuillier lächelte und fuhr, ermutigt von ihrer ernstgemeinten Wertschätzung, fort.

»Also gut. Hartung wurde in den neunziger Jahren des vorigen Jahrhunderts geboren, und seine Familie gehörte zum alteingesessenen Teil der jüdischen Gemeinde in Paris. Bereits vor der Gründung von Hartung et Cie waren sie wohlhabend, ihr Reichtum entstammte allen möglichen Geschäftszweigen. Hartung war zugleich Kapitalist und Liberaler. Wohnungsbauprojekte für Arbeiter, Bildungsprogramme, all das, womit sich die fortschrittlicheren Unternehmen der Zeit beschäftigten. Er war einer der wenigen Arbeitgeber, die in den 30ern die Idee eines gesetzlich verankerten, bezahlten Urlaubs für Arbeiter unterstützten. Er kämpfte im Ersten Weltkrieg und wurde, wenn ich mich recht erinnere, verwundet und ausgezeichnet. Ich könnte die Details herausfinden, wenn Sie wollen...«

»Nein, nein«, sagte sie und hob die Hand. »Später vielleicht, falls es nötig wird.«

»Wie Sie wollen. Anfang der 30er Jahre nahm seine Karriere einen neuen Verlauf. Wie viele französische Juden hatte er Beziehungen nach Deutschland, und im Gegensatz zu vielen besaß er genug Weitblick, um zu erkennen, daß Hitlers Aufstieg nichts war, das vorübergehen würde, wenn er sich nur bedeckt hielt. Allem Anschein nach ließ er sich deshalb auf ein doppeltes Spiel ein. Auf der einen Seite half er Juden in Deutschland, auf der anderen Seite pflegte er Kontakte mit der dortigen Regierung und der französischen Rechten.

Rückblickend betrachtet ist es natürlich klar, daß das Opportunismus war, daß er sozusagen auf zwei Hochzeiten tanzte. Sein Mangel an Prinzipien ist offensichtlich – jetzt. Damals war es weniger klar. Viele Leute taten genau das gleiche, und viele unterstützten die Rechte viel offener als er. Wie so oft in Krisenzeiten, wollten eine Menge Leute nichts anderes als Sicherheit schaffen für sich und ihre Familien, und sie taten dafür alles, was nötig war.«

»Aber Hartung war anders.«

»Eigentlich nicht. Er wollte Sicherheit, und er wollte, daß seine Fabriken weiterliefen. Und er war erfolgreich, denn seine Fabriken wurden erstaunlicherweise in Ruhe gelassen. Soweit ich weiß, behauptete er, das liege an seinem Geschick und an der Tatsache, daß sie lebenswichtige Güter produzierten, sowie daran, daß er in der Lage sei, hohe Bestechungsgelder zu zahlen, um eine Konfiszierung abzuwenden. Mit Sicherheit redete er immer häufiger davon, daß ihm die Mittel ausgingen.

Er hatte eine Frau, die viel jünger war als er und politisch sehr viel engagierter. Ich glaube nicht, daß sie eine innige Ehe führten, aber sie wahrten die Form. Sie wurde immer stärker in die Resistance hineingezogen, und es war unvermeidlich, daß er einiges von dem mitbekam, was sie tat. Er blieb allerdings immer nur eine Randfigur, in die engeren Kreise ließ man ihn nicht hinein. Aber durch seine Frau erfuhr er mehr, als er sonst erfahren hätte. Und das war, wie es aussah, ein fataler Fehler.«

»Tut mir leid, daß ich Sie unterbreche«, sagte Flavia schnell und sah von ihrem Notizblock auf. »Seine Familie? Die kam durch?«

»Das stimmt. Seine Frau blieb allerdings. Aber sein Sohn wurde irgendwann außer Landes geschmuggelt.«

»Ja. Das paßt. Tut mir leid. Ich habe Sie unterbrochen.«

»Das macht doch nichts. Hartungs Frau stand in Verbindung mit einer Resistance-Zelle mit dem Codenamen Pilot. Wissen Sie etwas darüber?«

»Ein wenig.«

»Codenamen erhielten diese Zellen vorwiegend zur Identifikation bei Funkkontakten und aus Gründen der Bürokratie und der Sicherheit in England. Sie waren strikt voneinander isoliert, um den Schaden zu begrenzen, falls etwas schiefging. In diesem Fall gab es gewisse Überschneidungen mit einer anderen, größeren Gruppe namens Pascal. Alles in allem waren etwa einhundertfünfzig Leute beteiligt.«

Thuillier putzte sich die Brille und schwieg eine Weile, um seine Gedanken zu ordnen. Flavia machte ein ernstes und ermutigendes Gesicht. Es fiel ihr schwer, sich all dies vorzustellen.

»Natürlich gab es Gerüchte über einen Verräter. Vielleicht gehörte das zu dem konspirativen Leben, das die Leute führen mußten. Aber bald gab es genug Beweise, daß das Gerücht nicht einer Grundlage entbehrte. Operationen gingen schief, Saboteure mußten feststellen, daß die Deutschen sie bereits erwarteten. Nachschub wurde von Flugzeugen abgeworfen, und die Deutschen fingen ihn ab.

Als schließlich der Verdacht sich immer mehr erhärtete, ohne daß ein konkreter Beweis vorlag, stellten sie eine Falle. Eine Scheinoperation wurde ausgeheckt, und nur Hartung erfuhr davon. Es funktionierte: Wieder waren die Deutschen zur Stelle. Hartung floh, und die Deutschen reagierten schnell. Er hatte ihnen mehr erzählt, als irgend jemand es für möglich gehalten hätte: Innerhalb von zwöf Stunden war Pilot ausgehoben. Nur eine Handvoll Menschen überlebte, und die lieferten nach dem Krieg das Belastungsmaterial gegen Hartung.«

»Und seine Frau?«

»Sie wurde verhaftet und vermutlich hingerichtet. Er hatte nicht einmal versucht, sie zu retten. Offensichtlich hatte er einen Handel abgeschlossen: Er erzählte den Deutschen, was er wußte, und sie ließen ihn dafür in Ruhe. Als er floh, sagte er ihnen Bescheid, und sie griffen zu, bevor die Informationen zu alt wurden, um ihnen noch zu nützen.«

Flavia sah ihn lange an, während sie leise vor sich hin nickend das Gehörte verdaute. »Und das meiste von dem, was Sie mir eben erzählt haben, stammt aus der fehlenden Akte?«

»Ein Großteil davon, ja.«

»Nicht aus dem Material, das die Anklagevertretung zusammengetragen hat?«

»Nicht direkt. Das mußte zwangsweise vertraulich bleiben bis zur Prozeßeröffnung – zu der es natürlich nie kam. Aber ich kann mir vorstellen, daß es darin um ganz ähnliche Dinge ging, und außerdem gab es zu der Zeit ja auch undichte Stellen und Zeitungsberichte.«

»Was ist mit Hartung passiert? Ich weiß, daß er zurückkam und verhaftet wurde.«

»Ich glaube, das ist ganz einfach. Er wurde vom Vertreter der Anklage verhört. Offensichtlich wurde dabei immer klarer, daß die Beweislage gegen ihn erdrückend war und auf eine Verurteilung hinauslaufen würden. Er hatte die Wahl, abzuwarten und dann unter der Guillotine zu sterben oder seine Leidenszeit zu verkürzen und Selbstmord zu begehen. Er entschied sich für letzteres.«

»Und es besteht kein Zweifel, daß er ein Verräter war?«

»Absolut keiner. Auch wir führen Befragungen durch, wenn wir unsere Dossiers zusammenstellen, und wir haben persönlich mit einigen Leuten über die damaligen Ereignisse gesprochen.«

»Was haben die gesagt?«

Thuillier lächelte. »Ich fürchte, da stellen Sie zu hohe Anforderungen an mein Gedächtnis. Das ist schon lange her, und ich habe diese Aussagen nicht gelesen. Alles, was ich Ihnen geben kann, sind die Namen. Wobei die Ihnen allerdings nicht viel helfen werden.«

Sie lächelte ihn an und bat ihn um die Namen. Er führte sie aus seinem Büro und zu einer Reihe von Karteikästen. »Das kann einige Zeit dauern«, sagte er.

Flavia schlenderte deshalb zum Informationsschalter am Eingang. Es gab noch einige Sachen, die sie erledigen mußte, bevor sie ging.

»Ich weiß, daß das ein wenig vorschriftswidrig ist«, begann sie, als die Bibliothekarin sie anlächelte und fragte, was sie wünsche. »Aber wäre es wirklich so schrecklich, wenn ich wüßte, wer sonst noch an meinen Akten interessiert ist? Ich weiß, daß ist reine Paranoia. Aber wenn die Dokumente nicht wieder auftauchen, dann könnte ich mich vielleicht an den Mann wenden und nachfragen, ob er irgendwelche Notzien hat.«

»Normalerweise tun wir so was nicht, wissen Sie«, sagte sie. »Aber unter den gegebenen Umständen bin ich mir sicher, daß wir es mit den Vorschriften nicht so genau nehmen müssen.«

Sie kramte unter ihrem Tisch und zog ein Buch hervor. »Leider sind wir hier noch nicht computerisiert. Wir schreiben einfach alles in dieses Buch. Wollen mal sehen. Vor einigen Monaten, soweit ich weiß. Ich war damals in Urlaub, sonst könnte ich Ihnen weiterhelfen.«

Flavia blätterte das Buch durch, runzelte die Stirn und blätterte dann noch einmal. Da war Mullers Name, klar und deutlich. Sie riß die Seite heraus und stecke sie in ihre Handtasche. Wenn sie wiederkäme, würde die Seite wahrscheinlich nicht mehr da sein.

Dann ging sie zu Thuillier zurück, der sich immer noch mit den Karteikarten abmühte. »Ach je«, sagte er. »Anscheinend kann ich Ihnen weniger weiterhelfen, als ich dachte. Trotz der ganzen Sucherei konnte ich nur einen Namen finden. Die anderen Karten scheinen ebenfalls verlegt worden zu sein.«

»Das ist aber schade«, bemerkte sie lakonisch.

Er gab ihr eine alte Karteikarte mit einem handgeschriebenen Vermerk. »H. Richards« stand darauf. Und eine Adresse in England.

»Und wer ist das?«

»Keine Ahnung. Ich kann mir vorstellen, daß er ein Verbindungsoffizier in der englischen Armee oder etwas Ähnliches war. Wir haben Unmengen von Querverweisen zu Material in anderen Bibliotheken und Zentren. Diese Karte verweist, wie Sie an der Signatur sehen können, auf Unterlagen im Justizministerium. Die waren nicht beim restlichen Material, und das ist der Grund, warum sie immer noch dort sind. Ich vermute, daß es sich um eine Zeugenaussage handelt, die für den Prozeß aufgenommen wurde. Und das heißt natürlich, daß sie vertraulich ist.«

»Sie wissen also nicht, was in den Unterlagen steht?«

»Keine Ahnung. Und ich bezweifle, daß man Ihnen gestatten wird, sie einzusehen. Ich weiß es, um genau zu sein.«
»Und Sie wissen nicht, ob dieser Mann noch lebt?«
»Ich fürchte nein.«

14

Als Argyll das Café in der Rue Rambuteau, wo er Flavia treffen sollte, erreicht hatte, war er sehr zufrieden mit sich selbst. Er hatte einen ruhigen Nachmittag in der Bibliothèque Nationale verbracht, hatte sich dort tapfer dem Kampf mit den Mikrofiche-Apparaten gestellt und war als Sieger hervorgegangen. Das war keine Kleinigkeit. Auch wenn seine Augen sich vielleicht nie mehr vom stundenlangen Zusammenkneifen erholten, hatte er doch etwas Faszinierendes zu berichten, und er freute sich schon auf ein paar angenehme Stunden in einem Restaurant mit Flavia, in denen er ihr alles erzählen konnte und sie ihm dann sagte, wie clever er doch sei.

Sie war nicht da, also setzte er sich in eine Ecke, bestellte einen Aperitif und starrte dann leise summend ins Leere, um die Augen wieder in Ordnung zu bekommen. Schon nach wenigen Schlucken spürte er eine Hand auf der Schulter. Mit einem freundlichen Lächeln drehte er sich um.

»Oh, gut, daß du wieder da...«

Die Worte erstarben ihm auf den Lippen. Neben ihm stand der Mann, der sein Bild gestohlen und versucht hatte, Flavia zu kidnappen, und der, das nahm Argyll zumindest an, bereits zwei Morde auf seinem Konto hatte. Er hatte irgendwo gelesen, daß, wenn man schon einmal einen Mord begangen hat, der zweite einem leichter fällt. Beim dritten Mal muß es dann wohl so aufregend sein wie ein Gang zum Supermarkt. Aus gewissen Gründen stimmte der Gedanke ihn nicht eben glücklich.

»Guten Abend, Mr. Argyll«, sagte diese Erscheinung. »Haben Sie etwas dagegen, wenn ich mich setze?«

»Fühlen Sie sich wie zu Hause«, erwiderte er ein wenig nervös. »Ich fürchte allerdings, wir wurden einander noch nicht vorgestellt.«

Es sah auch nicht so aus, als würde das jetzt passieren. Der Mann mit der kleinen Narbe setzte sich sehr artig auf den Stuhl am Fenster und machte ein entschuldigendes Gesicht.

»Dürfte ich Sie wohl fragen, wann Ihre Freundin zurückkehrt«, sagte er deutlich, zumindest in Argylls Ohren, mit dem Tonfall eines Mannes, der bestimmt, wo's langgeht.

»Warum fragen Sie?« entgegnete Argyll vorsichtig.

»Damit wir uns ein wenig unterhalten können. Wir scheinen uns so oft über den Weg zu laufen, daß ich mir gedacht habe, wir sollten vielleicht Erfahrungen austauschen. Bis jetzt habe ich bei jeder unserer Begegnungen Schläge bekommen. Ehrlich gesagt, allmählich habe ich es satt.«

»Tut mir leid.«

»Wir scheinen außerdem ein gemeinsames Interesse an einem Bild zu haben. Wobei ich Ihr Interesse mit der Zeit als lästig empfinde.«

»Ach, wirklich? Warum denn?« fragte Argyll spitz. Er hielt es für besser, dem Mann nicht zu sagen, daß er das Bild an seinen Besitzer zurückgegeben hatte. Wenn er all diese Mühen auf sich nahm, um es in die Hand zu bekommen, wäre er vielleicht mehr als nur verstimmt, wenn er erkennen mußte, daß er, dank Argyll, jetzt wieder ganz am Anfang war.

»Ich glaube, im Augenblick ist es das beste, wenn ich die Fragen stelle.«

»Na gut. Schießen Sie los.«

»Sie sind Kunsthändler, ist das korrekt?«

»Ja.«

»Und Ihre Freundin? Wie heißt sie?«

»Flavia. Flavia di Stefano.«

An diesem Punkt geriet das Gespräch ins Stocken, wie zwischen zwei Leuten bei einer Teegesellschaft, die sich in der Gegenwart des anderen unwohl fühlen. Argyll ertappte sich sogar dabei, wie er sein Gegenüber ermutigend anlächelte in der Hoffnung, ihn zum Weiterreden zu bringen. Es funktionierte nicht. Vielleicht konzentrierte er sich einfach auf seine Verletzungen. Der arme Mann. Böse Prellungen von Argylls

Angriff, dann Tritte in die Rippen und Schläge mit einer Flasche auf den Kopf dank Flavia. Er griff sich an das Pflaster über seinem Auge.

»Rat mal«, sagte Flavia, als sie zur Tür hereinstürmte.

»Erzählen Sie«, sagte der Franzose.

»O Scheiße«, sagte Flavia.

Eins mußte man ihr lassen, mit ihren Reflexen war alles in Ordnung. Kaum daß sie den Mann gesehen hatte, holte sie aus und schleuderte ihre Handtasche in seine Richtung. Sie hatte genug Notfallrationen für einen ganzen Monat in der Tasche, Gewicht und Geschwindigkeit waren deshalb beträchtlich. Die Tasche traf den Mann an der Schläfe, und in den wenigen Sekundenbruchteilen, die er aus dem Gleichgewicht war, packte sie die winzige Vase auf dem Tisch und zerschmetterte sie auf seinem Schädel. Er stöhnte laut auf und glitt, sich den Kopf haltend, zu Boden. Flavia warf Argyll einen triumphierenden Blick zu. Sie hatte ihn schon wieder gerettet. Was würde er nur ohne sie tun?

»Es ist fast so, als würde ich mit einem Rottweiler zusammenleben«, sagte Argyll, während er mit ihr zur Tür hinausrannte. »Dabei war er heute ganz friedlich.«

»Mir nach«, schrie sie in höchster Aufregung und tauchte in einem Knäuel von Touristen unter. Keine Deutschen, dachte sie, während er sich hinter ihr durch die Menge zwängte. Für Holländer sind's zu viele, das wäre fast das ganze Land. Vielleicht Tschechen. Wer sie auch sein mochten, auf jeden Fall waren sie eine ausgezeichnete Deckung für das Paar. Obwohl der Verfolger erstaunlich schnell war, tauchten Flavia und Argyll mit einem Vorsprung von fünf Sekunden aus dem Knäuel wieder auf und rannten gute siebzig Meter vor ihm eine offensichtlich Fußgängern vorbehaltene Straße hinunter.

Aber er war ziemlich gut in Form und holte deutlich auf. Offensichtlich einer, der auf seinen Körper achtete. Mit einem Heimtrainer im Keller. Weder Flavia noch Argyll hatten für dergleichen viel übrig, und obwohl sie einen recht soliden Spurt hinlegen konnten, hatten sie beim Tempohalten Probleme. Der Verfolger kam immer näher.

Doch dann machte er einen Fehler. »Polizei«, schrie er. »Haltet sie.«

Einer der liebenswertesten Züge der Fanzosen, vor allem der jüngeren Pariser, ist ihr ausgeprägter Gemeinsinn. Die revolutionäre Tradition der Brüderlichkeit lebt in ihnen weiter. Polizisten – auch wenn es nur vorgebliche sind – rufen eine starke Abneigung hervor, und kaum hatte der Mann den Mund aufgemacht, war die ganze Straße im Alarmzustand, jeder beobachtete das Geschehen, schätzte die Lage ein und sah, daß die vermeintlichen Gesetzesflüchtigen immer mehr an Vorsprung verloren.

Mit jenem Bewußtsein brüderlicher Solidarität, das die Franzosen mit der Muttermilch einzusaugen scheinen, schritten alle in Reichweite helfend ein. Flavia konnte nicht alles sehen, da sie anderweitig beschäftig war, doch ein kurzer Blick über die Schulter zeigte ihr, daß vier verschiedene Beine vorschnellten, um den Verfolger aufzuhalten. Die ersten beiden konnte er noch überspringen, über das dritte aber stolperte er, und der Besitzer des vierten trat ihm, vermutlich aus Enttäuschung, weil er leer ausgegangen war, kräftig in die Rippen, als er hart auf dem Pflaster auftraf.

Aber er war zäh, kein Zweifel. Er rollte ab und war schon wieder auf den Beinen. Dann nahm er die Verfolgung wieder auf, und der Abstand verkürzte sich erneut.

Es gab eine einzige Chance, und Argyll, der nun führte, packte sie beim Schopf und Flavia am Arm. Sie liefen eben durch den Teil von Paris, der früher Les Halles beherbergt hatte, den schönsten Lebensmittelmarkt Europas. Doch in dem Geist, der der Welt das Centre Beaubourg beschert hatte, wurde er dem Erdboden gleichgemacht und ersetzt durch ein billiges und zunehmend schmuddeligeres Einkaufszentrum, das sich immer tiefer in die feuchte und oft faulige Erde am Seineufer gräbt. So ziemlich das beste Versteck, das man sich vorstellen kann; sooft Argyll sich in das Gewirr unterirdischer Straßen hinuntergewagt hatte, hatte er kaum sich selber zurechtgefunden, geschweige denn andere finden können.

Und hinunter gelangte man über Rolltreppen, die eingefaßt wurden von flachen, glatten, glänzenden Metallgeländern.

Geländer, die Kinder gerne hinunterrutschen, trotz aller Anstrengungen der Behörden, sie davon abzuhalten. Flavia hatte Argyll einmal vorgeworfen, er habe eine beinahe absurde Neigung zu kindlichen Vergnügungen, und jetzt zeigte er ihr, daß die Freude an solchen Späßen durchaus auch nützlich sein konnte. Er hüpfte auf das Geländer, stieß sich ab und sauste, um ein Vielfaches schneller als die Laufgeschwindigkeit der Rolltreppe, die Schräge hinab. Wäre die Situation nicht so ernst gewesen, hätte er vor Vergnügen gejohlt. So etwas hatte er seit Jahren nicht mehr gemacht.

Flavia folgte ihm, froh, daß sie sich an diesem Morgen für Jeans entschieden hatte, und rannte dann mit ihm zu der Rolltreppe, die ins zweite Untergeschoß führte. Als sie dort ankamen, hatten sie wieder einen guten Vorsprung vor ihrem Verfolger.

»Und wohin jetzt?«
»Das darfst du mich nicht fragen. Wohin willst du?«
»Nach Gloucestershire.«
»Wohin?«
»Es liegt in England«, erklärte sie.
»Ich weiß, wo... ach, vergiß es. Komm.«

Und damit rannten sie den Gang entlang, bogen nach rechts und nach links ab, nahmen Abkürzungen durch Kleiderläden und Schnellimbisse, alles nur, um ihre Spur zu verwischen.

Es schien zu funktionieren. Das drohende Trappeln von Schritten hinter ihnen war nicht mehr zu hören, und da sie nun glaubten, ihren Verfolger abgeschüttelt zu haben, wurden sie langsamer, um wieder zu Atem zu kommen.

Immer noch schnaufend, aber schon in viel besserer Stimmung bogen sie um eine Ecke und mußten erkennen, daß sie erstens genau wieder an ihrem Ausgangspunkt waren und daß zweitens ihr Verfolger nur knapp zwei Meter vor ihnen stand. Er hatte ein beinahe amüsiertes Lächeln im Gesicht, als er auf sie zugelaufen kam.

Eine schnelle Kehrtwendung, und schon ging es die nächste Rolltreppe nach unten, doch diesmal war ihnen der Verfolger dicht auf den Fersen. Als sie am Fuß der Treppe wieder zu laufen anfingen, hatten sie nur noch etwa eine Sekunde Vorsprung.

Allem Anschein nach befanden sie sich in der Métro-Station; Tunnels gingen in die verschiedensten Richtungen ab, und direkt vor sich sahen sie eine Reihe Drehkreuze. Diesmal führte Flavia. Mit der Anmut einer Olympionikin beim 400-Meter-Hürdenlauf nahm sie das Drehkreuz im Laufen, die seitlich abstehenden Metallarme übersprang sie mit einer Eleganz, die eine Gruppe zwielichtiger Jugendlicher in der einen Ecke zu Applaus und einen Fahrkartenkontrolleur in der anderen zu lautstarkem Protest veranlaßte.

Etwas weniger elegant, aber genauso erfolgreich folgte Argyll eine halbe Sekunde hinter ihr, und der Verfolger saß ihm dicht im Nacken. Zum Glück hatten die Kräfte von Recht und Ordnung gerade in diesem Augenblick genug. Gegen die Frau, die bereits in einem Gang hinter der Absperrung verschwand, war nicht mehr viel auszurichten. Der zweite Übeltäter lief in dieselbe Richtung.

Aber drei in ebenso vielen Sekunden: das war einfach zu viel. Mit Triumphgeschrei sprang der Fahrkartenkontrolleur vor und packte den dritten Bösewicht mit harter Hand an der Schulter, wodurch dieser das Gleichgewicht verlor und mit dem Fuß im Drehkreuz hängenblieb.

Als Argyll nun seinerseits den Gang hinunterlief, hörte er hinter sich die frustrierten Schreie und wütenden Proteste seines Verfolgers, der verhaftet wurde wegen versuchter Nichtbezahlung des Métro-Fahrpreises von 6 Francs 20 Centimes.

In den zwei Stunden bis zur Abfahrt des nächsten Zugs mit Fähranschluß nach England vom Gare du Nord wurde Argylls Meinung über Flavia radikal über den Haufen geworfen. Schließlich kannte er sie schon seit Jahren und hatte sie bis dahin eher als aufrechte Bürgerin gesehen, die sich strikt an die Gesetze hielt. Vor allem da sie in den meisten Fällen deren ernannte Verkörperung und Verteidigerin war. Sie zahlte ihre Steuern – zumindest die meisten – und stellte ihr Auto nicht im Parkverbot ab, außer wenn es absolut keine andere Möglichkeit gab.

Allerdings, wie Flavia zu bedenken gab, war es nicht ihre Schuld, daß sie auf der Flucht vor einem Haufen Wahnsinniger waren. Oder daß Paris offensichtlich für sie beide ein bißchen zu gefährlich war, um mit Gelassenheit ein weiteres Hierbleiben erwägen zu können. Oder daß in diesem Fall die Zeugen sich höchst rücksichtslos über ganz Europa verteilten.

Das stimmte zwar, andererseits schien sie aber ihre neue Rolle mehr zu genießen als schicklich war.

Da war zum Beispiel das Problem mit den Fahrkarten, denn es war unsinnig anzunehmen, daß sie beide es bis London schaffen würden, ohne nicht irgendwann zum Vorzeigen aufgefordert zu werden. Um Fahrkarten zu kaufen, brauchte man Geld, und sie hatten miteinander nur noch etwa fünfunddreißig Francs. Argyll hätte einfach seine Visa-Karte herausgezogen, aber die Anzeigentafel über dem Kartenschalter wies ihn darauf hin, daß alle Fahrkarten für den Neunuhrzug bereits verkauft waren.

Also stahl Flavia welche. Argyll war entsetzt, und es verschlug ihm beinahe die Sprache, als sie nach zehnminütiger Abwesenheit mit zwei Fahrkarten in der Hand und selbstgefälliger Miene wieder auftauchte.

»Du hast jemandem die Taschen ausgeräumt?« kreischte er, als sie leicht kichernd berichtete.

»Es ist ganz einfach«, sagte sie seelenruhig. »Man setzt sich ins Café –«

»Aber –«

»Keine Angst. Er hat ziemlich reich ausgesehen. Der kann es sich leisten, neue zu kaufen. Ein paar hundert Francs habe ich ihm auch noch abgenommen.«

»Flavia!«

»Das ist schon in Ordnung. Ist ja für eine gute Sache. Ich bin mir sicher, daß er noch genügend Geld übrig hat. Außerdem habe ich ihm seine Brieftasche abgenommen; wenn du darauf bestehst, können wir ihm ja eine Rückerstattung schicken, sobald wir wieder in Rom sind. Ich meine, wenn du lieber deine Fahrkarte zurückgeben und auf unsere Freunde warten willst…«

Argyll hatte arge Gewissensbisse, gab aber letztendlich zu,

daß es jetzt, da die Tat vollbracht war, wenig Sinn hatte, sich zu viele Gedanken zu machen. Also schleppte Flavia ihn zum Zug, sie suchten sich ihre Plätze, setzten sich und hofften beide inständig, daß der Zug losfuhr, bevor man sie aufspürte.

Das geschah dann auch, doch die Wartezeit war eine der nervenaufreibendsten, die beide je erlebt hatten. Beide erfanden immer wieder Ausreden, um aufstehen, den Kopf zur Tür hinausstrecken und den Bahnsteig nach vertrauten Gesichtern absuchen zu können. Beide waren so zappelig, daß sie irritierte Blicke von den gelasseneren Mitreisenden ernteten. Und beide atmeten mehr als erleichtert auf, als der Zug mit vertrautem Rucken und Räderkreischen anfuhr und langsam Geschwindigkeit aufnahm.

»Und was tun wir jetzt?« fragte Argyll, als die tristen nördlichen Vorstädte von Paris an ihnen vorbeizuckelten.

»Ich weiß nicht, wie's dir geht, aber ich werde jetzt etwas essen. Ich bin am Verhungern.«

Sie marschierten zum Speisewagen und suchten sich einen Tisch, bevor der Ansturm losbrach. Allmählich fand auch Argyll Gefallen an der Sache. Im Vergleich zu dem, was sie in den letzten Tagen durchgemacht hatten, waren böse Briefe vom Kreditkarteninstitut eine Nebensächlichkeit. Und so bestellte er erst einmal zwei Champagner-Cocktails. Flavia hatte nicht nur Fahrkarten gestohlen, sie hatte es sogar geschafft, solche für die erste Klasse zu stehlen.

»Stand auf dieser Karte auch eine Adresse?« fragte Argyll, als Flavias Bericht sich dem Ende näherte und die Runde der Ergänzungsfragen begann.

»Ja. Aber die ist vierzig Jahre alt. Ich meine, die Chancen, daß dieser Richards noch lebt, sind ziemlich gering. Die Adresse liegt in Gloucestershire. Wo ist Gloucestershire?«

Argyll erklärte es ihr.

»Hast du wirklich nur noch sieben Francs übrig? Ich habe zwanzig. Plus die zweihundert, die ich...«

Argyll rechnete es in Lire um. »Damit können wir uns in London eine schöne Zeit machen. Was ist dir lieber, eine Busfahrt oder ein Glas Wasser? Flavia? Flavia?« Er mußte sie in die Gegenwart zurückholen.

»Hmm? 'tschuldigung. Was hast du gesagt?«

»Nichts. Hab nur so vor mich hingeplappert. Worüber hast du nachgedacht?«

»Vorwiegend über Janet. Ich bin sehr verärgert. Er war Bottandos engster Kollege. Aber an mir lag's nicht. Und was hast du getrieben?«

»Ich?« fragte er leichthin. »Hab' in dieser Angelegenheit nur einen bedeutenden Fortschritt gemacht, das ist alles. Habe nur Rouxel bei einer faustdicken Lüge ertappt. Wahrscheinlich nichts von Bedeutung...«

Sie warf ihm den Blick zu, den seine Selbstgefälligkeit verdiente.

»Ich habe mir alte Zeitungen angesehen, aus den Jahren 45 und 46. Hat Stunden gedauert.«

»Wegen Hartung?«

»Ja. Seine Rückkehr, die Verhaftung, der Selbstmord. Hat damals ziemlich viel Staub aufgewirbelt, diese Geschichte, auch wenn sie jetzt fast vergessen ist. Faszinierendes Zeug, ich war total weg, als ich schließlich alles kapiert hatte. Aber das Wichtigste ist, daß es etwas bestätigte, was wir bereits wußten.«

»Und zwar?«

»Und zwar, daß Rouxel am Anfang seiner Karriere für eine Kriegsverbrechenskommission arbeitete.«

»Ich weiß. Das hat er dir doch gesagt.«

»Nicht nur das, seine Aufgabe war das Sammeln von Beweisen gegen die Leute.«

»Auch gegen Hartung?«

»Vor allem gegen Hartung. Er war der letzte, der den Mann lebend gesehen hat. So steht's in den Zeitungen. Eines Abends verhörte er ihn in seiner Zelle, und in der Nacht hängte Hartung sich auf. Und das war ihm entfallen. ›Ich wußte von dem Fall‹, hat er zu mir gesagt. Ich habe das Gefühl, daß er verdammt viel mehr darüber wußte.«

»Vielleicht redet er nur nicht gern darüber.«

»Warum nicht?« fuhr er unbeirrt fort. »Er hat doch nichts Unrechtes getan. War immer auf der Seite des Gesetzes. Was könnte der denn zu verstecken haben?«

Sie schob ihren Teller weg, denn sie war plötzlich sehr erschöpft. Es war einfach zuviel in zu kurzer Zeit passiert. Jetzt, da sie auf dem Weg waren in sicheres Terrain, wie sie hofften, oder zumindest zu einem vorübergehenden Zufluchtsort, wurde sie von den Nachwirkungen übermannt. Sie schüttelte nur den Kopf, als Argyll sie fragte, ob sie Kaffee wolle, und sagte, sie wolle lieber an ihren Platz zurückkehren und schlafen.

»Mich darfst du heute nichts mehr fragen. Ich brauche ein paar Stunden, in denen ich nicht an diese Geschichte denken muß«, sagte sie auf dem Rückweg. »Vielleicht finden wir die Antwort in Gloucestershire.«

15

Sie schlief den ganzen Weg bis zur Küste, wachte nur halb auf, als Argyll sie in Calais anstieß, trottete dann hinter ihm her durch den Bahnhof und auf die Fähre und schließlich am anderen Kanalufer wieder an Land. Die Leute vom Zoll und der Einwanderungsbehörde waren erstaunlich lax, sie starrten nur desinteressiert die Schlange müder Reisender an, die an ihnen vorbeidefilierten, und machten sich kaum die Mühe, die Pässe anzusehen, geschweige denn, ihr Gepäck zu kontrollieren.

»Gut geschlafen?« fragte er freundlich, als er sie um sechs Uhr am nächsten Morgen wachrüttelte.

Sie öffnete mit Mühe ein Auge, sah sich um und versuchte sich zu erinnern, wo sie war.

»Gut schon. Aber nicht lange genug. Wie spät ist es?«

»Viel zu früh. Aber wir sind in ungefähr zehn Minuten an der Victoria Station. Wir müssen uns überlegen, wie wir weitermachen.

»Das ist dein Land. Was empfiehlst du?«

»Wir brauchen ein Transportmittel, und wir brauchen Geld. Und im Augenblick brauche ich außerdem ein freundliches Gesicht und ein bißchen Aufmunterung.«

Flavia sah ihn mißbilligend an. »Du willst doch nicht deine Mama besuchen, oder?«

»Was? Nein. Ich habe mir gedacht, wir könnten vielleicht bei Byrnes vorbeischauen. Vielleicht leiht er uns was. Ich lasse nämlich nicht zu, daß du in London herumstreunst wie 'ne Figur aus Oliver Twist, bis wir genug beisammen haben.«

»Na gut. Ich glaube zwar kaum, daß er um sechs Uhr morgens in seiner Galerie auf Kunden wartet, aber wir können ja mal nachsehen, wenn du willst.«

»Ich vermute, daß er in seiner Galerie nur sehr selten anzutreffen ist. Er ist nämlich kein simpler Ladenbesitzer, mußt du wissen. Ich glaube, wir sollten unser letztes Geld in ein Taxi investieren und zu ihm nach Hause fahren. Wenn ich mich noch erinnern kann, wo das ist.«

Das Umwechseln ihrer letzten zerdrückten Scheine in Pfund Sterling stellte natürlich ein kleines Problem dar. Nur etwa dreißigtausend Fremde passieren pro Tag Victoria Station, und man sieht deshalb keinen Grund, ihnen über Gebühr bei der Geldbeschaffung zu helfen. Aber nach einer Weile war auch das erledigt, und Argyll führte sie zum Taxistand.

Zum Glück, in Anbetracht der frühen Morgenstunde, fanden sie einen Taxifahrer, der nicht zu der fröhlichen Sorte gehörte, von der in Reiseführern so viel die Rede ist. Er war sogar ein ziemlich schweigsamer Mann, der auf dem ganzen Weg über Park Lane und Bayswater Road, vorbei an Notting Hill und hinein in die weiße, stuckverzierte Eleganz von Holland Park keinen Ton sagte.

»Der Kunsthandel scheint in London lukrativer zu sein als in Rom«, bemerkte Flavia, als sie vor einem Haus ausstiegen, das Argylls verschwommener Erinnerung nach Byrnes' sein mußte. »Sein Geräteschuppen ist größer als unsere Wohnung.«

»Um so mehr Grund, eine neue Wohnung zu besorgen.«

»Nicht jetzt, Jonathan.«

»Ich weiß. Ich habe mich oft gefragt, wie er es macht. Vielleicht ist er einfach ein besserer Kunsthändler als ich.«

»So darfst du nicht denken.«

Einer der Vorteile des Daseins als sehr erfolgreicher, alteingesessener Kunsthändler, der sich jenen lebensabendlichen Jahren nähert, in denen man einen Großteil der Knochenarbeit Untergebenen überlassen kann, ist es, daß man nicht mehr im Morgengrauen aufstehen muß, um Geld zu verdienen. Während andere Leute hastig einen Kaffee hinunterkippen, döst man noch friedlich in seinem Bett. Und während sie zur U-Bahn eilen, setzt man sich gemütlich an den Küchentisch zum Frühstück. Während sie sich hektisch in die Arbeit stürzen, liest man in aller Seelenruhe die Leserbriefseite der Zeitung.

Und wenn schmuddelige Flüchtlinge um 6 Uhr 45 an der Haustür klingeln, schläft man normalerweise noch tief und ist alles andere als erfreut, wenn man geweckt wird.

Und was das angeht, auch die Ehefrau nicht, die den Neuankömmlingen einen frostigen Empfang bereitet, als sie, nachdem Flavia sich minutenlang gegen die Klingel gestemmt hatte, schließlich öffnete. Der erste Eindruck war der von Vagabunden oder noch Schlimmerem: Während Argyll und Flavia ihren eigenen Einschätzungen nach einigermaßen präsentabel waren, vor allem dank ihrer offenen, ehrlichen Gesichter, zu denen man augenblicklich Zutrauen faßte, sah Lady Byrnes zwei sehr abgerissene, ausgemergelte Gestalten vor sich, die dringend ein Bad nötig hatten. Und was noch schlimmer war, beide sahen sehr danach aus, als hätten sie etwas zu verbergen, und die Frau, die attraktiv gewesen wäre, wenn sie sich die Haare gekämmt und die Kleider gewechselt hätte, hatte diesen verschwommenen, umnebelten Blick, den Lady Byrnes, wie alle rechtschaffenen Leute, die den Verfall der Sitten beklagen, augenblicklich mit Drogen in Verbindung brachte. Wer diese zwei auch waren, sie sahen auf jeden Fall aus, als wollten sie um Geld betteln. Und damit hatte sie natürlich recht.

»Hallo«, sagte Argyll in einem Ton, als würde er zum Tee erwartet. »Sie müssen Lady Byrnes sein.«

Die Hausherrin zog ihren Morgenmantel wie zum Schutz gegen einen plötzlichen Angriff enger um sich und gab zögernd zu, daß dies der Fall sei.

»Wir sind uns nie begegnet«, sagte Argyll, das offensichtlich feststellend. »Ich habe bis vor etwa einem Jahr für Ihren Mann gearbeitet.«

»Wirklich?« erwiderte sie kühl. Was sie anging, hätte Argyll auch der Schutzengel ihres Gatten sein können, und das wäre immer noch keine Entschuldigung für eine so frühe Störung gewesen.

»Ist er zu Hause?«

»Natürlich ist er zu Hause. Wo soll er um diese Tageszeit denn sonst sein?«

»Es ist ein bißchen früh, ich weiß.« Argyll ließ sich nicht abschrecken. »Und ich weiß, daß ihm sein Schlaf sehr wichtig ist, aber wir würden ihn wirklich sehr gerne sprechen. Das ist übrigens Flavia di Stefano von der römischen Kunstpolizei. Sie hätte Ihren Gatten beinahe einmal verhaftet.«

Warum er glaubte, daß diese Information einen frostigen Empfang in eine herzliche Umarmung verwandeln würde, war unklar, aber nachdem er diese Anekdote zum besten gegeben hatte, stand er da, als erwarte er, in den Schoß des Byrnesschen Haushalts aufgenommen zu werden. Und Elizabeth Byrnes, als wohlerzogene Dame, die immer tat, was man von ihr erwartete, trat einen Schritt zurück und sagte:

»Dann warten Sie wohl besser im Haus, während ich Edward aufwecke.«

Heitere Gelassenheit, wohin man blickte. Man hatte sie in ein kleines Wohnzimmer mit Samtvorhängen, Chintzsofas und laut tickenden Uhren geführt. Schwach schien die Morgensonne durch die Terrassentüren, die Bilder an der Wand und die Skulpturen auf ihren Sockeln verströmten Harmonie und Behaglichkeit. Die Luft roch nach frischen Blumen und Dufttöpfchen. Alles erschien vollkommen sicher, ein ganzes Universum von den Ereignissen der letzten Tage entfernt.

»Ach du meine Güte. Sieh' mal einer an«, kam von der Tür eine ruhige, kultivierte, wenn auch leicht ironisch klingende Stimme. Sir Edward Byrnes, in seidenem Morgenrock, gähnte mächtig, blinzelte ein paarmal und sah verwirrt drein.

»Hallo«, erwiderte Argyll fröhlicher, als er sich fühlte. »Ich wette, Sie haben nicht erwartet, uns hier zu sehen.«

»Wirklich nicht. Aber ich bin sicher, Sie haben eine unterhaltsame Erklärung dafür. Möchten Sie etwas Kaffee?«

Das war das Gute an Byrnes. Er ließ sich durch nichts aus der Ruhe bringen. In all den Jahren, die Argyll ihn nun schon kannte, hatte er ihn nie auch nur mit der Wimper zucken sehen. Nie auch nur ein schwaches Zittern um die Brauen. Sie folgten ihm in die Küche und sahen zu, wie er herumfuhrwerkte. Hier zeigte sich sein Schwachpunkt: So herausragend seine Stellung und so profund seine Kennerschaft in allen Bereichen der Ästhetik auch sein mochten, Küchendinge waren nicht seine Stärke. Nachdem er einige Minuten lang vergeblich den Schalter der Kaffeemaschine gesucht und sich den Kopf zerbrochen hatte, wo seine Frau wohl die Milch aufbewahrte – Argyll schlug den Kühlschrank vor –, und schließlich auch noch fragte, ob Puderzucker ausreiche, nahm Flavia das Heft in die Hand. Sie haßte solche Unfähigkeit und hätte ihn normalerweise einfach weiterwursteln lassen, aber ihr Nervenkostüm war nicht mehr das solideste. Sie schlief gerne und wurde immer ein wenig gereizt, wenn sie nicht ausreichend Schlaf bekam. Der Anblick eines rundlichen Kunsthändlers, ob nun in Seide gewandet oder nicht, der seine Ungeschicklichkeit vor aller Welt zur Schau stellte, war durchaus geeignet, sie zu einer barschen Reaktion zu veranlassen. Und in Anbetracht der Tatsache, daß sie ihn um Geld bitten wollten, war das nicht unbedingt angeraten.

»Ach, großartig«, sagte Byrnes, in Bewunderung versunken über die Art, wie sie Kaffee in die Maschine löffelte.

»Alles eine Frage der Übung«, erwiderte sie scharf.

»Wir, ähm, möchten Sie um einen Gefallen bitten«, warf Argyll schnell dazwischen. »Wie es aussieht, sitzen wir ein wenig in der Patsche, Sie wissen, wie das ist.«

Byrnes wußte es nicht. In seinem ganzen Leben hatte er nie etwas auch nur entfernt Aufregendes erlebt, abgesehen höchstens von diesem kurzen Moment, als Flavia sich überlegte, ihn zu verhaften. Auch daran war Argyll nicht ganz unschuldig gewesen. Andererseits hörte Byrnes sich gerne Geschichten aus dem abenteuerlichen Leben anderer Leute an, zumindest wenn er wach war.

»Sagen Sie's mir.«

Es war Argylls Muttersprache, und deshalb faßte er kurz den Stand der Dinge zusammen, wobei er allerdings Kleinigkeiten wie Flavias Taschendiebstahl ausließ. Man weiß ja nie, wann die Leute einem plötzlich moralisch kommen.

»Wie schrecklich kompliziert«, sagte Byrnes, als die Geschichte zu Ende war. »Jemand scheint da furchtbar drauf versessen zu sein, Sie nicht ins Spiel kommen zu lassen, wenn man so sagen darf. Ich frage mich, warum. Sind Sie sicher, daß es etwas mit diesem Bild zu tun hat?«

Argyll zuckte die Achseln. »Ich vermute schon. Ich meine, bevor ich damit in Kontakt kam, war mein Leben unkompliziert und geregelt. Keine Unannehmlichkeiten, bis auf die übliche Plage des Rechnungenzahlens.«

»Die Geschäfte laufen wohl schlecht?«

»Sehr.«

»Wollen Sie einen Job?«

»Wie meinen Sie das?«

»Darüber können wir später reden. Eins nach dem anderen. Sagen Sie mal, was würde passieren, wenn Sie einfach nach Hause fahren und die ganze Sache vergessen?«

»Überhaupt nichts. Aber Flavia hier ist mal wieder sehr stur.«

»Von Rouxel habe ich gehört«, sagte Byrnes nachdenklich. »Erhält der nicht demnächst diesen...«

»Ja«, sagte Flavia müde. »Das ist er.«

»Und Sie haben herausgefunden, daß er nicht die ganze Wahrheit gesagt hat?«

»Ja. Natürlich gibt es keinen Grund, warum er es hätte tun sollen. Er stand ja nicht unter Eid.«

»Und wenn der Besitz dieses Bilds zu einem häßlichen Dahinscheiden führt, hat er allen Grund zur Annahme, daß eine kleine Unaufrichtigkeit entschuldbar ist«, fuhr Byrnes fort. »Außerdem, wenn schon meine Frau Argyll für einen Gauner gehalten hat, ist es dann nicht wahrscheinlich, daß Rouxel ähnlich dachte? Wenn man mir ein Bild stiehlt und dann plötzlich ein Fremder daherkommt und mich fragt, ob ich es zurück will, dann würde ich mich doch als allererstes fragen, ob er es vielleicht gestohlen hat. Und wenn er mir dann auch noch eine Mordgeschichte auftischt, würde ich mich fragen, ob das etwa eine versteckte Drohung sein soll.«

Argyll ließ sich davon nicht beeindrucken. »Aber wenn ich ihn hätte töten wollen, hätte ich es auf der Stelle tun können.«

»Er weiß also nicht, was Sie im Schilde führen. Er ist verwirrt und vielleicht ein bißchen beunruhigt. Jemand verhält sich drohend, es scheint etwas mit ihm selbst und diesem Bild zu tun zu haben, also ist es das sicherste, zu leugnen. Danach –«

»Danach ruft jeder normale und vernünftige Mensch die Polizei«, sagte Flavia. »Was er aber nicht getan hat.«

»Aber Sie haben doch Besuch von diesem Mann mit der Narbe bekommen, und wie Sie sagen, ist es durchaus möglich, daß er doch Polizist ist. Oder halten Sie ihn weiterhin für den Mörder? Ich nehme an, beides gleichzeitig kann er nicht sein.«

»Wir wissen es nicht«, sagte Argyll kleinlaut. »Aber da war dieser Besson, verstehen Sie, der verhaftet wurde, und ein paar Tage später taucht dieser Mann in Delormes Galerie in der Rue Bonaparte auf. Das deutet irgendwie darauf hin –«

»– daß er doch Polizist ist«, ergänzte Flavia widerwillig. »Aber.«

»Aber was?«

»Aber er war ohne offizielle Genehmigung in Italien. Janet leugnet, ihn zu kennen.«

»Andere Abteilung?« schlug Byrnes vor.

»Als er Argyll im Gare de Lyon ansprach, versuchte er gar nicht, ihn zu verhaften, was ja eigentlich das naheliegendste gewesen wäre. Wenn er Polizist ist, verhält er sich sehr merkwürdig.«

»Deswegen brauchen Sie mich nicht gleich anzufahren«, sagte Byrnes. »Es war ja nur ein Vorschlag.«

»Ja. Ich werde daran denken. Inzwischen...«

»Inzwischen sollten Sie mir vielleicht erzählen, welchen Umständen ich die Freude Ihres unerwarteten Besuchs zu verdanken habe. So nett es auch ist, mit Ihnen über so aufregende Dinge zu diskutieren.«

»Ich hatte gehofft, Sie um einen Gefallen bitten zu dürfen«, sagte Argyll.

»Offensichtlich.«

»Wir sind ein bißchen knapp bei Kasse. Ein Darlehen, Sie verstehen, das zurückgezahlt wird, sobald Flavia zu ihrer Spesenabrechnung kommt.«

Byrnes nickte.

»Und ein Auto. Ich würde ja eins mieten, aber keiner von uns hat den Führerschein dabei.« Er lächelte matt.

»Na gut. Aber unter einer Bedingung.«

»Und die wäre?«

»Es ist ein sauberes Auto. Bevor Sie einsteigen, baden Sie und kaufen sich etwas Frisches zum Anziehen. Dann essen Sie etwas und ruhen sich aus. Anderenfalls bekommen Sie es nicht.«

Damit waren sie einverstanden. Byrnes eilte davon, um Autoschlüssel und Geld zu holen, und die beiden blieben sitzen und tranken ihren Kaffee aus.

»Was für ein zuvorkommender Mann«, bemerkte Flavia, nachdem Byrnes mit beidem zurückgekehrt war und außerdem versprochen hatte, Bottando anzurufen und ihm zu sagen, wo sie sich aufhielten.

»Nicht wahr? Er sieht vielleicht aus wie ein selbstgefälliger, pompöser alter Kunstheini, aber in Wirklichkeit hat er ein Herz aus Gold.«

Leider hatte Byrnes auch einen Bentley, ein riesiges, glänzendes Ding, das er ihnen zeigte, als sie mit einem Teil von Byrnes' Vermögen in der Hand aufbrachen, um sich neu einzukleiden. Argyll machte das Auto sehr nervös. Die Reparatur einer zerkratzten Tür würde wahrscheinlich mehr kosten, als er im Jahr verdiente. Wie wär's mit einem Mini? Einem Fiat Uno? Einem VW? schlug er vor. Etwas nicht ganz so Protziges, das besser zu Argylls eher bescheidener sozialer Stellung paßte?

»Ich fürchte, ich habe nichts anderes«, erwiderte Byrnes. »Keine Sorge, Sie werden sich schon dran gewöhnen. Es ist ein sehr praktisches Fortbewegungsmittel.

Einige Leute, dachte Argyll, als er einige Stunden später

rückwärts auf die Straße fuhr, leben einfach nicht in der wirklichen Welt.

»Was ist das eigentlich für ein Ort, zu dem wir fahren?« fragte Flavia, nachdem Argyll sich soweit beruhigt hatte, daß er einem Gespräch folgen konnte.

»Upper Slaughter? Einfach ein hübsches kleines Dorf in den Cotswold Hills.«

Er übersetzte den Namen für sie. »Obergemetzel.«

»Wie passend«, sagte sie. »Ist es groß?«

»Winzig. Ich hoffe nur, daß es dort in der Nähe einen Pub oder ein Restaurant gibt. Oder im Dorf davor. Da können wir erst einmal anhalten. Und peilen, wie die Dinge liegen.«

»Wie heißt das Dorf davor?«

»Lower Slaughter, natürlich. Untergemetzel.«

»Wie dumm von mir. Wie weit ist es noch?«

»Achtzig Meilen. Einhundertzwanzig Kilometer. Ungefähr fünf Tage bei dem Tempo, das wir im Augenblick fahren.«

Aber schließlich löste sich der Stau auf, und Argylls Gesprächsfähigkeiten versiegten. Es war lange her, seit er das letzte Mal in seinem Heimatland gefahren war, und es jagte ihm eine Heidenangst ein. Der Gedanke an die Kosten eines eventuellen Fahrfehlers mit Byrnes' Auto machten ihn noch nervöser. Die Tatsache, daß er auf der Straßenseite fuhr, die er inzwischen als die falsche betrachtete, und der ganz andere englische Fahrstil brachten ihn dazu, das Lenkrad mit weißknöcheligen Händen zu umklammern und zähneknirschend all seine geistigen Fähigkeiten darauf zu konzentrieren, nicht so zu fahren wie ein Römer, denn das hätte unweigerlich eine Massenkarambolage verursacht. Als sie bei Oxford die Autobahn verließen, schwitzte er schon etwas weniger, und während sie auf der Landstraße – noch immer in dichtem Verkehr, aber in etwas vornehmerem Tempo – Richtung Westen fuhren, bekam er schon beinahe Spaß an der Sache. Ganz anders als in Italien, dachte er, aber mit einem gewissen, sanft dahingleitenden Charme. Ruhig und sicher. Abgesehen von diesen verdammten Autos überall.

Doch auch die letzten Pendler blieben zurück, als sie nach einer Weile abbogen und Richtung Norden fuhren, wobei Flavia dirigierte, so gut sie konnte. In Argyll begannen Jugenderinnerungen an diese Gegend aufzusteigen.

»Noch sechs Meilen, und wir sind da. Dann müssen wir nur noch einen Pub finden.«

Sogar das erwies sich als erstaunlich einfach. Es geht doch nichts über ein wenig Geld – vor allem das eines anderen –, will man, daß ein ruhiges Fleckchen in der englischen Provinz sich von seiner besten Seite zeigt. Im nächsten Dorf an der Straße gab es ein gutes, aber enorm teures Hotel, eins, das Argyll sich von seinem Einkommen nie hätte leisten können. Da aber Flavia einen Hang zum Luxus hatte und sie beide müde waren, kam es ihnen gerade recht. Es hatte sogar ein Restaurant, in dem das Essen genießbar war, und eine Bar, die Flavia, ein Fan jeder Art von Lokalkolorit, sofort besuchte, während Argyll sich bemühte, Byrnes' Auto einzuparken.

Weil sie glaubte, daß man so etwas in englischen Pubs tat, setzte Flavia sich auf einen Hocker vor der Theke, sah sich anerkennend um, bestellte in ihrem besten Englisch ein Pint und strahlte den schweigsamen Mann an, der sie bediente.

»Auf Urlaub hier, Miß?« fragte er, weniger, weil er sich unterhalten wollte, sondern weil er nichts Besseres zu tun hatte. Die Touristensaison war in diesem Jahr schon fast vorbei. Und wie mies sie gewesen war.

Das stimme, erwiderte sie. Sie würden einfach herumfahren und sich die Gegend ansehen. Ja, es gefalle ihr sehr gut.

Dermaßen zufriedengestellt, wurde der Barkeeper richtig gesprächig.

»Aus dem Ausland?«

Ja. Ihr Freund sei allerdings Engländer.

»Aha. Sieht gar nicht ausländisch aus, Ihr Freund.«

»Nein. Engländer«, entgegnete sie und merkte, daß ihre Sätze schon beinahe so kurz waren wie seine. Sie nickten einander zu, und während Flavia nach Möglichkeiten suchte, das Gespräch ein wenig in Schwung zu bringen, wartete der Mann auf eine Gelegenheit, es zu beenden, damit er am anderen Ende der Bar weiter seine Gläser polieren konnte.

»Es kommen 'ne Menge Fremde hierher«, sagte er nach einer Weile, um nicht unhöflich zu wirken.

»Ach wirklich«, entgegnete sie mit einem strahlenden Lächeln.

»Hm«, machte er, denn anscheinend fand er die Unterhaltung nun doch nicht mehr interessant genug, um sie fortzuführen.

Flavia trank ihr Bier, das sie, gelinde gesagt, ungewöhnlich fand, und wünschte sich, daß Argyll sich beeilen möge.

»Wir besuchen einen Freund«, sagte sie.

»Aha«, sagte er, aufrichtig fasziniert.

»Wenigstens hoffen wir es. Jonathan – das ist mein Freund – hat ihn vor vielen Jahren das letzte Mal gesehen. Wir hoffen nur, daß er noch am Leben ist. Es ist ein Überraschungsbesuch.«

Der Barkeeper schien für Überraschungsbesuche nichts übrig zu haben.

»Vielleicht kennen Sie ihn« fuhr Flavia hartnäckig fort. Versuchen konnte man es ja. So viele Leute lebten in dieser Gegend nicht. »Richards heißt er.«

»Vielleicht Henry Richards?«

»Genau der.«

»Doctor Richards, genauer gesagt?«

»Sehr gut möglich.«

»Turville Manor Farm?«

»Ja«, sagte sie mit wachsender Aufregung. »Das ist er.«

»Tot«, sagte er im Tonfall der Endgültigkeit.

»O nein«, sagte sie ehrlich enttäuscht. »Sind Sie sicher?«

»Hab' bei der Beerdigung den Sarg getragen.«

»Ach, das ist ja furchtbar. Der arme Mann. Was ist passiert?«

»Gestorben ist er«, erwiderte der Barkeeper.

Sie schien wirklich bestürzt zu sein, und er glaubte deshalb, sie nicht einfach allein lassen zu können, so gerne er jetzt seine Gläser poliert hätte.

»Überrascht mich, daß Sie ihn gekannt haben, wenn man sich's überlegt.«

»Warum? Wenn man sich was überlegt?«

»Also, der ist gestorben – wann war das gleich wieder –, also mindestens zwölf Jahre ist das jetzt her. War wohl ein Freund der Familie, mh?«

»So ähnlich«, erwiderte Flavia, die nun ihrerseits das Interesse an dem Gespräch verlor.

»Seine Frau lebt noch. Sie müssen sie besuchen. Ist allerdings ziemlich komisch, die Dame.«

»Was meinen Sie mit komisch?«

»'ne Einsiedlerin, wie man das nennt«, sagte er. »Geht nie aus. Freundliche ältere Dame, aber krank. Seit seinem Tod ist sie nie mehr so richtig auf die Beine gekommen. Das war die große Liebe zwischen den beiden.«

»Wie traurig. Waren sie lange verheiratet?«

»Hm. Sehr lange. Geheiratet haben die, warten Sie mal, ich glaube, das war gleich nach dem Krieg, wenn ich mich recht erinnere.«

»Hat sie ihn gepflegt?«

»Sie? Nein. Er war ihr Arzt, soweit ich weiß. Wunderschön war sie. Keiner wußte so recht, was los war mit ihr, aber sie hatte dauernd Schmerzen. War für ihr Aussehen nicht gerade von Vorteil.«

»Ihr Mann war in der Armee, oder? Im Krieg, meine ich.«

Flavia fragte eigentlich nur der Form halber. Mit dem Herzen war sie nicht mehr bei diesem Gespräch. Die Hoffnungen, die sie in diese Reise gesetzt hatten, würden nicht erfüllt werden. Richards, die einzige wirkliche Spur, die sie hatten, war tot. Und das war das Ende der Geschichte. Natürlich würden sie dieser kranken Alten einen Besuch abstatten müssen, nur um ganz sicherzugehen. Aber was ihr Mann während des Krieges auch angestellt haben und was er über Hartung gewußt haben mochte, seine Geheimnisse hatte er wahrscheinlich mit ins Grab genommen. Da sie erst nach dem Krieg geheiratet hatten, waren die Chancen, daß sie viel wußte, nicht sehr groß.

»Der? O Gott, nein. Wie kommen Sie bloß drauf?«

»Man hat es mir gesagt.«

»O nein, Miß. Vielleicht meinen Sie einen anderen. Nein, er war Arzt. Ein Chirurg. Wie nennt man das gleich wieder. Einer, der die Leute wieder zusammenflickt.«

Sie suchten in ihrem jeweiligen Vokabular nach dem richtigen Wort.

»Ein plastischer Chirurg?« fragte sie, nachdem sie bereits diverse andere Fachrichtungen ausgeschlossen hatten.

»Genau. Er fing im Krieg damit an, Brandopfer zu behandeln. Sie wissen schon, Soldaten und so Leute.«

»Sind Sie sicher?«

»O ja. Daran kann ich mich noch sehr gut erinnern.«

»Und wie alt war er?«

»Als er starb? Ähm, ziemlich alt auf jeden Fall. Die meiste Zeit seines Lebens war er Junggeselle. Alle waren sehr überrascht, als er sie heiratete. Natürlich erfreut, aber auch überrascht.«

Flavias Unterhaltung mit dem Baarkeeper verdarb ihnen beiden die Lust am Essen, was bei dem Preis eine Verschwendung war.

»Aber so sehr können wir uns doch gar nicht geirrt haben, oder?« fragte Argyll und stocherte auf seinem Teller herum. »War der Mann sich ganz sicher, daß es keine Kinder gab?«

»Absolut. Als er nach einer Weile auftaute, schien er die Lebensgeschichte von jedem im Umkreis von dreißig Meilen zu kennen. Er war sich hundertprozentig sicher. Richards war ein Pionier der plastischen Chirurgie. Während des Krieges gründete er in Wales eine Spezialklinik für Verbrennungen und arbeitete dort bis zum Kriegsende. Er war damals schon Ende Vierzig. Hat nur einmal geheiratet, und zwar nach dem Krieg diese Frau. Keine Kinder.«

»Mit anderen Worten, kein Mann, den man 1943 in Paris in der Resistance finden würde.«

»Genau.«

Damit bleiben Cousins, Neffen, Brüder und so weiter.«

»Vermutlich. Der Barkeeper hat aber keine erwähnt.«

»Sieh's mal von der heiteren Seite«, sagte Argyll so fröhlich wie möglich. »Wenn er der war, hinter dem wir her sind, dann ist er jetzt tot, und damit hat sich's. Da er es aber wahrscheinlich nicht war, besteht immer noch eine kleine Chance, daß wir weiterkommen.«

»Glaubst du das wirklich?« fragte sie skeptisch.

»Warum eigentlich nicht? Oder fällt dir etwas Besseres ein? Wo liegt denn diese Dingsbums Manor Farm? Hast du das herausgefunden?«

Das hatte sie. Die Farm lag etwa zwei Meilen westlich des Dorfs. Flavia hatte sich den Weg beschreiben lassen. Argyll schlug vor, dorthin zu fahren. Schließlich hatten sie nichts anderes zu tun.

16

Bevor sie losfuhren, wollten sie ihr Kommen telefonisch ankündigen. Aber, so der Barkeeper, das sei nicht so einfach, da Mrs. Richards kein Telefon besitze. Sie habe eine Krankenschwester, die sich Tag und Nacht um sie kümmere, und einen Handlanger, der das Haus in Ordnung halte. Abgesehen von diesen beiden, sehe sie und spreche sie praktisch niemanden. Aber wenn sie Freunde ihres Gatten gewesen seien – er versuchte erst gar nicht zu verbergen, daß er das eher für unwahrscheinlich hielt –, werde sie sie möglicherweise empfangen.

Es blieb ihnen also nichts anderes übrig, als in ihr Auto zu steigen und die zwei Meilen bis zur Turville Manor Farm zu fahren. Es war ein viel herrschaftlicheres Anwesen, als Flavia nach der schmalen Lücke in der Hecke und der schlammigen, ungepflegten Fahrspur, die von der Straße zum Haus führte, erwartet hatte. Es war auch keine Farm, soweit sie das sehen konnte, zumindest gab es nichts, das auch nur entfernt auf Landwirtschaft hindeutete.

Wie ansehnlich das wohlproportionierte Gebäude früher auch gewesen sein mochte – Argyll, der sich in solchen Dingen auskannte, vermutete, daß es etwa zu der Zeit erbaut worden war, als Jean Floret letze Hand an seinen Sokrates legte –, jetzt zeigte es sich nicht mehr von seiner besten Seite. Irgend jemand hatte irgendwann angefangen, die Fenster an der Vorderfront des Hauses zu lackieren, offensichtlich aber nach dem dritten wieder aufgegeben; bei den anderen blätterte der Lack ab, das Holz verfaulte und einige Scheiben waren zerbrochen. Eine Kletterpflanze überwucherte ungestutzt eine Seite des Gebäudes. Anstatt es zu schmücken, sah es eher so aus, als wollten die Ranken das Haus übernehmen, zwei Fenster waren vollkommen unter dem Laubwerk verschwunden. Der Rasen davor verdiente diesen Namen nicht mehr, Unkraut und wilde Blumen wuchsen üppig auf der ehemals kiesbestreuten Auffahrt. Wenn man ihnen nicht gesagt hätte, daß das Anwesen bewohnt war, hätten sie angenommen, daß es verlassen war.

»Sieht nicht gerade aus, als würde es einem Heimwerker gehören«, bemerkte Argyll. »Aber ganz nett, das Haus.«

»Also ich finde es total deprimierend«, sagte Flavia, während sie ausstieg und die Wagentür zuschlug. »Es bestätigt mein sowieso schon ziemlich starkes Gefühl, daß das alles nur Zeitverschwendung ist.«

Insgeheim stimmte Argyll ihr zu, wollte sie aber nicht zusätzlich entmutigen. So stand er nur da, die Hände in den Taschen, die Stirn gerunzelt, und betrachtete das Gebäude.

»Nirgends ein Lebenszeichen«, sagte er. »Na komm. Wir wollen es hinter uns bringen.«

Er ging voraus über die zerbröckelnden, moosbewachsenen Stufen zum Portal und drückte auf die Klingel. Als er merkte, daß sie nicht funktionierte, klopfte er an die Tür, erst leicht und dann kräftiger.

Nichts. »Und jetzt?« fragte er und drehte sich zu Flavia um.

Flavia trat vor, hämmerte viel aggressiver gegen die Tür, als er es getan hatte, und als sich noch immer nichts rührte, drückte sie die Klinke nach unten.

»Ich fahre doch jetzt nicht zurück, nur weil jemand keine Lust hat, die Tür zu öffnen«, sagte sie entschlossen und trat ein.

In der Diele rief sie dann: »Hallo? Ist jemand zu Hause?« und wartete, bis das schwache Echo verklungen war.

Vor vielen Jahren war es ein schön eingerichtetes Haus gewesen. Keine großartigen verborgenen Schätze, aber gutes, solides Mobiliar, das ausgezeichnet zur Architektur paßte. Schon ein gründliches Putzen und Staubwischen würde Wunder wirken, dachte Argyll und sah sich um. Die Atmosphäre der Düsterkeit und des Verfalls war überwältigend.

Außerdem war es kalt. Obwohl es draußen so warm war, wie es in einem englischen Herbst nur sein konnte, war die Luft im Haus von so viel Feuchtigkeit und Fäulnis geschwängert, wie nur jahrelange Vernachlässigung sie erzeugen konnte.

»So langsam hoffe ich, daß niemand zu Hause ist«, sagte Argyll. »Dann können wir schnell wieder weg von hier.«

»Pst«, sagte sie. »Ich glaube, ich höre etwas.«

»Schade«, sagte er.

Ein kratzendes Geräusch kam vom Absatz der dunklen und reich mit Schnitzereien verzierten Treppe. Jetzt, da Argyll lauschte, hörte er, daß Flavia recht hatte. Er wußte zwar nicht, was es war, Schritte waren es jedoch auf keinen Fall.

Einen Augenblick lang sahen sie einander unsicher an. »Hallo?« rief Argyll noch einmal.

»Es bringt Ihnen nichts, wenn Sie da unten stehenbleiben und schreien«, kam von oben eine dünne, quengelnde Stimme. »Ich kann nämlich nicht hinunterkommen. Kommen Sie herauf, wenn es um was Wichtiges geht.«

Es war nicht nur eine alte, sondern auch eine kranke Stimme. Leise, aber nicht sanft, unattraktiv und sogar unangenehm im Tonfall, so als mache der Sprecher oder vielmehr die Sprecherin sich kaum die Mühe, den Mund zu öffnen. Außerdem ein komischer Akzent.

Argyll und Flavia sahen einander unsicher an. Dann bedeutete sie ihm, er solle vorausgehen, und er stieg die Treppe hoch. Die Frau stand etwa in der Mitte eines schwach beleuchteten Korridors. Sie trug einen dicken, dunkelgrünen Morgenmantel, und die Haare hingen ihr in langen, dünnen Strähnen um das Gesicht. Ihre Beine steckten in dicken Socken, die Hände in Wollfäustlingen. Sie stützte sich auf ein Gehgestell aus Metallröhren, und dieses Ding, das die Frau unter Mühen über den Holzboden schob, hatte das Geräusch erzeugt, das sie gehört hatten.

Die alte Dame – sie nahmen an, daß es sich um die einsiedlerische Mrs. Richards handelte – atmete schwer, in ihrer Lunge rasselte es, wenn sie die Luft einzog, als wären schon die kaum fünfzehn Schritte, die sie gegangen sein mochte, zuviel für sie gewesen.

»Mrs. Richards?« fragte Flavia mit freundlicher Stimme die Erscheinung und schob sich an Argyll vorbei.

Die Frau hob den Kopf und wandte sich Flavia zu, die langsam näher kam. Dann kniff sie leicht die Augen zusammen und nickte.

»Mein Name ist Flavia di Stefano. Ich bin Angehörige der Römischen Polizei. Aus Italien. Es tut mir schrecklich leid, Sie zu stören, aber wir würden Ihnen sehr gerne ein paar Fragen stellen.«

Die Frau machte weiterhin nur ein nachdenkliches Gesicht, sie reagierte nicht, weder mit Gesten noch mit Worten.

»Es ist außerordentlich wichtig, und wir glauben, daß Sie vermutlich die einzige Person sind, die uns weiterhelfen kann.«

Die Frau nickte noch einmal langsam und sah dann zu Argyll, der im Hintergrund stand. »Wer ist er?«

Flavia stellte ihn vor.

»Weiß nicht, wo Lucy ist«, sagte sie plötzlich.

»Wer?«

»Meine Krankenschwester. Ohne sie kann ich mich nur schwer bewegen. Würde Ihr Freund mich vielleicht ins Bett zurückbringen?«

Also trat Argyll zu der Frau, während Flavia ihr das Gestell abnahm. Sie war erstaunt, wie sanft er mit ihr umging. Normalerweise war er in solchen Situationen ein hoffnungsloser Fall, aber jetzt nahm er sie einfach in die Arme, trug sie den Korridor entlang und legte sie behutsam ins Bett, deckte sie zu und versicherte sich, daß sie es auch bequem hatte.

In dem Zimmer war es wie in einem Backofen, die Luft war schwer vor Hitze und dem überwältigenden Geruch von Krankheit und Alter. Flavia hätte sehr gern das Fenster geöffnet und die modrigen Vorhänge zurückgezogen, um frische Luft und Licht hereinzulassen. Bestimmt würde es auch der alten Frau gleich bessergehen, wenn ein wenig kühle, saubere Luft durchs Zimmer wehte.

»Kommen Sie her«, befahl Mrs. Richards und lehnte sich in den dicken Kissenstapel, der ihren Oberkörper halb aufrichtete. Flavia trat zu ihr, die Frau musterte sie eingehend und strich ihr dann mit den Fingern über das Gesicht. Flavia fiel es schwer, unter der Berührung nicht zusammenzuzucken.

»So eine schöne junge Frau«, sagte sie zärtlich. »Wie alt sind Sie?«

Flavia sagte es ihr, und sie nickte. »Sie haben Glück«, sagte sie. »Großes Glück. Ich habe auch einmal so ausgesehen wie Sie. Vor langer Zeit. Dort auf der Frisierkommode steht ein Bild von mir. Als ich in Ihrem Alter war.«

»Das da?« sagte Argyll und nahm ein Foto mit Silberrahmen in die Hand. Es war das Bild einer Frau Ende Zwanzig, die das Gesicht halb der Kamera zugewandt hatte und lachte, als hätte jemand gerade einen Witz erzählt. Es war ein Gesicht voller Frühling und Glück, noch nicht von Kummer und Sorge gezeichnet.

»Ja. Kaum zu glauben, denken Sie wohl. Das ist sehr lange her.«

Beide Aussagen stimmten leider. Zwischen dem glücklichen Mädchen auf dem Foto und dem alten, furchigen Gesicht auf dem Kissen schien es nicht die geringste Ähnlichkeit zu geben. Und in diesem unaufgeräumten, verwahrlosten, schmutzigen Zimmer wirkte das Bild wie ein Erinnerungsstück aus einem anderen Zeitalter.

»Warum sind Sie hier? Was wollen Sie?« fragte die Frau, nun wieder an Flavia gewandt.

»Es geht um Dr. Richards. Um seine Kriegserlebnisse.«

Sie machte ein verwirrtes Gesicht. »Harry? Meinen Sie seine Brandopferklinik? Er war nämlich Chirurg, müssen Sie wissen.«

»Ja, das wissen wir. Aber unser Interesse gilt seinen anderen Aktivitäten.«

»Er hatte keine anderen, soweit ich das weiß.«

»Seine Arbeit in Frankreich. Bei Pilot, meine ich.«

Gleichgültig, was die Frau darauf sagen würde, Flavia spürte sofort, daß sie genau wußte, worum es sich bei Pilot handelte. Trotzdem war ihre Reaktion merkwürdig. Da war kein überraschter Blick, kein unbeholfener, amateurhafter Versuch, so zu tun, als wüßte sie nichts. Unvermittelt schien sie sich wieder auf Terrain zu bewegen, auf dem sie sich sicher fühlte. Beinahe so, als hätte ihr schon einmal jemand diese Fragen gestellt.

»Wie kommen Sie denn darauf, daß mein Mann irgend etwas über Pilot gewußt haben könnte?«

»Offensichtlich legte er nach dem Krieg vor einem Gericht in Paris eine Zeugenaussage ab. Das ist dokumentiert.«

»Er legte eine Zeugenaussage ab?«

»Sein Name steht in der Akte.«

»Sind Sie sicher?«

»Ja.«

»Henry Richards?«

»Etwas in der Richtung. Mit dieser Adresse.«

»Oh.«

»Ist irgendwas?«

»Ich frage mich nur, warum sich plötzlich jemand für meinen Gatten interessiert. Er ist seit Jahren tot.«

Sie wandte sich wieder Flavia zu und überlegte sorgfältig, bevor sie sprach. »Und jetzt erwähnen Sie Pilot. Sie sind aus Italien?«

»Ja.«

»Und Sie interessieren sich für Pilot. Warum, wenn ich fragen darf?«

»Weil Leute getötet wurden.«

»Wer wurde getötet?«

»Ein Mann namens Muller und ein anderer namens Ellman. Beide wurden letzte Woche in Rom ermordet.«

Der alten Frau sank der Kopf auf die Brust. Flavia befürchtete schon, Mrs. Richards sei eingeschlafen. Aber nun hob sie den Kopf wieder, und ihre Miene war nachdenklich und wachsam.

»Und deshalb sind Sie jetzt hier?«

»Wir dachten, daß Ihr Gatte vielleicht noch am Leben ist.

Es ist möglich, daß jeder, der etwas über Pilot weiß, in Gefahr schwebt.«

Die Frau lächelte schwach. »Und welche Gefahr soll das sein?«

»Ermordet zu werden.«

Sie schüttelte den Kopf. »Das ist keine Gefahr. Das ist eine Chance.«

»Wie bitte?«

»Ich bin diejenige, die Sie suchen.«

»Warum Sie?«

»Ich war diejenige, die die Zeugenaussage abgelegt hat. Und sie unterschrieben hat. Mein Name ist Henriette Richards.«

»Sie?«

»Und ich bin in einem Zustand, in dem ich auf diesen Müller und diesen Ellman nur mehr neidisch sein kann.«

»Aber wollen Sie uns helfen?«

Sie schüttelte den Kopf. »Nein.«

»Warum nicht?«

»Weil inzwischen alle tot sind. Ich eingeschlossen. Es hat keinen Sinn. Das ist etwas, das ich ein halbes Jahrhundert lang zu vergessen versucht habe. Und das habe ich auch geschafft, bis Sie gekommen sind. Ich will nicht darüber reden.«

»Aber bitte, es steht so viel auf dem Spiel...«

»Meine Liebe, Sie sind jung und Sie sind schön. Nehmen Sie meinen Rat an. Das ist Zeug für Leichen. Sie werden nichts als Schmerz finden. Es ist eine alte Geschichte, und es ist besser, wenn man sie vergißt. Viel besser. Niemand wird etwas gewinnen, und ich werde leiden. Bitte, lassen Sie mich in Ruhe. Alle sind tot.«

»Das stimmt nicht« sagte Argyll leise vom Fenster aus. »Eine Person ist noch übrig. Wenn Flavia nicht herausfindet, was da vor sich geht, wird es einen dritten Mord geben.«

»Welche andere Person?« fragte die Frau verächtlich. »Es ist keiner mehr übrig.«

»Es gibt da einen gewissen Rouxel«, erwiderte er. »Jean Rouxel. Wir wissen zwar nicht warum, aber er scheint ebenfalls ein Angriffsziel zu sein.«

Diese Bemerkung hatte eine tiefgreifende Wirkung. Noch einmal senkte Mrs. Richards den Kopf, doch als sie ihn wieder hob, waren ihre Augen voller Tränen.

Flavia fühlte sich schrecklich. Sie hatte keine Ahnung, was sich im Kopf der alten Frau abspielte, aber was es auch war, es bereitete ihr seelische Schmerzen, und zwar so starke, daß diese vorübergehend ihr körperliches Leiden verdrängten.

»Bitte«, sagte Flavia. »Wir wollen Ihnen keinen Kummer bereiten. Wenn die Sache nicht so wichtig wäre, wären wir nicht hier. Aber wenn Sie wirklich das Gefühl haben, es uns nicht sagen zu können, dann werden wir Sie in Ruhe lassen.«

Natürlich kostete es sie viel Überwindung, das zu sagen, denn ob es ihnen nun gefiel oder nicht, diese schwache, alte Kranke war ihre letzte Hoffnung, wollten sie noch herausfinden, was in der vergangen Woche passiert war, und es fiel höllisch schwer, diese letzte Chance auf eine Lösung in den Wind zu schreiben. Aber als Flavia diese Worte sagte, meinte sie es ehrlich. Wenn die Frau gesagt hätte, nun gut, dann gehen Sie, wäre sie aufgestanden und gegangen. Dann hätten sie nach Rom zurückkehren und ihren Mißerfolg eingestehen können. Zumindest Argyll hätte das gefreut.

Zum Glück wurde dieses Angebot nicht angenommen. Mrs. Richards wischte sich über die Augen, das traurige Schluchzen verebbte langsam und hörte schließlich ganz auf.

»Jean?« fragte sie. »Sie wissen das? Sind Sie ganz sicher?«

Flavia nickte. »Es sieht so aus.«

»Wenn er in Gefahr ist, müssen Sie ihn retten.«

»Wenn wir nicht wissen, was los ist, können wir nicht viel tun.«

Sie schüttelte den Kopf.

»Wenn ich Ihnen helfe, versprechen Sie es mir dann?«

»Ja, gewiß.«

»Erzählen Sie mir zuerst von diesen anderen. Diese – wie hießen Sie? Ellman? Muller? Wer sind sie? Und in welcher Verbindung stehen sie zu Jean?«

»Ellman war ein Deutscher, der seinen Namen geändert hatte und früher offenbar Schmidt hieß. Auch Muller hatte seinen Namen geändert, er hieß ursprünglich Hartung.«

Hatte die Erwähnung Rouxels Mrs. Richards wie ein Schlag getroffen, tat Hartungs Name nun eine ganz ähnliche Wirkung. Sie starrte Flavia einige Sekunden lang schweigend an und schüttelte dann den Kopf.

»Arthur?« flüsterte sie. »Haben Sie gesagt, Arthur ist tot?«
»Ja. Er wurde gefoltert und dann erschossen. Inzwischen glauben wir, daß es dieser Ellman war. Wegen eines Gemäldes, das Rouxel gestohlen worden war, soweit wir das beurteilen können. Warum – nun, da hatten wir gehofft, daß Sie uns das sagen können. Woher haben Sie gewußt, daß er mit Vornamen Arthur hieß?«

»Er war mein Sohn«, sagte sie knapp.

Bei diesem Satz blieb sowohl Flavia wie Argyll die Spucke weg, und beide hatten sie nicht die leiseste Ahnung, was sie darauf sagen sollten. Deshalb sagten sie gar nichts. Zum Glück achtete Mrs. Richards sowieso nicht auf sie, zu sehr war sie bereits in ihre eigene Geschichte eingetaucht.

»Daß ich nach England kam, war wohl eher Zufall, könnte man sagen. Als die Alliierten Paris befreiten, fanden sie mich und evakuierten mich nach England zur Behandlung. Das machten sie mit einigen Leuten so. Ich war mehrere Jahre im Krankenhaus, und dort lernte ich Harry kennen. Er behandelte mich und gab sich die größte Mühe, mich wieder zusammenzuflicken. Wie Sie sehen, war von mir nicht mehr viel übrig, das er sich hätte vornehmen können. Aber schließlich bat er mich, seine Frau zu werden. Ich hatte keine Verbindungen mehr nach Frankreich, und er war sehr gut zu mir. Freundlich. Ich stimmte deshalb zu, und er brachte mich hierher.

Ich liebte ihn nicht, das konnte ich nicht. Wie gesagt, er war ein guter Mann, ein viel besserer, als ich verdient hatte. Er versuchte mir zu helfen, die Vergangenheit zu begraben, aber statt dessen ließ er zu, daß ich mich hier in der Provinz vergrub.«

Sie sah Flavia an und lächelte dünn, ein trauriges, freudloses Lächeln. »Und hier bin ich immer noch, und der Tod will nicht kommen. Alle, die ich je mochte, sind vor mir gestorben, und sie hatten es viel weniger verdient als ich. Ich hätte es verdient. Alle bis auf Jean, und der soll weiterleben. Sogar der arme Arthur ist tot. Das ist gegen die Natur, glauben Sie nicht auch? Ein Sohn sollte seine Mutter überleben.«

»Aber –«

»Harry war mein zweiter Mann. Mein erster war Jules Hartung.«

»Aber man sagte mir, Sie seien tot«, bemerkte Flavia ein wenig taktlos.

»Ich weiß. Ich sollte es auch sein. Sie scheinen verwirrt zu sein.«

»Das können Sie laut sagen.«

»Dann fange ich wohl besser am Anfang an. Ich glaube nicht, daß Sie das überhaupt interessieren wird, aber wenn es irgend etwas gibt, das Jean helfen kann, dann bitte sehr. Sie werden ihm doch helfen?«

»Wenn er es nötig hat.«

»Gut. Wie gesagt, mein erster Mann war Jules Hartung. Wir heirateten 1938, und ich hatte großes Glück, ihn zu bekommen. Zumindest sagte man mir das. Ich war die Tochter einer Familie, die in der Depression alles verlor. Wir hatten ein gutes Leben – Diener, Urlaubsreisen, eine große Wohnung am Boulevard St. Germain –, aber nach dem Zusammenbruch verflüchtigte sich alles. Mein Vater war an die gehobene Gesellschaft gewöhnt und gab sie nur ungern auf. Seine Ausgaben überstiegen immer seine Einkünfte, und wir wurden immer ärmer. Die Diener verschwanden, Untermieter traten an ihre Stelle. Schließlich sah sogar mein Vater ein, daß er sich eine Stelle besorgen mußte, aber er wartete damit, bis meine Mutter eine gefunden hatte.

Schließlich lernte ich Jules kennen, und es sah so aus, als würde er sich in mich verlieben. Oder zumindest glaubte er, ich würde eine passende Ehefrau und Mutter abgeben. Er machte seinen Antrag – meinen Eltern, nicht mir –, und sie nahmen an. So weit, so gut. Er war fast dreißig Jahre älter als ich. Es war eine Ehe ohne Leidenschaft oder Zärtlichkeit, sehr formell – wir nannten einander *vous* und gingen immer sehr respektvoll miteinander um. Ich will damit nicht sagen, daß er ein schlechter Mann war, ganz im Gegenteil. Zumindest mir gegenüber verhielt er sich immer sehr korrekt, er war höflich und auf seine Art vermutlich sogar hingebungsvoll. Wie Sie sehen, erzähle ich meine Geschichte, ohne mich von meiner nachträglichen Einsicht beeinflussen zu lassen.

Ich war achtzehn und er beinahe fünfzig. Ich war überschäumend und wahrscheinlich sehr unreif, er dagegen bereits in gesetztem Alter, verantwortungsbewußt und ein seriöser Geschäftsmann. Er leitete seine Firmen, verdiente Geld, sammelte Kunst und las Bücher. Ich ging gern zum Tanzen, ging gern in Cafés und unterhielt mich, und natürlich hatte ich die politischen Ansichten der Jugend, während Jules die Welt als Industrieller mittleren Alters betrachtete.

So kam es, daß ich meine Eltern immer häufiger besuchte, natürlich nicht, um sie zu sehen, denn sie waren so langweilig wie Jules, aber nicht halb so freundlich, sondern um meine Zeit mit den Mietern und Studenten zu verbringen, die dort immer mehr wurden.

Wissen Sie, mein Vater hatte angenommen, daß nach meiner Heirat Geld von meinem neuen Gatten ins Haus kommen und ihm wieder seinen gewohnten Lebensstil ermöglichen würde. Jules sah das nicht so. Er mochte meinen Vater nicht und hatte nicht die geringste Absicht, jemanden zu unterstützen, der ihn ganz offen verachtete.

Er war in vieler Hinsicht merkwürdig. Zum einen war ich keine Jüdin, und mich zu heiraten, war schon beinahe ein Skandal. Aber er tat es trotzdem, weil er, wie er sagte, schon zu alt sei, um noch etwas darauf zu geben, was andere Leute dachten. Er war insgesamt ziemlich unbeschwert, wollte, daß ich mit ihm zu Empfängen ging oder bei ihm zu Hause die Gastgeberin spielte, aber ansonsten ließ er mich in Ruhe. Ich mochte ihn, er gab mir alles, was ich brauchte, außer Liebe.

Aber ich brauchte das, ich wollte verliebt sein. Dann kam der Krieg. Wir hatten vor, das Land zu verlassen, sobald sich zeigte, daß das Ganze in einem Desaster enden würde. Jules sah es kommen, denn wie beschränkt er auch in anderen Dingen sein mochte, Weitblick besaß er. Er wußte, daß die Franzosen keine Lust zum Kämpfen hatten und daß Leute wie er nicht gerade mit Samthandschuhen angefaßt würden. Er hatte sich darauf vorbereitet, und wir standen kurz vor der Abreise nach Spanien, als bei mir die Wehen einsetzten.

Es war eine schwere Geburt, ich war unter entsetzlichen Umständen wochenlang ans Bett gefesselt. Alle hatten Paris bereits verlassen, die Krankenhäuser funktionierten nicht mehr richtig und quollen über von Verwundeten. Wenige Krankenschwestern, noch weniger Ärzte und kaum Medikamente. Ich konnte mich nicht bewegen, und Arthur war so schwach, daß er gestorben wäre. Also blieb Jules ebenfalls, um bei mir zu sein, und als wir dann hätten reisen können, war es zu spät. Ohne Genehmigung kam man nicht mehr heraus, und einer wie er konnte keine bekommen.

Und mit der Zeit kehrte das Leben zwar nicht mehr zur Normalität zurück, aber doch zu einem Zustand, der verstehbar und erträglich schien. Jules war nur noch darauf konzentriert, seine Geschäfte zu schützen, und ich nahm mein Leben mit den Studenten wieder auf. Wir saßen stundenlang zusammen und beschlossen schließlich, etwas zu tun, um Widerstand zu leisten. Die Regierung und die Armee hatten uns im Stich gelassen, und deshalb war es für uns an der Zeit zu zeigen, was es hieß, Franzosen zu sein.

Nicht alle dachten wie wir, genaugenommen nur sehr wenige Leute. Jules wollte, wie gesagt, sich nur aus allen Schwierigkeiten heraushalten, und was meine Eltern anging, nun, die hatten immer schon rechts gestanden. Die Studenten gingen einer nach dem anderen, und an ihre Stelle traten deutsche Offiziere, die im Haus einquartiert wurden. Meinen Eltern gefiel das. Daß sie mit der neuen Ordnung so gut zurechtkamen. Ihre angestammten Neigungen waren bereits durch Jules' Weigerung, ihnen Geld zu geben, verstärkt worden, und jetzt, da so etwas ermutigt wurde, wurden sie zu offenen Antisemiten.

Etwa ein Jahr nach dem Waffenstillstand war nur noch ein Student übrig, ein junger Jurist, der bereits seit Jahren dort wohnte. Ich hatte ihn immer schon gemocht, hatte ihn Jules vorgestellt, und die beiden fühlten sich zueinander hingezogen wie Vater und Sohn. Jean war wie der Sohn, den Jules sich immer gewünscht hatte. Gutaussehend, stark, ehrlich, intelligent, aufgeschlossen. Er hatte alles bis auf eine gute Familie, und Jules machte sich daran, sie ihm zu ersetzen. Er zahlte die Studiengebühren bis zu seinem Examen und förderte ihn in jeder Hinsicht, stellte ihn wichtigen Leuten vor und versuchte, ihm die Chancen zu geben, die er brauchte und verdiente. Machte ihm sogar Geschenke. Sie kamen so gut miteinander aus. Es war wunderbar, solange es gutging.«

»Ich nehme an, das war Rouxel«, sagte Flavia leise.

Sie nickte. »Ja. Wir waren ungefähr gleich alt. Er wohnte in einem Zimmer bei meinen Eltern, und ich sah ihn sehr oft. Wenn Jules nicht gewesen wäre, hätten wir wohl geheiratet, aber so wie die Dinge lagen, mußten wir uns damit begnügen, ein Liebespaar zu sein. Jean war der erste Mann, den ich liebte. Und in gewisser Weise vermutlich auch der letzte. Mit Jules – nun, das wenige an Leidenschaft, was er besessen hatte, war nach der Heirat bald verflogen. Und Harry war ein guter Mann, aber nicht so, und zu der Zeit war es sowieso schon zu spät.

Ich kann mir vorstellen, Sie finden das – wie? Überraschend? Vielleicht sogar abstoßend, wenn Sie mich jetzt ansehen. Alter, vertrockneter Krüppel, der ich bin. Damals war ich anders. Ein ganz anderer Mensch, könnte man sagen. Rauchen Sie?«

»Wie bitte?«

»Ob Sie rauchen? Haben Sie Zigaretten bei sich?«

»Ähm, ja. Ich rauche. Warum?«

»Geben Sie mir eine.«

Etwas überrascht über diese Wendung, die das Gespräch nun plötzlich nahm, kramte Flavia in ihrer Tasche und holte ein Päckchen Zigaretten heraus. Sie bot der Frau eine an, die sie mit behandschuhten Fingern unbeholfen aus der Packung zog.

»Danke«, sagte sie, als die Zigarette brannte. Dann fing sie an, trocken und stoßweise zu husten. Es klang fürchterlich. »Ich habe seit Jahren keine Zigarette mehr geraucht.«

Argyll und Flavia sahen einander mit hochgezogenen Augenbrauen an und fragten sich, ob sie sie endgültig verloren hatten. Wenn sie jetzt vom Thema abschweifte, würden sie sie vielleicht nie darauf zurückbringen können.

»Ich habe es aufgegeben, als ich im Irrenhaus war«, sagte sie, nachdem sie eine Weile interessiert am Rauch der Zigarette geschnuppert hatte. Es war merkwürdig, aber im Reden war ihre Stimme lauter und kräftiger geworden.

»Sehen Sie mich nicht so an«, sagte sie. »Ich weiß. Kein Mensch weiß, was er darauf sagen soll. Also sagen Sie nichts. Ich wurde verrückt, ganz einfach. Zwei Jahre war ich da drin, zwischen den Operationen. Harry kümmerte sich um mich, so gut er nur konnte. Er war ein sehr guter Mann, so freundlich und sanft. Er fehlte mir, als er starb.

Ich bekam die bestmögliche Behandlung, müssen Sie wissen. Keine Kosten wurden gescheut. Ich konnte mich wirklich nicht beklagen. Die besten Ärzte, die beste private Anstalt. Man sorgte für uns, so gut das nur möglich war. Viele Soldaten hatten es da nicht so gut.«

»Darf ich fragen, warum?«

»Ich werd's Ihnen sagen. Je länger der Krieg dauerte, um so stärker engagierte Jean sich in der Resistance, um so überzeugter wurde er, daß die Deutschen zu schlagen waren. Er wurde zum Führer dieser Gruppe namens Pilot ernannt, er nahm Verbindungen nach England auf, arbeitete Ziele und Strategien aus. Er war ein wunderbarer Mann. Beständig lebte er in der entsetzlichsten Gefahr. Und doch war er immer da, um zu trösten und zu ermutigen. Einmal wurde er von den Deutschen gefaßt und ein paar Tage lang festgehalten, doch dann konnte er fliehen. Es war Weihnachten 1943, und die Wachen waren nicht sehr aufmerksam. Er spazierte einfach hinaus und war verschwunden, bevor es jemand bemerkte. Ein außergewöhnlicher Mann mit echtem Stil, müssen Sie wissen. Aber danach war er verändert: viel ernster und wachsamer. Er war peinlich auf die Sicherheit der Gruppe bedacht, oft weigerte er sich, eine Operation zu genehmigen, weil er sie für zu gefährlich hielt, und er war den Deutschen immer mindestens einen Schritt voraus.

Natürlich wußten die, daß es uns gab, und sie waren hinter uns her. Aber Erfolg hatten sie keinen. Manchmal war es fast wie ein Spiel, gelegentlich kam es sogar so weit, daß wir schallend lachten über das, was wir taten.

Und die ganze Zeit war er bei uns: ruhig, zuversichtlich und absolut davon überzeugt, daß wir gewinnen würden. Ich kann Ihnen gar nicht sagen, wie selten das in Paris damals war. Wir würden gewinnen. Kein Wunsch, keine Hypothese, keine Hoffnung. Ganz einfach eine Gewißheit. Er war für uns alle eine Inspiration. Vor allem für mich.«

Sie wandte sich nun wieder direkt an Flavia, und diesmal huschte der Schatten eines Lächelns über ihr Gesicht.

»Wenn ich bei ihm war, in seinen Armen, fühlte ich mich übermenschlich. Ich konnte alles tun, jedes Risiko auf mich nehmen, mich jeder Gefahr stellen. Er gab mir Kraft, und ich wußte, er würde mich immer beschützen. Das hatte er mir gesagt. Was auch passieren werde, sagte er, er werde für mich dasein. Früher oder später werde etwas schiefgehen, aber er werde dafür sorgen, daß ich einen Vorsprung bekomme.

Ohne ihn wäre alles ganz anders gewesen. Jemand hätte einen Fehler gemacht, und wir wären viel früher aufgeflogen. Und schließlich war es sogar für ihn zuviel. Er war zu fürsorglich. Das war unser Verderben.

Wir brauchten Verstecke, Geld, Ausrüstung und all das, und wir mußten uns an Leute von außerhalb wenden und konnten nur hoffen, daß sie vertrauenswürdig waren. Zu denen gehörte auch Jules. Er machte sich Sorgen wegen unserer Aktivitäten, wollte sie uns ausreden, weil er Angst hatte, aber Jean versuchte ihn zu überreden, uns zu helfen. Jules stimmte zu, aber nur sehr widerstrebend.

Jules hatte entsetzliche Angst davor, was passieren würde, falls die Deutschen ihm je auf die Spur kämen. Schließlich war er Jude, und viele seines Volkes waren bereits verschwunden. Er überlebte – das behauptete er zumindest –, indem er massive Bestechungsgelder zahlte und immer mehr von seinem Besitz aufgab. Einen kämpferischen Rückzug nannte er das. Natürlich blieb ihm als letzter Ausweg noch die Flucht, aber er wollte erst gehen, wenn er unbedingt mußte. Das behauptete er.

Auf jeden Fall gingen mit der Zeit immer mehr Sachen

schief. Wir wurden verraten, und es war klar, daß es einer aus unseren Reihen war. Das Tempo und die Präzision der deutschen Reaktionen war nicht anders zu erklären. Sie mußten ihre Informationen aus dem inneren Kreis bekommen. Jean war verzweifelt. Zum einen war klar, daß wir alle in Gefahr waren, aber er vor allem, weil er das Gefühl hatte, beschattet zu werden. Er hatte keine konkreten Hinweise, nur eben dieses starke Gefühl, daß sich die Schlinge langsam um seinen Hals zuzog. Und als er schließlich einsehen mußte, daß wir einen Verräter in unseren Reihen hatten, nahm er es persönlich. Er konnte nicht glauben, daß einer seiner Freunde, einer, dem er vertraute, zu so etwas in der Lage war. Also stellte er Fallen. Verschiedene Leute erhielten bestimmte Informationen, so daß man feststellen konnte, wo das Leck war.

Eine Operation – eine ganze simple Aufnahme von Ausrüstung – ging schief: Die Deutschen waren bereits da. Nur Jules hatte davon gewußt.«

Hier hätte Flavia gern eingehakt, aber sie war fasziniert von der Geschichte und wollte nicht, daß Mrs. Richards durch die Unterbrechung den Faden verlor. Vermutlich hätte die alte Frau sie sowieso nicht gehört.

»Jean war am Boden zerstört und ich ebenfalls. Jules hatte sein persönliches Überlebensspiel gespielt und sich auf Distanz gehalten – um unserer Sicherheit willen ebenso wie um seiner, hatte er behauptet –, aber keiner hätte je vermutet, daß er uns verkaufen würde, um sich zu retten. Es gab noch gewisse Zweifel, aber eines Abends, nach einem Streit mit Jean in dessen kleiner Anwaltskanzlei, floh er nach Spanien, und die Deutschen fielen über uns her.

Sie radierten unsere Gruppe einfach aus. Schnell, wirkungsvoll und brutal. Ich weiß nicht mehr, wie viele von uns dort waren, fünfzig oder sechzig vielleicht. Vielleicht auch mehr.

Ich erinnere mich noch gut an den Tag. An jede Minute und jede Sekunde. Im Grunde genommen war es der letzte Tag meines Lebens. Ich hatte die Nacht mit Jean verbracht und kam gegen sieben Uhr morgens nach Hause zurück.

Jules war verschwunden. Es war ein Sonntag. Der siebenundzwanzigste Juni 1943. Ein wunderbarer Morgen. Ich dachte zuerst, Jules wäre vielleicht ins Büro gegangen, ich badete deshalb und ging zu Bett. Ich schlief noch, als ungefähr eine Stunde später die Tür eingetreten wurde.«

»Und Rouxel?«

»Ich nahm an, daß sie ihn getötet hatten. Er war zu mutig, um lange zu überleben. Aber anscheinend nicht: Wie es aussah, konnte er ihnen mit viel Glück entkommen. Im Gegensatz zu den meisten Leuten floh er nicht, sondern blieb in Paris und begann, die Gruppe neu zu organisieren.

In gewisser Weise hatte ich Glück, wenn man es so nennen kann. Viele von uns wurden erschossen oder in Konzentrationslager gesteckt. Ich nicht. Die ersten drei Monate wurde ich relativ anständig behandelt. Einzelhaft und Prügel wechselten ab mit gutem Essen und sanften Überredungsversuchen.

Sie wollten alles, was ich wußte, und um sicherzugehen, daß ich es ihnen auch sagte, erzählten sie mir alles, was sie bereits wußten. Es gab kaum etwas, das ich noch hinzufügen konnte. Sie waren umfassend informiert. Abwurfstellen, Treffpunkte, Namen, Adressen, Telefonnummern. Ich konnte es nicht glauben. Sie sagten mir auch, woher sie alles hatten. Ihr Ehemann, sagten sie. Er hat uns alles erzählt. Jules mußte uns monatelang ausspioniert, belauscht und irgendwelche Zettel gelesen haben, um das alles anzusammeln. Es war ein systematischer, vollständiger und eiskalter Verrat. Und er kam ungestraft davon.«

»Von wem wissen Sie das alles?« fragte Flavia mit unvermittelter Eindringlichkeit.

»Von dem Offizier, der mich verhörte«, sagte sie. »Feldwebel Franz Schmidt.«

Die alte Frau hielt inne und beobachtete distanziert, wie die Geschichte aufgenommen wurde und ob man sie ihr glaubte. Nach einer Weile fühlte sie sich wieder imstande fortzufahren.

»Ich habe nie ein Wort gesagt, und sie waren bereit, sich Zeit zu lassen. Aber Anfang 1944 änderte sich das. Sie bekamen es langsam mit der Angst zu tun. Sie wußten, daß die Invasion kurz bevorstand, und sie brauchten schnell Ergebnisse. Schmidt erhöhte den Druck.«

Sie hielt inne und zog im Dämmerlicht des Zimmers den Handschuh von der linken Hand. Flavia spürte, wie ihr bei dem Anblick Übelkeit die Kehle hochstieg. Argyll sah kurz hin und wandte sich schnell wieder ab.

»Ich glaube, es waren insgesamt fünfzehn Operationen, und Harry war der Beste, den es dafür gab. Sogar adeln wollte man ihn wegen seines fachlichen Könnens. Diese Hand war bei mir sein größter Erfolg. Was den Rest angeht...«

Unter großen Schwierigkeiten zog sie sich den Handschuh wieder über die Hand. Auch nachdem die vernarbte, braune Klaue mit den zwei übriggebliebenen, verkrüppelten Fingern wieder in ihrer Hülle verschwunden war, sah Flavia sie noch vor sich, und Übelkeit regte sich in ihr. Nichts hätte sie dazu gebracht, ihre Hilfe anzubieten.

»Aber ich überlebte, in gewisser Hinsicht. Bei der Befreiung war ich noch in Paris. Es war den Deutschen zu umständlich, mich in den Osten zu schicken, und sie hatten nicht mehr die Zeit, mich zu erschießen, bevor die Truppen eintrafen. Ich wurde so schnell wie möglich nach England gebracht. Ins Krankenhaus, in die Irrenanstalt und schließlich hierher. Und dann kommen Sie, um mich zu erinnern und mir zu sagen, daß das alles immer noch nicht vorbei ist.«

»Es tut mir leid«, entgegnete Flavia flüsternd.

»Ich weiß. Sie brauchen Informationen, und ich habe Ihnen alles gesagt, was ich weiß. Jetzt müssen Sie sich erkenntlich zeigen, indem Sie Jean helfen.«

»Was ist danach passiert? Mit Ihrem Gatten?«

Sie zuckte die Achseln. »Er kam davon. Nach dem Krieg kehrte er nach Frankreich zurück, weil er dachte, niemand würde noch wissen, was passiert war. Aber Jean und ich hatten überlebt. Ich wußte nicht, was ich tun sollte, aber ich wußte, ich konnte ihn nicht sehen. Jean tat alles, um ihn vor Gericht zu bringen. Nicht aus Rache, sondern um der Leute willen, die gestorben waren. Trotzdem fühlte er sich dabei, als würde er seinen eigenen Vater verurteilen. Die Kommission schrieb mir, und ich stimmte sehr widerwillig zu, als Zeugin aufzutreten

Zum Glück war es nicht nötig. Als man ihn mit den Fakten und der Ankündigung unserer Zeugenaussage konfrontierte, brachte Jules sich um. So einfach war das.«

»Und Arthur?«

»Er war dort, wo er war, am besten aufgehoben. Er hielt mich für tot, und er hatte eine gute Familie, die sich um ihn kümmerte. Es war besser, wenn er nichts erfuhr. Ich schrieb seinen Zieheltern, und die versprachen, ihn zu behalten. Was hätte ich denn für ihn tun können? Ich konnte mich ja nicht einmal selbst versorgen. Er sollte ganz von vorne anfangen, ohne Erinnerung an die Vergangenheit, weder an seinen Vater noch an seine Mutter. Ich bat die Familie, dafür zu sorgen, daß er nie etwas von uns erfuhr. Sie waren einverstanden.«

»Rouxel?«

Sie schüttelte den Kopf. »Ich wollte ihn nicht sehen. Seine Erinnerung an die Frau, die ich gewesen war, war alles, was mir geblieben war. Ich hätte es nicht ertragen können, wenn er ins Krankenhaus gekommen wäre und sein Gesicht sich in eine Maske mitfühlenden Entsetzens verwandelt hätte, so wie es bei Ihnen passiert ist. Ich weiß. Sie können nichts dafür. Es ist eine unwillkürliche Reaktion. Man kann nichts dagegen tun. Ich liebte ihn, und er liebte mich. Ich wollte nicht, daß das zerstört würde, indem er mich sah. Keine Liebe kann so etwas überstehen.«

»Wollte er Sie nicht sehen?«

»Er hat meine Wünsche respektiert«, sagte sie knapp.

Etwas bleibt hier ungesagt, dachte Flavia. »Aber sicher...«

»Er war verheiratet«, sagte sie. »Nicht mit einer Frau, die er liebte, nicht mit einer, wie ich sie für ihn gewesen war. Er hatte geheiratet, als er glaubte, ich sei tot. Nach dem Krieg fand er die Wahrheit heraus, er schrieb mir und meinte, wenn er frei wäre... Aber er war es nicht. Es war auch besser so. So konnte ich Harrys Antrag ebenfalls annehmen.«

»Wissen Sie etwas über Hartungs Gemälde?« fragte Argyll und wechselte damit ein wenig unvermittelt das Thema.

Sie machte ein verdutztes Gesicht. »Warum?«

»Diese ganze Geschichte begann mit einem Bild, das ihm gehört hatte. Mit dem Titel *Tod des Sokrates*. Hat Ihr Gatte das Rouxel gegeben?«

»O ja. Daran erinnere ich mich. Ja, er hat es ihm gegeben. Kurz nach dem Waffenstillstand. Da er überzeugt war, daß die Deutschen ihm seine Bilder sowieso abnehmen würden, gab er sie seinen Freunden in Verwahrung. Jean bekam dieses Bild, weil es zu einem gehörte, das er bereits hatte. Eins mit einem religiösen Motiv. Jean war ziemlich verblüfft, und ich glaube, er wollte es überhaupt nicht.«

»Wußte Hartung von Ihnen und Rouxel?«

Sie schüttelte noch einmal den Kopf. »Nein. Es gab nicht einmal Gerüchte darüber. Das war ich ihm schuldig. Innerhalb seiner Beschränkungen war er ein guter Ehemann. Und ich innerhalb der meinen eine gute Ehefrau. Ich wollte ihn nie verletzen. Er hatte nie auch nur die leiseste Ahnung. Und ich war auch bei Jean immer sehr vorsichtig. Er war ein heißblütiger, leidenschaftlicher Mann. Ich hatte eine Heidenangst, daß er zu Jules gehen und es ihm sagen würde, um ihn so zur Scheidung zu bewegen.«

Sie hatte wieder zu weinen angefangen, über all die Erinnerungen und die verlorenen Freuden ihres Lebens. Flavia mußte sich entscheiden, ob sie bleiben und sie trösten oder jetzt einfach aufbrechen sollte. Sie wollte noch mehr wissen. Was meinte sie damit, sie sei bei Jean immer sehr vorsichtig gewesen? Aber wie es aussah, hatte die alte Frau genug, und Trost würde ihr nicht viel weiterhelfen. Flavia stand auf und drehte sich zum Bett um. »Mrs. Richards, ich kann Ihnen nur danken, daß Sie sich Zeit für uns genommen haben. Ich weiß, daß Sie sich unseretwegen an Dinge erinnert haben, die Sie vergessen wollen. Bitte verzeihen Sie uns.«

»Ich verzeihe Ihnen. Aber nur, wenn Sie Ihren Teil unserer Abmachung einhalten. Helfen Sie Jean, wenn er es braucht. Und wenn Sie es tun, sagen Sie ihm, daß es meine letzte Liebesgabe war. Werden Sie das tun? Versprechen Sie es?«

Flavia versprach es.

In die kühle frische Luft hinauszutreten und die warme Sonne auf der Haut zu spüren, war für Flavia und Argyll, als würden sie nach einem Alptraum aufwachen und merken, daß dessen Schrecken doch nicht wirklich waren. Keiner sagte etwas, während sie zum Auto gingen, einstiegen, Argyll den Motor anließ und losfuhr.

Etwa nach einer Meile packte Flavia Argyll am Arm und sagte: »Halt an. Schnell.«

Er tat es, und sie stieg aus. Ein Stück weiter unten war in der Hecke am Straßenrand eine Lücke, und sie ging hindurch. Auf der anderen Seite grasten Kühe.

Argyll lief ihr nach und fand sie, wie sie über die Wiese hinweg ins Leere starrte und tief atmete.

»Alles in Ordnung?«

»Ja. Ich bin in Ordnung. Ich wollte nur ein bißchen frische Luft schnappen. Da drin wäre ich nämlich beinahe erstickt. O Gott, es war schrecklich.«

Ein Kommentar oder auch nur eine Zustimmung waren nicht nötig. Nebeneinander spazierten sie langsam und schweigend über die Wiese.

»Du siehst nachdenklich aus«, sagte er schließlich. »Ergibt sich langsam ein Bild?«

»Ja«, erwiderte sie. »Es ist zwar noch nicht ganz da, aber es fügt sich zusammen. Mir wär's lieber, wenn nicht.«

»Komm«, sagte er nach einer Weile. »Laß uns weiterfahren. Du wirst dich gleich besser fühlen, wenn wir uns an die Arbeit machen.«

Sie nickte, und er brachte sie zum Auto zurück, fuhr direkt zum Hotel und bugsierte sie sofort in die Bar, wo er einen Whisky für sie bestellte.

Alles in allem brauchte sie fast eine Stunde versunkenen Grübelns, bis sie den Kopf heben und fragen konnte: »Was denkst du?«

Auch Argyll war nicht sonderlich bei der Sache. »Ich glaube, ich habe heute zum ersten Mal jemanden kennengelernt, vom dem ich aufrichtig sagen kann, es wäre besser, wenn er tot wäre. Aber ich glaube, du hast etwas anderes gemeint.«

»Ich habe überhaupt nichts gemeint. Ich wollte nur jemanden normal reden hören. Aber sogar du scheinst deine Schnoddrigkeit vorloren zu haben.«

»Ich weiß nur, daß wir jetzt einen weiteren guten Grund haben, dieses Durcheinander aufzuklären. Es wird zwar an ihrem Leben nicht mehr viel ändern, aber jemand ist ihr ein bißchen was schuldig. Und wenn's nur die Bewahrung ihrer Erinnerungen ist.«

17

Sehr müde und niedergeschlagen parkte Argyll Edward Byrnes' kratzerlosen Bentley gegen halb acht vor dem Haus des Kunsthändlers ein, ging mit Flavia zur Haustür und klingelte.

»Flavia!« kam dröhnend eine Stimme aus dem Wohnzimmer, als die Tür sich öffnete.

Sekunden nach der Stimme kam General Bottando in Person.

»Mein liebes Mädchen«, sagte er besorgt. »Ich bin ja so froh, Sie wiederzusehen.«

Und in einer höchst unprofessionellen Gefühlsaufwallung nahm er sie in die Arme und drückte sie an sich.

»Was tun Sie denn hier?« fragte sie erstaunt.

»Eins nach dem anderen. Sie sehen aus, als könnten Sie zuerst einmal einen Drink vertragen.«

»Einen großen«, ergänzte Argyll. »Und etwas zu essen.«

»Und dann können Sie uns erzählen, was Sie alles angestellt haben. Sir Edward hat mir Ihre Nachricht übermittelt, und ich dachte mir, es wird Zeit, daß ich mich in ein Flugzeug setze und mich ein wenig mit Ihnen unterhalte. Sie scheinen ja erstaunlich wenig Lust aufs Heimkommen zu haben«, sagte Bottando, während er sie in Byrnes' Wohnzimmer führte.

»Wie wär's, wenn *Sie* mir erzählen, was *Sie* getan haben?« fragte Flavia und folgte ihm.

Seelenruhig entgegnete Bottando: »Wollen Sie etwas von Sir Edwards Gin?«

»Sehr gern.«

Byrnes, der sich im Hintergrund gehalten und wohlgefällig und ein wenig stolz auf seine Fähigkeiten als Stifter der Vereinigung zugesehen hatte, füllte, wie es sich für einen Gastgeber gehörte, die Gläser, überlegte kurz, ob er sich zurückziehen sollte, verwarf den Gedanken, weil er zu neugierig war, und setzte sich, um zuzuhören.

Wie die beiden, Flavias jetziger und Argylls ehemaliger Chef, so dasaßen, hatten sie mehr als eine flüchtige Ähnlichkeit mit Tweedledum und Tweedledee. Beide stattlich, beide wohlwollend lächelnd, beide in dunklen, gutgeschnittenen Anzügen, der eine mit dunkelgrauen, der andere mit hellgrauen Haaren. Ein sehr beruhigendes Paar waren die beiden; nach den Ereignissen der vergangenen Tage, von Morden über Verfolgungen bis zu bedrückenden Befragungen alter Damen, waren sie die Verkörperung einer Rückkehr in die normale Welt, in der eine väterliche, im allgemeinen wohlgesonnene Autorität existierte. Byrnes' bequemes Wohnzimmer und ein gutgefülltes Glas Gin bestärkten das in Flavia aufkeimende Gefühl, daß sie sich jetzt ein wenig entspannen konnte.

Doch ihre Erzählung war alles andere als zügig und geschliffen, nur mit Stocken und Unterbrechungen brachte sie die Geschichte heraus.

»Sie ist seine Mutter«, begann sie.

»Wer?«

»Diese Frau in Gloucestershire.«

»Wessen Mutter?«

»Mullers. Sie schickte ihn 1943 aus Frankreich weg und blieb selbst dort. Als die Deutschen angriffen, wurde sie verhaftet. Ihrer Meinung nach war er bei dieser kanadischen Familie besser aufgehoben, und sie ließ ihn deshalb dort.«

»Sind Sie sicher?« unterbrach Bottando, doch als er sah, wie sie die Stirn runzelte, machte er einen Rückzieher. »Wollte sagen, sehr interessant.«

»Und sie war Hartungs Frau und Rouxels Geliebte. Ist die Welt nicht klein?«

»In der Tat. Hilft uns das bei der Klärung der Frage, warum Muller getötet wurde? Oder warum Ellman getötet wurde?«

»Ich weiß es nicht. Habe ich Ihnen gesagt, daß Ellmans wirklicher Name Schmidt lautete?«

»Haben Sie. Und ich habe den Deutschen gnadenlos zugesetzt, bis sie mit Informationen rausrückten. Ich fragte sie, ob sie etwas über einen Mann dieses Namens hätten und warum er seinen Namen geändert haben könnte. Um ihnen einen Hinweis zu geben, habe ich vorgeschlagen, sie sollten in Wehrmachtsunterlagen nachsehen. Vor allem Paris betreffend.«

»Ja, und...«

Da Bottando nun auch etwas beizutragen hatte, wollte er sich nicht so kurz abfertigen lassen. »Einen Versuch schien es wert zu sein. Ich war ziemlich stolz auf die Idee. Sie brauchten allerdings einige Zeit dafür, die armen Kerle, es dürfte ein ziemlicher Berg Arbeit gewesen sein, sämtliche Franz Schmidts in der deutschen Wehrmacht durchzugehen. Aber sie fanden, was ich suchte. Er war 1943 und 1944 in Paris.«

»Das wissen wir.«

»Aber er war kein Papiertiger. Der Mann, dessen Namen er angenommen hatte, war so ein Schreibtischtäter, aber Schmidt gehörte zur Abwehr. Mit dem Spezialauftrag, die Resistance zu bekämpfen.«

»Auch das wissen wir. Mrs. Richards hat es uns erzählt.«

Bottando machte ein irritiertes Gesicht. »Es wäre mir wirklich lieber, wenn Sie mir solche Sachen erzählen würden. Dann könnte ich vielleicht aufhören, meine Zeit mit Dingen zu verschwenden, die Sie bereits wissen.«

»Wir haben es erst heute nachmittag herausgefunden.«

»Wissen Sie, daß er wegen Kriegsverbrechen gesucht wurde?« fragte er hoffnungsvoll.

»Nein.«

»Die Mühlen der Justiz mahlen langsam, aber 1948 schienen sie ihm schließlich auf die Schliche gekommen zu sein. Sie waren kurz davor, ihn zu verhaften, als er...«

»Flüchtete, in die Schweiz ging, seinen Namen änderte und auf Nimmerwiedersehen verschwand«, ergänzte Flavia hilfsbereit, was ihr wieder nur einen beleidigten Blick von Bottando einbrachte.

»Auf jeden Fall«, sagte er ein wenig enttäuscht, »wußte er über Hartung Bescheid.«

»Er war derjenige, der Hartungs Frau die frohe Botschaft überbrachte«, sagte Flavia. »Während er sie folterte.«

Bottando nickte. »Ich verstehe. Und natürlich war er wohlgeübt in den Techniken, die bei Muller angewandt wurden. Ich glaube, wir können mit an Sicherheit grenzender Wahrscheinlichkeit davon ausgehen, daß er Muller umbrachte. Die Folter und die Waffe. Es paßt alles zusammen.«

»Aber wir wissen immer noch nicht, wer *ihn* getötet hat.«

»Nein.«

»Aber wollen wir das wirklich wissen?« fragte Argyll, der von der ganzen Geschichte allmählich die Nase voll hatte und eigentlich nur noch nach Hause fahren wollte. »So wie es klingt, hat derjenige der Öffentlichkeit einen Dienst erwiesen. Wenn ich zufällig eine Waffe gehabt, diesen Schmidt/Ellman getroffen und herausgefunden hätte, was er getan hat, hätte ich ihn ebenfalls erschossen.«

»Das stimmt«, sagte Bottando. »Aber wer *wußte*, was er getan hat? Außerdem fürchte ich, daß wir vom offiziellen Blickwinkel her die Sache nicht so betrachten dürfen. Und natürlich besteht weiterhin das Problem, daß derjenige, der Ellman erschoß, vielleicht noch nicht fertig ist. Rouxel. Wissen wir, ob sich an ihn jemand herangemacht hat?«

»Nein.«

»Ihnen ist doch bewußt, daß die Verleihung dieses Europa-Preises in zehn Wochen stattfindet? Wenn Rouxel in Gefahr ist, muß sie abgewendet werden. Und um das zu tun, müssen wir wissen, wie diese Gefahr aussieht.«

»Warum sollte er in Gefahr sein? Wer sollte ihn bedrohen?«

Bottando hob den Kopf. »Dieser Mann mit der Narbe vielleicht?«

»Über den habe ich mir Gedanken gemacht«, erwiderte Flavia. »Und bin zu dem Schluß gekommen, daß er durchaus sein kann, was er vorgibt. Er sagte, er sei Polizist. Als er uns verfolgte.«

»Und als er Mr. Argyll in Rom anrief, mal angenommen, er war es.«

»Und die Verbindung mit Besson deutet auf dasselbe hin. Janet sagt zwar, er ist keiner, aber jemand hat Dokumente aus diesem Deportationszentrum entfernt und dem Direktor eingeschärft, mir nicht sonderlich behilflich zu sein, und Janet war der einzige Offizielle, der wußte, daß ich dort hingehe. Und in Rom ruft dieser Mann bei Argyll an und sagt, daß er um fünf vorbeikommt. Argyll erzählt es uns, und Sie rufen bei Janet an und erzählen ihm von diesem Mord. Und der Mann taucht nicht auf. Ich glaube, Janet hat ihm gesteckt, er soll so schnell wie möglich aus Rom verschwinden.«

»Das wäre aber sehr untypisch für Janet«, sagte Bottando zögernd. »Er ist doch sonst so gewissenhaft.«

»Das sind Sie ebenfalls. Aber es gab auch Zeiten, in denen man auf Sie Druck von oben ausgeübt hat. Ich kann mir nur nicht vorstellen, warum jemand auf ihn Druck ausüben sollte. Aber ich fürchte, es bringt auch nichts, wenn wir ihn fragen.«

Bottando dachte darüber eine Weile nach, mit einer nicht gerade sehr glücklichen Miene. Morde und solche Sachen – schön und gut, aber er sah nicht ein, warum sie das reibungslose Funktionieren seines Dezernats stören sollten. Seine gute Zusammenarbeit mit den Franzosen war seit Jahren ein wichtiger Faktor in den nicht gerade zahlreichen Erfolgen seiner Abteilung, und der Gedanke, daß sie durch diesen Fall zerstört werden konnte, bereitete ihm immer größeres Kopfzerbrechen.

»Sie werden die Lösung ziemlich schnell finden müssen«, sagte er mürrisch. »Ich lasse nicht zu, daß Jahre der Freundschaft und der sorgfältigen Arbeit von einem blöden Bild zerstört werden. Haben Sie eine Idee, was da los sein könnte?«

»Ja«, sagte Flavia knapp.

Argyll riß diese Antwort aus seinen Tagträumen. Er hatte die meiste Zeit nur ins Leere gestarrt und kaum auf die Unterhaltung geachtet. Irgend etwas rumorte in seinem Hinterkopf, er konnte es nur noch nicht recht fassen. Eigentlich war es schon seit Tagen da, und wie ein sehr kleiner Stein im Schuh wurde es immer lästiger. Die Tatsache, daß er, sosehr er sich auch anstrengte, nicht festmachen konnte, was ihm da im Kopf herumging, machte alles nur noch schlimmer.

»Wirklich?« fragte er. »Du hättest es mir ruhig erzählen können. Was ist es?«

»Ich habe gesagt, ich habe eine Theorie«, erwiderte sie. »Ich habe nicht gesagt, daß ich Beweise habe oder daß die Theorie zutrifft.«

»Das beeindruckt mich nicht«, bemerkte Argyll.

»Mich auch nicht. Aber wir haben immer noch nicht genügend Informationen. General, hatten Sie zufällig Glück bei den Schweizern wegen dieses Anrufs? Der bei Ellman, der ihn nach Rom schickte?«

»Ach, das«, sagte Bottando stirnrunzelnd. »Hatte ich, ja. Allerdings dürfte Ihnen die Antwort nicht gefallen.«

»Versuchen Sie's.«

»Der kam überhaupt nicht aus Paris, der kam aus Rom. Aus dem Hotel Raphael, um genau zu sein.«

»Aus dem was?«

»Wie ich's gesagt habe.«

»Wessen Apparat?«

»Das konnten wir leider nicht feststellen. Aber wir können doch selber gewisse Schlüsse daraus ziehen, oder?«

Er sah sie mit dem leisen Lächeln an, das er immer aufsetzte, wenn er vor ihr auf eine Antwort gekommen war. Eigentlich ein bißchen ungerecht, da er mehr Zeit gehabt hatte, um darüber nachzudenken. Trotzdem lag sie nicht sehr weit zurück.

»Ach du meine Güte«, sagte sie. »Das war am Montag, nicht?«

Er nickte.

»Und das war der Tag, an dem im Innenministerium niemand ansprechbar war, weil irgendeine internationale Delegation in der Stadt war. Finanzielle Kooperation und Kontrolle, irgendsowas.«

Er nickte noch einmal.

»Und Rouxels Enkelin erzählte Argyll, er sei Mitglied der französischen Delegation bei einem Komitee, das sich mit finanzieller Kontrolle beschäftigt.«

Bottando nickte schon wieder.

»Rouxel war an diesem Tag in Rom?«

Noch ein Nicken.

»War er der Anrufer?« fragte sie – eine Frage, die von brillanter Logik zeugte, wie sie glaubte.

Bottando zuckte die Achseln. »Nein«, antwortete er spielverderberisch. »Es scheint zwar eine vernünftige Hypothese zu sein. Aber zu der Zeit war er in einer Konferenz, die er nicht verließ. Ein weiterer Haken besteht darin, daß Rouxel zur Zeit des Mordes an Muller bei einem offiziellen Diner war, und als Ellman erschossen wurde, saß er bereits wieder im Flugzeug nach Hause. Ich habe das doppelt und dreifach überprüft. Es besteht kein Zweifel. Er hat niemanden getötet und niemanden angerufen.«

»Somit bleibt nur dieser angebliche Polizist mit der Narbe.«

»So ist es. Und wenn Sie recht haben, stochern wir in ziemlich tiefem Dreck.«

»O Gott«, rief Flavia, plötzlich angewidert von der ganzen Sache. »Was glauben Sie?«

»Was die Beweislage angeht, muß ich sagen, ich weiß es nicht«, erwiderte Bottando.

»Verdammt«, sagte Flavia verstimmt. »Alle unsere Spuren verlaufen im Sand. Wir haben zwar Fortschritte gemacht, aber die führen uns zu nichts. Alles, was wir herausgefunden haben, sind längst vergessene Details, die nicht viel bedeuten. Wenn Muller nur recht gehabt hätte. Wenn an diesem *jugement dernier* im Brief seines Vaters etwas Besonderes gewesen wäre, hätten wir wenigstens etwas, an das wir uns halten könnten.«

Plötzlich begannen in einer stillen und fast vergessenen Ecke des Zimmers Zahnräder zu surren. Alte, verrostete Hebel klickten. Synapsen, in langer Untätigkeit träge geworden, erwachten zögernd zum Leben. Die unausgegorene Idee in Argylls Hinterkopf stand ihm unvermittelt klar und deutlich vor Augen.

»Was?« sagte er.

»Dieses Bild. Wenn wir nur –«

»Du hast es *jugement dernier* genannt.«

»Ja.«

»Aha«, sagte er und lehnte sich mit einer Miene tiefster Erleichterung und Befriedigung zurück. »Natürlich. Weißt du, du hast mir nie gesagt, daß ich nicht nur schön bin, sondern auch brillant.«

»Und das werd' ich auch nicht, bis du es dir verdient hast«, erwiderte Flavia ein wenig spitz.

»Alles nur Logik. Hartung sprach in seinem Brief von diesem *jugement dernier*. Muller nahm an, daß er damit den *Tod des Sokrates* meinte, also das letzte Gericht in dem Sinn, daß es die Gerichtsszene war, die Floret als letzte malte.«

Sie nickte.

»Eins aus einer Serie von vier Bildern.«

Sie nickte noch einmal und versuchte, nicht ungeduldig zu werden.

»Im Verkaufsverzeichnis von Rosier Frères sind Hartungs Erwerbungen aufgelistet. Ein Bild des Sokrates von Floret. Und ein zweites, das an eine Adresse am Boulevard St.-Germain geliefert wurde. Die Straße, in der Mrs. Richards Eltern wohnten. Und Rouxel Untermieter war. Und Mrs. Richards erzählte uns, daß Hartung Rouxel ein Bild gegeben hatte. Ein religiöses.«

»Und?«

»Die Serie bestand aus dem Urteil des Alexander, des Salomo, des Sokrates und dem Urteil Jesu. Wir wissen, wo drei sich befinden, das *Urteil Jesu* fehlt. Wir haben angenommen, daß es sich um eine Darstellung der Verurteilung Jesu handelt. Durch Pilatus. Aber stimmt das?«

»Jonathan, mein Lieber –«

»Moment noch. Hartung gab Rouxel den Sokrates, weil der zu dem anderen gehörte. Richtig? Das waren Mrs. Richards Worte. Und dieses andere hat er immer noch«, fuhr er mit wachsender Begeisterung fort. »Ich habe es gesehen. Habe zwar den Stil erkannt, aber die Verbindung nicht gesehen. Wuchtige Farben, etwas hölzern. *Christus auf dem Thron mit den Aposteln.*«

Sie sah ihn verständnislos an.

»Das ist der Vorteil, wenn man mit einem Kunsthändler der gebildeteren Sorte zusammenlebt. Am Ende der Welt wird Jesus auf dem Thron im Kreise seiner Jünger sitzen, und er wird die Menschheit nach dem Buch des Lebens richten. Und er wird scheiden die einen von den anderen. Oder so ähnlich. Und das nennt man, wie wir alle wissen, das Jüngste Gericht. Was im Französischen ebenfalls *jugement dernier* heißt. Muller hatte die Sache nicht gründlich genug durchdacht. Er war hinter dem falschen Bild her.«

Er lehnte sich wieder zurück und sah schrecklich zufrieden mit sich selbst aus. »Wenn es wirklich etwas zu finden gibt, dann an dem Bild.«

Flavia dachte eingehend darüber nach. »Wenn dir das nur schon früher eingefallen wäre«, sagte sie.

»Besser spät als nie.«

»Hoffentlich.«

»Hilft uns das weiter?« fragte Bottando.

Sie dachte darüber nach. »Es wird meine Theorie bestätigen oder über den Haufen werfen. Falls an dem Bild wirklich etwas dran ist. Wissen Sie, ich glaube, es ist Zeit, den Fall zu einem Ende zu bringen. Auf die eine oder die andere Weise.«

»Können Sie das tun?«

»Ich glaube schon, ja.«

»Ist sie nicht schlau?« sagte Argyll bewundernd. »Generale, was haben Sie bloß getan, als sie noch nicht bei Ihnen arbeitete?«

»Na, ich mußte mich halt so durchbeißen«, erwiderte Bottando.

»Ich bin ja so froh, daß wir bald heiraten«, fuhr Argyll fort. »Einen so klugen Menschen als Frau.«

Bottando fand, daß das etwas weit vom Thema wegführte. »Meinen Glückwunsch«, sagte er trocken. »Ich hoffe, Sie werden sehr glücklich. Wurde auch langsam Zeit, meiner Meinung nach. Aber jetzt, Flavia, meine Liebe, sind Sie sicher, daß Sie die Sache abschließen können?«

»Lassen Sie es mich so sagen. Ich kann entweder eine Lösung finden oder dafür sorgen, daß nie eine Lösung gefunden wird. Wie es auch ausgeht, der Fall wird damit zu Ende sein. Wollen Sie, daß ich das tue?«

Bottando nickte. »Das ist wahrscheinlich das beste. Im

Idealfall würde ich natürlich gern einen Mörder oder zwei einbuchten. Aber wenn das nicht möglich ist, will ich das Ganze vom Tisch haben. Wie wollen Sie vorgehen?«

Sie lächelte schwach. »Ich glaube, zuerst müssen wir Rücksprache halten. Das heißt, wir benutzen erprobte und bewährte Kanäle. Wir fliegen nach Paris zurück.«

18

Egal, wie es ausgeht, hoffentlich ist es bald vorbei, dachte Flavia, während sie sich müde ins Flugzeug schleppte. Sehr viel länger hielt sie dieses Tempo nicht mehr durch. Einige Geschäftsleute, hatte es den Anschein, taten so etwas andauernd. Drei Länder pro Tag, fliegender Flughafenwechsel. Sie konnte es nicht. Sie wußte nicht einmal mehr, was für ein Tag war. Sie wußte nur, daß in dem Augenblick, da sie geglaubt hatte, sie hätte einen Ort erreicht, wo sie den Kopf auf ein Kissen betten und eine Nacht lang ungestört schlafen konnte, ihr diese Gelegenheit wieder entrissen worden war. Nur eine einzige Nacht hatte sie in der vergangenen Woche durchgeschlafen. Sie war abgespannt, verwirrt, nervös und fühlte sich durch und durch elend. Eine Sicherung kurz vor dem Durchbrennen. Eine Zeitbombe knapp vor der Zündung.

Argyll, der die Anzeichen nur zu gut kannte, ließ sie während des ganzen Fluges in Ruhe und hing seinen eigenen Gedanken nach. Er wußte ganz genau, daß jeder Versuch, eine Unterhaltung zu beginnen oder sie auch nur mit kleinen Witzen ein wenig aufzumuntern, kontraproduktiv wäre.

Außerdem war ihm auch selbst nicht nach kleinen Witzen zumute. Er wußte nicht, was in Flavias Kopf herumging, aber er wußte, daß er von dieser ganzen Geschichte mehr als genug hatte. Leute, die durch die Gegend laufen und Bilder stehlen, sind eine Sache. Und auch Mord ist nicht so schlimm, wenn man erst einmal daran gewöhnt ist. Aber in diesem Fall gab es für seinen Geschmack zuviel jahrzehntelanges Unglück. Argyll hatte es gern, wenn die Leute zufrieden waren; wie naiv ihn das auch erscheinen lassen mochte, hielt er doch Zufriedenheit für eins der grundlegenden Menschenrechte. Und in diesem Fall wimmelte es von Leuten, denen sie entgangen war. Muller, der sein Leben zugebracht hatte in der Trostlosigkeit, praktisch keine Eltern zu haben und dennoch mit dem Vermächtnis seines Vaters umgehen zu müssen. Wenigstens war ihm der Kummer der Erkenntnis erspart geblieben, in welchem Zustand seine Mutter noch immer ihr Leben fristete. Und seine Mutter, ein humpelnder Leichnam seit mehr als vierzig Jahren. Sogar Ellmans Sohn war von all dem verdorben worden, hatte er doch seinen Vater erfolgreich erpreßt und sich damit gerechtfertigt, es sei für einen guten Zweck. Nur Rouxel und seine Familie waren unberührt geblieben. Der hochangesehene Mann und seine schöne Enkelin, sie segelten in heiterer Gelassenheit durchs Leben und merkten gar nicht, welches Elend sie umwehte. Vielleicht würden auch sie bald hineingezogen werden. Etwas aus der Vergangenheit hatte die Hand ausgestreckt, und Rouxel war der einzige, den sie nicht berührt hatte. Bis jetzt.

Der gute alte Byrnes hatte sie zum Flughafen gefahren, ihnen Geld gegeben und obendrein die Tickets bezahlt mit der Begründung, er sei sicher, daß der italienische Staat zu gegebener Zeit dafür aufkommen werde. Sogar seine frostige Ehefrau hatte sich von dem frühmorgendlichen Affront soweit erholt, daß sie ihnen als Reiseproviant einige Sandwiches schmierte. Wie Argyll zu erklären versuchte, war sie eigentlich gar nicht so schlimm. Englische Ladies sind gelegentlich so: Butterweiche Herzen in einem dicken Panzer aus solidem Titan. Sie können recht freundlich sein, solange es niemand bemerkt und hinausposaunt. Dann werden sie barsch und beharren darauf, daß sie ganz und gar nicht so sind.

Bottando war geblieben, er war mit Elizabeth Byrnes ins Plaudern gekommen. Diese beiden hatten sehr schnell zueinander gefunden, und während Flavia und Argyll sich mit müden Schritten zum Auto schleppten, saß Bottando in der Küche, trank Wein und sah seiner Gastgeberin beim Kochen zu. Natürlich würde der General zum Abendessen und die Nacht über bleiben. Absolut kein Problem.

Pfff. Das war ungefähr der Gedanke, den sowohl Argyll wie Flavia dachten, als sie losgefahren waren. Irgendwie schien die Arbeitsaufteilung ein wenig unfair. Sie rannten herum wie kopflose Hühner, und Bottando legte sich ins gemachte Bett. Daß er beim Abschied etwas von den Privilegien seines Ranges gefaselt hatte, war auch nicht gerade aufmunternd gewesen. Und sein Beitrag – Janet anzurufen und ihr Kommen anzukündigen – roch auch nicht nach Überarbeitung. Argyll hatte an diesem Punkt protestiert und gemeint, Janets bisherige Leistungen im Fach Hilfsbereitschaft seien nicht gerade vorbildlich gewesen, doch Flavia hatte darauf bestanden. Das sei das Wesentliche, hatte sie gemeint, und außerdem glaube sie, daß Janet sich diesmal als nützlich erweisen werde.

Aber, wie Bottando gesagt hatte, es war Flavias Fall. Sie hatte ihn angefangen, sie sollte ihn auch beenden. Betrachten Sie es als Vertrauensbeweis, hatte er gesagt. Außerdem kenne sie alle Winkel und Ecken, er nicht. Und natürlich sei sie diejenige, die Fabriano etwas beweisen wolle.

Der Flughafen Charles de Gaulle war relativ leer, sie konnten das Flugzeug schnell verlassen und kamen auf den Rollbändern Richtung Ausgang zügig voran. Dann zur Ausweiskontrolle und zum Schalter für die Inhaber von EG-Pässen. Normalerweise ist das problemlos: Häufig machen sich die Beamten nicht einmal die Mühe, die Pässe zu kontrollieren. Vor allem am Abend ist ein mürrisches Nicken und ein flüchtiger Blick auf den Paßdeckel das Äußerste an Begrüßung, was ein Reisender erwarten kann.

Doch nicht in diesem Fall. Ob der Beamte nur jung und voller Begeisterung war oder gerade seine Schicht begonnen hatte oder was auch immer, er bestand darauf, seine Arbeit gründlich zu erledigen. Jeder Paß wurde geöffnet, jedes Gesicht gemustert, und jede Person mit einem freundlichen »Vielen Dank, genießen Sie ihren Aufenthalt« wieder auf den Weg geschickt.

Wer hat schon einmal etwas von einem freundlichen Einwanderungsbeamten an einem Flughafen gehört? Jeder weiß doch, daß es irgendwo ein internationales Ausbildungslager gibt, in dem ihnen die Grundlagen der Beleidigung und die hohe Schule des Hohns beigebracht werden.

»Madame, M'sieur«, sagte er zur Begrüßung, als Flavia und Argyll ihm ihre Pässe reichten. Flavia kam sich dabei eher vor wie ein Lamm, das zur Schlachtbank geführt wird.

Das Gefühl verstärkte sich noch, als er eingehend die Fotos musterte, gründlich ihre Gesichter studierte und dann in einem Computerausdruck auf seinem Tisch nachsah.

»Scheiße«, sagte Argyll im Flüsterton.

»Keine Angst«, erwiderte Flavia.

»Dürfte ich Sie bitten, mit mir zu kommen«, sagte der Beamte.

»Aber natürlich«, erwiderte sie mit Zucker in der Stimme. »Wir sind allerdings in größter Eile. Wir haben absolut keine Zeit zu verschwenden.«

»Es tut mir leid. Aber es dauert nur ein paar Sekunden. Sie verstehen das sicher. Eine reine Routinesache.«

Was du nicht sagst, dachte sie. Es blieb ihnen allerdings absolut nichts anderes übrig, als seinen Anordnungen zu entsprechen und brav mitzumarschieren. Die vier bewaffneten Beamten waren ihr zuvor schon aufgefallen. Vielleicht waren die Waffen nicht geladen, sie wußte es nicht und hatte nicht die Absicht, es herauszufinden.

Sie hatte das Gefühl, daß die kleine Kabine, in die man sie führte, mit Absicht so gestaltet war, daß sie deprimierend wirkte. Schmuddelige weiße Wände, keine Fenster, unbequeme Stühle und ein Tisch aus Metall und Plastik, das alles schuf eine Atmosphäre, die einen zu einem administrativen Problem reduzierte, das man am besten durch Ausweisung löste.

Es gab zwei Türen, die eine, durch die sie eingetreten waren, und eine andere, die aufging, kurz nachdem sie hereingekommen waren und sich beklommen hingesetzt hatten. So fühlt man sich also als illegaler Einwanderer, dachte Flavia.

»Was für eine Überraschung«, sagte Argyll, als er sah, wer durch die Tür kam.

»Jonathan. Schön Sie wiederzusehen«, sagte der Mann, der in den vergangen Tagen durch einen Hechtsprung zu Boden gebracht, mit Flaschen geschlagen, mit Handtaschen malträtiert worden und über ausgestreckte Beine gestolpert war. Trotz seiner Worte schien er ganz und gar nicht glücklich, sie zu sehen. Ein großes Pflaster klebte über seinem linken Auge. Flavia unterdrückte ein Kichern und beschloß, ihre letzte Begegnung nicht zu erwähnen. Provokationen brachten sie nicht weiter.

»Das beruht nicht auf Gegenseitigkeit«, sagte Argyll.

»Das dachte ich mir beinahe. Aber das macht nichts«, erwiderte der Mann und setzte sich. Dann öffnete er eine umfangreiche Akte und las in einigen Papieren – mehr um des Eindrucks willen denn aus anderen Gründen, vermutete Flavia –, bevor er den Kopf hob und sie mit leicht besorgter Miene ansah.

»Na, und was sollen wir jetzt mit Ihnen beiden anstellen«, sagte er zur Eröffnung.

»Wie wär's, wenn Sie sich uns erst einmal vorstellen?«

Er lächelte dünn. »Gérard Montaillou«, sagte er. »Vom Innenministerium.«

»Und eine Erklärung? Was das alles soll, zum Beispiel?«

»Ach, das ist ziemlich einfach. Sie sind Angehörige einer ausländischen Polizeieinheit und benötigen eine Genehmigung, um in Frankreich zu operieren. Diese Genehmigung wird Ihnen verweigert. Sie werden deshalb wieder heimreisen. Was Mr. Argyll angeht, so hat er Glück, daß wir ihn nicht wegen Schmuggels gestohlener Bilder anklagen, und er wird ebenfalls heimreisen.«

»Unsinn«, erwidert Flavia scharf. »Sie haben sich auch nicht um eine Genehmigung gekümmert, als Sie in Italien waren.«

»Ich war als Beamter Angehöriger einer internationalen Delegation.«

»Ein Spion.«

»Wenn Sie so wollen. Aber ich habe nichts so Schlimmes angestellt, daß jemand etwas dagegen haben könnte.«

»Zwei Menschen sind tot, um Himmels willen. Oder gehört das bei Ihnen zum Alltag?«

Er schüttelte den Kopf. »Sie lesen zu viele Spionageromane, Mademoiselle. Ich sitze am Schreibtisch und schiebe Papier hin und her. So wie Sie auch, im Grunde genommen. Diese Art von Arbeit hier ist ziemlich ungewöhnlich für mich.«

»Deshalb können Sie sie auch nicht gut.«

Das gefiel ihm ganz und gar nicht. War er fast soweit gewesen, sich ein wenig zu entspannen, kehrte diese Bemerkung die Entwicklung wieder um.

»Vielleicht«, sagte er steif.

»Wir fahren also nach Hause, und ich stelle einen Auslieferungsantrag, damit wir Sie wegen Mordes anklagen können?«

»Ich habe niemanden getötet«, sagte er. »Wie gesagt, ich schiebe Papier hin und her. Und jedes Mal, wenn ich mit Ihnen reden wollte, habe ich Prügel bekommen. Ich kann beweisen, daß ich bereits wieder in Paris war, als Ellman starb. Und Muller habe ich nie gesehen. Ich ging zu seiner Wohnung, aber er war nicht zu Hause.«

»Ich glaube Ihnen nicht.«

Er zuckte geringschätzig die Achseln. »Das ist Ihr Problem.«

»Ich kann dafür sorgen, daß es auch Ihres wird.«

»Das glaube ich nicht.«

»Und was haben Sie dann in Rom gewollt?«

»Ich muß Ihnen überhaupt nichts sagen.«

»Es würde aber nichts schaden. Ich werde einen Riesenwirbel wegen dieser Geschichte machen, wenn ich wieder in Rom bin. *Sie* müssen mich überzeugen, daß ich es nicht tun soll.«

Er dachte einen Augenblick darüber nach. »Na gut«, sagte er schließlich. »Sie sind sich natürlich bewußt, daß ein Bild aus dem Besitz von Jean Rouxel gestohlen wurde.«

»Das hatten wir bemerkt.«

»Zu der Zeit schenkten wir dem Vorfall keine Beachtung. Als Angehöriger der für die Sicherheit zuständigen Abteilung wurde ich unterrichtet –«

»Warum?«

»Weil Monsieur Rouxel ein sehr berühmter Mann ist, ein ehemaliger Minister, und in Kürze einen internationalen Preis verliehen bekommt. Prominente Persönlichkeiten des öffentlichen Lebens fallen in unser – mein – Ressort. Meine Aufgabe ist vorwiegend der Schutz von Politikern. Das ist alles ganz normal. Die Sache schien unwichtig, aber vor ungefähr einer Woche verhaftete die Kunstpolizei einen Mann namens Besson. Er gestand eine ganze Menge. Darunter den Diebstahl dieses Bilds.

Ich wurde deshalb dazugerufen, um mit ihm zu reden. Wir trafen schließlich eine Absprache. Besson wurde freigelassen, dafür erzählte er uns alles, was er wußte.«

»Und das war?«

»Er sei wegen dieses Bildes von einem Mann angesprochen worden, der ihn bat, es für ihn zu besorgen. Dieser Mann nannte sich Muller und sagte, Geld spiele keine Rolle, Besson solle es um jeden Preis an sich bringen. Besson wies ihn darauf hin, daß das Bild vermutlich nicht zum Verkauf stehe. Muller meinte, das sei unwichtig. Er wolle das Bild, und zwar schnell. Wenn Besson es stehlen müsse, dann habe er nichts dagegen. Er solle es einfach besorgen, dürfe aber keine Spuren hinterlassen, die zu ihm, Muller, führen könnten.

Besson fragte, was so wichtig an diesem Bild sei, und erfuhr, daß es Mullers Vater gehört habe. Er blieb beharrlich und meinte, das sei kein ausreichender Grund. Daraufhin sagte Muller, es enthalte wichtiges Material über seinen Vater.

Besson bekam ziemlich viel Geld angeboten, und als der Mensch, der er ist, konnte er natürlich nicht widerstehen. Er stahl es und leitete es über Delorme und dann allem Anschein nach über Sie weiter. An diesem Punkt kam ich ins Spiel, und was mich anging, waren sie nichts als ein gewöhnlicher illegaler Kurier.«

»Und warum haben Sie mich nicht verhaftet?«

»Wir waren in einer verzwickten Lage. Offensichtlich schrieb Muller diesem Bild eine Bedeutung zu, wir wußten nicht, welche, und der Zeitpunkt war sehr beunruhigend. Rouxel würde in einer guten Woche der Preis verliehen werden. Das war eine wirklich große Sache, und jetzt sah es so aus, als wäre da irgendwas im Busch. Vielleicht war es etwas Triviales oder Unwahres oder nur das Hirngespinst eines

Verrückten. Es war eigentlich nicht wichtig. Meine Vorgesetzten beschlossen, die Sache unter Verschluß zu halten, bis wir wußten, worum es eigentlich ging. Wenn wir Sie verhaftet hätten und Muller das herausgefunden hätte, hätte er vielleicht etwas gesagt. Unsere Absicht war es, das Bild zurückzuholen und nach Rom zu fahren, bevor er überhaupt merkte, was passiert war. Und zusätzlich stand ich natürlich stark unter Zeitdruck.«

Nicht sehr überzeugend, dachte Flavia, während sie ihr so glattzüngig redendes Gegenüber musterte. Sehr merkwürdig, diese ganze Angelegenheit. Sie wußte, daß diese Spione nicht gerade die Hellsten der Welt waren, aber das war einfach lächerlich. Natürlich wäre es venünftiger gewesen, mit einer Einsatztruppe am Bahnhof aufzukreuzen, Argyll zu verhaften und das Bild zu beschlagnahmen. Was er getan hatte, war einfach absurd. Amateurhaft. Und schlimmer noch, daß er erwartete, sie würde ihm das glauben, war eine glatte Beleidigung. Jemand in dieser Kabine sagte nicht ganz die Wahrheit. Und es war weder sie noch Argyll.

Sie warf Argyll einen Seitenblick zu und sah, daß auch er herumdruckste und nicht sonderlich überzeugt wirkte. Also stieß sie ihn so unauffällig wie möglich an und gab ihm mit einem Blick zu verstehen, er solle den Mund halten.

»Und Sie haben es verbockt«, sagte sie. Nur weil sie auf seine Geschichte einging, hieß das nicht, daß sie ihn leicht davonkommen lassen mußte.

Montaillou sah alles andere als verlegen aus. »Ich fürchte, ja«, sagte er mit einem unbekümmerten Lächeln.

»Und deshalb ab nach Rom, um Muller zu besuchen.«

»Er war nicht da. Ich habe den Mann nie gesehen.«

»Und dann haben Sie Argyll angerufen und das Bild zurückverlangt.«

»Ja«, sagte er mit einem viel überzeugenderen Anschein von Aufrichtigkeit. »Das stimmt.«

»Anschließend erhielten Sie Nachricht von Ihren Vorgesetzten, daß Muller ermordet wurde und Sie so schnell wie möglich verschwinden sollten.«

Er nickte.

»Womit Sie eine Mordermittlung behindert haben.«

Zur Abwechslung zuckte er nun die Achseln.

»Haben Sie Ellman in Basel angerufen? Und ihm gesagt, er solle das Bild holen?«

»Ich hatte noch nie von diesem Mann gehört. Ehrlich. Ich weiß noch immer nicht, welche Rolle er spielte.«

»Rouxel wußte, was Sie vorhatten?«

»Nicht in allen Einzelheiten. Das heißt, ich habe mit ihm gesprochen und seine Assistentin auf dem laufenden gehalten.«

»Aha«, sagte Flavia. »Und was Sie betrifft, gibt es darüber hinaus nicht mehr zu sagen. Das heißt, zwei Morde in Rom gehen Sie nichts an. Das Bild ist wieder an Ort und Stelle, und Rouxel kann nichts Peinliches mehr passieren.«

Er nickte. »Das stimmt. Jetzt bleibt mir nur noch, Sie nach Hause zu schicken. Bitte glauben Sie nicht, daß ich Sie in Ihrer Arbeit behindern...«

»Ich würde nicht im Traum daran denken.«

»Falls Sie zu irgendeinem Zeitpunkt etwas finden sollten, das zur Identifikation des Mörders führt, werden wir uns natürlich entsprechend verhalten.«

»Meinen Sie das ernst?«

»Natürlich. Aber im Augenblick wirbeln Ihre Nachforschungen zu viel Staub auf. Ich nehme an, Sie haben keine Verdächtigen, oder? Keine Beweise, um jemanden zu beschuldigen?«

»Das nicht gerade.«

»Das habe ich mir gedacht. Ich würde vorschlagen, Sie setzen sich mit mir in Verbindung, wenn Sie etwas Stichhaltigeres haben.«

»Gut«, sagte sie, als er aufstand, ihnen einen guten Abend wünschte, seine Unterlagen zusammensammelte und ging.

»Du bist ja plötzlich so kooperativ«, sagte Argyll, nachdem die Tür ins Schloß gefallen war. Ihr plötzlicher Schwenk zu zerknirschter Fügsamkeit überraschte ihn ein wenig. Das paßte gar nicht zu ihr.

»Ich sage nur: Schwimm mit dem Strom. Was hältst du von dieser Geschichte?«

»Ich glaube, ich habe die ganze Zeit recht gehabt. Ich habe dir gesagt, daß es keine gute Idee ist, Janet anzurufen. Da mußte dieser Mann ja kommen, um uns in Frankreich zu begrüßen.«

»Ich weiß«, erwiderte sie ein wenig verärgert darüber, daß er so schwer von Begriff war. »Genau das war meine Absicht. Ich mußte mit dem Mann reden. Wie wäre ich denn anders an ihn herangekommen? Ich mußte wissen, welche Rolle er spielt. Also, was hältst du von ihm? Von dem, was er gesagt hat?«

»Ein bißchen komisch kam mir das schon vor«, sagte er. »Ich meine, ich weiß, daß diese Leute gelegentlich etwas verbocken, aber die scheinen alles getan zu haben, um diese ganze Geschichte unnötig kompliziert zu machen.«

»Denkst du.«

»Ja«, sagte er bestimmt. »Das Problem mit dem Bild wäre sehr leicht zu lösen gewesen. Und sie haben sich größte Mühe gegeben, alle möglichen Verwicklungen einzubauen.«

»Du neigst also zur Inkompetenztheorie?«

»Hast du einen besseren Vorschlag?«

»Ja.«

»Was für einen?«

»Weißt du das nicht?«

»Nein.«

»Das freut mich aber. Ich nämlich schon.«

»Hör auf mit der Heimlichtuerei. Sag's mir einfach.«

»Nein. Dazu ist keine Zeit. Wir müssen hier raus.«

»Wir sind noch früh genug draußen.«

»Ich meine nicht, in ein Flugzeug zu steigen, und auch nicht, brav nach Rom zurückzufliegen. Ich will Rouxel besuchen.«

»Aber sie wollen uns nicht hier haben«, sagte Argyll. »Zumindest vermute ich, daß das der Grund für die Männer mit den Maschinenpistolen ist.«

»Und auf den Gedanken, daß ein bewaffneter Posten vielleicht ein bißchen übertrieben ist, bist du wohl nicht gekommen.«

»Ich weiß es nicht. Und du sagst es mir ja nicht. Auf jeden

Fall steht hinter dieser Tür ein Mann mit einer Maschinenpistole.«

Sie nickte. »Aber wahrscheinlich nicht hinter dieser da. Komm, Jonathan«, ergänzte sie, während sie am Knauf der Tür drehte, die Montaillou benutzt hatte. »Wir haben's eilig.«

Die Kabine, in die man sie eingesperrt hatte, war eine in einer ganzen Reihe solcher Verschläge, in denen die Unglücklichen, die versuchten, illegal ins Land zu kommen, verhört und für Stunden festgehalten werden konnten. Durch eine Reihe von Türen an einer Wand des Paßkontrollbereichs wurden die Möchtegern-Einwanderer eingelassen, eine parallele, auf einen Gang führende Türreihe ermöglichte es den Einwanderungsbeamten, die Kabinen zu betreten und zu tun, was sie tun mußten. Der Gang endete auf der einen Seite an einer Wand, auf der anderen versperrte ein Posten mit einer Waffe den Weg in die Freiheit.

»Sieht nicht sehr vielversprechend aus, was?« flüsterte Argyll.

»Psch«, machte Flavia. Was eigentlich unnötig war. Der Posten war nicht sonderlich wachsam. Mußte er auch nicht sein. Sie würden ihm auf die Füße treten müssen, um hinauszukommen. Und, wie Argyll zu bedenken gab, daß er das nicht bemerkte, war wohl eher unwahrscheinlich.

»Komm schon«, sagte sie. »Da entlang.«

Und nachdem sie sich versichert hatte, daß der Posten nicht hersah, ging sie so leise wie möglich in die entgegengesetzte Richtung, auf die Wand am anderen Ende des Gangs zu.

Unter weniger problematischen Umständen hätte Argyll sie auf die Nachteile dieser Entscheidung hinweisen können. Er schaffte es jedoch, sich zu beherrschen, ein skeptischer Gesichtsausdruck machte keinen Lärm, und seine Zweifel waren deutlich sichtbar.

Ihre Kabine befand sich ungefähr in der Mitte von etwa einem Dutzend. Bei der letzten angekommen, öffnete sie die Tür einen Spalt und steckte den Kopf hindurch. Sie hatte Pech: Es war besetzt. Ein sehr besorgt aussehender Mann, offensichtlich Algerier oder Marokkaner, starrte bedrückt einen steifen Beamten an, der sich umdrehte, als er die Tür sich öffnen hörte.

»Pardon«, sagte Flavia in ihrem besten Französisch. »Ich dachte, wir sollten den verhören.«

»Wer sind Sie?«

»Polizei«, antwortete sie. »Wir glauben, daß der bei sich zu Hause wegen Raub gesucht wird.«

»Na super. Sie können ihn haben, wenn Sie wollen. Ich wollte ihn sowieso zurückschicken.«

»Sollen wir übernehmen? Wir rufen Sie an, wenn wir fertig sind. Sie müssen nicht dabeibleiben, wenn Sie lieber eine Pause machen wollen.«

»Gern. Ich hab's dringend nötig. Das ist heute schon mein zwanzigster.«

Er stand auf, streckte sich und verließ mit einem freundlichen Lächeln für Flavia und Argyll und einem finsteren Blick für den Mann, den er verhört hatte, den Raum.

»Kommen Sie mit mir«, sagte Flavia forsch zu dem Einwanderer, dem nun das Entsetzen ins Gesicht geschrieben stand. »Und halten Sie den Mund«, ergänzte sie, als er seine Unschuld zu beteuern begann.

Sie öffnete die Tür zum öffentlichen Bereich und sah vorsichtig hinaus. Die bewaffneten Posten standen noch immer vor der Tür ihrer ehemaligen Kabine und unterhielten sich. Inzwischen waren mehr Kontrollschalter geöffnet, und wichtiger noch, der Beamte, der sie geschnappt hatte, war verschwunden.

»Los«, sagte sie und marschierte selbstbewußt auf einen der Schalter zu.

»Wir müssen den da mitnehmen, weil etwas gegen ihn vorliegt«, sagte sie zu den Beamten. »Die Papiere sind in Ordnung. Sie können ihn wiederhaben, sobald wir ihm auf dem Revier die Fingerabdrücke abgenommen haben.«

»Okay. Aber verlieren Sie ihn nicht.«

»Auf keinen Fall. Bis in einer halben Stunde dann.«

Und damit schleppte sie zusammen mit Argyll, der den Mann am anderen Arm gepackt hatte, den laut Protestierenden durch den Einwanderungs- und den Zollbereich und schließlich hinaus in die Auskunftshalle. Dort angekommen, konnten sie ein Kichern gerade noch unterdrücken.

»Und schwupps, schon sind wir frei«, sagte sie. »Ach, seien Sie still«, befahl sie ihrem Gefangenen, während sie mit schnellen Schritten zum Taxistand ging. »Verstehen Sie mich?« fragte sie ergänzend.

Der immer noch sehr aufgeregte Mann nickte.

»Gut. Und jetzt steigen Sie in dieses Taxi. Nehmen Sie das Geld da«, fuhr sie fort, zog ein Bündel von Byrnes Scheinen aus der Tasche und streckte es ihm entgegen, »und machen Sie sich eine schöne Zeit. Okay? Ich würde Ihnen raten, in der nächsten Zeit der Polizei nicht allzu nahe zu kommen.«

Sie trug dem Fahrer auf, Richtung Paris-Zentrum zu fahren und sah dann zu, wie das Taxi ausscherte und in die Nacht verschwand.

»Jetzt sind wir dran«, sagte sie und ging auf das nächste Taxi zu. »Verdammt«, fluchte sie beim Einsteigen. »Ich habe ihm aus Versehen ungefähr sechstausend Francs gegeben. Der denkt wahrscheinlich, es ist sein Geburtstag. Wie zum Teufel soll ich das bloß Bottando erklären?«

»Wohin?« fragte der Fahrer und ließ den Motor an.

»Neuilly-sur-Seine. Dort wohnt er doch, oder?«

Argyll nickte.

»Gut. Dann bringen Sie uns dahin«, sagte sie zum Fahrer. »So schnell wie möglich, bitte.«

19

Es war inzwischen nach neun, und der Stoßverkehr hatte bereits nachgelassen, so daß der Taxifahrer zeigen konnte, was in ihm steckte. Er fuhr einen riesigen Mercedes, ein höchst unwirtschaftliches Fahrzeug in Argylls Augen, aber ein unbestreitbar sehr nützliches, wenn es darum ging, sie so schnell wie möglich nach Paris zu bringen.

Das einzige Problem bestand darin, daß der Fahrer nicht so

recht wußte, wie er fahren sollte. Flavia und Argyll, die beide nicht gerade Experten in der Pariser Geographie waren, mußten ihm weiterhelfen: Flavia mit einem Stadtplan und Argyll mit seinen Erinnerungen an seinen ersten Besuch bei Rouxel. Zu dritt brachten sie recht Anständiges zuwege: Nur zweimal bogen sie falsch ab, einmal sogar ohne schwerwiegende Folgen. Der Fahrer, der recht zufrieden mit sich war, aber nicht gerade erfreut darüber, seine Fahrgäste mitten in einem Wohngebiet absetzen zu müssen, wo er mit Sicherheit keinen Kunden für die Rückfahrt finden würde, ließ sie in einer Parallelstraße zu Rouxels Straße aussteigen.

Vorsicht ist eine Tugend, auch wenn sie nicht notwendig ist. Im Augenblick waren Flavias Befürchtungen allerdings unbegründet. Gleichgültig, wie viele Polizisten ausschwärmen würden, sobald sie sich zusammengerauft und herausgefunden hatten, daß ihre Gefangenen aus dem Flughafen geflohen waren, bis jetzt ließ sich noch keiner sehen.

Diesmal war das Tor nicht verschlossen, es öffnete sich mit einem leisen Quietschen.

»Flavia, bevor wir weitermachen, worum geht es hier eigentlich?« frage Argyll.

»Um Daten.«

»Was für Daten?«

»Die Daten für die Zerschlagung von Pilot.«

»Ich versteh nicht, was du meinst. Macht aber nichts. Was haben die mit unserem Fall zu tun?«

»Wir müssen Rouxel fragen.«

Argyll rümpfte die Nase. »Na, wie du willst. Obwohl ich sagen muß, wenn ich kein so großes Vertrauen in dich hätte, wäre ich sehr in Versuchung, zum Flughafen zurückzufahren.«

»Hast du aber. Können wir jetzt aufhören zu reden und hineingehen?«

Um ihm jede weitere Möglichkeit zum Widerspruch zu nehmen, drehte sie sich um und drückte auf die Klingel. Nichts rührte sich. Nachdem sie eine Weile gewartet, noch einmal geklingelt und ungeduldig mit den Füßen gescharrt hatte, kam sie zu der Überzeugung, sich unter den gegebenen

Umständen über die Regeln der Höflichkeit hinwegsetzen zu können. Sie drückte die Klinke, merkte, daß die Tür unverschlossen war, und stieß sie auf. So langsam schien es ihr zur Gewohnheit zu werden, in anderer Leute Häuser einzudringen.

In der Diele brannte Licht. Drei Türen gingen von dort ab, alle waren geschlossen. Unter einer war ein dünner Lichtspalt zu sehen. Flavia ging auf diese zu und trat ein.

Das Zimmer war leer. Aber offensichtlich war vor kurzem noch jemand hier gewesen, denn ein Buch lag aufgeschlagen auf dem Teppich und neben dem offenen Kamin stand ein halbleeres Glas Brandy.

»Ich höre etwas«, sagte Argyll leise. Es war zwar nicht unbedingt nötig zu flüstern, aber es schien angemessen.

»Und jetzt?« fragte Flavia, als sie vor dem Zimmer standen, aus dem das Geräusch kam.

Obwohl für jemanden, der eben uneingeladen in das Haus eines Fremden eingedrungen war, eine absurd höfliche Geste, klopfte Flavia leise. Keine Antwort. Also drückte sie auf die Klinke und öffnete die Tür.

»Wer da?« kam eine leise Stimme aus einem Winkel, als Flavia den Kopf ins Zimmer steckte. Rouxel stand in einem wahren Wald aus Zimmerpflanzen und besprühte die Blätter mit irgendeinem Mittel. Argyll hat ja gesagt, daß er ein Pflanzenliebhaber ist, dachte Flavia unnötigerweise.

Das Zimmer war dunkel bis auf zwei Lichtkegel, der eine über dem Schreibtisch und der andere über einem Sessel, in dem Jeanne Armand saß. Es war das Arbeitszimmer, in dem Argyll vor ein paar Tagen Rouxel befragt hatte oder von ihm befragt worden war. Ein dunkles Holzregal mit ledergebundenen Büchern säumte eine Wand. Schwere, bequeme Sessel standen zu beiden Seiten des Kamins.

Flavia sah sich das Zimmer genau an, um ein wenig Zeit zum Nachdenken zu gewinnen. Sie wußte nicht mehr so recht, wie sie weitermachen sollte. Auf der einen Seite war ihre Gewißheit, daß sie endlich begriffen hatte. Und auf der anderen Seite ein plötzlich aufkeimender, glühender Haß auf die ganze Geschichte.

»Wer sind Sie?« fragte Rouxel.

»Mein Name ist Flavia di Stefano. Ich bin von der Römischen Polizei.«

Es schien ihn nicht sonderlich zu interessieren.

»Ich habe den Diebstahl Ihres Bildes untersucht.«

»Das wurde zurückgegeben.«

»Und die beiden Morde, die damit in Verbindung stehen.«

»Ja. Man hat mich auf dem laufenden gehalten. Aber das ist wohl jetzt alles vorbei.«

»Ich fürchte, Sie irren sich. Es ist noch nicht alles vorbei.«

Sie ging ins Zimmer hinein, zu der Wand, die den in den Garten hinausführenden Glastüren gegenüberlag. »Wo ist das Bild?«

»Welches Bild?«

»*Der Tod des Sokrates*. Das Bild, das Ihnen von Ihrem Mentor Jules Hartung geschenkt wurde.«

»Ach wissen Sie, es hat so viele Schereien bereitet, da habe ich es zerstören lassen.«

»Sie haben was?«

»Es war Jeannes Idee. Sie hat es verbrannt.«

»Warum?«

Er zuckte die Achseln. »Ich glaube nicht, daß ich Ihnen erklären muß, was ich mit meinem Eigentum anstelle.«

»Aber Sie haben ja noch andere«, sagte sie. »Wie das zum Beispiel.« Sie zeigte auf ein kleines Bild neben einem Bücherschrank aus Mahagoni. Es war ungefähr so groß wie all die anderen. Eher Argylls Geschmack. Christus saß im Kreis seiner Apostel, etwa so wie in Leonardos *Das letzte Abendmahl*. Alle sahen sehr ernst aus, und einigen der Apostel stand Mitleid, ja sogar Trauer ins Gesicht geschrieben. Vor ihnen war eine Schlange Menschen zu sehen, von denen der erste kniend sein Urteil erwartete.

Wieder kam keine Erwiderung. Rouxel wehrte sich nicht gegen ihre Fragen, er ärgerte sich nicht über sie und versuchte auch nicht, sie zu unterbinden. Auch schien er in keinster Weise besorgt zu sein. Er war einfach nicht interessiert.

»Und Sie wurden gerichtet, jeder nach seinen Werken«, zitierte sie. »Sind Sie darauf vorbereitet, Monsieur?«

Wenigstens jetzt erhielt sie eine Antwort. Rouxel lächelte dünn und bewegte sich leicht. »Wer ist das schon?«

»Ich frage mich, wie lange es noch dauert, bis die Kavallerie hier ist«, sagte Flavia und sah auf ihre Uhr.

»Wer?« fragte Argyll.

»Montaillou und seine Freunde. Die sollten inzwischen schon hier sein.«

»Und was dann?«

Jetzt setzte sie eine gleichgültige Miene auf. »Das ist mir eigentlich egal. Was denken Sie, Monsieur Rouxel? Soll ich erklären?«

»Sie scheinen eine junge Frau zu sein, die glaubt, daß sich alles erklären läßt. Daß alles unbegründet, begriffen und verständlich gemacht werden kann. In meinem Alter bin ich mir nicht mehr so sicher. Was Menschen tun und warum sie es tun, ist oft unverständlich.«

»Nicht immer.«

»Ich glaube, sie sind da«, sagte Argyll, der zum Fenster gegangen war und durch die Vorhänge hinausspähte. »Ja. Montaillou und ein paar andere. Einer sieht aus, als hätte er den Auftrag, das Tor zu bewachen. Ein zweiter steht an der Haustür. Und die beiden anderen kommen herein.«

Montaillou und ein zweiter Mann, den Argyll noch nie gesehen hatte, betraten das Arbeitszimmer. War der Geheimdienstler bei ihrer letzten Begegnung noch höflich gewesen, versuchte er jetzt nicht einmal mehr, den Schein gepflegter Umgangsformen zu wahren. Der zweite Mann wirkte distanzierter. Er war Ende Fünfzig, hatte kurzgeschnittene graue Haare, eine Hakennase und einen wachsamen Blick, in dem sich jetzt allerdings resignierte Besorgnis spiegelte.

»Vor ein paar Stunden habe ich noch gesagt, daß ich weder Mr. Argyll anklagen noch Ihre Karriere zerstören will«, sagte Montaillou mit barscher Stimme und kaum verhülltem Zorn. »Ich bin sicher, Sie werden verstehen, daß ich mich daran nun nicht mehr halten kann.«

Flavia ignorierte ihn. Vielleicht nicht gerade der beste Weg, seine Wut zu besänftigen, aber wen kümmerte das? »Hallo, Inspektor Janet«, sagte sie. »Schön, Sie wiederzusehen.«

Der Grauhaarige nickte ihr verlegen zu. Argyll musterte ihn mit schnellem Blick von oben bis unten. Das war also der Mann, dem sie angeblich als einzigem trauen konnten. Was auch passiert, dachte er, es wird lange dauern, bis die französich-italienischen Beziehungen im Bereich der Kunstkriminalität sich wieder erholt haben.

»Hallo, Flavia«, erwiderte Janet mit einem beinahe wehmütigen, entschuldigenden Lächeln. »Es tut mir wirklich sehr leid, daß es so weit kommen mußte.«

Flavia zuckte die Achseln.

»Aber warum sind Sie hierhergekommen?« fuhr Janet fort. »Was wollen Sie hier?«

»Ich weiß, was sie will –«, begann Montaillou. Aber Janet hob die Hand, um ihn zum Schweigen zu bringen. Flavia entging das nicht. Es war interessant. Sie hatte immer gewußt, daß Janet mehr Macht hatte als ihm strenggenommen seine Stellung verlieh, daß er wie Bottando zu jenem Kreis von Beamten gehörte, die eine Menge Leute kannten, die Kontakte spielen lassen und viele Probleme mit ein paar leisen Worten beilegen konnten. Aber das hier war neu für sie. Montaillou akzeptierte widerspruchslos die größere Autorität des Mannes. Und Janet schien sich noch immer einer gewissen Verpflichtung ihr und dem italienischen Dezernat gegenüber, einer besonderen Beziehung, bewußt zu sein. Das gab ihr die Chance, wenigstens angehört zu werden.

»Ich habe jemandem ein Versprechen gegeben«, sagte sie.

»Haben Sie eine Erklärung? Beweise?«

»Ich glaube, ich kann Ihnen eine gute Hergangsbeschreibung liefern.«

»Die muß aber wirklich gut sein.«

»Das glaube ich nicht. Ich glaube nicht, daß wir Beweise und dergleichen brauchen. So ein Fall ist das nicht. Ich fürchte, es wird nicht damit enden, daß jemand verhaftet, ausgewiesen oder vor Gericht gestellt wird.«

»Wollen Sie damit andeuten, daß der französische Geheimdienst etwas mit diesen Morden zu tun hatte? Ich hoffe doch nicht«, sagte Janet. »Gleichgültig, wie unfähig Monsieur Montaillou sich in diesem Fall...«

Sie schüttelte den Kopf. Der Sarkasmus dieser Worte war ihr nicht entgangen, und das konnte noch nützlich werden: Diese beiden Vertreter des französischen Staates hatten wenig füreinander übrig. »Nein. Er – und Sie – haben es nur schwieriger gemacht, herauszufinden, was eigentlich vor sich ging.«

»Wer hat dann diese Leute getötet?«

»Sie«, sagte Flavia knapp und zeigte auf Jeanne Armand. »Oder zumindest hat sie den ersten Mord organisiert und den zweiten begangen.«

Vollkommenes Schweigen trat ein, das nicht einmal die Frau im Sessel mit einem Protest durchbrach. Schließlich war es Argyll, der als erster reagierte.

»Aber Flavia, wirklich«, sagte er. »Was für eine Schnapsidee. Sieht sie für dich vielleicht wie eine Mörderin aus?«

»Haben Sie dafür wenigstens einen Beweis?« fragte Janet.

Sie schüttelte noch einmal den Kopf. »Keinen schlüssigen. Aber Monsieur Rouxel war an diesem Tag in Rom, als Leiter einer Delegation beim Innenministerium. Der Anruf, der Ellman nach Rom bestellte, kam aus dem Hotel Raphael. Und im Zimmer gegenüber von Ellman wohnte eine Zeugin, die Kommissar Fabriano verhörte. Eine Madame Armand. Das waren Sie, nicht?«

Jeanne Armand hob den Kopf und nickte. »Ja. Aber ich habe die Wahrheit gesagt. Ich habe nichts gehört, das von Interesse hätte sein können. Natürlich war es ein unglücklicher Zufall, daß ich im selben Hotel wohnte.«

»Sehr unglücklich«, bestätigte Flavia. »Und Sie waren nicht ganz aufrichtig.«

»Ich hielt es für angebracht, um meinen Großvater zu schützen. Ich –«

»Sie wollten nicht, daß sein Name so kurz vor der Preisverleihung in die Zeitungen kommt. Natürlich.«

»Aber es bleibt ein Zufall«, sagte Janet leise. »Außer Sie überzeugen uns vom Gegenteil.«

»Ich sage es noch einmal, ich habe keinen Beweis. Aber ich kann Ihnen eine Geschichte erzählen, wenn Sie wollen. Sie können sie glauben oder nicht, das liegt bei Ihnen. Und ich werde mich dann heimlich, still und leise ins nächste Flugzeug nach Rom setzen und die ganze Sache vergessen.«

Sie sah sich um, und da sie weder zum Reden ermutigt noch zum Schweigen aufgefordert wurde, atmete sie tief durch und begann.

»Wir haben ein lockeres Netzwerk von Leuten, verteilt auf verschiedene Generationen und verschiedene Länder. Einige tot, andere noch am Leben. Jules Hartung, bereits ziemlich alt, als der letzte Krieg begann. Jean Rouxel, Mrs. Richards, Ellman, alle dieselbe Generation und 1940 in ihren Zwanzigern. Viel jünger war Arthur Muller. Und die jüngste von allen ist Jeanne Armand hier. Sie kamen aus der Schweiz und aus Kanada, aus England und Frankreich. Aber alle waren sie vom Krieg gezeichnet, vor allem von dem, was am siebenundzwanzigsten Juni 1943 passierte. An dem Tag, als die Resistance-Zelle mit dem Codenamen Pilot vom deutschen Militärgeheimdienst zerschlagen wurde.

Darüber können wir später reden, wenn Sie wollen. Zuerst will ich Ihnen erzählen, was passiert ist. Als Arthur Muller Besson beauftragte, dieses Bild zu stehlen, tat er etwas, das ganz und gar nicht seinem Charakter entsprach. Einen aufrichtigeren, ehrlicheren und korrekteren Mann kann man sich kaum vorstellen. Einer, der nichts Illegales tat. Aber in diesem Fall beteiligte er sich mit voller Absicht an einem Verbrechen. Warum? Wir wissen, daß er das Bild untersuchen wollte, aber warum schrieb er dann nicht Jean Rouxel und bat ihn um Erlaubnis? Ich glaube, die Antwort ist sehr einfach. Er tat es. Und wurde abgewimmelt.«

»Das stimmt nicht«, sagte Rouxel. »Bis letzte Woche hatte ich noch nie von diesem Mann gehört.«

»Nein. Ihre Sekretärin kontrolliert Ihre Post. Sie sah die Briefe und beantwortete sie für Sie. Ich kann mir vorstellen, daß sie Muller anfangs für verrückt hielt, und er hatte einen guten Grund, ihr nicht in aller Aufrichtigkeit zu sagen, warum er das Bild sehen wollte. Wie auch immer, sie blockte alle seine Anfragen ab.«

»Es wird Ihnen schwerfallen, das zu beweisen«, sagte Jeanne.

»Ich weiß. Als Sie Ellman töteten, nahmen Sie die Korrespondenz, die er aus Mullers Wohnung gestohlen hatte, an sich und vernichteten sie. Ich kann mir vorstellen, daß sie alle Ihre Briefe an ihn enthielt.«

»Vielleicht aber auch nicht.«

»So ist es. Wie gesagt, ich erzähle nur eine Geschichte. Als die Polizei Besson verhaftete, wurde er verhört und an Montaillou weitergegeben. Und der rief an und erkundigte sich nach dem Bild. Sie haben mit Madame Armand gesprochen, habe ich recht?«

Montaillou nickte.

»Sie erfuhr also, daß das Bild unterwegs zu Muller war, und jetzt dämmerte ihr auch, warum es so wichtig war. Sie wollte es aufhalten und sagte deshalb, Muller sei vollkommen verrückt und besessen davon, zu beweisen, daß Rouxel die Ermittlungen gegen Hartung verpfuscht habe. Sie war es, die Sie dazu drängte, das Bild abzufangen, bevor es das Land verließ, und die Sie vor möglichen Peinlichkeiten warnte.«

Montaillou nickte noch einmal.

»Und Sie haben versagt. Was Madame Armand anbelangte, war es zu der Zeit schon zu spät. Auch wenn das Bild von Muller zurückgeholt werden konnte, war das keine Garantie, daß sein Inhalt nicht schon entfernt worden war. Muller war gefährlich, und man mußte sich um ihn kümmern. Und bevor Sie mich unterbrechen – ich werde Ihnen gleich sagen, warum.

Es war eine delikate Angelegenheit, und sie brauchte jemanden, dem sie vertrauen konnte. Sie rief deshalb Ellman an. Rief ihn von ihrem Hotel aus an und sagte ihm, was er tun sollte. Er stimmte zu.

Ellman kam in Rom an und ging zu Muller. Muller stritt ab, das Bild zu haben, und er wurde gefoltert, damit er verriet, wo es sich befand. Als er gestand, daß Argyll es hatte, wurde er getötet, und Ellman verließ die Wohnung mit den Dokumenten.

Anschließend traf Ellman sich mit Madame Armand, die in Rom geblieben war, nachdem Rouxel bereits wieder nach Paris abgereist war. Vielleicht versuchte er, zu gerissen zu sein, ich weiß es nicht. Aber Sie erschoß ihn mit seiner eigenen Waffe und nahm alle Papiere mit, die er in seinem Zimmer hatte. Ich nehme an, sie hat sie vernichtet.

Ein paar Tage später gibt Jonathan Argyll das Bild zurück, ohne etwas dafür zu verlangen, und Madame Armand verbrennt es, nur um ganz sicher zu gehen.«

Flavia blickte in die Runde, um zu sehen, wie die Zuhörer diese eigentlich ziemlich schwache Darstellung aufnahmen. Viel Vermutung, wenig Gehalt. Sie konnte schon beinahe Bottando im Hintergrund grummeln hören.

Die Reaktionen entsprachen ihrer Erwartung. Argyll sah leicht enttäuscht drein, Janet überrascht, daß man ihn wegen so etwas spät am Abend aus dem Haus geholt hatte, Montaillou machte ein verächtliches Gesicht, und Jeanne Armand wirkte beinahe amüsiert. Nur Rouxel zeigte keine Regung und saß still in seinem Sessel, als hätte er eben gehört, wie ein junger, aber engagierter Manager eine absolut exotische Theorie darlegte.

»Sie müssen mir verzeihen, wenn ich sage, daß das sehr dünn ist, junge Dame«, sagte er, als deutlich wurde, daß niemand sonst das Schweigen brechen würde. Und er lächelte sie dabei fast entschuldigend an.

»Da ist noch mehr«, sagte Flavia. »Nur weiß ich nicht, ob Sie es hören wollen.«

»Wenn's so schwach ist wie der erste Teil, werden wir es vermutlich überleben«, bemerkte Montaillou.

»Monsieur Rouxel?« fragte sie mit beträchtlichem Widerwillen. »Was ist mit Ihnen?«

Er schüttelte den Kopf. »Sie haben sich festgelegt. Sie können jetzt nicht aufhören. Das wissen Sie so gut wie ich. Sie müssen sagen, was Sie denken, wie töricht es auch sein mag. Meine Meinung tut da nichts zur Sache.«

Sie nickte zustimmend. »Nun gut. Wenden wir uns nun den Motiven zu. Von beiden. Warum Montaillou dieses Bild so dringend haben wollte. Und Jeanne Armand ebenfalls.

Zuerst Madame Armand. Eine kultivierte, intelligente Frau, die studierte, eine vielversprechende Karriere begann und diese dann aufgab, um vorübergehend ihrem Großvater zu helfen. Nur daß er danach ohne sie nicht mehr zurechtkam und sie überredete zu bleiben, als sie schließlich ihr eigenes Leben weiterleben wollte, anstatt sich um seins zu kümmern. Trotz ihrer Fähigkeiten wurde sie kaum besser behandelt als eine Sekretärin.

Monsieur Rouxel heiratete 1945, seine Frau starb jung, und er heiratete nie wieder. Seine Tochter starb im Kindbett. Madame Armand war seine nächste Verwandte, und sie war sehr um sein Wohlergehen besorgt. Wobei zumindest ich nicht ganz begreife, wie sie das schaffte, wenn man bedenkt, wie sie behandelt wurde. Aber sie arbeitete für ihn, kümmerte sich um ihn und hielt die Probleme der Welt von ihm fern. Stimmt das so?«

Rouxel nickte. »Sie ist alles, was ein alter Mann sich wünschen könnte. Vollkommen selbstlos. Sie war wundervoll zu mir, und ich muß sagen, wenn Sie das in den Schmutz ziehen wollen, werde ich sehr wütend...«

»Ich nehme an, sie ist außerdem Ihre Erbin.«

Er zuckte die Achseln. »Natürlich. Das ist kein Geheimnis. Sie ist meine einzige Verwandte. Wer sollte denn sonst mein Erbe sein?«

»Was ist mit Ihrem Sohn?« fragte Flavia leise.

Abgrundtiefes Schweigen folgte auf diese Bemerkung. Nicht einmal das leiseste Atemgeräusch störte die Stille.

»Arthur Muller, das erste Opfer dieser Affäre, war Ihr Sohn, Monsieur«, fuhr sie nach einer Weile fort. »Der Sohn von Henriette Richards, frühere Henriette Hartung. Sie ist noch am Leben. Ihre jahrelange Geliebte. Muller wurde 1949 geboren, zu einer Zeit, als, nach Angaben seiner Mutter, sie und ihr Gatte schon seit Jahren keine engen Beziehungen mehr hatten, wie sie es nannte. Aber Sie hatten. Sie verheimlichte, wer sein Vater war. Es hätte den Erbschaftschancen ihres Sohnes geschadet, und außerdem wollte sie, soweit sie das konnte, eine gute Ehefrau sein. Was hieß, diskret zu sein, wo sie nicht treu sein konnte. Und sie wollte nicht, daß Sie zu Hartung gehen und verlangen, er solle sie freigeben.«

Rouxel schnaubte. »Nie und nimmer hätte ich das getan.«

»Wie bitte?«

»Ich und Henriette heiraten? Der Gedanke ist mir nie gekommen.«

»Aber Sie haben sie doch geliebt«, sagte Flavia, und der Haß in ihr wurde immer stärker.

»Nie«, erwiderte er verächtlich. »Ich hatte Spaß mit ihr, sie war attraktiv und amüsant. Aber Liebe? Nein. Hartungs mittellose Abgelegte heiraten? Absurd. Ich habe auch nie dergleichen zu ihr gesagt.«

»Sie hat Sie geliebt.«

Sogar jetzt, unter diesen Umständen, zuckte Rouxel die Achseln, daß es schon beinahe eitel wirkte. Natürlich hat sie das, schien er damit andeuten zu wollen. »Sie war ein albernes Mädchen. Das war sie immer schon gewesen. Gelangweilt und gierig nach Abwechslung. Und die gab ich ihr.«

Flavia faßte den Mann ins Auge und atmete, um die Beherrschung nicht zu verlieren, einige Male langsam aus und ein, bevor sie weitersprach. Sie hatte sich festgelegt, wie er gesagt hatte. Jetzt gab es kein Zurück mehr. Das war sie Henriette Richards schuldig. Sie hatte es versprochen.

»Aber sie hat niemandem von Ihnen erzählt, außer Ihrem Sohn. Als es zu gefährlich wurde und man ihn fortschickte, zuerst nach Argentinien und dann nach Kanada, sagte sie ihm, sein Vater sei ein großer Held. Er war damals noch ein kleiner Junge, aber er verstand und klammerte sich an diesen Glauben. Auch als er erfuhr, was mit Hartung passiert war, weigerte er sich, das zu glauben. Seine Stiefschwester dachte, er lebe in einer Phantasiewelt. Aber er glaubte, was seine Mutter ihm gesagt hatte. Es war klar, daß Hartung, auch schon bevor er wegen Verrats angeklagt wurde, nicht gerade aus dem Holz war, aus dem Helden geschnitzt werden. Deshalb mußte ein anderer sein Vater sein. Als er die Briefe seiner Eltern las, erkannte er, daß sein jahrelanger Glaube richtig gewesen war, und er begann zu suchen.

Er tat das Naheliegendste, das heißt, er schrieb an Leute, die mit seinem Vater in Verbindung gestanden hatten, und er recherchierte selbst in Archiven, obwohl er absolut kein Historiker war. Er redete mit dem Archivar im Jüdischen Dokumentationszentrum. Seine Briefe an Rouxel, die Jeanne abfing und las, andere beiläufige Bemerkungen, die sie im Laufe der Jahre aufgeschnappt hatte, und die Lektüre gewisser Unterlagen in Ihrem Büro, zu denen sie freien Zugang hatte, ermöglichten es ihr herauszufinden, was er suchte. Sie wußte, wer er war, sie wußte, daß er Unterlagen suchte, die es bewiesen, aber sie wußte nicht, wo diese sich befanden.

Was Muller wollte, war der Beweis, den Hartung in seinem Brief erwähnt hatte. Den in diesem *jugement dernier*. Er identifizierte es, so glaubte er zumindest, und stahl es. Es war der schlimmste Fehler seines Lebens.

Als das Bild gestohlen wurde und Montaillou ihr sagte, wer es gestohlen hatte, fügte sich für sie alles zusammen. Sie reagierte schnell. Sie hat Ihren Sohn getötet, Monsieur. Hat ihn kaltblütig ermorden lassen. Ihn zu Tode foltern lassen von demselben Mann, der Ihre Geliebte gefoltert und ihr Leben zerstört hat. Das ist ihre Vergeltung für die Art, wie Sie sie behandelt haben.«

»Glauben Sie mir?« sagte sie nach einem weiteren, langen Schweigen.

»Ich weiß es nicht«, sagte er und schüttelte den Kopf. Er glaubte ihr. Die Art, wie er die Schultern hängen ließ, zeigte deutlich, er wußte nur zu gut, daß sie die Wahrheit sprach, auch wenn Montaillou und Janet skeptisch blieben. Es gab keinen Beweis, aber jede Strafe oder Verurteilung, die das Rechtssystem verhängen konnte, wäre sowieso vergleichsweise unbedeutend.

»War Henriette Hartung zu der Zeit, als Ihr Sohn gezeugt wurde, Ihre Geliebte?«

Er nickte.

»Und Sie hatten nie einen Verdacht?«

»Ich habe mir Gedanken gemacht, das schon. Aber sie sagte, das sei unnötig. Ich war Student, und dazu noch ein armer. Hartung war sehr gut zu mir gewesen. Ich verdankte ihm alles. Und ich hatte eine Affäre mit seiner Frau und wollte sie nicht beenden. Aber ich wollte auch nicht, daß er es herausfand. Nicht nur, weil das meine Karriere zerstört hätte, bevor sie überhaupt angefangen hatte, sondern auch, weil ich den Mann mochte.«

»Ach wirklich?« sagte Flavia. »Sie haben aber eine merkwürdige Art, Ihre Zuneigung zu zeigen.«

Argyll, der still da saß und das Geschehen beobachtete, hob bei dieser Bemerkung den Kopf. Eine gewisse Schärfe schwang in ihr mit, ein bitterer Zynismus, der eigentlich gar nicht zu ihr paßte. Er sah sie sich genau an, ihre Miene war unbewegt und kontrolliert, doch er – da er sie am besten von allen kannte, war er der einzige, der das merkte – war sich ziemlich sicher, daß gleich etwas sehr Unschönes passieren würde. Und dabei war doch, seiner Ansicht nach, bereits alles schlimm genug.

»Wenn man sich überlegt, daß er jemand war, der Ihnen so sehr geholfen hatte und den Sie so bewunderten, haben Sie ihn ziemlich umfassend betrogen.«

Rouxel zuckte die Achseln. »Ich war jung und dumm. Und es war eine bizarre Zeit damals in Paris.«

»Das habe ich nicht gemeint.«

»Was dann?«

»Ich glaube, Monsieur Montaillou weiß es.«

Montaillou schüttelte den Kopf. »Nein, ich weiß es nicht. Ich weiß nur, daß Sie ohne Grund großen Kummer verursachen. Wir wissen jetzt, wer Muller umbrachte. Das war Ellman. Sie können nicht beweisen, wer Ellmans Mörder ist, und ich kann mir nicht vorstellen, daß das jemanden sonderlich interessiert. Lassen Sie es auf sich beruhen.«

»Nein«, sagte Janet mit überraschender Heftigkeit. »Mir reicht es jetzt. Ich will es wissen. In der vergangenen Woche war ich unerträglichem Druck und nicht hinnehmbaren Einmischungen ausgesetzt. Ich wurde gezwungen, Ermittlungen einzustellen. Auf den Befehl Ihrer Leute hin mußte ich die Nachforschungen der italienischen Polizei in diesen Mordfällen behindern, was die Beziehungen zu den Kollegen in diesem Land stark beeinträchtigt hat. Ich hätte einen wichtigen Dieb fangen können, hinter dem ich schon seit Jahren her bin, und Sie gewähren ihm praktisch Amnestie. Ich habe genug. Ich will dieser Sache auf den Grund kommen, bevor ich eine offizielle Beschwerde gegen Sie einreiche, Montaillou. Deshalb fahren Sie fort, Flavia. Erklären Sie uns alles.«

»Ich weiß nicht, für wen Montaillou arbeitet, aber ich bin mir verdammt sicher, daß es nicht irgendeine unbedeutende kleine Organisation für den Schutz von Prominenten ist. Wie Sie sagen, hat er sich in den letzten Tagen ziemlich aufgespielt. Das kann man nicht, wenn man nur Diplomaten und Politikern hinterherläuft und aufpaßt, daß sie sich nicht selber in der Dusche einsperren.

Montaillous Auftrag war es, einen größeren Skandal zu verhindern. Er und seine Abteilung wurden dabei natürlich von Madame Armand manipuliert, wie jeder andere auch. Aber er wurde zu dem Glauben verleitet, das von Muller gestohlene Bild enthalte belastendes Material, das, wenn im richtigen Augenblick veröffentlicht, Monsieur Rouxel dazu bringen könnte, in aller Öffentlichkeit seinen Verzicht auf den Europa-Preis zu erklären. Seine Aufgabe war es, das zu verhindern.

Wir müssen noch einmal zurückgehen. Zu Pilot und der Vernichtung dieser Zelle. Jemand verriet sie, Operationen begannen plötzlich schiefzugehen. Aber wer war es? Rouxel nahm die Sache selbst in die Hand. Gewissen Leuten wurden ausgewählte Vorabinformationen zugespielt, und wenn die betroffenen Operationen problemlos funktionierten, waren diese Leute in der Organisation höchstwahrscheinlich unschuldig. Gegen andere blieb der Verdacht bestehen, bis auch der ausgeräumt werden konnte. Ein langsames und schwieriges Verfahren, aber anders ging es wohl nicht. Ich weiß natürlich nichts über die Bedingungen im Krieg, aber ich kann mir vorstellen, daß es nichts Schlimmeres geben konnte als einen schwelenden Verdacht, der langsam die Moral auffrißt. Der Schuldige mußte gefunden werden.

Und das wurde er auch. Eine Information, die nur Hartung erhalten hatte, führte zum Schiefgehen dieser Operation. Es war ein schlüssiger Beweis, dem sich selbst seine Frau kaum verschließen konnte. Hartung wurde deshalb zu einem Gespräch bestellt, in dessen Verlauf, so Mrs. Richards, Monsieur Rouxel ihn offen beschuldigte. Und ihn dann entkommen ließ. Stimmt das?«

Rouxel nickte. »Ja«, sagte er. »Als es darauf ankam, konnte

ich es nicht tun. Er sollte fortgeschafft und hingerichtet werden. Aber ich konnte es nicht. Vermutlich Gefühlsduselei, die ich auch sofort bedauerte. Sie kam uns teuer zu stehen.«

»In der Tat. Hartung floh, und Pilot wurde sehr schnell ausgehoben. Was den Schluß nahelegte, daß Hartung, als er merkte, daß sein Spiel aus war, vor seiner Flucht die Deutschen alarmierte. Und das wurde von den Deutschen auch bestätigt. Franz Schmidt quälte Hartungs Frau, indem er ihr sagte, der Verrat ihres Gatten sei schuld an ihrer mißlichen Lage. Er hatte auch nicht einmal versucht, sie zu retten. Vor allem deswegen waren sie und Rouxel bereit, ihn nach dem Krieg zu verfolgen. Ist das eine zutreffende Zusammenfassung, Monsieur?«

»Ja«, erwiderte er, »in etwa.«

»Und es ist von Anfang bis Ende gelogen.«

Rouxel schüttelte den Kopf.

»Hartung war immer nur eine Randfigur Ihrer Zelle, und trotzdem soll es ihm gelungen sein, alles und jedes einzelne Mitglied zu verraten? Wie konnte er nur all diese Einzelheiten gewußt haben. Sie sprachen mit ihm am Abend des sechsundzwanzigsten Juni etwa gegen halb zehn, und schon am nächsten Morgen um halb sieben hoben die Deutschen die gesamte Zelle in einer einzigen, großen Operation aus? Die sie in nur sieben Stunden Vorbereitung auf die Beine gestellt hatten? Und falls es so war, wie konnten Sie entkommen? Die einzige Person, die wirklich wichtig war, der Führer, der, auf den sie es vor allem abgesehen hatten? Der Mann, der tatsächlich Namen und Aufenthaltsorte von allen in der Gruppe kannte?«

»Ich hatte Glück«, antwortete Rouxel. »Und die Gestapo konnte sehr schnell reagieren, wenn sie wollte. Sie nannten es Operation Rasiermesser, und so etwas beherrschten sie wirklich sehr gut.«

»Ja. Operation Rasiermesser. Ich habe davon gehört.«

Rouxel nickte.

»Zur Zerstörung von Pilot. Organisiert auf der Grundlage von Hartungs umfassendem Verrat in der Nacht des sechsundzwanzigsten Juni. Den er beging, weil er nach dem Gespräch mit Ihnen wußte, daß sein Spiel aus war.«

Rouxel nickte noch einmal.

»Wie kommt es dann, daß die Befehle für Operation Rasierklinge bereits am dreiundzwanzigsten Juni ausgestellt wurden«

»Was meinen Sie damit?«

»Das Dossier über Hartungs Kunstsammlung im Jüdischen Dokumentationszentrum. Das besagt ziemlich eindeutig, daß gemäß der am dreiundzwanzigsten Juni für die Operation Rasiermesser erteilten Befehle vorgegangen wurde. Erteilt also drei Tage, bevor Sie Hartung beschuldigten, bevor er floh und bevor er, wie Sie behaupteten, Sie verriet.«

»Dann hat er uns vielleicht schon vorher verraten.«

»Vielleicht aber auch nicht. Vielleicht war es so, daß er bei dem Gespräch an diesem Abend Sie beschuldigte, ein Verräter zu sein. Vielleicht sagte er, er habe Beweise dafür. Vielleicht wandten Sie sich an die Deutschen, damit die ihn zum Schweigen brachten, aber er floh, bevor sie ihn verhaften konnten. Und sie sorgten dafür, daß Henriette am Leben blieb, damit man ihr sagen konnte, ihr Gatte sei ein Verräter gewesen, und damit sie später gegen ihn aussagen konnte.«

Rouxel lachte. »Das ist reinste Phantasie, meine liebe Frau. Sie haben keine Ahnung, wovon Sie reden.«

»Da bin ich mir nicht so sicher. Überlegen wir einmal. Dieser Schmidt. Ein Folterer und gesuchter Kriegsverbrecher. Als die Behörden ihn 1948 verhaften wollten, erfuhr er im voraus davon, er konnte verschwinden und mit Erfolg seinen Namen ändern. Aber in den letzten Jahren zahlte ihm eine Finanzdienstleistungsfirma sechzigtausend Schweizer Franken pro Jahr. Services Financiers heißt die Firma. Die Sie kontrollieren, Monsieur. Können Sie erklären, warum? Hatten Sie Mitleid mit ihm oder ähnliches? Oder bezahlten Sie ihm sein Schweigen?«

»Ich weiß nicht, wovon Sie sprechen.«

»Natürlich tun Sie das. Beträge in dieser Höhe wurden von einer Gesellschaft namens Services Financiers auf Ellmans Konto überwiesen. Einer Gesellschaft, deren Aufsichtsratsmitglied und ehemaliger Vorsitzender Sie sind. Und ein bedeutender Aktionär. Warum?«

»Ich weiß es nicht.«

»Unsinn.« Nach dieser Bemerkung hielt sie einen Augenblick inne, um sich zu sammeln. Auf keinen Fall durfte dies nun in gegenseitige Beschimpfungen ausarten. Sie mußte methodisch und gelassen vorgehen.

»Ein letztes Problem«, fuhr sie fort. »Hartung erhängte sich im Gefängnis, anstatt sich seinem Prozeß zu stellen. Aber warum, wenn er davon überzeugt war, seinen Namen reinwaschen zu können? Ist das eine vernünftige Handlung für einen Menschen, der glaubt, seine Unschuld beweisen zu können? Natürlich nicht. Nach offiziellen Angaben besuchte ihn der Vertreter der Anklage, legte ihm seine Beweise vor, und als Hartung daraufhin keinen Ausweg mehr sah, erhängte er sich. Sie waren der Ankläger in diesem Fall, Monsieur Rouxel. Sie besuchten ihn in der Nacht, als er starb. Und Sie haben ihn aufgehängt, damit er Sie im Prozeß nicht denunzieren konnte.«

»Alles Lüge und Hirngespinste.«

»Zum Glück sind wir nicht von Ihrer Aufrichtigkeit abhängig. Es gibt einen Beweis.«

Nun hattte Flavia wieder die ungeteilte Aufmerksamkeit aller, bis dahin war es nur ein Schlagabtausch zwischen ihr und Rouxel gewesen. Doch jetzt streifte jeder die Rolle des unbeteiligten Zuschauers ab und richtete sich gespannt auf.

»Was für einen Beweis?« fragte Janet.

»Der einzige Beweis, der noch übrig ist«, entgegnete Flavia. »Alle anderen wurden systematisch versteckt, vielleicht zerstört. Mullers Unterlagen. Die geheimen Ministeriumsakten. Ich sagte Janet, daß ich ins Jüdische Dokumentationszentrum gehen würde, und jemand kam mir zuvor. Ich glaube, das waren Sie, Monsieur Montaillou. Damit bleibt nur noch Hartungs Material, das, mit dem er glaubte, seine Unschuld beweisen zu können.«

»Ich dachte, wir hätten nachgewiesen, daß das nicht existiert.«

»O doch, es existiert. Muller fand heraus, daß es im letzten einer Serie von Bildern mit juristischen Themen versteckt worden war. Bilder über Urteile. *Urteil und Tod des Sokrates,*

Urteil des Alexander, Urteil Jesu, Urteil des Salomo. Ich glaube, das waren die vier. Den Sokrates erhielt Monsieur Rouxel zu seinem Examen. Aber da war auch noch das *Urteil Jesu*, das er bereits bekommen hatte, als er noch bei Henriettes Eltern wohnte. Dieses da«, sagte sie und deutete auf ein Bild in der Ecke. »*Christus auf dem Weltenthron im Kreise seiner Apostel. Das Jüngste Gericht.* Und nicht ›das letzte Urteil‹, wie man das *jugement dernier* aus Hartungs Brief ebenfalls interpretieren könnte. Nicht Jesus vor Gericht, sondern Jesus als Richter. Und dieses Bild hing in dem Büro, in dem 1943 das Gespräch zwischen Rouxel und Hartung stattfand. Wo man es am wenigsten erwarten würde, hatte Hartung in seinem Brief geschrieben. Und so war es auch. Sollen wir es abnehmen und nachsehen, was meinen Sie?«

Es war ein Glücksspiel. Schließlich wußte sie nicht, ob überhaupt etwas zu finden sein würde. Deshalb legte sie all die Eindringlichkeit und Überzeugungskraft, die ihr zur Verfügung standen, in diese Worte. Die nächsten Minuten würden beweisen, ob sie recht hatte oder einen Narren aus sich gemacht hatte.

Diesmal war es Jeanne Armand, die das Schweigen brach. Sie lachte laut auf, ein harsches, freudloses Lachen, das um so beängstigender wirkte, als es unerwartet und unangebracht war.

»Was ist denn los?« fragte Janet.

»Ich glaub's einfach nicht«, sagte sie. »All die Arbeit, das ganze Spurenverwischen, und jetzt wird alles zunichte gemacht von etwas, das seit vierzig Jahren in deinem Arbeitszimmer hängt. Das ist witzig. Wirklich witzig.«

»Darf ich das so verstehen, daß Sie meiner Darstellung zustimmen?« fragte Flavia schnell, in der Hoffnung, sie zum Weiterreden zu bringen.

»Ach Gott, aber natürlich.«

»Sie haben Ellman gebeten, das Bild zurückzuholen.«

»Ja. Ich wußte, wer Muller war, und ich wäre schön blöd gewesen, wenn ich zugelassen hätte, daß er hier hereingerauscht kommt und mir meine Rechte streitig macht. Seit Jahren habe ich mich krummgelegt für diesen Mann. Er flehte mich an, für ihn zu arbeiten, weil er mich so sehr brauche, wie er sagte, er, ein alter Mann, der sonst niemanden mehr habe auf der Welt. Er kann sehr überzeugend sein, müssen Sie wissen. Also tat ich es, aus Respekt vor dem Helden der Familie. Alles gab ich auf, und alles, was ich dafür bekam, war der Vorwurf, nicht der Enkel zu sein, auf den er wirklich hätte stolz sein können. Durch den der Name Rouxel fortbestanden hätte, als ob das etwas bedeuten würde. Und dann tauchte dieser Mann auf. Ich konnte es deutlich vor mir sehen: die tränenreiche Begegnung, die offizielle Adoption, die gnädige Aufnahme in den Schoß der Familie. Ein Sohn: die letzte Krönung eines goldenen Lebens voller Verdienste. O nein. Ich hatte nicht vor, mich so einfach von meinem wohlverdienten Platz vertreiben zu lassen. Ich wußte von diesem Ellman.«

»Woher?«

»Wie gesagt, ich organisierte das Leben meines Großvaters. All seine Briefe. All seine alten Unterlagen. Ich wußte von diesen Zahlungen, konnte mir aber nicht erklären, wofür sie bestimmt waren. Also stellte ich sie vor ungefähr einem Jahr ein. Einen guten Monat später tauchte Ellman auf. Er erzählte mir eine ganze Menge über meinen heroischen Opa. Ich sah mich dann ein wenig in den Papieren meines Großvaters um und fand heraus, daß Ellman genau der Mann war, der einen solchen Auftrag erledigen konnte und Grund genug hatte, Stillschweigen zu bewahren. Ich glaubte nicht, daß Montaillou es für mich tun würde. Was, wenn Montaillou diesen Mann besuchte und der ihm alles erklärte? Glauben Sie, Montaillou hätte die Beweise für Mullers wahre Identität zerstört? Auf keinen Fall. Das war nicht seine Aufgabe. Er hätte es als harmlose Privatangelegenheit betrachtet und sich nicht weiter darum gekümmert. Ich brauchte jemanden, der sich diese Beweise besorgte und zerstörte. Ich wußte allerdings nicht, daß er einen Mord begehen würde. Das wollte ich nicht. Ich wollte nur Mullers Beweise.«

»Warum wurde er dann umgebracht?«

»Weil ich Ellmans Gefährlichkeit unterschätzt hatte. Ich glaube, er wollte keinen Rivalen, der sich in sein Territorium drängt. Er befürchtete, daß Muller vielleicht eine Art Detektiv war, der sich an die Presse wenden würde. Und daß er, falls das passierte, möglicherweise selbst entdeckt und angeklagt würde.«

»Und Sie haben Ihrerseits Ellman getötet?«

»Ja, das habe ich«, sagte sie vollkommen ruhig. »Er hatte es verdient. Er sagte mir, er habe das Bild beschafft, und da es offensichtlich so wichtig sei, wolle er eine Million Francs dafür. Ich hatte keine andere Wahl. Ich wußte nicht, daß er gelogen und nichts gefunden hatte. Also erschoß ich ihn mit seiner eigenen Waffe. Na und? Glaubt irgend jemand hier, daß er ein Weiterleben verdient hätte? Den hätte man schon vor Jahren aufhängen sollen. Und das hätte man auch getan, hätte nicht der Ursprung all dieser Ungerechtigkeit hier ihn beschützt.«

Sie nickte wie zur eigenen Bestätigung und sah dann Flavia an, als wäre sie die einzige Person, die wirklich verstand. Das hätte jeder vernünftige Mensch doch genauso gemacht, oder? schien sie zu fragen.

»Sie sagen, Ellman habe Ihnen von ihrem Großvater erzählt?«

»Ja. Ich konnte es nicht glauben. Der große Mann, Sie wissen schon. So aufrecht und ehrenhaft. Und die Regierung hatte nie etwas deswegen unternommen...«

»Aber dort wußte man es natürlich«, sagte Flavia. »Deshalb bekam Montaillou ja unbeschränkte Vollmacht.«

»Ich wußte nichts dergleichen«, sagte Montaillou steif. Gut. Auch der wankte.

»Das glaube ich Ihnen sogar«, erwiderte Flavia. »Ich glaube nicht, daß Sie etwas gewußt haben. Aber vermutlich Ihre Vorgesetzten.«

»Schmidt, Ellman, oder wie der Kerl auch hieß«, fuhr Jeanne fort, »erzählte mir, daß mein Großvater um das Jahr 1942 verhaftet und mit Folter bedroht worden sei. Er sei sofort zusammengebrochen. Habe erst gar nicht versucht zu widerstehen. Ellman hatte nur Verachtung für ihn übrig. Meinte, er habe alles getan, um wieder freizukommen. Als Gegenleistung für seine Freiheit habe er ihnen sämtliche Namen genannt, die ihm einfielen.

Je länger ich darüber nachdachte, um so einleuchtender

klang es. Und jetzt erfahre ich von Ihnen, daß es Beweise dafür gibt. Ich bin froh darüber. Wenigstens werden dadurch alle Unsicherheiten beseitigt. Jetzt kann ich sicher sein, daß ich nichts Falsches gemacht habe. Nicht im Vergleich zu allen anderen.«

Flavia atmete erleichtert auf. Aber es war keine Befriedigung für sie, daß sie recht behalten hatte. »Monsieur Rouxel? Wenn Sie mir beweisen wollen, daß ich unrecht habe, können Sie das jetzt tun.«

Aber auch Rouxel hatte den Kampf bereits aufgegeben. Er wußte so gut wie Flavia, daß es unwichtig war, ob Beweise vorlagen oder nicht. Jeder im Zimmer wußte, daß das, was sie gesagt hatte, stimmte.

»Ein Fehler«, sagte er nach einer Weile matt. »Ein einziger Augenblick der Schwäche. Und den Rest meines Lebens habe ich versucht, den wiedergutzumachen. Das habe ich wirklich, wissen Sie. Ich habe hart – unermüdlich, wenn ich so sagen darf – für dieses Land gearbeitet. Und dafür war dieser Preis. Ich habe ihn mir erarbeitet. Ich habe ihn mir verdient. Sie können ihn mir nicht wegnehmen.«

»Niemand wird –«

»Es war der Schmerz. Ich konnte ihn nicht ertragen. Nicht einmal den Gedanken daran. Ich wurde durch Zufall verhaftet. Blödes Pech, nichts anderes. Und ich wurde Schmidt übergeben. Er war ein schrecklicher Mann, ein Ungeheuer. Ich hätte mir nie träumen lassen, daß es Menschen wie ihn überhaupt gibt. Es machte ihm Spaß, den Leuten wehzutun. Es war seine Berufung. Ich glaube, es war diese Erkenntnis, daß mich zu verhören ihm Freude bereiten würde, die ich nicht ertragen konnte. Und ich wußte, daß ich irgendwann zusammenbrechen würde. Jedem passierte das. Sie ließen mich gehen – ließen es so aussehen, als würde ich fliehen – als Gegenleistung für meine Informationen.«

»Aber es war doch nicht nötig, sich so vollständig darauf einzulassen, oder?«

»O doch. Sie wußten, wo ich mich aufhielt. Wenn ich es nicht getan hätte, hätten sie jederzeit kommen und mich holen können.«

Er blickte in die Runde, um zu sehen, welchen Eindruck sein Geständnis machte. Offensichtlich war es ihm egal. »Dann begann der Krieg sich zu wenden. Die Amerikaner waren gelandet, und alle wußten, daß die Deutschen verlieren würden. Ich traf mich mit Schmidt, und er bot mir einen Handel an. Nicht, daß ich ihn hätte ablehnen können. Er würde mein Geheimnis bewahren, und ich das seine. Er wußte, daß er nach einem Sieg der Alliierten ein gesuchter Mann sein würde. Wir brauchten einander.

Es war ein Fehler. Ich glaube, daß Hartung von diesem Treffen Wind bekam. Wie, das habe ich nie herausgefunden. Aber er bekam irgend etwas in die Hände, ein Foto, ein Tagebuch oder was auch immer. Plötzlich verhielt er sich mir gegenüber merkwürdig, und deshalb kamen wir auf diese Idee, Schmidt und ich. Wie wir alle unsere Probleme in einem Aufwasch lösen konnten. Wir heckten einen Plan aus, nach dem Hartung Informationen über eine Operation zugespielt und diese Operation schiefgehen sollte, so daß ich ihm anschließend die Schuld zuweisen konnte.

Als alles vorbereitet war, kam er in meine Kanzlei und sagte mir ins Gesicht, daß ich ein Verräter sei. Ich leugnete es natürlich, aber er mußte etwas geahnt haben.«

»War er irgendwann allein in diesem Raum?«

Rouxel zuckte die Achseln, zeigte sich jetzt kooperativ, fast schon hilfsbereit. »Vielleicht ja. Möglicherweise war das der Zeitpunkt, als er seine Beweise versteckte. Tags darauf floh er, und die Deutschen verpaßten ihn. Ich weiß nicht, wie er entwischen konnte, aber er schaffte es. Alle anderen wurden gefangen.

Nach dem Krieg kam er zurück. Dann war es ganz einfach. Ich arbeitete für die Kommission, es war also kein Problem, ihn verhaften zu lassen und die Anklage vorzubereiten. Meine Zeugenaussage und die seiner Frau. Wasserdicht. Aber als ich ihn im Gefängnis besuchte, um ihn zu verhören, sagte er, er freue sich schon auf den Prozeß. Und daß er dann seine Beweise vorlegen werde.

Hatte er welche? Ich wußte es nicht, aber er wirkte sehr zuversichtlich. Ich hatte wieder keine andere Wahl, verstehen

Sie? Ich konnte nicht zulassen, daß er vor Gericht eine Aussage machte. Also wurde er erhängt aufgefunden. Bei Schmidt war es das gleiche. Ich konnte auch nicht zulassen, daß man ihn vor Gericht stellte. Als ich hörte, daß die Deutschen nach ihm fahndeten, gab ich ihm einen Wink und half ihm, sich eine neue Identität zuzulegen. Vor ungefähr zehn Jahren fing er dann an, mich richtiggehend zu erpressen. Sein Sohn sei so teuer, sagte er. Natürlich zahlte ich.

Und jetzt dies. Ich erfahre, daß ich einen Sohn hatte, und daß meine eigene Enkelin ihn ermorden ließ. Ich glaube nicht, daß Sie mir eine härtere Strafe zumessen könnten.«

Dann verstummte er, und jeder sah sich in der Runde um und fragte sich, was nun zu tun sei.

»Ich glaube, wir sollten uns ein wenig unterhalten«, sagte Janet. »Ich bin mir sicher, Ihnen ist bewußt, daß das Probleme aufwirft, die über einen bloßen Mord, wie schwerwiegend der auch sein mag, hinausgehen. Montaillou hier kann Madame Armand für eine weitergehende Befragung ins Polizeirevier bringen. Und mit Ihnen, Flavia, würde ich gerne ein paar Einzelheiten besprechen.«

Flavia überlegte schnell und sah Rouxel an. Hatte sie noch Zweifel gehabt, wurden die durch seinen Anblick beseitigt. Er war ein gebrochener Mann. All seine Ausflüchte und Proteste waren null und nichtig geworden, als Jeanne Armand zu reden begann. Er war ein Mann, dessen Leben zu Ende war. Daß er davonlief, war kaum zu befürchten. Und was würde es schon ausmachen, wenn er es täte? Also nickte sie.

»Gut. Sollen wir nach draußen gehen?«

Und während ein sehr ernüchterter Montaillou die Frau wegführte, standen Janet und Flavia, mit Argyll im Hintergrund, in der Diele und unterhielten sich leise.

»Erstens«, sagte der Franzose, »hoffe ich, daß Sie meine Entschuldigung annehmen. Ich hatte wirklich keine andere Wahl.«

»Keine Angst. Bottando ist zwar ein wenig verstimmt, aber das wird nicht lange dauern.«

»Gut. Aber die Frage ist, wie machen wir jetzt weiter? Ich weiß nicht, was Sie denken, aber meiner Meinung nach dürfte eine gründliche Untersuchung ergeben, daß Madame Armand geistesgestört ist.«

»Was bedeutet, daß Sie sie in eine Anstalt stecken wollen?«

»Ja. Ich glaube, das wäre wohl am besten.«

»Kein Prozeß? Keine Publicity?«

Er nickte.

»Teil eins der Vertuschung. Was ist Teil zwei?«

Er trat verlegen von einem Fuß auf den anderen. »Was sollen wir denn sonst tun?«

»Eine Anklage gegen Rouxel?«

»Das ist zu lange her. Gleichgültig, welches Belastungsmaterial in diesem Bild steckt, es ist alles viel zu lange her. Außerdem, können Sie sich wirklich vorstellen, daß die Regierung eine Anklage gegen einen Mann genehmigt, den sie selbst für diesen Preis vorgeschlagen hat? Und dabei die Enthüllung riskiert, daß sie die ganze Zeit über ihn Bescheid gewußt hat? Wie belastend ist dieses Material?«

Sie zuckte die Achseln. »Das wird sich zeigen. Ich bezweifle, daß es jetzt noch viel wert ist. Gestützt durch die Aussagen anderer, wäre es vor fünfzig Jahren vielleicht genug gewesen, um Hartungs Unschuld zu beweisen, aber heute...«

»Es gibt also wahrscheinlich keine stichhaltigen Beweise? Nichts Hundertprozentiges? Nicht einmal so viel, daß jemand damit ein Gerücht in die Welt setzen könnte?«

Sie schüttelte den Kopf. »Ich fürchte, so ist es. Aber Sie wissen, daß es die Wahrheit ist. Und er da drin ebenfalls.« Sie zeigte auf die Tür zu Rouxels Arbeitszimmer.

»Was wir wissen und was wir beweisen können, sind zwei Paar Stiefel.«

»Stimmt.«

»Sollen wir wieder hineingehen?«

Sie nickte und öffnete die Tür. »Ich glaube, es ist Zeit«, sagte sie leise.

Sie hörte, wie Janet erschrocken den Atem anhielt, als die Tür aufschwang und den Blick ins Zimmer freigab. Rouxel starb, doch den Schmerz des Todeskampfes ertrug er tapfer. Neben ihm auf dem Boden lag ein Fläschchen, das ihm aus der Hand geglitten war, und man brauchte nicht viel Intelligenz, um zu erkennen, daß es Gift enthielt: das Insektenmittel, mit dem er bei Flavias und Argylls Eintreten seine Pflanzen eingesprüht hatte. Die Haut war blaß, und die zur Faust geballte Hand hing seitlich herab.

Es war jedoch das Gesicht, das die Aufmerksamkeit auf sich zog. Die Augen waren offen und glasig, aber es strahlte Würde und Gelassenheit aus. Es war das Gesicht eines Menschen, der mit dem Bewußtsein starb, daß andere um ihn trauerten.

Janet stand einen Augenblick still da, betrachtete die Szene und drehte sich dann mit verzerrtem Gesicht zu Flavia um. »Sie wußten es«, schrie er sie an. »Sie...! Sie wußten, daß er es tun würde.«

Sie zuckte gleichgültig die Achseln.

»Ich hatte keinen Beweis«, sagte sie und wandte sich zum Gehen.

20

»Ach du meine Güte«, sagte Bottando. »Was für ein Schlamassel. Und worum handelte es sich schließlich bei diesen Beweisen?«

»Einige Fotos und ein paar Notizen, die hinter der Leinwand im Keilrahmen steckten. Hartung hatte wohl einen Verdacht und ließ deshalb Rouxel beschatten. Der Mann verfolgte und notierte sich Rouxels Bewegungen. Einschließlich eines spätabendlichen Besuchs in einer Kommandostelle der deutschen Armee und eines Treffens mit Schmidt in einem Café.«

»Und Sie haben zugelassen, daß Rouxel sich umbrachte? Das war, wenn ich so sagen darf, ungewöhnlich gefühllos. Werden Sie im Alter etwa zu einem Racheengel?«

Sie zuckte die Achseln. »Ich wußte nicht, daß er es tun würde. Wirklich nicht. Aber ich kann nicht behaupten, daß ich besonders bestürzt gewesen wäre. Etwas Besseres hätte kaum passieren können. In gewisser Weise war Hartung ein

Held. Er wußte, daß Muller nicht sein Sohn war; seine Bemerkung in diesem Brief an die Adoptiveltern deutet darauf hin. Aber als er 1940 hätte fliehen können, hielt er zu seiner Frau. Und er förderte Rouxel trotz der Affäre.«

»Ich weiß nicht, ob ich Ihnen nun gratulieren soll oder nicht«, sagte er.

»Offen gesagt, wäre es mir lieber, Sie würden es nicht tun«, erwiderte sie. »Diese ganze Geschichte war von Anfang bis Ende ein Alptraum. Ich will sie nur noch vergessen.«

»Das wird schwierig sein. Ich fürchte, die Nachwirkungen werden noch eine ganze Weile zu spüren sein. Zum einen haben wir uns beim Geheimdienst extrem unbeliebt gemacht. Und es wird einige Zeit dauern, bis die Beziehungen zum armen alten Janet wieder ganz im Lot sind. Und natürlich wird Fabriano nie mehr mit Ihnen reden.«

»Ein Silberstreif am Horizont.«

»Trotzdem tut er mir leid. Man wird ihn nicht gerade mit Lob überschütten, auch wenn wir uns in der Sache ziemlich bedeckt halten müssen. Wichtiger noch, der Fall war so unschön, daß auch wir nicht gerade Beifall ernten werden. Und ich bin mir sicher, daß es auch für Janet einfach schrecklich war. Haben Sie die Zeitungen gesehen?«

Sie nickte. »Anscheinend hat man vor, aufs Ganze zu gehen. Riesiges Begräbnis. In Anwesenheit des Präsidenten der Republik. Orden auf dem Sarg. Ich muß sagen, ich konnte mich nicht überwinden, es ganz zu lesen.«

»Kann ich mir vorstellen. Und jetzt, meine Liebe? Zurück an die Arbeit? Wollen wir mal wieder so tun, als würden Sie Befehle von mir annehmen?«

Sie lächelte ihn an. »Heute nicht. Ich nehme mir den Nachmittag frei. Häusliche Krise. Und zuerst muß ich einen Brief schreiben. Auf den ich mich nicht gerade freue.«

Es war erstaunlich einfach, nachdem sie schließlich einen Anfang gefunden hatte. Aber für die Entscheidung, welche Richtung der Brief nehmen sollte, brauchte sie fast eine Stunde, in der sie ansetzte, durchstrich, neu schrieb und unentschlossen aus dem Fenster starrte.

Dann verbannte sie alle anderen Gedanken aus ihrem Kopf und schrieb.

Liebe Mrs. Richards,
ich hoffe, Sie verzeihen mir, daß ich Ihnen nur schreibe und Sie nicht persönlich besuche, um Ihnen vom Resultat unserer Begegnung zu berichten.

Wie Sie vermutlich bereits aus den Zeitungen wissen, starb Jean Rouxel vor ein paar Tagen friedlich im Schlaf und wird in Kürze mit großem Zeremoniell, wie es einem Mann zusteht, der seinem Land gut gedient hat, begraben werden. Sein Beitrag zum Wohlergehen Frankreichs, ja Europas, war immens in vielen Bereichen – in der Industrie, der Diplomatie und der Politik. Sein Mut und sein Weitblick dienten einer ganzen Generation als Vorbild. Und sie werden auch zukünftige Generationen inspirieren.

Vor seinem Tod konnte ich noch kurz mit ihm sprechen. Er erzählte mir, wie viel Sie ihm bedeutet hatten und was er alles unternommen hatte, um Sie zu retten. Trotz der vielen Jahre, die vergangen sind, waren seine Gefühle für Sie unverändert, er hatte Sie nie vergessen.

Ich hoffe, Sie finden ein wenig Trost in diesen Worten. Sie haben unglaublich viel durchlitten, aber ihr Opfer hat einen Mann beschützt, der, dank ihres Mutes, weiterarbeiten und Unschätzbares zum Wohlergehen seines Landes beitragen konnte. Und schließlich hat Ihr letztes Eingreifen es ihm ermöglicht, so zu sterben, wie er es verdient hat.

Mit den besten Grüßen,

FLAVIA DI STEFANO

Sie las den Brief durch, überlegte lange, steckte ihn schließlich in einen Umschlag und warf ihn ins Postausgangsfach. Dann nahm sie ihre Tasche und ging. Während sie die Bürotür zuzog, sah sie kurz auf ihre Uhr.

Der Termin zur Besichtigung ihrer neuen Wohnung war um drei, und sie würde zu spät kommen. Wie immer.

SERIE PIPER

Jan Guillou

Coq Rouge
Ein Coq-Rouge-Thriller. Aus dem Schwedischen von Hans-Joachim Maass. 440 Seiten. SP 5578

»Clever mischt Guillou verbürgtes Insiderwissen und realistische Fiktion, und so ist ›Coq Rouge‹... zu einer kompakten Agentenreportage geworden, die es mit den Romanen eines John le Carré aufnehmen kann.«
Stern

Der demokratische Terrorist
Ein Coq-Rouge-Thriller. Aus dem Schwedischen von Hans-Joachim Maass. 418 Seiten. SP 5592

»Die präzise Schilderung vom Hamburger Hafenstraßen- und Geheimdienstmilieu, die politische Auseinandersetzung im fiktiven Dialog mit Terroristen, deren Biographien echt sind, fasziniert. Das Ende schließlich schockiert.«
Neue Presse Hannover

Im Interesse der Nation
Ein Coq-Rouge-Thriller. Aus dem Schwedischen von Hans-Joachim Maass. 482 Seiten. SP 5634

»Was die Action-Romane von Guillou so faszinierend macht, ist die Mischung aus Science fiction und Insiderwissen.«
Abendzeitung

Feind des Feindes
Ein Coq-Rouge-Thriller. Aus dem Schwedischen von Hans-Joachim Maass. 436 Seiten. SP 5632

Ein hochbrisanter Thriller voller packender Action und mit überraschenden Wendungen.

Der ehrenwerte Mörder
Ein Coq-Rouge-Thriller. Aus dem Schwedischen von Hans-Joachim Maass. 480 Seiten. SP 5644

Unternehmen Vendetta
Ein Coq-Rouge-Thriller. Aus dem Schwedischen von Hans-Joachim Maass. 560 Seiten. SP 5654

Niemandsland
Ein Coq-Rouge-Thriller. Aus dem Schwedischen von Hans-Joachim Maass. 512 Seiten. SP 5656

Der einzige Sieg
Ein Coq-Rouge-Thriller. Aus dem Schwedischen von Hans-Joachim Maass. 600 Seiten. SP 5682

Als in Nordschweden ein LKW-Fahrer ermordet aufgefunden wird, fällt der Verdacht auf den KGB. Die Tat führt Schwedens Topagent Carl Graf Hamilton alias Coq Rouge dem Schmuggel einer russischen Atomrakete auf die Spur.

Frederick Forsyth

»Zeitgeschichte und Erfindung sind bei Forsyth so brillant gemischt, daß man die Grenzen nicht sieht und sich letzten Endes fragen muß, ob man wirklich einen Roman vor sich hat oder eine Reportage aus unseren Tagen.«
Die Welt

Die Akte ODESSA
Roman. Aus dem Englischen von Tom Knoth. 395 Seiten. SP 5522

»Das mitreißende Erzähltempo läßt den Leser zum willigen Opfer des Autors werden.«
New York Times

Die Hunde des Krieges
Roman. Aus dem Englischen von Norbert Wölfl. 436 Seiten. SP 5529

In Irland gibt es keine Schlangen
Zehn Stories. Aus dem Englischen von Rolf und Hedda Soellner. 323 Seiten. SP 5637

Am Ende aller Geschichten kommt immer ein überraschender Knalleffekt, raffiniert witzig oder schockierend. Hier beweist sich Forsyth als der unvergleichliche Meister des Nervenkitzels.

Der Lotse
Aus dem Englischen von Rolf und Hedda Soellner. 75 Seiten mit Illustrationen von Chris Foss.
SP 5503

McCreadys Doppelspiel
Thriller. Aus dem Englischen von Christian Spiel und Rudolf Hermstein. 496 Seiten. SP 5655

Der Schakal
Roman. Aus dem Englischen von Tom Knoth. 438 Seiten. SP 5511

»Wie Forsyth das Räderwerk einer Verschwörung bloßlegt, das übertrifft in seiner Meisterschaft Fleming und le Carré.«
L'Express

Des Teufels Alternative
Roman. Aus dem Englischen von Wulf Bergner. 512 Seiten.
SP 5545

»Die handwerkliche Perfektion ist schier unerschöpflich, das wohlige Gruseln fast endlos.«
Neue Zürcher Zeitung

Der Unterhändler
Roman. Aus dem Englischen von Christian Spiel und Rudolf Hermstein. 526 Seiten. SP 5577

Das vierte Protokoll
Roman. Aus dem Englischen von Rolf und Hedda Soellner.
500 Seiten. SP 5506

SERIE PIPER

SERIE PIPER

Torsten Tornow

Sills' Verhängnis
Kriminalroman.
286 Seiten. SP 5665

Sills ist pleite. Da ist ihm jeder recht, der in seiner zwielichtigen Agentur in Kreuzberg hereinschneit und ihm erklärt, er habe einen Job für ihn. Daß es dabei allerdings um eine übel zugerichtete Frauenleiche geht, paßt ihm ganz und gar nicht in den Kram. Schon bald steckt er ganz tief in einem Fall, in dem die Spuren nur einen Schluß zulassen: Er muß hinter das Geheimnis einer obskuren Pornofilm-Produktionsfirma kommen, sonst geht es ihm selbst an den Kragen ... Thorsten Tornow knüpft mit diesem Roman keineswegs nahtlos, sondern mit ironisch-parodistischen Nadelstichen an die Tradition der amerikanischen »hard boiled« Detektivgeschichten an. Und er beweist ganz nachdrücklich und vergnüglich, daß Kreuzberg und der Hollywood Boulevard gar nicht so weit auseinanderliegen und daß Lakonie eine hohe Kunst ist.

Unter Senkern
Kriminalroman.
336 Seiten. SP 2679

Berlin im November 1989: Im ostdeutschen Bruderstaat braut sich politisch Explosives zusammen. Nur Sills überhört die Signale der Völker und hängt stockbetrunken als Senker, sprich Sargträger, herum. Besorgt hat ihm diesen Job sein alter Freund Schlesinger. Sills soll herausfinden, was Gohlke, der zwielichtige Inhaber der Sargträgerfirma, mit dem Verschwinden des reichen Antiquitätenhändlers Osterrot zu tun hat. Als Sills statt eines Toten acht verfaulte Schweineköpfe versenkt, kommt eine Lawine ins Rollen. Die deutsch-deutsche Wende bringt nicht nur ein paar kleine Gauner, sondern auch die Stasi auf den Plan. Als Sills schließlich Schlesinger mit üblen Folterspuren tot auffindet, weiß er, daß Kommissar Reisz recht hat: Der Fall ist ihm einige Nummern zu groß. Er gerät in ernste Gefahr.

Roger Graf

Die haarsträubenden Fälle des Philip Maloney
Kriminalstories. Mit Illustrationen von Christoph Badoux.
272 Seiten. SP 5662

Der ultraschräge Privatdetektiv Philip Maloney geht in Zürich seinem gefährlichen Handwerk nach. Seine Urteilskraft wird gelegentlich getrübt durch den übermäßigen Genuß seines Lieblingswhiskys und den Anblick schöner Frauen. Ständig knapp bei Kasse, löst er ohne Auto und ohne jegliche Computerkenntnisse mit Herz und losem Mundwerk bravourös seine kniffligen Fälle: ob die mordende Sekte im Internet, die verlorene Formel für schmelzsichere Schokolade oder die von einem Golfball tödlich getroffenen Vorstandsmitglieder des Golfclubs – immer weiß Maloney auf alles eine Antwort und hat das letzte Wort.

Ticket für die Ewigkeit
Ein Fall für Philip Maloney.
205 Seiten. SP 2302

Philip Maloney Tödliche Gewißheit
Kriminalroman.
237 Seiten. SP 5664

Philip Maloney, der schrullige Privatschnüffler, stochert im kalten Züricher Nebel herum und findet die Leiche eines äußerst zweifelhaften Kollegen, der eigentlich schon seit Jahren tot ist. Maloney kooperiert mit seiner klugen und verführerischen Kollegin Jasmin. Beide rollen die alten Fälle des Toten wieder auf und stoßen dabei auf häßliche Querverbindungen zu einem Kindermörder. Jasmins Büro wird auf den Kopf gestellt, in Zürich häufen sich obskure, tödliche Verkehrsunfälle von Mailboxbenutzern, eine merkwürdige Rücktrittswelle hoher Regierungsbeamter löst eine Regierungskrise aus, und Kommissar Hugentobler ist wie immer ratlos. Nichts scheint mehr zusammenzupassen, als ganz unerwartet alles in einem Bürogebäude zum großen Showdown zusammenfließt.

»Man heiße den legitimen Nachfolger jenes von Raymond Chandler geborenen Philip Marlowe herzlich willkommen. Philip-Maloney-Krimis – höherer Blödsinn besonderer Güte.«
Süddeutsche Zeitung

SERIE PIPER

Sarah Andrews

Das Ölfeldkomplott
Emmy Hansen ermittelt. Aus dem Amerikanischen von Susanne Aeckerle. 348 Seiten. SP 5666

Emily (kurz Em) Hansen, jung, ledig, intelligent, burschikos, doch schüchtern und leicht zu verunsichern, hat sich ausgerechnet einen Männerberuf ausgewählt: Sie ist Geologin, hat gerade ihr Studium abgeschlossen und arbeitet nun bei einer Ölgesellschaft auf den Ölfeldern von Wyoming. Als Ems väterlicher Freund und Mentor durch einen dubiosen Autounfall ums Leben kommt, folgt sie ihrer Intuition und stellt hartnäckig Ermittlungen an. Irgend etwas ist faul in der Ölgesellschaft und mit dem vielversprechenden Bohrloch 17-1. Als schwerwiegende Arbeitsunfälle zunehmen und ein weiterer Kollege, inzwischen mißtrauisch geworden, durch einen seltsamen Unfall stirbt, gerät auch Em zunehmend in Lebensgefahr. Doch sie überwindet ihre Furcht und löst den Fall bravourös.

»Das Faszinierendste ist die Tour durch die Welt der Ölfelder, die Sarah Andrews selbst so gut kennt. Und sie belohnt uns mit einem sehr lebendigen Krimi.«
Tony Hillerman

Ein schlechter Tausch
Emmy Hansen ermittelt. Aus dem Amerikanischen von Susanne Aeckerle. 360 Seiten. SP 5680

Emmy Hansen wird als Geologin in die Zentrale der Blackfeet Oilgesellschaft in Denver befördert. Warum hat ausgerechnet Em den hochdotierten Posten erhalten? Noch während ihres Antrittsgesprächs beim Chef segelt ein Mann am Fenster vorbei und stürzt in die Tiefe. Em ist entsetzt. Entsetzt über die Kollegen, die herzlos dumme Witze über den Todesfall reißen, und entsetzt darüber, daß sie an ihrem neuen Arbeitsplatz weder ein konkretes Aufgabengebiet hat noch Informationen bekommt. Doch es bleibt nicht bei nur einem Todessturz aus dem sechzehnten Stock. Em läßt sich bei ihren Ermittlungen nicht abschrecken. Viele Fragen tauchen auf: Was haben zum Beispiel ihre Schulfreundinnen und deren Männer mit den merkwürdigen Todesfällen zu tun? Sie muß auch dieses Mal feststellen, welch tödliche Folgen Geld und Macht im Ölgeschäft haben.

Sara Paretsky

Blood Shot
Ein Vic-Warshawski-Kriminalroman. Aus dem Amerikanischen von Anette Grube. 352 Seiten.
SP 5589

Brandstifter
Ein Vic-Warshawski-Kriminalroman. Aus dem Amerikanischen von Dietlind Kaiser. 410 Seiten.
SP 5625

Deadlock
Ein Vic-Warshawski-Kriminalroman. Aus dem Amerikanischen von Katja Münch. 246 Seiten.
SP 5512

Engel im Schacht
Ein Vic-Warshawski-Kriminalroman. Aus dem Amerikanischen von Sonja Hauser. 476 Seiten.
SP 5653

Fromme Wünsche
Ein Vic-Warshawski-Kriminalroman. Aus dem Amerikanischen von Katja Münch. 227 Seiten.
SP 5517

»Mit Scharfsinn und hervorragenden Kenntnissen in der Wirtschaftskriminalität rollt sie, allein gegen die Mafia, den schmutzigen Chicagoer Aktienskandal auf und bietet durchaus all das, was auch Männern Spaß macht.«

Der Spiegel

Schadenersatz
Ein Vic-Warshawski-Kriminalroman. Aus dem Amerikanischen von Uta Münch. 272 Seiten.
SP 5507

»In der neuen amerikanischen Krimiszene ein Superstar!«

Der Spiegel

Tödliche Therapie
Ein Vic-Warshawski-Kriminalroman. Aus dem Amerikanischen von Anette Grube. 255 Seiten.
SP 5535

Windy City Blues
Vic-Warshawski-Kriminalgeschichten. Aus dem Amerikanischen von Sonja Hauser, Renate Kunze und Vera Mansfeldt. 287 Seiten. SP 5650

Hände hoch, Kleiner!
14 exklusive Kriminalgeschichten. Herausgegeben von Sara Paretsky. Übersetzt von Sonja Hauser, Sylvia List und Michael Hofmann. 278 Seiten. SP 5651

Sister in Crime
Herausgegeben von Sara Paretsky. Kriminalstories. 246 Seiten.
SP 5602

Vic Warshawskis starke Schwestern
Herausgegeben von Sara Paretsky. Kriminalstories. 238 Seiten.
SP 5601

SERIE PIPER

SERIE PIPER

Richard Hey

Engelmacher & Co.
Kriminalroman. 188 Seiten.
SP 5559

Ein totes Mädchen in einer Abbruchvilla am Wannsee bringt Katharina Ledermacher gleich auf zwei Spuren: Sie führen zu einem kriminellen Abtreibungsunternehmen und einer großangelegten Bauspekulation.

»Kein Zweifel: Die Wahrheit von Heys Kriminalgeschichten sind nicht nur Krimi-Fiktionen, sondern Bilder unserer gesellschaftlichen Realität.«
Deutsches Allgemeines Sonntagsblatt

Feuer unter den Füßen
Kriminalroman. 123 Seiten.
SP 5561

Autohändler und Hobbyjäger Löbert wird in seinem eigenen Revier zum Jagdwild. Der Blattschuß stammt aus der Büchse des heißblütigen Sizilianers Turiddu – sagt Löbert. Doch als Turridu und seine Lebensgefährtin tot aufgefunden werden, beginnt Oberkommissarin Buchmüller Löberts Version von der Männerfeindschaft zu bezweifeln.

»Wenn der deutsche Kriminalroman heute einen guten Ruf genießt, dann nicht zuletzt wegen Richard Hey.«
Frankfurter Allgemeine Zeitung

Ohne Geld singt der Blinde nicht
Kriminalroman. 319 Seiten.
SP 5560

Am Ufer des Teltow-Kanals findet man einen Beamten des West-Berliner Rauschgiftdezernats. Erschossen. Ein Chemieprofessor, erst kurz in West-Berlin, wird mit eingeschlagenem Schädel an den Strand eines kleinen Badeortes in Italien getrieben. Oberkommissarin Katharina Ledermacher erhält den heiklen Auftrag, während eines Urlaubs in dem ligurischen Badeort inoffiziell und unauffällig nachzuforschen.

Die Löwenbändigerin
und andere Geschichten.
211 Seiten. SP 5635

Eine Wiederbegegnung mit der unvergessenen Katharina Ledermacher, der Heldin in drei seiner Kriminalromane, ermöglicht Richard Hey in diesen spannenden und hintergründigen Kriminalstories. Nachdem sie den Polizeidienst quittiert hat, ist sie als Privatdetektivin tätig, wo sie mit äußerst verqueren Klienten zu tun hat.

S. T. Haymon

Rockstars hängt man nicht
*Ein Inspektor-Jurnet-Roman.
Aus dem Englischen von
Vera Mansfeldt. 330 Seiten.
SP 5534*

Ein Werbegag wird blutiger Ernst: Am Morgen nach seinem Konzert hängt der Leadsänger der Rockgruppe »Second Coming« tot an dem Kreuz, an das eigentlich sein Ebenbild aus Wachs gehörte. Inspektor Ben Jurnets Ermittlungen stehen zunächst unter dem Motto »Sex and Drugs and Rock 'n' Roll«...

Blaues Blut
*Ein Inspektor-Jurnet-Roman.
Aus dem Englischen von Gabriele
Broszat. 305 Seiten.
SP 5505*

»Ein weiteres Meisterstück von S. T. Haymon: diskreter Sex, ein Dutzend unvergeßlicher Charaktere und historische Stätten.«
Kirkus Review

Gefährliche Wissenschaft
*Ein Inspektor-Jurnet-Roman.
Aus dem Englischen von Vera
Mansfeldt. 261 Seiten. SP 5576*

Der Tod geht um in der normannischen Burg von Angleby – auf einem Kongreß von Physikern. Inspektor Jurnet erlebt, wie hinter der Fassade akademischer Wohlanständigkeit gefährliche Leidenschaften lauern.

Ritualmord
*Ein Inspektor-Jurnet-Roman.
Aus dem Englischen von Christine
Mrowietz. 266 Seiten. SP 5504*

»Die Autorin übertrifft mit dieser Geschichte die meisten Bücher dieses Genres.«
Times Literary Supplement

Mord macht frei
*Ein Inspektor-Jurnet-Roman.
Aus dem Englischen von Vera
Mansfeldt. 266 Seiten. SP 5643*

Eine Autobombe jagt Inspektor Jurnets Rover in die Luft. Seine Verlobte Miriam kommt dabei ums Leben. Galt der Terroranschlag ihm oder gar dem Polizeiapparat? War die IRA Drahtzieher des feigen Mords? Jurnets Suche nach Motiv und Mörder wird zu einer Reise in die politische Vergangenheit und Gegenwart Englands, aber auch ins Innerste seines eigenen Herzens.

Mord im Druidenhain
*Ein Inspektor-Jurnet-Roman.
Aus dem Englischen von Anita
Maurus. 327 Seiten. SP 5617*

Inspektor Jurnet unternimmt mit seiner Freundin einen Ausflug zu den Ausgrabungsstätten des druidischen Heiligtums und findet prompt in den Dünen eine weibliche Leiche...

SERIE PIPER

Gemma O'Connor

Tödliche Lügen
Psychothriller. Aus dem Englischen von Inge Leipold.
479 Seiten. SP 5658

Es ist kaum drei Wochen her, daß Grace Heartfield ziemlich überraschend und brutal von ihrem Mann verlassen wurde. Dann findet sie einen amtlichen Brief im Briefkasten! Doch er hat nichts mit ihrem Mann zu tun, sondern kündigt eine Erbschaft an: Ihre Schwester sei gestorben – Grace wußte nichts von deren Existenz. Und wer ist der mysteriöse Holländer, der sich im Dubliner Kanal ertränkte? Grace reist nach Dublin und muß mehr und mehr erkennen, daß ein Gespinst aus Halbwahrheiten und Verschleierungen ihr Leben vergiftete, daß Angst und Terror ihre Kindheit bestimmten. Sie folgt den Spuren der drei Toten und wagt es, genau hinzusehen, wagt es, die Büchse der Pandora zu öffnen. Gemma O'Connor gelang ein psychologisch dichter Thriller, der in London und Dublin spielt, dessen Schauplatz aber gleichzeitig die Abgründe menschlichen Versagens sind.

»Ein Buch, das man nicht aus der Hand legt.«
Brigitte Dossier

Fallende Schatten
Psychothriller. Aus dem Englischen von Inge Leipold.
412 Seiten. SP 5659

Auf dem Begräbnis ihrer Mutter Lily erhärtet sich in Nell Gillmore der Verdacht, daß der Unfalltod ihrer Mutter Mord war. Sie sucht nach einem Motiv in Lilys Vergangenheit und erfährt dabei von drei kunstvoll gebundenen, aber bisher vermißten Tagebüchern – und stößt auf einen weiteren Mord: In einer Dubliner Bombennacht wurde vor fünfzig Jahren ein brutaler Hausbesitzer erschossen. Der Verdacht fällt auf Lilys Freund Milo. Nell wird zunehmend ratloser, was hat dies alles zu bedeuten? Endlich findet sie zwei der Tagebücher, das dritte ist im Besitz des Mörders. Wider Erwarten können der totgeglaubte Milo, jetzt schwerkrank, und sein Sohn Nell helfen. Doch nun gerät sie selbst in Lebensgefahr.

Laura Grimaldi

Tod einer Anwältin
Psychothriller. Aus dem Italienischen von Jürgen Bauer und Edith Nerke. 317 Seiten. SP 5661

Corinna Lotus Martini, streitbare und äußerst erfolgreiche Scheidungsanwältin, überzeugte Feministin und gesellschaftliche Außenseiterin, wird tot in ihrer Wohnung aufgefunden – erschlagen und auf schreckliche Weise geschändet. Zwei ungleiche Brüder, Alfiero Falliverni, Hochschuldozent und Schöngeist, und sein Bruder Aleardo, Glaskünstler, verheiratet mit der Tochter des Oberstaatsanwalts, werden in den Fall hineingezogen. Ist Alfiero der Schuldige? Alfiero kommt in Untersuchungshaft. Ein wahrer Sumpf verlogener Bürgerlichkeit breitet sich hinter der intakten Fassade der wohlanständigen Mailänder Gesellschaft aus. Was als gewöhnliche Kriminalgeschichte beginnt, entwickelt sich schon bald zu einem bissigen Gesellschaftsroman.

Jerome Charyn

Marilyn the Wild
Supercop Isaac Sidel von der Lower East Side. Kriminalroman. Mit einem Nachwort des Autors. Aus dem Amerikanischen von Uschi Gnade. 206 Seiten. SP 5660

Die Lower East Side in New York ist das Revier des großen blonden jüdischen Supercops Isaac Sidel, der sich über seine Stadt keine Illusionen macht. Die offizielle Politik ist korrupt, das Schulsystem ein Witz, und neben der Polizei sind die einzig funktionierenden Ordnungsmächte das organisierte Verbrechen: die Mafia, chinesische Geheimgesellschaften oder eine Familie von südamerikanisch-jüdischen Kleinkriminellen. Sidels Feldzug gegen das Böse beginnt, als sich diese Guzmans in »seinem« Manhatten auf Zuhälterei und Mädchenhandel werfen und seine alte Mutter von einer Jugendgang in ihrem Second-Hand-Laden überfallen und schwer verletzt wird.

Blue Eyes
Supercop Isaac Sidel von der Lower East Side. Kriminalroman. Aus dem Amerikanischen von Uschi Gnade. 214 Seiten. SP 5667

PIPER

Daniel Silva
Double Cross – Falsches Spiel

Roman. Aus dem Amerikanischen von Reiner Pfleiderer.
568 Seiten. Gebunden

Operation Mulberry: So lautet das Kodewort für die alliierte Invasion in der Normandie, das bestgehütete Geheimnis des Zweiten Weltkriegs. Catherine Blake hat den Auftrag, es zu lüften. Sie ist die Top-Spionin der deutschen Abwehr, eiskalt, gerissen und unendlich verführerisch. Perfekt getarnt und ausgebildet hat sie seit sechs Jahren auf diesen Moment gewartet. Jetzt ist er gekommen. Und mit kühler Präzision und brutaler Kaltblütigkeit geht sie auf die Jagd nach den alliierten Geheimakten ...

»Das nenne ich einen Thriller!«
Die Presse

»›Double Cross – Falsches Spiel‹ heißt dieser Politthriller. Der Erstling des Amerikaners Daniel Silva ist einfach verblüffend gut. So oft auch schon die Nachfolge John le Carrés beschworen worden ist – diesmal stimmt der Vergleich.«
Frankfurter Rundschau